Cesca Major

Cesca Major est une romancière et scénariste qui vit en Angleterre. Elle a beaucoup écrit pour la presse féminine avant de se lancer dans l'écriture de sa première comédie romantique, *How to Get a (Love) Life*, en 2014, publié sous le nom de Rosie Blake. *La prochaine fois, peut-être...* a paru au cherche midi en 2024 avant d'être repris chez Pocket en 2025.

LA PROCHAINE FOIS, PEUT-ÊTRE…

CESCA MAJOR

LA PROCHAINE FOIS, PEUT-ÊTRE…

Traduit de l'anglais
par Laura Derajinski

le cherche midi

Titre original :
MAYBE NEXT TIME

Éditeur original : HarperCollins

ISBN : 978-2-266-34623-8
Dépôt légal : février 2025

À Ben – mon Dan à moi.

« Soyez là où vous êtes ;
sinon vous manquerez votre vie. »

Bouddha

1re PARTIE

1

6 décembre 2007

Chère Emma,

Si ça ne tenait qu'à moi, on fêterait notre anniversaire de couple le jour de notre premier rendez-vous. Mais évidemment, toi, tu préfères qu'on célèbre la date de notre rencontre. Tu aimes tant raconter cette histoire.

Tu sais que c'est moi qui t'ai vue en premier, dans cette rame de métro bondée ? Je me souviens de ton col roulé noir, de ton rouge à lèvres écarlate que je connais désormais si bien, tes cheveux noir de jais entortillés dans une sorte de chignon que tu portes tout le temps. Mais j'ai détourné le regard parce que a) je ne voulais pas être le Mec Louche du Métro, et b) j'étais habillé comme un figurant de La Mélodie du bonheur.

Je ressentais tellement ta présence, alors que le métro brinquebalait. Ta copine Jules a dit un truc marrant et tu as lâché ton petit rire léger si incroyable. Je n'ai pas pu m'empêcher de jeter un autre coup d'œil dans ta direction. Quand ton regard a croisé le mien, je me souviens de la décharge d'émotions qui m'a parcouru la colonne vertébrale.

J'ai essayé de me concentrer sur autre chose, je maudissais ces Vendredis Bien Sapés qu'on organisait chaque semaine au boulot et je me sentais déstabilisé dans mon pantalon et mon chapeau tyroliens. Non pas que j'aurais eu le courage de faire quoi que ce soit, même habillé normalement. Et puis j'étais certain que tu avais déjà quelqu'un dans ta vie. Un homme aussi chic que toi – qui devait porter des costumes impeccablement taillés, parler trois langues, être super à l'aise avec les enfants, qui aimait les animaux et avait une bite énorme.

Mais le destin s'en est mêlé quand le métro a fait un soubresaut, que j'ai trébuché et que ma main a loupé la barre. Mon chapeau tyrolien est tombé et a roulé jusqu'à tes bottillons à lacets marron bien cirés. La honte absolue, de devoir m'agenouiller devant toi vêtu d'un pantalon à bretelles, et devant Jules, morte de rire, qui m'a lancé un « Guten Tag *». C'est là que tu m'as adressé ton premier sourire : un sourire de pitié, évidemment, parce que j'étais le mec incapable de se tenir debout dans le métro. Ton copain, lui, devait se tenir très droit et être très digne.*

« Joli chapeau. » Les premiers mots que tu m'as adressés. Ta voix était douce, pleine d'assurance, et alors que je le remettais sur mon crâne, je me suis soudain inquiété d'avoir les cheveux plats. Jamais encore je ne m'étais inquiété de ça. Dis quelque chose, mec, me suis-je encouragé. Dis quelque chose. Et j'aurais aimé sortir un truc plus classe que « Merci ».

Je me souviens de ma tristesse à l'idée d'avoir raté ma chance : je sortais du métro deux stations plus loin, et toi, tu continuerais sur la ligne Central et tu disparaîtrais de ma vie. Je ne te connaîtrais jamais, je ne saurais jamais si cette sensation électrique signifiait ou non quelque chose. Et c'est alors que tu m'as demandé si je pouvais te conseiller une bonne taverne allemande à Londres. Et te noter l'adresse. La femme assise deux sièges plus loin a souri derrière les pages de son livre.

J'ai pensé : OUI *– je crois bien que cette femme déroutante veut mon numéro (ou alors elle me prend vraiment pour un Allemand). Je me sentais fébrile en tapotant mes poches en quête d'un stylo et de mon carnet A6 (et, non, je ne trouve pas ça bizarre d'avoir un carnet sur soi – mais j'aurais préféré que Hattie s'abstienne de te préciser que j'y prenais des notes sur les différentes espèces d'oiseaux ; merci beaucoup, frangine). Sauf que là, je n'avais sur moi qu'un stylo, une pièce de 50 pence, un ticket de caisse froissé et mes clés.*

J'ai lissé le ticket de caisse de chez Boots et j'y ai griffonné mon numéro en vitesse. Puis je l'ai relu deux fois, et j'ai eu peur que ça me donne l'air un peu taré, mais je trouvais que mon 7 ressemblait à un 1.

Par la vitre derrière toi, j'ai vu défiler la rangée de maisons aux façades pastel, signalant qu'on allait bientôt ralentir et s'arrêter à ma station. Je t'ai brandi le ticket sous le nez d'un geste brusque et maladroit. « Si tu veux aller boire une bière », ai-je dit. Tes lèvres se sont étirées en un sourire et j'ai senti une chaleur rayonnante s'épanouir dans ma poitrine. Je m'apprêtais à te rendre ton sourire quand je me suis brutalement figé – je venais de me rappeler la dernière course que j'avais faite à la parapharmacie Boots.

Mais c'était trop tard. Tu avais déjà pris le ticket. Il était dans ta main. Tu me souriais toujours comme si c'était une Bonne Chose. Jules souriait comme si c'était une Bonne Chose. La femme deux sièges plus loin souriait comme si c'était une Bonne Chose.

Putain de merde. J'avais envie de te l'arracher des mains. Tes ongles violets sont passés devant mes yeux et j'ai paniqué. Ma mère m'avait demandé d'aller récupérer un tube d'Anusol pour ses hémorroïdes. Oh, mon Dieu. J'avais écrit mon numéro de téléphone au dos d'un reçu pour de l'Anusol.

Mon corps s'est engourdi et je me demandais s'il fallait t'en parler, te préciser que ce n'était pas pour moi. Je cherchais frénétiquement un truc à te dire, quelque chose qui détourne l'attention. Tes bottillons. J'aimais beaucoup tes bottillons à lacets. C'est ça que j'avais voulu dire, tes bottillons. Je n'ai jamais voulu prononcer à voix haute : « J'AIME BEAUCOUP TES BEAUX NICHONS. »

Oh putain, ces quelques secondes d'horreur absolue. Le plissement discret de tes yeux avant que je me mette à bégayer « TES BOTTILLONS, 'TAIN, TES BOTTILLONS », comme si j'avais la Tourette version godasses. Je n'avais jamais rougi de ma vie, mais je sentais mon visage brûler comme si j'avais de la lave dans les veines. Et tu as été merveilleuse quand tu as ri pour essayer d'atténuer ma gêne.

Bon, évidemment, le métro a décidé que c'était pile le bon moment pour freiner et s'arrêter dans un long grincement. Je voyais littéralement le bout du quai par la vitre. La liberté, loin de ce cauchemar dans lequel j'étais coincé.

« Ma station », j'ai couiné. Un vrai couinement. Un son que je ne me serais jamais cru capable d'émettre. « Maison », j'ai ajouté. Parce que, apparemment, je ne savais plus faire de phrases complètes. J'ai même pensé que je pourrais peut-être m'échapper en éclatant la vitre avec le petit marteau d'urgence.

Jules et la femme deux sièges plus loin se foutaient ouvertement de moi, maintenant. Mon reflet dans la vitre montrait un fantôme aux yeux écarquillés, alors même que tu me remerciais pour le ticket de caisse. Je me suis contenté d'acquiescer, tellement reconnaissant que tu t'efforces d'être gentille, d'agir normalement : je t'en ai appréciée d'autant plus. Mais je ne l'ai pas dit, parce que j'étais devenu muet, à ce stade : il y avait très peu de chances que je reparle un jour à une femme.

Le métro a avancé dans une secousse et, quelques secondes plus tard, il s'est arrêté à quai, les portes ont coulissé et j'ai quasiment plongé au-dehors. Alors qu'il s'éloignait, j'ai regardé par-dessus mon épaule et, juste avant que je te perde de vue, tu as tourné la tête et tu m'as souri.

Je me souviens de la soirée de torture qui a suivi, où j'affirmais à Dave que je m'en remettrais si tu n'appelais pas, mais je vérifiais mon téléphone en permanence comme à mes quatorze ans, avec mon bipeur. Ce sourire, cette étincelle amusée dans tes yeux. Et tu m'as envoyé un texto, tard, juste avant de dormir, l'écran a éclairé ma chambre d'une nuance de bleu fantomatique pleine d'espoir.

« Quel est ton degré habituel de normalité sur une échelle de 1 à 10 ? 1 étant complètement normal, de manière ennuyeuse. 10 étant, disons, comme aujourd'hui ? » J'ai ri et on a échangé des messages. Et quand tu as compris que je ne comptais pas te découper en morceaux et te conserver dans des bocaux de vinaigre, on a convenu de se revoir et, bon sang, tu étais sensationnelle et je vis un rêve depuis ce moment.

Ça te ressemble tant, de vouloir m'obliger à me souvenir de ce jour-là. Hattie m'a dit qu'elle s'était presque pissé dessus quand tu le lui avais raconté, quelques mois plus tard. Et c'est ainsi, après quelques échanges et autres clins d'œil lancés sur Facebook, qu'est née ton idée de s'écrire des lettres romantiques. J'ai hâte de lire la tienne.

Alors, qu'est-ce que j'ai trouvé merveilleux au fil de cette année passée avec toi ?

Nos soirées à Camden, évidemment – les comédies, les pièces de théâtre, danser, la sueur, le vin rouge. Que tu me files toujours des livres, car tu ne fais pas confiance aux gens qui ne lisent pas. Que mes amis t'aiment (et mes parents aussi – bien que ma mère m'ait dit après t'avoir rencontrée la première fois qu'elle t'aimait plus que moi, et ça, c'est ce qu'on appelle Dépasser les Bornes*). Le pique-nique surprise dans l'Eurostar. La balade côtière dans le Suffolk sous une pluie torrentielle (on était franchement courageux).*

J'attends que les choses dégénèrent. Que tu dévoiles ta vraie personnalité, raciste refoulée ou collectionneuse compulsive de trucs chelous. Mais tu as beau me surprendre en permanence (qui aurait pu deviner que tu aimais jouer aux fléchettes ou que tu ramassais des tonnes de coquillages ?), j'ai du mal à percuter la chance folle que j'ai eue de te rencontrer.

Tu m'as dit je t'aime le 17 août (tu vois ? On pourrait choisir cette date pour notre anniversaire). Je continue à maintenir que c'est moi qui l'ai dit en premier, mais que tu ne m'as pas entendu. Ton ouïe, c'est un des rares trucs que je critiquerais chez toi. Parfois, c'est comme si tu revenais péniblement d'un endroit lointain.

Mais je t'aime, Emma, tu es incroyable. Je n'ai jamais été aussi heureux d'avoir pris une décision dans ma vie, aussi horrible en soit le souvenir. Dieu merci, j'avais ce ticket de caisse de chez Boots.

À notre première année ensemble.

Baisers,

Dan

P.-S. : OK, j'avoue, c'est vraiment une idée sympa de s'écrire une lettre.

2

Lundi 6 décembre 2021 – 22 heures

Dan la remarqua immédiatement.

« C'était pas là avant, ça.

— Hmm ? »

Dan désigna un papier plié sur l'îlot central de la cuisine, son nom griffonné dessus à la hâte. Sans un mot, il traversa la pièce, chaussa ses lunettes et déplia la feuille. Son visage demeura impassible pendant sa lecture. Il baissa lentement la main. « Tu viens de l'écrire aux toilettes. »

Je portai la main à ma poitrine. « Comment tu peux dire une chose pareille ? » (Bon, OK, c'était précisément ce que j'avais fait.)

« Admets-le !

— Elle a traîné dans mon sac toute la journée. Je l'ai juste posée là quand tu avais le dos tourné.

— Je ne te crois pas, Emma.

— Je suis ta femme, Daniel », répondis-je, sans logique aucune, et j'ajoutai son prénom uniquement parce qu'il avait ajouté le mien.

Il agita la feuille. « Tu as fait une faute à *affection*.

— C'est un mot compliqué, bégayai-je.

— Et elle fait trois lignes, à peine. »

Je ricanai. « Je ne suis pas obligée d'écrire de *longues* lettres chaque fois. Je me suis dit que cette année, je…

— Emma », m'interrompit-il d'une voix sévère. Dan adoptait rarement un ton sévère. Si l'instant avait été à l'humour, j'aurais sûrement fait remarquer que c'était sexy. « Admets-le, c'est tout, tu as oublié… encore une fois. »

Oh, bon Dieu. Je passai la langue sur mes lèvres pour gagner du temps. L'année dernière, il en avait été dévasté. Et ça m'avait brusquement remis les idées en place. Je m'étais fait la promesse – oui, la *promesse* – de m'améliorer. L'idée était venue de moi, des années plus tôt, et mes premières lettres faisaient souvent six pages, « recto verso », me taquinait-il toujours. Pourquoi n'avais-je pas programmé une alarme sur mon téléphone ? Ou demandé à Hattie de me le rappeler ? Ou à l'un des enfants ? Pourquoi n'avais-je pas agi en être humain gentil, correct et attentionné ? Comme Dan…

Ses yeux bruns étaient tristes : agrandis par ces nouvelles lunettes, qu'il détestait (« Des lunettes de vue ! J'ai quarante-deux ans, Emma ! »). Il était blessé. Encore une fois.

J'ignore pourquoi j'optai pour l'offensive. « Mais pourquoi tu en fais tout un drame ? »

Il serra les poings et chiffonna la lettre écrite en hâte. « Parce que c'est un drame, justement. Enfin… » Il marqua une pause. « Ça me semblait important. Ça ne l'est peut-être pas pour toi. » Il leva la tête et je vis avec sidération ses yeux s'embuer.

« Dan, ne la joue pas comme ça.

— Je ne joue rien du tout. J'ai le droit d'être triste, putain.

— Maman ? Papa ? » Une voix fluette en haut de l'escalier. Nos deux têtes tournant aussitôt vers elle.

« Bravo, tu as réveillé les enfants. » La culpabilité me rendait agressive. Depuis la porte de la cuisine, j'aperçus Miles sur le palier de l'étage, sa peluche Tigrou fétiche serrée contre sa poitrine – même à huit ans, il ne pouvait pas dormir sans elle.

« C'est rien, mon chéri. Retourne te coucher. Je passerai te border dans une minute.

— Vous vous disputez ? »

Je secouai la tête, le cœur meurtri. Je fus un instant déroutée par mes propres souvenirs d'enfance, quand j'entendais avec inquiétude les engueulades régulières de mes parents en pleine nuit. « Non, mon cœur. » Je lui adressai un sourire forcé avant d'ajouter d'une voix étranglée : « C'était la télé. Bonne nuit… »

Je retournai auprès de Dan, qui avait déjà enfilé son manteau et ses chaussures. Il attachait de force la laisse au cou de Gus, qui gémissait, réticent.

« Il n'est pas dans son assiette, ces derniers temps, dis-je dans l'espoir de détourner la conversation.

— Allez, viens, Gus », lâcha Dan d'un ton sec.

Il était encore furieux. En temps normal, il m'aurait demandé ce que voulait Miles, il aurait proposé de passer le voir vite fait, mais il fuyait mon regard et avait enroulé avec force la laisse autour des articulations blanchies de son poing.

C'était étrange. Dan ne se fâchait jamais. Moi, si. C'était moi qui jurais quand je me brûlais, moi qui pétais un câble quand j'avais oublié de sortir la poubelle du tri ou qu'un standard téléphonique me mettait en attente pendant des plombes, ou quand mes parents trouvaient une nouvelle excuse pour ne pas venir nous rendre visite. Dan était un gars plutôt tranquille, mais ce soir, il avait la mâchoire serrée et les muscles tendus, comme s'il était sur le point d'exploser.

Gus, ramassé sur lui-même et la truffe presque au sol, résistait en gémissant à la tension que Dan imprimait sur la laisse.

« Ne le tire pas comme ça…

— Je ne tire pas. Allez, Gus, on y va. »

Dan souleva Gus, qui aboyait, et l'emporta dehors malgré ses protestations. La porte claqua.

Je restai là, la tête entre les mains. Merde. Tout ça, c'était à cause de moi. Il aurait suffi que je m'excuse. Il fallait que j'arrange la situation.

« Maman », m'appela la voix endormie de Miles sur le palier de l'escalier.

Merde.

« Oui, mon chéri, murmurai-je. Désolée, papa est sorti avec Gus. Je vais monter te border dans une petite seconde. »

Il retourna dans sa chambre.

Je contemplai les restes de notre repas dans la cuisine. Dan avait préparé des cuisses de poulet à l'estragon, et la lettre qui avait tout déclenché était posée sur mon set de table – mon prénom y était écrit à l'encre noire, avec un petit cœur juste au-dessus du A. J'étais nerveuse à l'idée de la lire. Dan pouvait se montrer drôle et tendre dans ses écrits, mais immanquablement honnête. Et cette année, l'honnêteté me terrifiait. Je m'apprêtais à monter quand j'entendis un bruit.

Je tournai la tête vers la porte et j'eus soudain la chair de poule.

Mais c'était quoi, ça ?

Oh, mon Dieu.

3

Quinze heures plus tôt…

J'étais allongée de mon côté du lit, face à la fenêtre.

Le tintement d'une sonnette de vélo.

J'ouvris les yeux et grimaçai. Les rideaux entrouverts, un rai de lumière sur mon visage.

Je me retournai.

« Salut », dit-il.

J'allai sourire et répondre « salut ». Mais les chiffres sur le réveil derrière lui clignotaient, et je m'assis si brusquement que j'en eus des vertiges.

« Merde. » Dan se redressa à son tour.

« Quoi ?

— Attends. J'ai la tête qui tourne. Je croyais avoir mis l'alarme plus tôt. »

Dan se rallongea et me regarda traverser la chambre.

« Reviens te coucher, Emma. Les enfants ne sont même pas levés.

— Je ne peux pas. »

Quand je lui jetai un coup d'œil, une ombre indéchiffrable passa sur son visage.

« Tu as le temps.

— Non, vraiment p… aïe ! »

Ma hanche venait de heurter le montant du lit.

« Ça va ? » Dan tendit le bras vers moi.

« Oui, c'est bon. » Je me massai la hanche et allai débrancher le chargeur de mon portable posé sur la commode. Je parcourais déjà mes messages en entrant dans la salle de bains. « Ah, mais c'est pas v…

— Qu'est-ce qu'il y a ? cria Dan.

— Plus de PQ. »

Il ne répondit pas. Je me relevai, les yeux au plafond, puis j'ouvris le robinet de la douche. Je posai mon téléphone sur le rebord du lavabo et fronçai les sourcils en remarquant une poudre orangée dans la vasque. D'où venait-elle ? Je regardai de plus près et passai un doigt sur ces taches minuscules.

Un message sur Facebook tinta. Je grognai intérieurement en voyant le nom de l'expéditeur. Une femme censée venir récupérer mon vélo pliable presque neuf – un cadeau pour mes quarante ans que j'avais dû utiliser une fois en deux ans – voulait changer la date du rendez-vous. Encore. Cette nana me posait un lapin quasiment depuis la nuit des temps. Ça faisait deux semaines que toute ma famille était obligée de se contorsionner pour passer devant le vélo dans le hall d'entrée. Je me demandais si ça valait les 50 £ demandées sur le groupe Facebook des mamans. Je lui répondis par un pouce levé.

Le miroir était déjà embué quand je reposai mon téléphone et ôtai mon pyjama. Il fallait que je prenne rendez-vous chez le coiffeur ; alors que je me faisais un rapide chignon, je remarquai de fins cheveux gris parmi les noirs – ma dernière coloration remontait pourtant à moins d'un mois. En croisant mon reflet avant qu'il ne disparaisse dans la vapeur, je fronçai les sourcils – c'était une nouvelle ride, ça ? J'allais devoir passer au Botox ? Ma cliente, Scarlet, m'avait parlé d'injections de Viscoderm, qui fonctionnaient mieux. Et c'était quoi, la vitamine pour la peau ? La D ? La B ? La B, c'était pas celle pour les cheveux ?

« Aïe ! » Je fermai le robinet de la douche. Mais pourquoi Dan était-il obligé de s'ébouillanter chaque fois qu'il se lavait ?

Je sortis peu après et entendis le raffut d'un enfant qui passait en trombe devant notre chambre. C'était forcément Miles – à huit ans, il était déjà aussi grand que Poppy. Je fouillai dans un tas de vêtements sur une chaise et sélectionnai une jupe à taille haute en velours bordeaux et un chemisier blanc froissé. Pas le temps de le repasser. Bottines ? Escarpins ? Je m'assis au bord du lit et enfilai mon collant, puis je me penchai en arrière pour regarder le temps dehors. Pas de pluie, je choisis donc les escarpins.

Une musique inhabituelle et quelques paroles s'échappaient de la chambre de Poppy, je levai les yeux, sur le point de l'appeler. Elle devait prendre son petit déjeuner avant de partir à l'école. Sur l'écran de mon téléphone, des photos de plage sur Instagram attirèrent mon regard – bon sang, Amelia n'était pas censée rendre son manuscrit demain ? Cette semaine, en tout cas, c'était certain. Mais elle se prélassait dans un hamac avec un cocktail écarlate à la main, puis elle sautait sur une plage de sable blanc. Hashtag trop la chance.

Je passai sur Twitter – j'ignorai les interminables publications politiques furieuses et cherchai s'il y avait des infos littéraires. Merde, le tweet d'Arthur avait dépassé 1,2 million de likes et avait été retweeté 391 fois. La panique me serra le ventre. Est-ce que ça aurait une incidence sur le rendez-vous prévu aujourd'hui ?

Je me dirigeai vers la porte sans cesser de faire défiler les messages. Une éditrice que je connaissais changeait de maison ; j'allais devoir l'inviter à déjeuner et voir quel genre de textes elle cherchait à présent.

« Poppy », m'écriai-je sans conviction alors que mes yeux se fixaient sur un article du *Bookseller*. C'était l'annonce de parution du nouveau roman d'un auteur à succès qui ressemblait terriblement à une intrigue qui m'avait enthousiasmée dans ma pile de manuscrits, la semaine dernière.

Dans la cuisine, j'ouvris le frigo et jetai un coup d'œil à Gus dans son panier en polaire. « Y en a qui se la coulent douce », dis-je. Il ne leva pas sa tête aux poils bouclés, sa gamelle de nourriture intacte à côté de lui. On toussa à la table et je remarquai Miles dans son uniforme scolaire, le regard rivé sur un bol de céréales sèches.

« Tout va bien ?

— Papa est sorti acheter du lait. »

La porte s'ouvrit à l'instant même et Dan débarqua, le visage rouge et mal rasé, son épaisse chevelure brune en pétard, un sac en plastique à la main. « Tiens », dit-il en faisant glisser la bouteille de lait vers Miles, qui lui adressa à peine un sourire de remerciement.

Mon téléphone tinta avant que j'aie eu le temps d'aller au bout de mes pensées.

« Oh, mais non, je t'ai dit que cette nana du vélo a encore reporté notre rendez-vous ? »

Dan posa la main sur ma taille, son menton effleura le côté de mon visage et il me tendit un sachet en papier kraft.

« Un roulé à la cannelle.

— Merci… Et cette histoire d'Arthur, ça s'est enflammé pendant la nuit. Des auteurs célèbres aux États-Unis se sont mis à retweeter son message. Merde. Ah oui, et Amelia est aux Maldives, aussi. Regarde. » Je me retournai et agitai mon téléphone sous son nez.

« Dans une station où des dauphins te livrent le petit déj ou un truc du genre. » Mon écran était d'un turquoise éclatant. Dan appréciait mes anecdotes sur Amelia – la star d'une émission populaire qui avait pour cadre le milieu mondain de Londres –, elle avait plus d'un million d'abonnés et l'éditeur à qui nous avions vendu les droits de son livre de recettes véganes attendait désormais son premier roman. « J'espère que Claire ne verra pas ça ; ça fait deux fois qu'elle lui prolonge ses délais. »

Je me demandai un instant pourquoi Dan était silencieux, puis je me retournai vers Miles. « Oh, et Miles… LES DOUDOUS ! »

Miles et Dan sursautèrent.

« Pardon. » J'ajustai le volume tandis que mon cerveau partait en flèche dans cinq directions différentes. « Il te reste des vieilles peluches pour la Tombola des Doudous ? Dan, on les a rangées au grenier ou on les a bazardées ? »

Si j'avais tendance à stocker à l'excès et en vrac, Dan était un pro de l'organisation. Il avait des modules de rangement aux couleurs assorties et utilisait ces petits œillets collants qui évitent d'agrandir les trous des feuilles A4 perforées. Croyez-moi, ce type avait même une boîte spécifique pour les boutons décousus et il était allé jusqu'à plastifier l'autorisation de stationnement d'une benne à gravats.

Dan se laissa tomber sur la chaise en face de Miles. « Pourquoi tu organises toujours ce machin ? Ça fait des années que nos enfants ont quitté la garderie.

— Je sais, mais bon, j'ai promis. » Je baissai les yeux et le fil de discussion du groupe WhatsApp affichait trente-sept notifications. Dan avait raison, bien sûr, et je lui avais dit que j'allais me retirer de ce comité, mais personne ne proposait de prendre ma place. Ce groupe m'avait été si vital pendant les années dingues de la petite enfance. Un peu de répit loin des repas jetés par terre, des incessants appels nocturnes pour un cauchemar/un doudou/un peu d'eau/un câlin/un pipi, *Peppa Pig* qui passait en boucle jusqu'à ce qu'on se surprenne à fredonner le générique à n'importe quel moment. C'était la seule solution de garde financièrement abordable dans notre quartier qui proposait des horaires flexibles, et ils avaient besoin de parents bénévoles.

J'évitai son regard et rassemblai mes affaires pour le travail, sans oublier les documents indispensables que j'avais imprimés la veille en fin de soirée. À l'idée de la matinée qui s'annonçait, mon estomac se souleva. Je consultai de nouveau mon portable, toujours aucune nouvelle de la compagnie de taxi. Mais je vis un autre message. « Oh, tu te souviens de Jacob, Miles ? Il allait à la garderie avec toi. Sa mère m'a dit qu'ils déménageaient dans le Surrey. J'ai proposé de les inviter avant leur départ. »

Miles leva un regard absent vers moi.

« Tout va bien, mon pote ? » demanda Dan, penché au-dessus de la table pour poser la main sur son front. Miles l'écarta brusquement et lâcha un soupir agacé. Je croisai le regard de Dan ; Miles n'était jamais irritable. On avait déjà une enfant qui se comportait en ado alors qu'elle n'avait pas onze ans, ça me suffisait.

Dan se pencha et caressa Gus alors que je récupérais mon portefeuille et vérifiais le contenu de mon sac à main.

« Tout va bien, mon gentil chien ? Tu n'as pas faim ? »

« Oh, mais c'est pas… » Je venais de voir l'heure en prenant mes clés et je gémis : « Il faut que je passe au bureau avant la réunion. Et il faut que Poppy descende maintenant, sinon elle n'aura pas le temps de manger avant l'école. »

Dan se redressa. « Je m'occupe d'eux, vas-y. Je commence plus tard ce matin, tu te souviens ? Je dois y être pour onze heures, je rencontre un nouveau client. » Il marqua une pause, comme s'il laissait un laps de temps pour que quelqu'un prenne la parole.

« Super. » Je lui envoyai une bise de loin et il afficha une expression étrange en se rasseyant. J'ébouriffai la tignasse de Miles. « Je vous aime tous les deux, m'écriai-je depuis le couloir. Demande à Poppy si elle a des peluches à donner, d'accord ? » Je l'entendis descendre l'escalier à grand fracas. « Poppy ! hurlai-je. Dis à papa de te parler des peluches, compris ? »

Ma fille apparut sur le palier au-dessus de moi, ses longs cheveux décoiffés, son chemisier blanc débraillé, ses jambes maigres dépassant de sa jupe d'uniforme à carreaux.

« Il est où, mon blazer ? lança-t-elle.

— Demande à papa », répondis-je, le bras tendu vers mon manteau ; le guidon du vélo s'enfonça dans mon flanc. « Ah, put… » Mais pourquoi cette nana n'était-elle pas encore venue le récupérer ? J'aurais mieux fait de le remonter au grenier ou de le donner gratis sur Freecycle.

« Dan ! m'écriai-je. Poppy a besoin de son blazer et je t'enverrai un texto plus tard pour le repas de ce soir, OK ? Je pourrais faire un gratin de saucisses ? » J'avais ouvert la porte d'entrée et rangé mon téléphone dans ma poche, l'esprit déjà concentré sur le trajet à venir. J'allais enfin pouvoir lire le manuscrit que j'avais commencé la veille dans le métro.

Une voix cria dans mon dos : « Tu as oublié ton roulé à la… », mais j'avais déjà claqué la porte.

Denise @Comité Réunion à 18 h 30 ce soir. Ne soyez pas en retard, svp.

Catrin @Emma C'est à toi qu'elle parle, Emma !

Denise @Comité Le tableur du roulement indique que c'est à Emma de rédiger le compte rendu ce soir.

Catrin @Emma Ouais, viens pas foutre le bordel dans le roulement, Emma. Lol.

AuteureLou @Emma Désolée, il est tôt. Et tu n'es pas obligée de me répondre à la minute. Je ne tiens pas à être ce genre d'auteure. Je viens d'aller sur Amazon et j'ai eu 2 nouveaux avis aujourd'hui ! Mais l'un d'eux n'a qu'une étoile et dit que la reliure s'est décollée, donc j'hésite à demander à Amazon de supprimer l'avis… non ?

AuteureLou @Emma Désolée ! J'aurais dû te le dire dans mon message précédent. Du coup, je suis aussi allée voir sur Goodreads et quelqu'un m'a mis 1 étoile en disant qu'il trouvait Carl un peu pervers, limite violeur. Tu penses que je devrais signaler cet avis comme offensant ?

AuteureLou @Emma Il n'est pas pervers ni violeur, si ?

AuteureLou @Emma Désolée ! C'est le dernier message, promis ! Je devrais m'inquiéter de n'avoir encore aucun avis sur le site de Waterstones ? J'ai comparé avec des auteurs dont le livre est sorti la même semaine que le mien, et certains ont déjà plus de trois avis. C'est grave ?

Jas @Emma Nan, mais pfff, t'as vu l'Insta d'Amelia ? J'aimerais trop être à sa place.

Hattie @Emma On déjeune ensemble ?

Poppy @Maman Papa dit qu'il ne sait pas où est mon blazer.

4

À l'instant où je quittai la maison, j'avais déjà trente trucs à dire à Dan et je lui envoyai des textos en marchant.

Je crois que son blazer est accroché à la porte des toilettes d'en bas.

Dis à Miles de ne pas oublier ses devoirs !

Il faudra peut-être qu'il prenne ses gants, aussi.

Tu peux mettre des saucisses à décongeler ?

Il répondait habituellement par une émoticône amusante ou un « Oui, Votre Majesté », mais aujourd'hui, je ne reçus qu'un « OK » laconique. Sourcils froncés, je scrutai les deux lettres. Qu'est-ce qu'il avait ?

Merde, est-ce que j'avais pensé à prendre les documents que j'avais imprimés pour la réunion ? Le taxi avait-il envoyé une confirmation ? Oh, mais je n'avais pas déjà préparé un gratin de saucisses samedi dernier ?

La station de métro se trouvait un peu plus loin dans la rue, je descendis du trottoir. Une sonnette, un cri, et je fis un bond en arrière alors qu'un cycliste m'évitait de justesse. Mon talon s'enfonça dans la plaque d'égout et, paniquée, je me baissai pour le décoincer.

« Mais put… » Le cycliste me décocha un regard noir par-dessus son épaule.

Le cœur battant, je rangeai mon téléphone et fis une pause, je repris mon souffle, puis je regardai bien de chaque côté avant de traverser. Je franchis le tourniquet et sentis que le cuir rigide de ma chaussure frottait contre mon talon gauche. Pourquoi n'avais-je pas choisi les bottillons ?

Dans l'escalator, entourée des effluves d'oignons et d'humidité du métro, je regardai les autres passagers et l'assortiment de leurs manteaux, sacs à main et besaces. Encore un lundi ordinaire, une journée comme les autres. Combien de ces visages avais-je déjà involontairement scrutés les lundis précédents ? Je ressortis mon téléphone, profitant de cette fenêtre de tir pour rédiger des réponses aux uns et aux autres.

Quarante-deux notifications du groupe du comité et deux nouveaux messages WhatsApp de Lou, dont le premier roman était sorti deux semaines plus tôt. Pourquoi n'avais-je pas un téléphone professionnel ? Elle adorait m'envoyer de longs messages paniqués. Suivis d'un mail. Suivi d'un appel téléphonique. Je me mis à tapoter.

Le métro me recracha alors que je pianotais encore et suivais machinalement le flot de passagers vers la sortie, plissant les yeux de surprise sous le ciel bleu clair. D'un bon pas, je pris le chemin de l'agence et m'arrêtai au petit café du coin en me rendant compte que je n'avais rien avalé depuis le réveil. Le roulé à la cannelle était resté dans son sachet sur le plan de travail. C'était peut-être pour ça que Dan m'en voulait ?

« Un latte à la noisette, s'il vous plaît », dis-je d'un ton distrait au barista dont le cou était orné d'un tatouage, un symbole entrelacé. Je ne lui avais jamais demandé ce qu'il représentait, alors que je venais ici presque chaque jour de la semaine.

Il m'adressa un sourire qui dévoila ses dents du bonheur et me fit penser à Poppy. « Avec un muffin aux myrtilles ?

— Oui, je veux bien », marmonnai-je, consciente de commander toujours la même chose, une créature d'habitudes. Quand donc étais-je devenue cette femme-là ? « Merci… » Par politesse, j'aurais sans doute dû lui demander son nom. Mais est-ce que ça ne risquait pas d'être gênant de le lui demander maintenant, alors qu'il me tendait mon millième muffin ? Je ressortis mon téléphone.

« Oh, et avec du lait écrémé », ajoutai-je subitement au souvenir de la photo d'Amelia sautant en maillot sur la plage, bras et jambes écartés. Comme si du lait écrémé allait compenser les calories du sirop de noisette. Il fallait absolument que je perde ces trois kilos, bon, d'accord, ces cinq kilos que j'avais pris depuis mes quarante ans. Mais qui avait le temps de s'inscrire dans une salle de muscu ? Ou d'aller courir ? Ou de caser un peu de sport dans la liste interminable des choses à faire en une journée ?

Je vis le message de Hattie à propos du déjeuner et je me mordillai la lèvre. J'aurais adoré manger avec elle, mais est-ce que je pouvais vraiment y consacrer une heure ? Cette réunion infernale était prévue depuis longtemps, et Linda avait exigé qu'on se retrouve au bureau avant, ce qui allait prendre encore plus de temps. Et j'obligeais toujours Hattie à faire le trajet jusqu'à Hammersmith, où se situait mon agence, alors qu'elle télétravaillait à Wimbledon ; ça me permettait de m'éclipser discrètement du bureau. Elle affirmait que ça ne la dérangeait pas, la boîte informatique de la Silicon Valley qui l'employait était plutôt tolérante, et elle travaillait généralement l'après-midi, ses matinées étaient moins chargées, mais ce n'était pas très juste pour elle. Je n'ouvris pas le message pour que Hattie pense que je ne l'avais pas lu. À quand remontait notre dernière rencontre ? À bien trop longtemps, une éternité, et elle me manquait : je lui répondrais sans faute, dès que j'en saurais plus sur mon emploi du temps de la journée.

Merde, j'avais déjà vingt-sept mails alors que j'avais consulté ma boîte la veille avant de me coucher. Mon cœur se serra. J'attrapai mon café et mon muffin et sortis en criant un « merci ».

Je me faufilai en silence dans l'agence, un immeuble blanc à la peinture écaillée coincé entre deux grands bâtiments en verre. Je jetai un coup d'œil au portemanteau, soulagée de le voir vide. L'appréhension me nouait l'estomac à l'idée de la matinée qui m'attendait. Les éléments que j'avais rassemblés suffiraient-ils ?

Je me glissai dans le couloir sans quitter mon manteau, mon sac frôla les piles précaires de livres le long des murs. Je n'avais répondu qu'à trois mails – dont deux étaient des refus d'éditeurs pour le nouveau roman de Scarlet que je soumettais actuellement – avant d'être interrompue par la sonnette de l'interphone.

Scarlet avait été ma première auteure. En plus d'être mère de deux ados et de soutenir son mari malade grâce à son boulot d'enseignante, elle continuait à écrire des textes merveilleux ; elle savait sonder les abysses émotionnels comme personne. Il fallait absolument que je lui téléphone et que je lui fasse un compte rendu de la situation. Un nouveau contrat d'édition boosterait sa confiance élimée. Je m'en chargerais plus tard ; je la rassurerais et lui expliquerais qu'il nous restait d'autres options.

La sonnette retentit de nouveau et le taxi que j'avais commandé ronronnait dans la rue étroite à sens unique. Je saisis mon sac et claquai la porte derrière moi en cherchant comment le faire patienter. À l'instant où je m'apprêtais à appeler Linda, je les vis sur le trottoir, bras dessus bras dessous, comme un couple de retraités en balade, insouciants.

Arthur Chumley, surprenant dans un pantalon en velours rouge et un pull couleur rouille, ses longs cheveux grisonnants et ondulés qui lui frôlaient le col ; Linda, dans son manteau de fourrure préféré (du vison, « saletés de petites bestioles mesquines, Emma »), sa chevelure, un nuage de boucles rêches blond platine, son rouge à lèvres débordant alors qu'elle tirait sur sa cigarette.

« Gemma ! lança Arthur en portant ma main droite à ses lèvres sèches.

— Le taxi est là », dis-je, l'index gauche pointé vers le véhicule qui attendait alors qu'une autre voiture s'arrêtait derrière lui.

« Il fallait absolument qu'on aille prendre un café, Jasmina a proposé de l'instantané à Arthur », s'exclama Linda, les yeux au ciel, les dents tachées de rouge à lèvres. « Imagine un peu ! Il ne supporte pas le soluble.

— On doit y aller maintenant… » insistai-je avant de retirer en vitesse ma main de celles de notre client le plus fortuné. Des mains qui payaient la quasi-totalité de nos salaires. Dix millions d'exemplaires vendus à l'international, une série télé à succès, le détective alcoolique et manchot le plus célèbre du monde. Arthur était le premier auteur avec lequel Linda avait signé quand elle avait lancé l'agence quarante ans plus tôt, et bien que je ne sois plus son assistante, elle me sollicitait encore pour tout ce qui concernait ses publications. Tout indiquait que Linda et Arthur cherchaient une subordonnée pour appuyer leur conviction qu'il était l'auteur le plus important du marché. Un rôle auquel je tentais de me soustraire depuis longtemps, en vain.

« On est vraiment obligés d'y aller ? bouda Arthur. Je préférerais inviter deux femmes ravissantes comme vous à déjeuner.

— Oh, Arthur, couina Linda avant d'écraser son mégot sur le trottoir. Quel coquin ! C'est sûr que c'est la plaie. Mais Emma m'a *assuré* qu'elle contrôlait parfaitement la situation. »

Je ne pus m'empêcher de lui décocher un regard paniqué. Contrôler la situation ? Depuis son coup de fil qui m'avait gâché le week-end, j'avais passé chaque seconde à m'inquiéter de ce qui allait se produire dans les deux heures à venir. Cette réunion pouvait tout changer : pour l'agence, pour Arthur, pour elle, pour moi.

« Tout ce que tu as à faire, toi, c'est de continuer à nous écrire des livres merveilleux », poursuivit Linda sans remarquer les trois voitures arrêtées dans la rue derrière le taxi, et le chauffeur qui levait les mains d'un geste exaspéré alors que les klaxons emplissaient l'air.

« Allez, il faut qu'on avance, dis-je par-dessus le raffut en me dirigeant vers le taxi.

— Notre carrosse est là », annonça Arthur comme s'il nous escortait aux Oscars, et pas vers une mort professionnelle certaine.

Je repensai aux mails de refus pour le roman de Scarlet tandis que je prenais place sur la banquette arrière à côté d'Arthur, qui sentait le lait caillé et se frappait la cuisse en se plaignant des jeunes auteures qui envahissaient peu à peu l'univers du polar. « Elles sont partout, maintenant. » Et Linda qui le consolait. Mais qu'est-ce que j'étais en train de faire ?

Denise @Comité Merci de confirmer votre présence. Emma se chargera du compte rendu. La réunion débute à 18 h 30 pile. Séance levée à 20 h.

Catrin @Emma Comment tu l'ignores, Emma ! Et « séance levée », c'est quoi ce délire ?

Jas @Emma J'aurais aimé être là, mais on m'a chassée à cause d'un café. J'espère que la réunion se passera bien et qu'on aura encore tous un boulot. On se revoit au bureau 😬. Bisous.

AuteureLou @Emma Merci pour tes réponses. Tellement d'accord avec toi, je trouve qu'il n'a rien d'un violeur. Il est juste passionné ! Tu as vu passer l'article dans le *Bookseller* ce matin ? Apparemment, la vague du *mum noir* était super tendance, mais le créneau est saturé. Rah. Tu crois que j'ai loupé le coche, avec mon livre ?

AuteureLou @Emma Je viens de lire un autre article dans le *Guardian* sur la tendance *mum noir*, qui dit que le genre est nouveau, alors peut-être que tout ira bien. Ah ! Je crois que je vais renvoyer un mail à Jane. Elle n'a pas répondu à mon message de la semaine dernière à propos de la couverture d'un autre livre. Tu crois vraiment que les lecteurs risquent de les confondre ? Je trouve effectivement que les deux visuels se ressemblent. Peut-être qu'on pourrait en discuter ? Je suis assez disponible aujourd'hui ! Ou demain. Ou plus tard dans la semaine.

AuteureLou @Emma OK, donc pour cette histoire de couverture, j'ai montré à une amie la couverture de l'autre livre, et elle les trouve assez proches, elle aussi.

AuteureLou @Emma Par contre, elle dit qu'elle aime bien la pomme sur le mien, le côté pourri. Je suis dispo ! Pas d'urgence ! À très bientôt !

Claire @Emma Amelia pourra-t-elle nous remettre son manuscrit dans les délais ? Il faut que je fasse un topo à l'équipe marketing.

Hattie @Emma Déjeuner ? Ensemble ?

5

6 décembre 2008

Chère Emma,

Deux années entières. Tu as fait passer notre statut Facebook de « Amis » à « En couple », donc je sais qu'entre nous, c'est du sérieux ! Et je te vois tellement plus souvent depuis que Dave est parti et que Hattie a emménagé à sa place. Je pensais qu'on ne le dérangeait pas, mais tu as raison, la peau de serpent dans mon lit, ce n'était sûrement pas un accident. Et je ne pouvais quand même pas laisser Hattie continuer à vivre chez nos parents – elle commençait à être accro aux puzzles et à la belote.

Peut-être que je devrais être jaloux de votre intimité, mais non, ça me plaît. Je sais combien Jules te manque, depuis qu'elle est partie vivre en Australie. Je découvre un aspect différent de ta personnalité quand tu es avec Hattie – j'aime bien vous surprendre à « télétravailler » ensemble, en pyjama, le visage couvert d'un masque cosmétique, vos ordis portables en veille pendant que vous pleurez de rire.

Je suis soulagé aussi que tu ne sois pas décontenancée par notre fratrie et notre proximité bizarre – les chamailleries et les histoires (oui, on prenait très au sérieux notre Club des Pierres, on n'acceptait un nouveau membre que s'il présentait une pierre d'aspect inhabituel). Je te vois parfois nous observer, le visage empreint d'une expression mélancolique qui me donne toujours envie de te prendre la main.

Il t'arrive d'évoquer nos enfances différentes. De raconter des trucs d'un ton détendu, comme les vacances de Noël passées dans la famille de Jules parce que tes parents avaient réservé un voyage de six semaines sans toi sur l'île d'Antigua, et je suis désolé si mon regard accablé t'a déstabilisée. Mais je pense que ces histoires, c'est ta manière bien particulière de m'expliquer pourquoi tu cherches systématiquement à résoudre les problèmes toute seule dans ton coin. Pourquoi tu oublies d'informer ton copain que tu as prévu de passer la soirée ou le week-end ailleurs. Je déteste quand tu te contentes de m'annoncer tes projets, puis je suis inondé de soulagement quand je comprends que tu m'y associes.

Hattie aurait rêvé que je sois une fille. C'est pour ça que je connais autant de choses gênantes sur la mode féminine (aucun hétéro n'est censé savoir ce qu'est une charmeuse). Je n'ai jamais douté un seul instant qu'elle t'adopterait. Elle t'adore, bordel. Elle aime ta spontanéité (ce voyage à Brighton en milieu de semaine, votre cours de monocycle) et ta gentillesse (aller la chercher dans le Herefordshire à 3 heures du matin quand Ian a refusé de la raccompagner, lui préparer une fondue quand elle a obtenu le boulot de RH dont elle rêvait).

Tu es aimable avec tout le monde – tu vas souligner une qualité louable chez quelqu'un que je trouve juste con. « On l'a sûrement pris au dépourvu. » « Peut-être qu'il a été profondément blessé dans le passé. » C'est un trait génial de ta personnalité qui te rend sympathique auprès de tous ceux que tu rencontres. Du coup, j'ai parfois du mal à comprendre de qui tu es réellement proche – tu es encore un peu une énigme à mes yeux. Mais c'est Hattie que tu vas voir juste après m'avoir annoncé une bonne nouvelle, c'est dans sa chambre que tu te précipites après le boulot pour lui montrer un article qu'elle appréciera (si j'ai bien pigé, on peut toujours en apprendre plus sur Ryan Reynolds). Et j'adore l'idée que tu aies envie de faire partie de notre gang – quelle journée remarquable quand tu es devenue membre officielle du Club des Pierres (ce quartz rose en forme de nuage, c'était très bien trouvé).

Je sais que tu m'aimes. Tu me le dis dans les moments calmes, tu me le dis d'un ton d'évidence, tu me le dis souvent. Tu me l'as écrit à la fin de ta super lettre, l'année dernière. Je la relis parfois quand j'ai besoin de booster mon ego (est-ce que je devrais l'admettre ? C'est grotesque ?) et j'espère franchement que cette lettre te donnera le sentiment d'être aimée aussi. Donc voilà…

Mon cœur bat comme un fou quand tu me regardes à ta façon.

Tu as trouvé ta place dans ma famille, c'est comme si tu en avais toujours fait partie. Je sais qu'on est un peu lourds, tous les quatre, mais mes parents t'adorent. Maman n'arrête plus de parler de cette sorte de collier clipsable que tu lui as donné quand elle perdait sans arrêt ses lunettes. Et si tes parents n'ont pas envie de passer du temps avec nous, tant pis pour eux. Ce sera peut-être plus facile quand ils seront installés en Espagne de façon permanente. J'ai l'impression que tu souffres davantage de les savoir à moins d'une heure de toi, alors qu'on pourrait croire qu'ils vivent sur une autre planète.

Tu m'accordes du temps et de l'espace quand j'en ai besoin. Il fallait que je démissionne de ce boulot, je le savais. J'étais en plein burn-out dans ce quotidien insipide. Consultant en stratégie – pas franchement l'éclate. Mais quitter mon poste était flippant, et chiant, et tu as été incroyable, tu m'as laissé te saouler avec mes éternelles questions, est-ce que j'avais fait le bon choix, est-ce que je retrouverais un jour un travail, etc., etc. Et en plus, tu me laisses passer la journée en pyjama à jouer à la Xbox sans (presque) jamais me juger. Aucune leçon de morale, ni question, ni stress. Rien que ta tête sur mon épaule, ta main sur ma cuisse. Et je ne t'en veux pas de m'avoir dit que tu ne coucherais plus avec moi tant que je ne serais pas allé me doucher – ça faisait quand même huit jours.

Tu me rends courageux. Je n'arrive pas à croire que j'écris ces mots à bord d'un avion. Mais tu as raison. Après tout, pourquoi pas ? Ça nous donnera le temps de réfléchir à ce qu'on veut sur le long terme (et de faire du surf, aussi). Ça va faire cinq heures qu'on a décollé et je pense avoir réussi à laisser mes inquiétudes au sol, loin derrière moi. Avec Hattie qui a promis de veiller sur notre collection de pierres et de ne pas sous-louer l'appart, ni d'inviter Dave le Serpent, je peux partir rassuré.

Dans moins d'un jour, ce sera l'été, on sera à Sydney pour un court passage chez Jules, et puis seize semaines « rien qu'à nous deux ». Tu es à côté de moi en ce moment, tu dors avec un de ces masques moelleux sur les yeux, la bouche entrouverte, un coussin gonflable autour du cou. Tu as l'air ridicule et je suis follement amoureux de toi.

À notre troisième année ensemble, qu'elle soit incroyable.

Bisous,

Dan

6

Voir le hall d'entrée lumineux de la maison d'édition avec ses hauts plafonds m'apparut comme un véritable soulagement après ce trajet en taxi. Arthur était installé dans un canapé pourpre sous une immense affiche de son dernier best-seller. Il fustigeait la *cancel culture* et l'extinction du mâle blanc. Assise à côté de lui, Linda acquiesçait comme ces petites figurines de chien à l'arrière des voitures.

L'éditrice qui vint nous accueillir, Hayley, une amie qui avait signé un contrat avec un de mes premiers auteurs, refusait de croiser mon regard, même quand il fut manifestement évident que quelqu'un avait pété dans l'ascenseur. J'interprétai cela comme un Mauvais Signe. Personne ne sembla remarquer la puanteur fétide. Debout dans ce minuscule cube d'acier, je compris que c'était l'odeur d'une catastrophe imminente.

Je léchai mes lèvres sèches et essayai de remettre de l'ordre dans mes idées. L'agence avait besoin des revenus d'Arthur. Il était capital que la réunion se déroule bien. Sinon, je savais que mes projets pour la fin de semaine partiraient en fumée. Et je devais ça à Linda, à l'agence. Elle m'avait donné ma chance, huit ans plus tôt, et c'était à mon tour de l'aider.

Ding.

La salle de conférences était spacieuse et intimidante. Deux femmes étaient déjà assises à une grande table ovale en verre qui reflétait leurs visages impassibles. Je tirai une chaise et me rendis compte qu'Arthur était posté devant la gigantesque baie vitrée, d'où il contemplait la Tamise étincelante qui serpentait en contrebas. « Quand un homme s'est lassé de Londres, il s'est lassé de la vie », lança-t-il comme s'il prenait part à un cocktail, un petit four à la main. « Samuel Johnson », conclut-il. Sa remarque fut accueillie par des regards inflexibles et je commençai à avoir les paumes moites.

« Monsieur Chumley », commença Melissa, la directrice de Charter Publishing, les yeux agrandis derrière ses lunettes à monture violette. « Merci d'être venu nous rencontrer ce matin. De toute évidence, nous souhaitons aborder l'épisode problématique qui s'est déroulé ce week-end.

— Ah, la clique des *wokes* veut ma peau, à ce que je vois ! » Arthur tira une chaise d'un geste théâtral. « Les gens adorent se sentir offensés, de nos jours.

— Mais vos propos *étaient* offensants ! rétorqua Melissa, les yeux plissés. Vous avez écrit, je cite, continua-t-elle en lisant à voix haute un texte rédigé devant elle, "Je préférerais largement passer la nuit au lit avec elle qu'avec son livre. Il y aurait plus d'action."

— Je m'adressais en privé à un autre auteur.

— Twitter n'est pas privé, lâcha Melissa d'un ton sec, lèvres pincées.

— Je m'en suis rendu compte, oui », répondit Arthur, pompeux.

Linda se pencha au-dessus de la table et leva ostensiblement les yeux au plafond.

« Arthur est bien sûr désolé que les gens n'aient pas compris sa plaisanterie. Il a supprimé le twitter qui a provoqué ce scandale ridicule.

— Le supprimer ne le fait pas disparaître. Il y a eu des centaines de captures d'écran, il circule encore sur la toile, dit Melissa.

— Capture d'écran ou non, répliqua Linda en agitant la main, Arthur a vendu presque un million de livres pour vous l'année dernière. Alors à quoi bon ces jacasseries pour un twitter ?

— Un tweet », la corrigeai-je dans un murmure.

Elle me décocha un regard assassin. Je devais voler au secours d'Arthur, je le savais – j'avais dans mon sac ses relevés de vente et un communiqué d'excuses à publier en ligne –, mais je sentis ma gorge se serrer.

« À l'avenir, mes tweets se résumeront aux matchs de Leeds United et aux voitures de collection », ricana Arthur.

La réponse de Melissa fut glaciale.

« Le problème, c'est que tout ceci est important à nos yeux, important pour notre entreprise, important pour l'auteure qui a subi une remarque absolument déplacée et désobligeante de la part d'un écrivain connu. » Elle serra le poing sur la table. « Et il ne s'est écoulé que dix mois à peine depuis la plainte contre votre harcèlement…

— Oui, enfin, si vous persistez à embaucher des gamines de vingt ans hypersensibles… murmura Arthur, la main autour de son verre d'eau.

— Si nous n'avons pas la certitude que vous prenez nos interventions au sérieux, lança Melissa en élevant la voix, je crains que Charter Publishing soit contraint de réfléchir à deux fois avant de renouveler le contrat actuel. »

Je grimaçai. Si Charter renonçait à notre accord, cela creuserait un trou monumental dans le budget de l'agence, sans parler du fait qu'après plusieurs années de ventes en déclin, amplifiées par une pandémie mondiale, les livres d'Arthur n'étaient plus les pépites inestimables d'autrefois. Serions-nous capables de lui trouver une autre maison d'édition prête à débourser une telle somme ? D'autant plus que tout le milieu saurait que Charter l'avait laissé tomber, et pourquoi. Il y aurait des offres, bien sûr, mais je crois que Linda et Arthur seraient surpris de découvrir à quel point les éditeurs rechignent à ajouter à leur catalogue un auteur incendiaire, dont les ventes sont à la baisse et qui ne fait preuve d'aucune solidarité envers ses confrères. Je m'éclaircis la gorge.

« Arthur mesure parfaitement son erreur, intervins-je avant de redresser le dos. D'ailleurs, sur le trajet jusqu'ici, il nous a fait remarquer combien il était revigorant de voir toutes ces jeunes auteures féminiser enfin l'univers du polar. Pas vrai, Arthur ? »

Une fraction de seconde de silence, un acquiescement presque imperceptible de sa tête.

« Et il me disait aussi avoir découvert un programme de subventions qui encourage la diversité dans la communauté du roman noir. »

Le visage de Melissa se détendit et j'entendis Linda prendre une petite inspiration sèche.

« Associer son célèbre nom à une telle cause et effectuer une généreuse contribution au projet, eh bien… ce serait une façon idéale de donner une impulsion au changement qu'il rêve de voir dans la société. »

Melissa jeta un coup d'œil à ses deux collègues, son poing se détendit.

« C'est rassurant à entendre. Son implication dans ce programme pourrait effectivement réparer certains dégâts.

— Nous pourrions rédiger une courte déclaration à ce sujet, poursuivis-je d'une voix assurée, le regard fixe. En plus de ses excuses, bien entendu. Et je suis certaine qu'après cela, nous serons tous heureux de tourner la page de ce triste incident. »

Je demeurai immobile dans l'espoir que mes mensonges ne m'étouffent pas. À ma gauche, je sentais Arthur s'agiter, mais il avait la présence d'esprit de garder le silence.

« Bien. » La pause s'étira tandis que les collègues de Melissa la dévisageaient. « Nous voulons bien sûr conserver ce partenariat profitable, dit-elle, articulant chaque mot avec prudence. Mais nous avons aussi profondément conscience du climat actuel, et nous ne voulons pas être soupçonnés de rester les bras croisés quand un de nos auteurs contrevient ouvertement aux principes que nous nous efforçons de véhiculer dans cette maison. »

Arthur allait s'en tirer à bon compte et je sentis mes épaules s'affaisser de quelques centimètres. La honte me submergea quand je compris le rôle que je jouais. Je repensai à ses propos le matin même, à son tweet, à son irrespect, aux accusations de harcèlement – une jeune assistante éditoriale qu'on n'avait jamais revue depuis. Je cillai. Était-ce vraiment ce que je voulais ?

« Bien, dis-je en repoussant ma chaise. Nous devrions aller peaufiner tout ça. » Je voulais quitter cette pièce avant que la bulle n'éclate. « Linda ? »

Je me tournai vers elle d'un air radieux.

Elle se leva, le visage de marbre.

Arthur lui jeta un regard. Lorsqu'elle m'emboîta le pas vers la porte sans rien dire, il se figea. Une veine saillait dans son cou et il sortit d'une démarche raide.

Emma @Dan On a des courgettes ? Les enfants en ont marre des petits pois.

Emma @Dan La réunion s'est bien passée, merci de t'en inquiéter.

Emma @Dan Dan… ?

7

Arthur était livide, il bouda jusqu'à l'ascenseur et refusa de partager un taxi avec moi pour rentrer au bureau. « Promettre mon argent. Me museler. Toutes ces femmes dans le monde de l'édition. Elles ne seront pas satisfaites tant qu'elles ne nous auront pas tous virés. »

Linda me dévisagea d'un air sombre avant de s'engouffrer derrière lui dans le véhicule.

« Je me charge de ramener Arthur. »

Je me liquéfiai sur le trottoir. Ils n'avaient donc aucune idée de ce qui aurait pu se passer ? Et Linda ne comprenait-elle pas la catastrophe potentielle que je leur avais évitée ?

« Emma a rendez-vous ailleurs », souligna-t-elle.

J'ouvris la bouche pour répliquer, mais ravalai tout quand la portière du taxi claqua. J'avais parfois l'impression d'être l'éternelle assistante à qui elle avait offert son premier emploi. *Tête haute, Emma, et du cran.*

Je me dirigeai vers la station de métro, le frottement de mon talon déclenchant une vague de douleur dans toute ma jambe. Je sortis mon téléphone d'un geste machinal. Deux appels en absence et un message de Hattie sur mon répondeur.

« Je t'appelle à propos de notre déjeuner. Sinon on se prend juste un café, si tu trouves le temps ? »

Je scrutai son nom avec honte. J'aurais donné n'importe quoi pour voir son visage en cet instant précis. Je savais combien j'avais de la chance que ma belle-sœur soit aussi ma meilleure amie. Si je lui téléphonais maintenant et lui parlais de mon talon, elle apparaîtrait sans nul doute devant moi avec un paquet de pansements. Elle n'avait pas l'habitude d'insister comme ça pour me parler. Ça devait faire bien trop longtemps qu'on ne s'était pas vues.

Ping, ping, ping.

Je suis désolée, pianotai-je en voyant grimper le nombre de mes mails et de mes textos. Et puis j'avais le communiqué d'Arthur à rédiger. *Journée chargée au boulot. On se voit bientôt, tu me manques*, ajoutai-je.

Sa réponse me parvint presque sur-le-champ. *Et ce soir ?*

Réunion du comité, désolée.

OK. Demain ?

Sans souci.

Je fixai ma réponse et me mordillai la lèvre. Je ferais mieux de l'appeler. À bien y réfléchir, ça faisait des semaines que je ne l'avais pas vue. Pas depuis ce déjeuner tendu, un dimanche midi chez eux. Je devais absolument l'aider à arranger les choses entre Dan et Ed. Ed plaisantait quand il avait dit que Hattie était toujours dans ses pattes. Elle avait même ri. Je ne savais pas pourquoi Dan en avait fait tout un plat. Je n'ai pas vu l'expression d'Ed quand il parlait, mais Dan a dû mal interpréter son regard ; il a parfois tendance à être un peu parano avec Ed.

WhatsApp a soudain attiré mon attention.

« Oh, non, mais… »

Salut, Em, j'ai été troooooop occupée ces derniers temps et je ne suis pas sûre de pouvoir envoyer mon manus' cette semaine. Tu peux les prévenir ? J'ai juste besoin d'un peu de temps. Merci beaucoup. Bisous. Amelia.

Et voilà, j'allais encore devoir amadouer son éditrice. Grandiose. Je fourrai mon téléphone dans mon sac, m'engouffrai dans la station de métro et songeai déjà à ma réponse.

Un léger soulagement en découvrant le portemanteau vide à l'agence : Linda avait dû inviter Arthur à un déjeuner « liquide ». Je longeai l'étroit couloir jusqu'aux petits W.C. sous l'escalier. Tout se déroula en un éclair. J'ouvris la porte, tendais la main vers l'interrupteur à l'instant même où j'aperçus une silhouette dans la pénombre. Je poussai un hurlement, la silhouette poussa un hurlement, il y eut un éclat de lumière…

« Emma !

— Putain. »

La silhouette agrippait son téléphone portable ; c'était ma collègue Jas, inexplicablement cloîtrée aux toilettes dans le noir complet. Je baissai les yeux et distinguai des lettres et des livres sur le rabat fermé de la cuvette.

« Jas, dis-je, la main sur mon cœur battant. Mais bordel… qu'est-ce que tu fous ?

— Je me cachais. Je les ai entendus à l'étage – ils étaient en rogne – et ils m'ont appelée, alors je me suis cachée – tu sais bien qu'elle va aux toilettes à l'étage, jamais ici –, et puis j'ai cru qu'ils étaient partis, mais je n'en étais pas totalement certaine, et puis je suis tombée sur un manuscrit super accrocheur, sur mon téléphone. C'est un bouquin jeunesse – des sorcières et tout, mais pas trop cliché –, et soit c'est vraiment bon, soit c'est le pire truc que j'ai jamais lu, mais j'avais envie de continuer ma lecture, tu vois ? Et tu dis toujours que si on éprouve l'envie de tourner la page et d'aller plus loin, c'est bon signe. La protagoniste, par contre, argh, elle fait de très mauvais choix et…

— Oh, mon Dieu, Jas, tais-toi. Il faut vite que j'aille aux toilettes. »

Je sautillai sur place.

« Ah. » Jas se pencha pour récupérer les lettres et les livres avant de se faufiler par la porte, et son épais pull en laine couleur moutarde s'accrocha à la poignée. « Désolée. »

Je poussai le verrou, relevai le rabat et m'assis sur la lunette.

« Je vais te faire un café, cria-t-elle de l'autre côté de la porte. J'ai acheté des nouvelles capsules parce que, apparemment, Arthur ne supporte pas le soluble.

— Elle est nulle, ton imitation, lançai-je en sortant des toilettes. C'est plus nasillard. Suuuupporte paaaas. Écoute-moi… Supporte pas. »

Jas éclata de rire et déchira l'emballage d'une boîte de capsules.

« Alors, comment s'est passée la réunion ? Tu es allée sur Twitter ? Les gens continuent à retweeter le message. C'est vraiment le pire mec, lui. » Son corps tout entier frissonna.

Je me penchai à la porte de la cuisine.

« C'était… eh bien, ils vont continuer à publier ses livres, donc c'est une victoire immense, vu qu'on n'a pas perdu notre boulot.

— Hourra, dit Jas en refermant la cafetière. Enfin, beurk sur le plan moral, mais hourra sur le plan professionnel.

— J'ai proposé qu'il contribue à ce programme de subventions dont tu m'as parlé la semaine dernière, celui qui donne plus de visibilité aux auteures de polar.

— Ah, cool ! Merci, rayonna-t-elle. Oh, tiens, je t'ai acheté un chausson aux pommes. C'est dans ce sachet, ajouta-t-elle, l'index pointé.

— Tu es la deuxième personne à m'offrir une viennoiserie, aujourd'hui, dis-je en saisissant le sachet avec reconnaissance pour jeter un coup d'œil à son contenu. Merci.

— C'était qui, l'autre ?

— Dan, répondis-je, la bouche pleine.

— Roooooh. » Elle émettait ce son dès que je lui racontais un truc mignon que Dan avait fait. « C'est le meilleur, lui.

— Tu n'es pas objective. Tout ça parce qu'il t'a offert un nouveau mug avec la lettre J quand tu lui as dit que tu avais cassé le tien en mille morceaux.

— Mais c'était le truc le plus gentil qu'un être humain masculin ait jamais fait pour moi, donc, vouiiii, je l'aimerai pour toujours.

— C'est triste, sincèrement, Jas. Il faut que tu fréquentes des êtres humains masculins plus sympas.

— Y en a pas. J'ai passé au peigne fin le sud de Londres et j'ai rien trouvé, nada, zéro, que dalle. Peut-être que je trouverai mon Dan à moi quand je serai vieille.

— Oui, sans doute, quand tu seras une antiquité comme moi… Il est plutôt génial, c'est vrai », admis-je en repensant au roulé à la cannelle, tenaillée par la culpabilité. Est-ce que je l'avais remercié, au moins ?

Jas me tendit mon café, l'arôme emplissait la kitchenette.

« J'ai relancé pour les contrats des audiolivres, au fait. Il faudra que tu les signes quand ils nous les enverront.

Je me disais aussi qu'il faudrait modifier notre contrat client pour inclure ces droits-là ; les anciens contrats ne les mentionnent même pas.

— Non, mais regardez-moi ça, on gère comme une pro dès le lundi matin. »

À vingt-quatre ans, Jas avait un bon goût littéraire. Elle était fantastique, elle avait un excellent contact avec les auteurs, rassurante, encourageante, mais ferme. Je devais convaincre Linda de lui accorder davantage de liberté et de la laisser prendre en charge une liste de clients rien qu'à elle, sinon on risquait de la perdre. Elle était largement prête à suivre ses propres auteurs. À partir de vendredi, c'était peut-être ce qui se produirait, d'ailleurs. Je me devais de la soutenir. Le rendez-vous de vendredi serait un tournant pour moi, comme pour Jas.

« Ça ne se dit plus, “gérer comme une pro”, Emma, m'expliqua-t-elle d'un ton solennel. Nous, la génération Z, on dit plutôt : je suis le GOAT des contrats.

— D'accodac. »

Elle rit en me suivant dans notre bureau partagé. Elle se délectait de notre différence d'âge. À ses yeux, *The Crown* était un documentaire historique ; elle s'émerveillait des souvenirs que j'avais de son année de naissance. « Tout le monde appréciait Tony Blair quand il est devenu Premier ministre ? » « La princesse Diana était aussi incroyable qu'elle en avait l'air ? » « Les gens n'avaient réellement pas de portable ? Mais comment on faisait quand l'autre était en retard ? On devait juste… l'attendre ? »

Elle m'aidait également dans mon rôle parental. Elle m'expliquait les derniers sites à la mode, les applis, elle m'indiquait les âges requis pour les appareils électroniques. Elle trouvait mignon que je m'inquiète de Facebook. « Ils n'iront jamais sur Facebook, Emma. »

Après une de mes discussions avec Jas, Poppy avait découvert avec stupeur que je connaissais TikTok, et non, je ne pensais pas que c'était une barre chocolatée (comme Dan se l'était imaginé). Quand Poppy aura l'âge d'avoir un compte, une nouvelle appli aura sans doute pris le relais. Naviguer dans ces courants était épuisant, mais Jas m'avait aidée à me détendre, elle m'avait appris à faire confiance à mes enfants pour me prévenir si quelque chose dégénérait sur les réseaux sociaux.

De retour à mon bureau, je rechignais à lire tous les nouveaux messages de ma boîte mail.

« Ah, et au fait », dit Jas en s'installant sur sa chaise pivotante à l'autre bout de la pièce, son manteau en laine bleu sarcelle posé sur le dossier. « Ernestina m'a envoyé la dernière version de son manuscrit, je l'ai lu ce week-end et je suis trop emballée ! J'aimerais te montrer le début, voir ce que tu en penses, et si tu le trouves prêt à être soumis aux éditeurs.

— Ah, oui… » Je fronçai les sourcils en lisant un message de notre scout audiovisuel qui attendait un compte rendu sur les retours de lecture du dernier manuscrit de Scarlet. Je ne voulais pas qu'il perde courage, il fallait absolument que je trouve un éditeur pour ce texte. Son dernier roman avait été optionné, mais le projet d'adaptation était tombé à l'eau. J'avais un rendez-vous téléphonique prévu tout à l'heure pour le présenter à notre agente aux États-Unis. Peut-être que ça changerait la donne. Et il fallait que je lise le synopsis qu'elle m'avait envoyé pour son quatrième roman. Ça faisait une éternité que je comptais le faire.

« Bon, seulement si tu as le temps, mais je crois qu'elle tient quelque chose de bien… C'est tellement dans l'air du temps. »

La voix de Jas se fit lointaine alors que je remarquais la date dans le coin inférieur droit de mon écran.

Oh, non. Comment n'avais-je pas remarqué la date du jour et son importance ?

La déception sur le visage de Dan au lit ce matin m'apparut soudain dans toute sa logique, son silence inhabituel et, bien sûr, ça expliquait le roulé à la cannelle que j'avais tout bonnement oublié sur le plan de travail.

« Merdouille », murmurai-je.

Jasmina pivota sur sa chaise, sourcils froncés.

« Tout va bien ? »

Oh… merdouille.

Moi @Dan Ne t'inquiète pas pour les saucisses ! J'irai faire des courses ! Et je prendrai des courgettes au passage !

Moi @Dan Et je m'occupe du dîner ce soir.

Moi @Dan J'espère que ta journée se passe bien.
À toute. 😊

8

Le ciel s'assombrissait quand je m'engageai dans notre rue. Je jonglais avec les courses du dîner et avec mon téléphone qui venait de tinter, m'annonçant un message de Linda.

Arthur ne s'associerait jamais au « complot wokiste ».

« Oh, mais c'est pas… » J'évitai de justesse ce fichu vélo dans l'entrée, et alors que je scrutais les mots de Linda, mon escarpin glissa.

« Put… » Je tendis le bras et tentai de garder l'équilibre. Les courses et mon portable s'envolèrent. « Merde. »

Je fronçai le nez en comprenant que ma semelle était couverte d'une matière dégoûtante. Une petite flaque de vomi sur le parquet, qui maculait aussi l'emballage en plastique des pommes de terre. Je balançai ma chaussure et entrai dans la cuisine en quête de la source du vomi. Une autre flaque à côté du panier du chien, où était étendu notre petit schnauzer.

« Gus… ? »

Il ne leva pas la tête alors même que je m'accroupissais devant lui. Il n'avait pas touché à sa gamelle. J'allais tendre la main quand la porte d'entrée claqua.

Une silhouette se hâta dans le couloir, puis un bruit de pas dans l'escalier.

« Miles ? » Je me redressai, traversai la pièce, ma démarche bancale avec ma chaussure en moins.

« Papa arrive », cria-t-il.

Je fronçai les sourcils ; d'habitude, Miles entrait directement dans la cuisine en quête de nourriture et accordait des réponses monosyllabiques à mes questions sur sa journée. Je m'apprêtais à monter le voir quand je revis le sachet de pommes de terre que je ramassai avec précaution en grimaçant. En allant le rincer dans l'évier, je remarquai le bouquet de fleurs sur l'îlot de la cuisine, des roses orangées dans notre plus beau vase en cristal. Dan les avait achetées en l'honneur de cette journée. Une nouvelle vague de culpabilité me submergea.

S'était-il rendu compte ce matin que j'avais oublié ? Encore ? Pas étonnant qu'il ait été aussi silencieux. Le roulé à la cannelle, son expression découragée quand j'étais sortie en hâte. Mais tout allait bien, je pouvais arranger les choses, et éviter un *remake* de l'année dernière. Une montagne de travail m'attendait, mais j'allais plutôt commencer à préparer le repas des enfants, cela désamorcerait la situation. Je retournai dans le couloir, nettoyai le sol et récupérai le reste des courses.

Mais bon sang, Linda était-elle sérieuse à propos d'Arthur ? Un coup de fil rapide, peut-être, pour bien insister sur tout ce qui était en jeu ? Et ce vélo devait absolument dégager d'ici. Je saisis mon téléphone. Appels en absence, notifications, applis de réseaux sociaux clignotantes. Merde, parfois j'aimerais juste que tout s'arrête.

J'allai sur Facebook et fus aussitôt distraite par le groupe des Mamans de West London – une pétition pour museler un chien du quartier, une demande de suggestions pour un bon bar, une maman qui s'interrogeait sur les méthodes de couchage pour bébé et dont le post avait attiré 735 commentaires ainsi qu'une tonne d'émoticônes au visage rouge furieux. Je lus et pianotai et scrollai. Pourquoi m'étais-je connectée à Facebook, déjà ?

La porte d'entrée s'ouvrit et je levai les yeux, cachant mon téléphone derrière mon dos tandis que Dan apparaissait dans la cuisine. « J'allais préparer le dîner des enfants », annonçai-je d'une voix forte en traversant la pièce de ma démarche claudicante pour attraper au hasard une louche en plastique sur le plan de travail.

« Je peux m'en charger, si tu veux. J'ai prévu quelque chose pour nous deux, aussi. » Il n'émit aucun commentaire sur le fait que je ne portais qu'une seule chaussure et que je marchais en me dandinant de haut en bas, ce qui m'aurait valu un florilège de taquineries en temps normal. Je savais donc qu'il était fâché. Il fallait que j'assume et que je m'excuse.

« Dan, dis-je en me tournant vers lui. Je me suis comportée comme une merde. Et je suis sincèrement désolée. Je me sens mal. Je sais que l'année dernière… » Je ne terminai pas ma phrase. Je voulais tant effacer son expression peinée. Un soulagement apparut nettement sur son visage. C'était bien ça, il croyait que j'avais oublié.

« Ce n'est pas grave. Tu étais… occupée.

— Toi aussi, tu es occupé », répondis-je, aussitôt distraite par le tintement d'une notification. C'était peut-être le boulot, mais ça pouvait tout aussi bien être des inconnus qui se disputaient sur le danger des tours de lit dans les berceaux.

Dan se rendit à l'évier où il entreprit de laver la vaisselle du petit déjeuner. « Poppy est rentrée ? Elle t'a dit qu'elle voulait arrêter la danse ?

— Non. Et je ne pense pas qu'on devrait l'autoriser à arrêter sur un coup de tête, elle est tellement douée… dis-je en likant discrètement la photo d'un de mes clients sur Instagram.

— Eh bien, elle doit avoir une bonne raison et il faut qu'elle nous l'explique, continua Dan, un verre dégoulinant de mousse à la main. Pourquoi ta chaussure est couverte d'un truc gluant ?

— Hmm… ? » Je levai les yeux vers lui puis les baissai machinalement vers mon écran.

« Je m'occupe de leur repas », soupira-t-il.

Je ne l'en empêchai pas. « Merci. Il faut que j'aille gérer ce truc… et j'ai un appel avec l'agente américaine d'ici quelques minutes, et puis la réunion du comité aussi. » Je m'exprimai d'une voix douce et fis mine de ne pas voir ses épaules s'avachir.

« Je nous ferai à dîner.

— Génial. Je serai de retour à temps », ajoutai-je en hâte, me rendant compte au passage que je devais encore écrire sa lettre d'anniversaire.

« Tu avais dit que ce serait ta dernière année au comité. »

Il parlait d'une voix maussade et agrippait une assiette dans son poing.

« Oui, et j'y compte bien. Je leur annoncerai ce soir. »

Mon téléphone sonna. Nos yeux se posèrent en même temps sur l'écran.

« Décroche », déclara Dan, un muscle tressaillant sur sa joue.

Je lançai un regard sur le portable. « C'est juste Hattie. C'est bon.

— Dis-lui que tu la rappelleras plus tard. » Il me prit la louche en plastique des mains. « Vas-y, décroche. »

AuteureLou @Emma Tu as reçu mes mails ? Ce n'est pas pressé !

Jas @Emma Argh ! Tu as vu l'article du *Guardian* sur Arthur ??

Denise @Comité Alan sera des nôtres ce soir, alors, s'il vous plaît, faisons preuve de respect et soyons à l'heure.

Catrin @Emma Bordel de merde, Alan va venir. Denise sera sur son trente-et-un.

9

6 décembre 2009

Chère Emma,

Qu'ai-je découvert sur toi, cette année ?

a) Tu peux dormir absolument partout. Sur la couchette supérieure d'un lit superposé dans un dortoir mixte de douze personnes, même quand quatre Australiens bourrés continuent à faire des jeux et des paris pour boire encore plus.

b) Tu adores le ciel. À l'aube, au crépuscule, envahi de nuages cotonneux, de rubans roses et violets. Tu me le montres sans arrêt. Comme si je ne le voyais pas. Mais c'est un peu le cas, je crois. Je ne le vois pas comme tu le vois. Me réveiller le matin de mon trentième anniversaire pour assister au lever du soleil, c'était inoubliable.

c) Tu as peur des oiseaux et de la volaille. Ce qui est à la fois surprenant et hilarant. (Non, ce petit pingouin bleu ne te regardait pas « d'un air agressif ».)

d) Tu es une lectrice vorace. Tu adores les livres. Tu ris, tu pleures – ils te transportent complètement.

Je t'envie cette passion, l'éclat dans ton regard quand tu me cites des passages. J'aime tes tentatives répétées de me convertir à autre chose qu'aux autobiographies d'athlètes.

e) Tu es gentille avec moi. Même quand je me comporte comme un connard. Je ne sais pas trop pourquoi je choisis de mentionner ça dans une lettre romantique, mais j'ai toujours honte du soir où je me suis vexé parce que j'étais convaincu qu'on prononçait ex-*press-oh, mais que tu me soutenais qu'on disait* es-*press-oh. J'ai fini par tenir un tas de propos que je ne pensais pas – non, tu n'es pas une Mme Je-sais-tout. Et alors que tu aurais dû m'abandonner seul sur mon banc, avec ma moue boudeuse et mes poings serrés... tu es restée. Tu t'es assise à côté de moi et tu as posé ta tête sur mon épaule. Tu m'as accordé le temps et l'espace nécessaires pour que je redescende de mes grands chevaux et que je m'excuse. Je suis encore désolé. Et tu avais raison, en plus, ça se prononce* es-*press-oh. (Ouais, sérieux, j'ai cherché sur Google. Je te l'ai dit, je suis un connard.)*

f) Tu te fais des amis partout, avec facilité. Même devant une porte de toilettes, à tenir une inconnue par les mains, en me chassant discrètement d'un geste du bras tandis que tu lui tends un mouchoir pour essuyer ses larmes. Comment tu fais pour que les gens te racontent des trucs intimes qui les font pleurer, trois secondes à peine après t'avoir rencontrée ? Tu as toujours des gestes attentionnés pour les autres. Tu proposes de covoiturer, de partager un taxi, de déposer un livre qui pourrait leur plaire. Tu as prêté ce gilet rose et doux que tu adorais à une fille parce qu'elle paraissait triste et frigorifiée. TU NE CONNAISSAIS MÊME PAS SON PRÉNOM. Tu lui as littéralement donné ta chemise !

Ces mois à voyager à tes côtés resteront à jamais une période magique de ma vie. Je n'aurais pas pu être plus heureux, même si je l'avais voulu. Ça a été un choc de rentrer au pays. On a été accueillis par mes parents et Hattie, par leurs exclamations et leurs étreintes. Et sérieux, j'adore ma famille, sincèrement, mais l'espace d'une seconde, j'ai été envahi de tristesse à l'idée que la magie d'une vie rien qu'à nous deux soit terminée. Ça avait été absolument incroyable.

Mais comme tu le dis, ce n'est plus le moment de déconner. Une auberge de jeunesse sur la côte australienne, ce n'est pas un endroit où élever un bébé.

Un bébé.

J'ai encore du mal à y croire.

Je suis enthousiaste, hein – tu sais que je le suis. Mais bordel, dans sept mois, je vais devenir papa. Devenir un père. Le vieux de quelqu'un d'autre. Un daron. Un paternel.

Je n'oublierai jamais ton visage quand tu es sortie des toilettes dégueulasses de l'auberge à Noosa – cette façon que tu as eue de flotter vers moi comme un fantôme ; j'étais terrorisé. Qu'est-ce qui t'était arrivé ? Rien qu'à voir le regard que tu m'adressais, je savais qu'un truc fondamental avait changé. On avançait à toute vitesse vers « l'après ».

Tu t'inquiétais peut-être de ma réaction. Je ne suis pas aussi impétueux que toi, loin de là. Je fais des listes, moi. Mon boulot a toujours consisté à planifier, à établir des stratégies. Je sais que je n'ai pas réagi comme les hommes dans les films : je ne t'ai pas fait tournoyer dans mes bras, je n'ai pas posé la main sur ton ventre. Mais bon, je croyais que tu faisais une intoxication alimentaire, donc la nouvelle m'a pris au dépourvu. Et parfois, il faut que tu accordes un peu de temps aux autres pour te rattraper. Toi, tu as tendance à débarquer à toute blinde, à balancer les infos en vrac, alors tu dois nous laisser une seconde pour que notre cerveau intègre tout ça.

Ma famille est sur un petit nuage. Je suis tellement content que le week-end surprise de ma mère au spa avec Hattie vous ait donné l'occasion de vous rapprocher (je suis moins content qu'elle t'ait apporté ces photos – oui, chez certains bébés, les cheveux mettent très longtemps à pousser).

Je suis enthousiaste, Emma. Effrayé aussi, évidemment. Je ne doute pas un seul instant que tu seras merveilleuse. Quant à moi, je dois avoir le courage de monter au filet (désolé, je sais que tu détestes les métaphores sportives), mais je suis déjà dans les starting-blocks (bon, c'est une maladie mentale, d'accord ?).

Je t'aime (et la crevette aussi) (?!). Et meeeeeeerde. J'ai trop hâte de voir ce que nous réserve cette quatrième année ensemble…

Bisous d'amour,

Dan

10

Le temps de sortir de la cuisine, j'avais raté l'appel de Hattie. Je m'installai dans le bureau au premier étage, allumai mon ordinateur portable et regrettai de ne pas m'être préparé une tasse de thé. Je parcourus mes mails en diagonale, et ouvris un tiroir en quête de papier pour la lettre de Dan.

Un agent me demandait si j'allais bien, si j'étais allée sur Twitter. J'abandonnai aussitôt mon tiroir et me connectai sur le compte de l'agence. Un flot de réponses enragées, l'article du *Guardian* retweeté de manière incroyablement préjudiciable. Il fallait que je résolve ça, Arthur était certes le client de Linda, mais il s'agissait de notre agence et nous étions traînés dans la boue, à juste titre, pour notre absence de réaction à ses propos.

Une porte claqua quelque part dans la maison tandis que j'appelais Linda et attendais qu'elle décroche. Aucune réponse.

Je fis une ébauche de mail, y joignis un document sur le programme de subventions. Ce n'était pas mon boulot, mais il fallait que je fasse comprendre à Linda la gravité de la situation. Au milieu de tout ceci, j'entendis des éclats de voix et je perdis le fil de mon message, soupirai, effaçai une phrase. Puis je fronçai les sourcils. C'était Miles qui faisait tout ce vacarme. Or, d'habitude, il était le plus calme des deux.

J'ouvris la porte du bureau et je compris que les voix venaient de sa chambre, collée à la nôtre, la porte en bois décorée de vestiges d'autocollants de fusée qu'il avait arrachés l'année dernière, car ils faisaient « trop bébé » (j'avais versé une larme). Je tendis l'oreille – oui, c'était bien Miles qui criait. Poppy avait toujours été la plus bruyante, en temps normal ; elle me ressemblait, elle pouvait péter un plomb rapidement. Nous nous fâchions souvent, Dan me rappelait de lui accorder un peu d'espace, de la laisser venir à moi. Je ne pouvais pas m'empêcher de m'immiscer, je ne voulais pas que mes enfants se sentent ignorés.

« D'accord... (marmonnements, marmonnements) en parlera... il dit qu'il... (propos inintelligibles) ... »

Mais pourquoi avions-nous installé des portes coupe-feu ? Elles empêchaient d'écouter en douce.

« École maintenant... (marmonnements) te déteste...

— Tu ne dois rien dire, OK ? » lâcha Poppy.

Ne rien dire ?

Mon visage tout entier était désormais pressé contre le bois. Miles ne se mettait jamais en rogne ; c'était l'enfant le plus placide que j'aie jamais connu. Même bébé, il ne prenait pas la peine de se fâcher. Ses colères ne duraient pas plus de trente secondes, le temps qu'il trouve autre chose à faire ou qu'il s'éloigne, attiré par un objet brillant.

Ils ne m'entendirent pas frapper à la porte et, quand j'entrai, Miles était debout au milieu de sa chambre, le torse violemment agité. Poppy était face à lui, jambes écartées.

« Qu'est-ce que vous avez à crier, tous les deux ? »

Un épais silence me répondit tandis qu'ils se toisaient d'un regard noir. Miles ouvrit la bouche pour parler en premier.

« Arrête », l'interrompit Poppy.

Il referma aussitôt la bouche, corps tendu, bras crispés le long de ses hanches, poings serrés comme s'il allait exploser vers le plafond d'une seconde à l'autre.

« Arrête de quoi ? demandai-je, sentant naître un début de migraine. Et pourquoi tu n'es pas à ton cours de danse, Poppy ? On a payé pour le trimestre.

— J'y vais plus, marmonna-t-elle sans croiser mon regard. Et Miles m'en voulait juste parce que je lui ai emprunté son stylo. Mais je lui ai rendu, ça y est, c'est bon, conclut-elle en l'observant, les yeux plissés.

— Mais C'EST PAS JUSTE, JE M'EN FOUS DE TON STYLO POURRI…

— Miles, m'écriai-je, choquée de me laisser entraîner dans cette escalade de cris.

— Elle ment », dit-il, tourné vers moi.

Poppy s'en prit à lui. « Oh, mais ta gueule, sérieux. » Puis elle pivota vers moi. « Et je ne mens pas.

— Si, elle ment.

— Non, je mens pas. »

Je me pris la tête entre les mains. Ce n'était pas le genre de situation qui se résolvait en vitesse, et il fallait absolument que je retourne travailler. Et que j'écrive la lettre à Dan.

« Ça suffit, tous les deux.

— Mais j'ai rien fait, moi, rétorqua Miles en frappant le sommier de son lit.

— Arrête de mettre des coups de pied, Miles, tu n'as plus quatre ans ! » hurlai-je.

Poppy recula et se faufila dans le couloir.

« Ne va pas croire que je ne découvrirai pas ce qui s'est passé », criai-je dans son dos alors qu'elle s'élançait dans l'escalier vers sa chambre au deuxième étage.

Je l'entendis marmonner. Miles refusait de croiser mon regard. Mon téléphone se mit à sonner, je jetai un coup d'œil à l'écran, c'était Hayley de Charter Publishing.

« Bon, écoute, Miles, je dois absolument décrocher, mais je veux savoir ce qui s'est passé, dis-je d'un ton conciliateur. Miles ? »

Il grogna alors que je cliquais sur Accepter puis déversais un flot d'excuses au nom de mon agence. Hayley m'interrompit.

« Qu'est-ce qui se passe, Emma ? Il faut qu'Arthur fasse ce communiqué, qu'il présente ses excuses et annonce sa participation à ce programme de subventions. »

Je la mis sur haut-parleur en arpentant ma chambre. Je gagnerais du temps en me changeant pour la réunion du comité. Sans oublier de vérifier l'état de mon maquillage avant la visio avec notre agente américaine. Je devais lui *pitcher* le roman de Scarlet, pour qu'elle le vende aux US.

« Je sais, je sais, murmurai-je, ma voix étouffée dans le col roulé du pull que j'enfilais.

— Il le faut absolument, sinon ça pourrait se terminer ici », m'avertit-elle tandis que j'entrais dans la salle de bains.

Ma réponse résonna sur le carrelage. « Je comprends. Je vais faire de mon mieux… » Une pause intolérable s'étira, je scrutai mon téléphone puis contemplai mon reflet dans le miroir.

« Merci, Emma. Ce n'est pas ton client, je sais, mais c'est ton agence. » Cette phrase de conclusion avant de raccrocher déclencha une nouvelle douleur dans ma poitrine. Elle avait raison. Je devais à tout prix joindre Linda.

Mon maquillage avait coulé et je saisis une feuille de PQ – Dan en avait racheté, visiblement – pour essuyer les traces sous mes yeux. J'appliquai une nouvelle couche de fond de teint et une nouvelle ligne d'eyeliner qui masqueraient ma fatigue, puis cherchai en vain mon mascara dans ma trousse. Mais qu'est-ce que j'en avais foutu ?

Et Poppy devait vraiment baisser sa musique, pensai-je en retournant à mon bureau, d'où je comptais appeler l'agente américaine. J'envoyai un texto à ma fille d'une main, tout en ajustant l'écran de mon ordinateur de l'autre. Je n'avais pas le temps de monter débattre avec elle.

« Emma, salut… »

Une heure plus tard, j'étais épuisée, mais j'entrevoyais une lueur d'espoir ; l'agente avait apprécié le topo sur le roman de Scarlet et le présenterait aux États-Unis. Je téléphonai à Linda plusieurs fois d'affilée, sans succès. Puis je répondis à six des vingt-neuf mails reçus depuis le déjeuner. Dan m'appela pour le repas des enfants.

« Une seconde, j'arrive ! » criai-je. Il fallait que j'aille les rejoindre, je le savais ; c'était le seul moment de la journée où nous pouvions nous retrouver tous ensemble. Je voulais voir comment allait Miles, ça ne lui ressemblait pas d'être aussi fâché. Et j'étais en terrain glissant avec Dan, aussi. Je rédigeais un dernier message à l'instant où Linda me rappela.

« Arthur n'apprécie pas d'être ainsi pris de court. Et il refuse de s'abaisser à ces wokismes ridicules.

— Mais c'est en train de devenir ingérable, Linda. C'est partout sur le Net et ce n'est pas près de se calmer.

— Melissa réagit de manière parfaitement idiote, dans cette histoire. Elle a bien plus besoin de nous qu'on a besoin d'elle.

— Ce n'est pas totalement vrai. On est dans une période vulnérable, avec le renouvellement du contrat, et s'ils laissent tomber Arthur…

— Le laisser tomber ? Ils n'oseraient jamais. » Son rire se mua en toux. « Et nous discuterons de ta réaction décevante lors de notre rendez-vous ce vendredi.

— Mais Linda… »

Elle avait déjà raccroché et je me rendis compte, désemparée, que j'avais manqué le dîner des enfants. Merveilleux. J'allai retrouver mon fils, allongé sur son lit, les yeux rivés au plafond.

« Salut, dis-je d'une voix douce avant de m'asseoir. Qu'est-ce qui s'est passé, tout à l'heure ?

— Rien, répondit-il, et il se passa la main sur le visage d'un geste rageur.

— Ce n'est pas rien, visiblement. »

J'attendis qu'il parle.

« Bon, écoute… » J'avais conscience du temps qui passait, de la réunion du comité qui devait débuter d'une minute à l'autre, et il fallait aussi que je discute avec Dan. « On pourra en reparler demain au petit déjeuner, d'accord ? On va résoudre ça. »

Il ne répondit pas.

« Je dois ressortir, mais sinon… »

Il roula sur le flanc et mon estomac se noua brusquement. Je devrais peut-être rester ? Voir si tout ceci était grave ou non ? « Je passerai te dire bonne nuit en rentrant, je n'en ai pas pour très longtemps », promis-je à son dos. Son réveil m'indiqua que j'étais déjà en retard. Merde.

Je me précipitai dans ma chambre, m'efforçai de chasser l'inquiétude, mais mon instinct me murmurait à l'oreille que quelque chose clochait. Je fouillai dans le tiroir en quête d'un pansement à coller sur la plaie de mon talon. J'enfilai un jean, des chaussettes et des bottes, j'aurais préféré que ce soit un pyjama et des chaussons, je regrettais de devoir ressortir. Et il fallait aussi que j'écrive la lettre de Dan. Et je devrais sans doute lui parler de la dispute des enfants. Il en avait peut-être déjà eu vent pendant leur dîner ?

Mon téléphone se mit à sonner alors que je dévalais l'escalier.

« Dépêche-toi, Emma. 18 h 30 pétantes, aboya Catrin d'un ton moqueur. Denise aura ta peau, sinon. »

Je n'avais que deux rues à parcourir.

« J'arrive d'ici cinq minutes. Détourne son attention, parle-lui des dos-d'âne qu'il faut absolument installer dans Grosvenor Road. Elle va embrayer direct. »

Catrin riait encore au bout du fil quand j'apparus, essoufflée, à la porte de la cuisine. Je redressai les épaules et tentai de traverser la pièce d'un pas élégant vers Dan, qui me tournait le dos, face à l'évier où il lavait les assiettes des enfants. Gus leva la tête pour me saluer. Donne-moi la force, mon toutou, dis à ton maître que je l'aime.

« Tu n'as pas entendu quand je t'ai appelée ? » lança-t-il sans se retourner.

Sur la pendule de la cuisine, un grand tournesol doré, les aiguilles tictaquaient bruyamment. La réunion du comité avait commencé.

« Désolée, je comptais descendre et puis tout s'est mis à déconner et… » Je ravalai mes excuses. « Je n'en ai pas pour longtemps, d'accord ? Et on passera une merveilleuse soirée ensemble… en tête à tête. » Je baissai la voix sur ces derniers mots, m'efforçant d'y instiller un maximum de sex-appeal. Je me plaçai derrière lui. « J'ai hâte de pouvoir fêter notre anniversaire comme il se doit », murmurai-je en l'enlaçant.

À mon grand plaisir, le sommet de ses oreilles rosit et ses épaules se détendirent.

« J'ai prévu du poulet à l'estragon. »

Mon cœur se mit à battre plus vite, un de mes plats préférés, Dan le savait. Même fâché, il faisait un effort. L'espace d'une seconde, j'envisageai sérieusement de rester ici, collée à lui, son parfum familier, son corps solide sous son T-shirt. On s'assiérait à table, on échangerait les dernières nouvelles, un arôme de poulet chaud dans l'air. Je sortirais comme par magie la lettre que je lui avais écrite, avec un sourire coquin et un rire léger. « Tu croyais que j'avais oublié ?... Ça ne risque pas... » Et on partagerait une bouteille de vin, on bavarderait, on rirait. Puis je lui prendrais la main et le guiderais jusqu'à l'escalier, jusqu'à notre chambre, mes yeux plongés dans les siens, son corps raidi de désir...

Ping, ping, ping. Mail, WhatsApp, textos. Mail, WhatsApp, textos. *Ping, buzz, ping.* Ce n'était pas uniquement la culpabilité qui me crispait. J'essayai de tout ignorer, je resserrai mon étreinte autour de Dan, mais mon téléphone vibrait contre son dos. Je sentis ses muscles se contracter, il posa doucement la main sur la mienne.

« On se voit après ta réunion. »

Conciliant – voilà ce qu'il serait ce soir, et rien d'autre.

Denise @Emma Nous allons commencer sans faute dans dix minutes.

AuteureLou @Emma Je vais téléphoner à Jane pour lui parler de la typo sur ma couverture. Mon ami dit que le G ressemble à un Q quand on regarde de loin, et je crois qu'il a raison.

CharterHayley @Emma Du nouveau ?

11

Pas étonnant que Denise ait insisté pour que la réunion commence à l'heure. Elle était toujours sous pression quand Alan était présent. Propriétaire des locaux de la garderie, Alan aimait faire irruption environ une fois par mois avec une présentation PowerPoint sur un sujet qu'il lui semblait nécessaire de nous expliquer. Curieusement, il portait cette fois un gilet de sécurité flambant neuf au tissu jaune criard.

« Emma, dit-il en me désignant une chaise au bout de la petite table, on a tenu à t'attendre. »

De l'autre côté de la table en formica, Catrin leva les yeux au ciel.

La réponse de Denise fut cinglante.

« Le compte rendu, Emma. Ne faisons pas attendre tout le monde. Alan a dit qu'il avait mis son ragoût à cuire le temps de la réunion et qu'il ne peut pas rester longtemps. Personnellement, je ne tiens pas à le mettre en retard.

— Une cocotte-minute, comme le temps qui passe, n'attend jamais », lança Catrin d'un ton théâtral.

Alan lui décocha un regard noir.

« Nous avons instauré un roulement pour la prise de notes des comptes rendus, Alan, et ce soir, c'est Emma l'heureuse élue, minauda Denise comme si Alan n'était pas fichu de comprendre le principe du roulement.

— Oh, dis-je avec un regret feint. J'ai oublié mon ordinateur portable chez moi. »

Denise avait déjà fait signe à Lena, son larbin en foulard Hermès rose pâle, de me faire glisser son bloc-notes.

« Super », la remerciai-je faiblement.

Catrin renâcla, et Denise la dévisagea d'un air mauvais.

Lena fouilla dans son sac à main.

« Tu veux emprunter mon stylo, Emma ? proposa-t-elle en le faisant glisser à son tour sur la table. C'est un Montblanc. Édition limitée. »

Puisque j'étais chargée d'écrire le compte rendu à la main, je pourrais en profiter pour rédiger une lettre d'amour émouvante. Et c'était sans conteste un stylo de luxe, donc ça serait du plus bel effet : de l'encre stylée. Qui sait, ça impressionnerait peut-être Dan ? Il adorait tout ce qui touchait à la papeterie.

« Premier point à l'ordre du jour, commença Denise. La fête de Noël, cet événement crucial. Les enfants attendent avec impatience notre décision. La fête ayant lieu dans deux semaines, nous devons communiquer le thème aux parents pour qu'ils s'attellent aux préparatifs. Comme vous le savez, le thème du gymkhana a été rejeté la dernière fois. »

Alan claqua la langue. « Oh, quel dommage.

— Apparemment, certains de nos membres trouvaient le thème trop élitiste, Alan, soupira-t-elle.

— Je pensais juste qu'il valait mieux trouver quelque chose de plus classique, rétorquai-je entre mes dents.

— Oui, bon, je me souviens aussi que tu as freiné des quatre fers pour tout ce qui concernait les costumes faits maison. Donc je ne vois pas trop ce que sont censés porter les enfants. Des tenues de paysans ?

— Oh, mais je suis pourtant sûr que les mamans adoreraient préparer de magnifiques costumes à leurs enfants », déclara Alan avec un sourire rayonnant à l'intention de Denise.

Derrière lui, Catrin se tira une balle dans la tête avec ses doigts. Lena était trop occupée à acquiescer pour remarquer son geste.

« Les *parents*, insistai-je, ont déjà bien assez de pain sur la planche pour en plus être obligés de créer des costumes de A à Z.

— Rabat-joie, chantonna Alan en agitant son index dans ma direction. Je suis convaincu que beaucoup de femmes se réjouissent de consacrer leur temps libre à leurs enfants. »

Lena retrouva sa langue. « Je pourrai faire circuler des épingles Pinterest, si ça peut donner des idées.

— Parfait », s'exclama Alan, radieux.

Lena rougit.

« J'aimerais lancer le thème des superhéros, proposa Denise. Bertie veut absolument se déguiser en M. Indestructible.

— Eh bien, je trouve ça fantastique. Et si nous optons pour ce thème, les enfants pourront toujours se déguiser en leur maman, lança Alan. Vous êtes toutes des superhéros. Bien, ajouta-t-il dans un crissement de chaise, j'ai un ragoût de lentilles sur le feu et il vous reste beaucoup de points à aborder, je vais donc tirer ma révérence. » Il rajusta son gilet jaune. « Je voulais juste prendre des nouvelles de mes dames préférées. »

La porte se referma derrière lui et la voix de Denise se fit soudain glaciale tandis que l'air de l'extérieur envoyait valser les gobelets en carton sur la table.

« Nous avons beaucoup de choses à voir ce soir, lâcha-t-elle d'un ton sec. Donc, prenons une décision. Les superhéros, quelqu'un s'y oppose ? » Elle arqua un sourcil dans ma direction. Le peu qui me restait d'esprit combatif s'évapora, je secouai la tête et griffonnai sur le bloc-notes. « Oh, et, Emma, n'oublie pas de noter les commentaires élogieux d'Alan. Si seulement tous les hommes se montraient aussi compréhensifs. »

Catrin m'adressa une grimace compatissante. J'espérais de tout cœur que le ragoût de lentilles d'Alan aurait brûlé.

« À présent, un autre point essentiel à l'ordre du jour. » Denise inspira et expira lentement. « La Tombola des Doudous… »

Découragée, je m'adossai à ma chaise pendant que Lena expliquait la marche à suivre. Dan avait raison à propos de ce comité. Pourquoi en faisais-je encore partie ? Pourquoi ne pouvais-je pas étouffer la petite voix culpabilisante qui m'obligeait à prendre toutes ces responsabilités ? Il fallait que j'apprenne à dire non.

« Et s'il manque des morceaux aux peluches, c'est grave ? On a un adorable lapin, mais il n'a plus qu'un œil.

— Soyons inclusifs, s'écria Catrin. Il ne faut pas faire de discrimination contre les lapins borgnes. Tiens, d'ailleurs, il faudrait avoir une sélection de peluches la plus large possible. Faisons preuve de diversité. »

Je levai les yeux vers elle, un faible sourire aux lèvres. « Arrête ça », articulai-je en silence.

Catrin me rendit un regard sérieux et me demanda discrètement si ça allait. Je m'asseyais à ses côtés, d'habitude, et secouais la tête avec elle devant tant d'absurdités, mais ce soir, les yeux baissés, je prenais machinalement des notes d'une écriture aussi morne que mon humeur.

Ma main s'engourdissait à mesure que les minutes défilaient et s'éternisaient, la salle de plus en plus froide. Je m'emmitouflai dans mon manteau, j'oubliai de noter les détails sur le plateau d'activités, les jours de sortie et la nouvelle balançoire – mon esprit se mit en veille. Et pendant tout ce temps, mon téléphone vibrait et s'allumait et clignotait, et je redoutais de voir ce qui se passait. Je voulais juste être chez moi devant le poêle à bois, avec mes chaussettes en pilou-pilou et une couverture sur les jambes, blottie contre Dan.

Je sortis enfin, Catrin à ma suite.

« Ça va ? demanda-t-elle. Tu étais bien calme, ce soir.

— Ouais, désolée. Comme d'habitude. Trop de choses à faire et pas assez de temps. Dan m'en veut », admis-je, un œil rivé sur mon écran de téléphone.

Catrin avait rencontré Dan plusieurs fois, elle l'avait fait rire.

« Il est un peu vexé ou il a franchement les boules ?

— Il est plus que vexé, soupirai-je. Ça va te paraître débile, mais aujourd'hui, c'est l'anniversaire de notre rencontre et ça a toujours été important, et…

— Et t'as oublié. »

Je grimaçai. « Et j'ai oublié. »

Oh, mince, Hayley m'avait envoyé un mail avec une pièce jointe. Ça commençait à chauffer à Charter. Qu'avait fait Linda ?

« Tu veux aller boire un verre ? Je suis venue en voiture, on peut aller quelque part.

— Désolée, Catrin, il faut que je file, déclarai-je en tournant les talons sans même croiser son regard.

— Hé, prends soin de toi, d'accord ? Et n'oublie pas que tu ne peux pas tout faire ! » cria-t-elle dans mon dos.

Jas @Emma L'article du *Guardian* est retweeté À MORT – merde, ça craint vraiment, Emma.

CharterHayley @Emma Je ne suis pas sûre de pouvoir empêcher ce qui risque d'arriver, Emma.

Claire @Emma J'imagine qu'on ne va pas recevoir le manuscrit d'Amelia ??

Emma @Dan Réunion terminée ! Je passe un coup de fil à Linda vite fait à propos d'un truc. J'en ai pas pour longtemps !

Emma @Amelia Il faut absolument que tu m'envoies ce que tu as déjà écrit. Tout de suite, stp.

Amelia @Emma Ça marche ! 😜 Mais mon ordi fait des trucs super bizarres ! Problème technique. 😁

Amelia @Emma Quelqu'un doit y jeter un coup d'œil demain. Je t'enverrai tout ça quand ce sera réparé !

Emma @Amelia Tu peux au moins me donner le calibrage

actuel de ton texte ? Le nombre de mots ?

Emma @Amelia Amelia ?

Emma @Dan Je rentre ! À dans 2 minutes !

Appels manqués : Hattie (2)

Appels manqués : Secrétariat
École (2)

12

6 décembre 2010

Chère Emma,

J'écris ces mots alors que je viens de te laisser avec Poppy. Je t'ai apporté une tasse de thé chaud et j'ai vidé celui que tu n'as pas bu, avec la pellicule de lait à la surface. Tu as souri quand j'ai posé la tasse : reconnaissante à la moindre de mes petites contributions.

Tu avais l'air de tout maîtriser : tes yeux brillants, ta peau rosie, un livre dans une main, Poppy blottie dans le creux de ton coude, ses doigts minuscules sur ton sein, ses yeux fermés. Tu ne l'as même pas dérangée en tournant ta page.

Je me suis glissé à côté de toi, tu sentais la vanille.

« Salut », tu as chuchoté, et puis tu as posé ta tête sur mon épaule.

J'ai senti une étincelle s'allumer dans ma poitrine.

« Je n'arrive pas à réaliser que c'est notre fille », as-tu dit quelques secondes plus tard, « qu'on a le privilège d'être ses parents ».

J'ai contemplé Poppy. Cet être humain miniature qui est entré dans nos vies en hurlant, j'ai essayé d'intégrer cette évidence, conscient que j'aurais dû partager ton avis. Je me suis levé et je suis parti.

J'ai éprouvé beaucoup de choses, au fil des derniers mois.

J'ai toujours cru que je deviendrais un assez bon papa. J'avais des images dans ma tête : je me voyais lancer un enfant heureux et rieur dans les airs, je me voyais lui courir après sur une plage. Mais vivre avec Poppy, ce bébé minuscule et fragile – qui pleure plus souvent qu'elle ne sourit –, m'a déboussolé. Il n'y a qu'ici, sur cette page, que je peux t'avouer combien je trouve ça difficile. Et j'ai l'impression de me plaindre à un sans-abri de ma cafetière cassée.

C'est toi qui devrais te plaindre. Et tu ne le fais presque jamais. Quand tu le fais, c'est que la maison est à feu et à sang, littéralement (je ne sais pas comment ce torchon s'est retrouvé sur la plaque de cuisson, franchement...) ou que Poppy pleure dans tes bras depuis cinq heures d'affilée et que je fais trop chauffer son lait, si bien qu'elle pleure encore pendant les minutes intolérables qu'il faut au lait pour refroidir.

Tu as dû te remettre d'une césarienne en urgence, gérer la déception de ton accouchement si longuement préparé, ces premiers jours où ton corps refusait de se mettre en route, où tu pleurais devant la sage-femme qui massait en vain devant toi ce sein tricoté pour t'expliquer comment faire monter ton lait. Et tout ça, après neuf mois de nausées, de douleurs dorsales, de jambes gonflées. Et moi, toujours avec trois secondes de retard, ou carrément absent.

Je t'apportais du thé, des biscuits, des toasts, un peu plus de thé. Je m'attardais sur le seuil de la porte, sans savoir comment soigner une mastite ou t'éviter tous ces instants dans la salle de bains où tu hurlais de douleur. Et visiblement, je suis même incapable de calmer Poppy et de l'empêcher de s'époumoner. Donc je me jette à corps perdu dans le travail, je m'occupe, je prouve que je suis capable de t'aider au moins dans ce domaine.

Le manque de sommeil nous a poussés tous les deux à bout – j'étais tellement naïf d'imaginer que j'y connaissais quelque chose à la parentalité. Mes recherches Google sont passées de « Meilleurs restaurants locaux » à « Un enfant peut-il garder des souvenirs de sa naissance ? », « Est-ce dangereux qu'un enfant pleure pendant plus d'une heure ? », « Combien de couples se séparent après la naissance de leur premier bébé ? ». J'ai vraiment cherché ça. Très souvent, au cours de ces derniers mois, je ne t'en aurais même pas voulu de vouloir me quitter, j'ai le sentiment de n'avoir rien apporté à notre famille.

Je dois faire mieux que ça, je le sais.

Quand je pense à ce que maman me dirait, j'ai honte. Je revois notre dernière visite chez eux, sa main squelettique agrippée à la mienne. Elle m'a demandé si c'était un garçon ou une fille. On voulait garder la surprise à notre entourage, mais je lui ai dit que c'était une fille. On savait tous les deux qu'elle ne vivrait pas assez longtemps pour la rencontrer.

Comment la vie peut-elle changer aussi brutalement ? Ma mère est là, devant nous à l'aéroport, à agiter son panneau artisanal qui nous souhaite un bon retour, peut-être un peu plus fatiguée que d'habitude après les fêtes de Noël. Et la minute suivante, elle nous explique à Hattie et à moi ce que lui ont annoncé les médecins.

Je la vois parfois dans les yeux de Poppy, cette même nuance de brun foncé, ou dans la courbe de son sourire. Ça me coupe le souffle, de savoir que je peux perdre un être cher aussi vite, aussi subitement.

Parfois, un souvenir incongru me terrasse – ses jurons en italien au volant de notre voiture quand j'étais gamin, ou encore la nuit où elle avait lâché un pet énorme dans la tente, que le bruit avait réveillé papa, mais qu'elle l'avait aussitôt accusé d'en être le coupable. Je prends parfois mon téléphone pour l'appeler, mais elle n'est plus à l'autre bout de la ligne. Elle n'est plus là pour me dire que je peux y arriver, ni comment y arriver. Je me balade en robe de chambre et je fais semblant de ne pas remarquer que tu attends quelque chose de moi. Je dois faire mieux que ça, je le sais – je le sais bien.

Je viens de retourner dans le salon, tu t'es endormie. Le livre t'avait glissé des mains, mais Poppy était toujours dans tes bras, en sécurité. Je te l'ai prise et l'ai couchée dans son berceau. Et j'ai posé une couverture sur toi.

Je suis là. Poppy remue. Si elle se réveille, je veux m'en occuper, je veux aider et te soulager de toute cette charge. Je ne veux plus me figer de terreur ; je ne veux plus paniquer.

Je ne veux pas être cet homme-là.

Je suis désolé.

Bisous,

Dan

Brouillon

Cher Dan,

Je n'ai pas l'énergie d'écrire une longue lettre. Et quand je pense à nos lettres précédentes, je ne reconnais plus les personnes dont on parle.

J'ai fait de mon mieux pour être patiente. Je sais combien tu as été dévasté de perdre ta mère, mais tu ne peux pas quitter la pièce chaque fois que j'essaie de te parler d'elle. Et bon sang, Dan, tu sais y faire pour quitter une pièce, ou pour te cacher derrière ton soi-disant « travail ». Ne me parle pas de travail quand tu rentres ivre d'un bar quelconque avec un client, que tu réveilles Poppy et que tu t'excuses de ton haleine avinée.

J'en ai ras le bol d'avoir l'impression de tout faire toute seule. Tes excuses sont merdiques, en plus. Comme si je savais comment faire roter un bébé, putain. Attention, roulements de tambour : ben, j'en sais rien. Franchement rien. J'essaie, c'est tout.

Putain, et toutes tes questions. Comme si tu ne savais pas où on range les biberons ou que les couches sales vont dans la poubelle à couches.

Et puis tu as le chic pour trouver plein de boulot pendant le week-end, donc si ce n'est pas en rapport avec tes conseils en stratégie, tu inventes des conneries pour éviter de t'occuper de NOTRE *enfant. Comme cette journée entière que tu as passée à faire des montages photo. C'était « pour nous », alors, forcément, c'est moi qui exagérais. Mais c'était encore une tâche qui t'éloignait de ce que j'attendais véritablement de toi : être présent.*

Je ne peux pas te donner cette lettre. Je ne peux pas te dire tous ces trucs. Et tu ne veux pas être comme ça, je le sais bien. Ce chagrin après la perte de ta mère, le fait de devenir papa, tout ça a chamboulé ton univers. Mais tu n'es plus toi-même, Dan, tu es perdu et je n'arrive pas à t'atteindre. Alors, où que tu sois, reviens, s'il te pl...

13

J'entrai en trombe et percutai ce satané vélo, lançai mon manteau vers un crochet et loupai ma cible. J'avais les mains gelées d'être restée dehors immobile, à parler au téléphone avec Linda pour la convaincre enfin d'envoyer le communiqué d'excuses.

« Salut ! m'écriai-je. Je suis troooop désolée. La réunion n'en finissait plus et, après, l'article du *Guardian* sur cette histoire avec Arthur a pris des proportions énormes et j'ai dû persuader Linda de l'aider à être lucide, lui… »

J'atteignis la cuisine. Personne. Deux assiettes propres, la table mise – mais aucun signe de Dan. Je reculai, sourcils froncés. Des voix s'échappaient de l'autre côté du couloir. Dans le salon, je vis Dan assis sur le canapé en compagnie de Miles en pyjama.

« Hé, c'est quoi ce bazar ? demandai-je. Il y a école demain. »

Ils levèrent les yeux en même temps et Dan m'adressa un regard d'avertissement avant de plaquer un sourire factice sur ses lèvres et d'ébouriffer les cheveux de Miles.

« Il allait justement monter, pas vrai ? »

Miles acquiesça lentement alors que Dan se penchait pour l'enlacer.

« Bonne nuit, mon pote.

— Bonne nuit. »

Miles se faufila devant moi, dans son pyjama à rayures vertes.

« Bonne nuit, maman, marmonna-t-il.

— Bonne nuit. » Je fis volte-face pour lui déposer une bise sur la joue, mais il était déjà à mi-chemin dans l'escalier, gravissant les marches quatre à quatre. « Je t'aime. » Pourquoi était-il encore debout ? Était-ce lié à la dispute avec Poppy ? Et le secrétariat de l'école avait appelé, ils avaient peut-être remarqué qu'il n'était pas lui-même ?

Dan changea de ton quand il se leva du canapé.

« J'ai préparé notre dîner.

— Tu sais bien qu'il a tendance à être fatigué quand il veille.

— Oui, je sais, répondit Dan, mâchoire crispée.

— On va le payer demain… » Est-ce que j'en rajoutais pour masquer mon retour tardif ?

« Mais il allait bien ? » demandai-je, mon inquiétude surpassant tout le reste.

Dan entra dans la cuisine. « Il a juste dit qu'il n'arrivait pas à dormir. »

Je lui emboîtai le pas. « Il s'est engueulé avec Poppy, tout à l'heure.

— Ben, ça n'a rien de surprenant.

— Je ne sais pas… C'était pas comme d'habitude. » Alors que je prononçais ces mots, une petite boule se logea dans mon estomac. Peut-être que j'avais le temps de monter vite fait le voir et discuter un peu avec lui avant qu'il ne s'endorme ?

« Alors, tu leur as annoncé ? » demanda Dan en allumant la plaque de cuisson à côté du tas de mange-tout prêts à être bouillis.

« Leur annoncer qu… » Dan fit volte-face à l'instant où j'effaçais l'expression ahurie de mon visage et comprenais ce qu'il voulait dire. « Oh, euh, non… mais je vais envoyer un message à Denise demain pour la prévenir. »

Dan pinça les lèvres.

« Ouah ! » m'extasiai-je devant la cuisinière, sortant l'artillerie lourde du charme et de la flatterie. « Ça a l'air délicieux. » Je pointai le doigt vers les cuisses de poulet dans la poêle.

« Il faudra sûrement les faire réchauffer, rétorqua Dan avec insistance.

— Et des mange-tout ! m'exclamai-je d'une voix forte, comme si je n'avais rien entendu. Je vais chercher du vin. Tu veux un… » Trop tard, je remarquai son verre de vin blanc presque vide. « … autre verre ? »

Dan haussa les épaules, visiblement radouci.

« Merci d'avoir fait à manger. » Je me rendis à la table et me figeai en apercevant l'enveloppe près de ma fourchette. Mon nom en noir, avec un petit cœur au-dessus du A.

Je n'avais pas écrit ma lettre. Il fallait vite que j'écrive ma lettre.

« Je monte juste… changer de bottes », dis-je, puis je sortis de la cuisine à reculons avant de m'élancer dans l'escalier.

« Du papier, du papier, du papier », marmonnai-je en fouillant dans mon tiroir de chevet, puis dans celui de Dan. Je me mordis la lèvre. Pas de papier. Il gardait là une liasse de mes lettres précédentes, par contre. Oh, bon sang. Je me sentais encore plus coupable. Je redressai la tête comme un suricate. C'était quoi, cette petite musique ? Elle me disait vraiment quelque chose. D'où venait-elle ?

J'entendis Dan m'appeler alors que je m'engouffrais dans le bureau, récupérais une feuille dans l'imprimante, que je pliai et cachai dans ma manche avant de redescendre.

Dan regarda mes bottes.

« Je… les aime bien finalement », dis-je d'un air idiot qui m'allait bien.

Il était devant la table et servait la sauce dans les assiettes.

« Ça va ? demanda-t-il.

— Très bien », répondis-je, m'attardant près du calendrier mural, la date du 6 décembre déjà rayée à l'aide du stylo-bille miniature que Dan rangeait sur le cadre. Je saisis le stylo au passage et le fourrai dans ma manche avec la feuille. « Impeccable. »

Il désigna mon assiette pleine et m'observa alors que je m'asseyais lentement. Le cœur sur l'enveloppe qui m'était destinée dansait devant mes yeux et je cherchais fébrilement un moyen d'éviter la crise.

« Une lettre ! Adorable ! » m'exclamai-je, un large sourire plaqué sur les lèvres. Je repoussai l'enveloppe au bout de la table et levai les yeux vers Dan. « On les ouvrira plus tard. Alooooors… » Je joignis le bout de mes doigts sous mon menton et n'attendis même pas qu'il s'asseye. « Raconte-moi ta journée. Tout s'est bien passé ? Des nouveaux clients ? Tu as lu l'article sur le nouveau système de recyclage des déchets ? Pourquoi Miles n'arrivait pas à dormir ? Je m'inquiète un peu pour lui. Le plombier a fixé un rendez-vous pour le chauffe-eau ?

— Je t'ai dit la semaine dernière que c'était résolu, il est déjà passé le réparer.

— Ah, mais oui, bien sûr ! dis-je d'un ton enjoué. Super ! » Mon large sourire un peu flippant se fana.

Je fus déconcentrée pendant presque tout le repas, les paumes moites en songeant au moment où il me demanderait où était ma lettre, le minuscule stylo glissant dans ma manche à chacun de mes mouvements. Il fallait que j'écrive quelques mots sur cette feuille. Ça ne pouvait pas se passer comme l'année dernière.

Dan était laconique ce soir, ses réponses brèves et mornes. Je devais absolument arranger la situation. Il fallait que je gagne du temps.

« Il y a du pudding au dessert ? demandai-je.

— Du crumble à la pomme.

— Miam. » Je claquai les lèvres d'un geste théâtral.

Dan sembla légèrement décontenancé. J'avais un peu forcé sur l'enthousiasme.

« Ce n'est pas moi qui l'ai fait, dit-il d'un ton navré.

— Je n'aurais jamais exigé ça de toi. Mais... j'aimerais beaucoup de la crème anglaise avec. Il y en a ?

— Je pensais que tu voudrais rajouter de la chantilly. J'ai acheté de la chantilly.

— Oui, c'est vrai, répondis-je lentement. D'habitude, je préfère. Mais la crème anglaise, ce serait un peu comme la cerise sur le gâteau. Ha ha ! »

Dan me décocha un regard étrange quand je me levai et débarrassai nos assiettes, puis m'attardai soudain en plein milieu de la pièce. Il devait se demander pourquoi je n'étais pas en train de préparer cette incroyable crème anglaise dont j'avais désespérément envie.

« Je file aux toilettes ! » annonçai-je d'un ton léger avant de m'élancer dans le couloir.

Assise sur la cuvette, je jetai quelques pensées sur le papier et ajoutai un nombre improbable de bisous en fin de lettre. Elle était courte, mais très affectueuse.

Un peu trop de points d'exclamation, certes, mais l'heure n'était pas au perfectionnisme.

Je me faufilai dans la cuisine. Alors que Dan me tournait le dos, je reposai le stylo sur le cadre du calendrier et glissai la feuille pliée sur le plan de travail. Je remplis nos verres, mon ventre plus léger.

« Qu'est-ce que tu fais ? demandai-je en tapotant sa chaise. Viens t'asseoir. »

Dan me décocha un autre regard étrange. « Je prépare ta crème anglaise, non ?

— Ah, mais bien sûr ! Incroyable ! »

Il pivota et s'apprêta à traverser la pièce pour déposer le bol fumant devant moi, mais se figea devant la feuille pliée. Il la scruta un moment.

« C'était pas là avant, ça.

— Hmm ? »

Il chaussa ses lunettes, prit la lettre et s'exprima avec lenteur.

« Tu viens de l'écrire aux toilettes. »

Je portai la main à ma poitrine. « Comment tu peux dire une chose pareille ?

— Admets-le !

— Elle a traîné dans mon sac toute la journée. Je l'ai juste posée là pendant que tu avais le dos tourné.

— Je ne te crois pas, Emma.

— Je suis ta femme, Daniel. »

Il agita la feuille. « Tu as fait une faute à *affection*.

— C'est un mot compliqué, bégayai-je.

— Et elle fait trois lignes, à peine. »

Je ricanai. « Je ne suis pas obligée d'écrire de *longues* lettres chaque fois. Je me suis dit que, cette année, je…

— Emma, admets-le, c'est tout, tu as oublié… encore une fois. »

Ma poitrine se serra. « Mais pourquoi tu en fais tout un drame ? »

Il chiffonna la lettre écrite en hâte. Son humeur se justifiait, il semblait déborder de peine.

« Parce que c'est un drame, justement. Enfin… » Il marqua une pause. « Ça me paraissait important. Ça ne l'est peut-être pas pour toi. »

Voir ses yeux s'embuer m'atteignit comme un coup de poing à l'estomac. « Dan, ne la joue pas comme ça. » Je paniquai, les souvenirs de l'année dernière défilaient dans mon esprit comme un horrible déjà-vu. Comment avais-je pu encore merder ? C'était une date si marquante pour nous deux, et j'avais passé la journée concentrée sur un tas de choses au lieu de me consacrer à ça en priorité.

« Je ne joue rien du tout. J'ai le droit d'être triste, putain.

— Maman ? Papa ? » Une petite voix en haut de l'escalier.

« Bravo, tu as réveillé les enfants », accusai-je, redirigeant injustement contre Dan cette colère que j'éprouvais envers moi-même. J'avançai vers la porte de la cuisine et me sentis un instant soulagée d'échapper à son regard peiné « C'est rien, mon chéri. Retourne te coucher. Je passerai te border dans une minute.

— Vous vous disputez ? »

Je fus incapable de parler pendant quelques secondes, la gorge nouée.

« Non, mon cœur. C'était la télé. Bonne nuit… »

Je retournai auprès de Dan, qui avait déjà enfilé son manteau. Gus gémissait, impatient de sortir faire pipi.

« Allez, viens, Gus », lâcha Dan d'un ton sec.

Ramassé sur lui-même et la truffe presque au sol, Gus résistait à son maître, qui tirait trop fort sur la laisse.

« Ne le tire pas comme ça…

— Je ne tire pas. Allez, Gus, on y va. »

Dan souleva le chien, qui maintenant aboyait, et le déposa hors de la maison. La porte claqua. Merde.

« Maman », m'appela la voix endormie de Miles sur le palier de l'escalier.

« Oui, mon chéri, murmurai-je. Désolée, papa est sorti avec Gus. Je vais monter te border… »

Il retourna dans sa chambre.

Je contemplai les restes de notre repas dans la cuisine, les fleurs orange sur l'îlot central, l'enveloppe avec mon nom inscrit dessus. J'avais royalement déconné. Dan méritait dix fois mieux. Et puis me fâcher contre lui alors que j'étais en tort.

Un bruit sourd et puissant me fit sursauter. Puis le hurlement perçant d'une alarme. J'eus soudain la chair de poule et je tournai la tête vers la porte d'entrée.

Mais c'était quoi, au juste ?

Je fis un pas en avant, mes pensées embrouillées tandis que je rejouais dans ma tête les sons que je venais d'entendre.

Où était Dan ? Il fallait que je le voie. Pourquoi avais-je si froid ?

Oh, mon Dieu.

Jas @Emma Le nom de notre agence est traîné dans la boue, Emma…

Denise @Comité Merci pour votre présence ce soir. Je suis certaine qu'Emma nous enverra le compte rendu d'ici peu.

Catrin @Comité Et plus important encore, Denise : comment était le ragoût d'Alan ?

Denise @Comité Merci d'utiliser ce groupe WhatsApp pour des conversations uniquement relatives au comité.

Catrin @Emma Dans les dents. J'espère que tu es rentrée à l'heure et que tu as pu séduire Dan. Dans le pire des cas, tu peux toujours compter sur 🍆.

Hattie @Emma On peut s'appeler maintenant ?

14

Je quittai la maison sans y réfléchir à deux fois, quelque chose me propulsait en avant. Il fallait absolument que j'y aille. Ce bruit. Il fallait que je l'atteigne.

Je tournai à droite, le fleuriste et le marchand de journaux plongés dans le noir sur le trottoir d'en face, les lampadaires projetant un halo orangé. Le sang pulsait contre mes tympans. Un cri. Un cri me fit sursauter et mes poils se hérissèrent.

Oh, mon Dieu. Je me mis à courir.

Des flocons de neige fondue s'accrochaient à mon visage et à mes cheveux alors que je glissais sur le verglas, fonçant vers le raffut, les yeux plissés dans la pénombre. Une voix. Quelqu'un hurlait quelque chose. Un aboiement tout proche. Gus. Je n'étais plus très loin, je le savais, je sentis un frisson glacé le long de ma nuque alors que je m'engageais dans une rue perpendiculaire. Devant moi, un truc ne tournait pas rond.

J'aperçus d'abord l'angle curieux d'un faisceau de phares, un capot de voiture cabossé et fumant enfoncé dans le flanc d'une voiture garée. Gus aboyait et décrivait des cercles autour d'une forme prostrée au sol, en travers de la chaussée. Non. Non. Non. Non.

Des bris de verre crissèrent sous mes semelles alors que j'approchais. Je ralentis l'allure. Deux silhouettes étaient penchées au-dessus de quelqu'un, assis par terre, à côté de la voiture amochée : aucun d'entre eux n'était Dan.

« L'ambulance arrive. Tout va bien, restez là, tout va bien. »

Un terrible bruit émanait de la personne au sol, un bruit strident, continu, animal. À me flanquer la chair de poule. Je ne voulais pas avancer davantage, mais mon corps était incapable de s'arrêter.

Derrière l'éclat aveuglant des phares, un airbag blanc envahissait la largeur du pare-brise. La scène avait quelque chose de familier, comme si je l'avais déjà vue en rêve, mais tout me paraissait surréaliste. De l'autre côté de la rue, on ouvrit un rideau à une fenêtre, un voyant en forme de triangle orange apparut, un visage regarda au-dehors : des spectateurs, tandis que je m'approchais de la forme au milieu de la rue. Gus était désormais immobile, le regard fixe.

Je m'arrêtai à dix pas de lui.

Avais-je compris, à l'instant où j'avais entendu le bruit ? Mon univers tout entier se figea lorsque je contemplai la silhouette – la silhouette de Dan, gisant à terre, les membres tordus.

« Oh, mon Dieu, oh, mon Dieu. » Je couvris ma bouche de mes mains.

Dan était prostré en diagonale sur la ligne médiane.

« Dan ? »

Il avait la tête penchée de côté, ses yeux ouverts et aveugles fixés sur Gus, qui s'était assis, tête penchée lui aussi, comme s'il attendait que son maître se redresse.

« Dan, lève-toi. Tu me fais peur. »

Sa jambe droite était tordue selon un angle improbable, son pied était nu. Il devait être si pressé de quitter la maison qu'il n'avait pas enfilé de chaussettes. Sa chaussure était introuvable. Il devait avoir le pied gelé, la route scintillait de givre. Un bruit émergea de ma gorge et je baissai les mains à mon cou, que je serrai. Une flaque opaque et sombre s'était formée autour de sa tête. Et quelque chose brillait non loin. Les lunettes qu'il détestait tant, à l'envers, mais intactes sur l'asphalte.

C'était impossible. Pas Dan. Il était dans notre cuisine, quelques minutes plus tôt. Nous avions dîné ensemble. Je cillai, revis son visage déçu tournoyer derrière mes paupières. L'abattement dans son regard.

« Dan ? »

Gus s'approcha de lui et le poussa doucement de sa truffe. À cette seconde précise, j'étais convaincue qu'il allait se relever. Il poserait la main sur sa tête. Il rentrerait avec nous à la maison. Je m'excuserais – putain, comme je m'excuserais. Je dirais que tout était ma faute, que je n'aurais jamais dû m'en prendre à lui. Je lui avais crié dessus, oh, mon Dieu, je l'avais poussé à sortir. Il était fâché, il n'avait pas regardé avant de traverser…

Gus le poussa une fois encore. Rien.

« S'il te plaît, Dan, je t'en supplie, lève-toi. » Je portai de nouveau les mains à ma bouche, des sons étranglés s'échappaient de mes lèvres.

Derrière Gus, une voix désincarnée se fit entendre.

« Tout va bien ? Vous le connaissez ? »

Je ne pouvais rien faire d'autre que de scruter Dan, le convaincre par la pensée de se relever, d'arrêter sa comédie. « Dan. Debout. Lève-toi et rentre avec nous. Ne reste pas dehors comme ça, il fait trop froid. »

Gus se pencha au-dessus de lui : il flaira son maître, laissa échapper un faible gémissement en comprenant qu'il ne pourrait pas le ramener parmi nous, lui non plus.

Je sentis un frisson glacé me parcourir l'échine. Soudain, Gus rejeta la tête en arrière et hurla. Quelque chose se brisa en moi.

Dan nous avait quittés.

15

Une main s'était posée sur mon épaule, des voix résonnaient autour de moi, mais mon univers se résumait au spectacle irréel sous mes yeux, accompagné des hurlements déchirants de Gus.

« Elle le connaît ? C'est son… ? Vous avez vu ce qui s'est passé ? Appelez les secours. »

Je n'eus pas conscience de m'approcher de Dan jusqu'à ce que mes paumes collantes s'écorchent sur l'asphalte tandis que je m'agenouillais près de sa tête. Quelqu'un me posait des questions, accroupi de l'autre côté de Dan, mais je n'entendais rien. Je contemplais le visage de mon mari. Ses yeux refusaient obstinément de rencontrer les miens, comme un jeu étrange, une blague puérile censée me faire rire. Ça n'avait rien de drôle.

« Regarde-moi, Dan. S'il te plaît. S'il te plaît, regarde-moi… »

C'étaient bien ses yeux, de couleur marron, mais je n'y décelais plus la petite lueur ambrée qui leur donnait vie. L'expression de son visage était inhabituelle, déroutante. Sa peau flasque, sa joue contre le sol rugueux, deux minuscules entailles à son menton.

Il n'y avait plus rien de Dan, en face de moi.

Quand je relevai la tête, l'étroite rue sombre était bondée ; les lampes des porches s'allumaient à mesure que des silhouettes sortaient observer la scène en imperméables enfilés par-dessus des joggings ou des pyjamas, certaines effectuant quelques pas dans leur allée.

Gus s'était rapproché de moi, son pelage bouclé et trempé frôlant mes genoux alors que je tendais la main vers le visage de Dan.

« Ce n'est pas ce qu'il voulait, murmurai-je. Il voulait mourir dans son lit. Il me l'a dit. »

Des mois plus tôt, une conversation après un film triste.

« Ne sois pas morbide », avait-il dit en m'attirant contre lui. Mais je voulais savoir. Il avait fini par céder avec un soupir. « Avec toi », avait-il répondu. Je l'avais traité de psychopathe et il avait ri, un de ces rires tonitruants qui parvenaient toujours à relever la commissure de mes propres lèvres. « Mais seulement quand on aura bien vécu. Dans notre lit. »

Il ne voulait pas partir comme ça.

Je pleurais, je voulais que ses yeux retrouvent leur éclat. Qu'avaient-ils vu en dernier? J'espérais que c'était Gus. Le visage aimant de son fidèle et adorable compagnon. Le chien qui ne manquait jamais de tirer un sourire à mon mari, qui l'apaisait, le couvrait d'amour. J'espérais que c'était Gus. Pas cette scène, pas ce carnage.

Je me relevai maladroitement, aidée par des mains inconnues. « J'ai laissé mes enfants tout seuls. Il faut que j'aille les retrouver. Mais je vais revenir… » Je tendis le bras vers un homme à côté de moi. « Restez avec lui, s'il vous plaît. Quelqu'un doit rester avec lui. »

L'homme acquiesça, ses yeux s'embuèrent et il me répondit d'une voix rauque.

« Oui, madame. Bien sûr. Vous voulez… Ça va aller ? »

Je l'ignorai, me penchai et pris Gus dans mes bras. Il était terriblement lourd, son pelage humide et emmêlé. Je titubai sous son poids, mais j'avais besoin de le sentir contre moi, de le ramener à la maison.

Une femme fit un pas dans ma direction. « Laissez-moi vous aider, s'il vous plaît. » Elle me raccompagna, Gus appuyé sur chacun de nos bras. « Il faut l'emmener chez le vétérinaire. On racontera à la police ce qu'on a vu… Votre chien… »

Je marmonnai des remerciements et fermai la porte sur son visage inquiet. Aussitôt qu'elle eut claqué, je m'accroupis mollement, le visage enfoui dans le pelage de Gus.

« Gentil chien, gentil chien.

— Maman ? »

Miles était au pied de l'escalier. Il était trop tard pour l'éviter. Je suivis son regard qui m'observait de la tête aux pieds. Mon haut trempé de flocons fondus, mes mains maculées de rouge, la fourrure de Gus aussi. Quand je relevai la tête, il était pâle dans la lumière crue du couloir. Les yeux écarquillés et ronds.

« Qu'est-ce qui s'est passé ? Maman ? »

Son cri apeuré me fendit davantage le cœur. Je ne voulais pas l'effrayer, je ne voulais pas émettre cet horrible son, mais il émergea malgré moi, et impossible de m'arrêter. Je faisais pleurer mon fils et je ne pouvais pas m'en empêcher.

« Maman. Où est papa ? Maman ? »

L'entendre crier mon nom m'obligea à cligner des yeux un instant, et j'essayai de lui expliquer.

« Il a été percuté. Il est… il est… Il y avait une voiture et… Oh, mon chéri. Il est mort. »

Mes paroles lui portèrent un coup physique, son visage afficha une expression choquée, son petit corps s'effondra au pied des marches. Nous nous dévisagions, le temps sembla se figer quelques secondes, nous étions absolument seuls, chacun en proie à sa propre terreur. Poppy surgit soudain, attirée par le bruit. Elle regarda au-delà de Miles, qui s'accrochait à la rambarde, et me vit, moi et mes mains maculées du sang de Dan. Elle se mit à hurler. Miles sanglota de plus belle, Gus se recroquevilla sur mes genoux, tremblant au milieu de ce déferlement de chagrin. Puis ils se jetèrent dans mes bras, se collèrent à moi, nous étions tous lovés les uns contre les autres, le paillasson me piquant l'arrière des jambes.

J'essayais de les enlacer tous, de les serrer fort contre moi afin d'absorber leur douleur. Comment allais-je faire ? Comment pouvais-je faire quoi que ce soit sans Dan ? Je songeai à son corps sur l'asphalte, dehors, je fermai les paupières de toutes mes forces, mais l'image ne me quittait plus. J'ignore depuis combien de temps nous étions prostrés là quand le heurtoir retentit au-dessus de nos têtes, nous poussant à reculer maladroitement.

Le policier avait des cheveux blond-roux et afficha un regard compatissant quand il nous aperçut. Je ne parvenais pas à poser les questions adéquates. Nous avions migré à la cuisine sans que je m'en rende compte, on m'avait servi un verre d'eau. Les enfants étaient près de moi, comme durant leur petite enfance, lorsqu'ils avaient tant besoin de leur mère et de sa solidité, de sa sécurité. Mais j'étais incapable de les protéger de cette tragédie ni de quoi que ce soit d'autre.

Le décès de Dan avait été constaté sur place. Ils l'avaient emmené à la morgue de l'hôpital. Le chauffard avait été conduit au poste de police.

À ces mots, je levai les yeux. Le chauffard, ce putain de chauffard. Les lèvres du policier remuaient, mais je ne l'entendais plus, une rage incandescente venait de s'allumer en moi. À quelle vitesse hallucinante devait-il rouler dans cette étroite rue résidentielle ? Bien assez vite pour foncer droit sur un homme.

« Un proche peut-il rester avec vous cette nuit ? On peut prévenir quelqu'un ? »

Je secouai la tête machinalement. J'éprouvai une curieuse honte passagère, de ne pas savoir où se trouvaient mes parents. En Espagne ? Dans leur appartement de Brighton ? Ils me tenaient rarement au courant. Puis le choc, à l'idée de devoir prévenir le père de Dan. Lui qui ployait déjà sous le chagrin après la perte de sa femme, et ils me proposaient de le réveiller en pleine nuit pour lui annoncer cette nouvelle-là ?

Impossible.

« Je m'en chargerai, merci », dis-je au policier d'une voix rauque, comme si je n'avais pas parlé depuis des années. Il était temps qu'il parte. J'échangeai encore quelques mots avec lui : les enfants, oui, il faut que je reste avec eux. Oui, nous avons de la famille, on leur téléphonera. Oui, nous attendrons l'employé de la cellule psychologique demain à la première heure. En partant, le policier laissa derrière lui un curieux silence qui nous enveloppa.

Je déposai Gus dans son panier, ses poils encore humides. En le voyant, ma gorge se noua. « Je ne peux pas… murmurai-je devant son expression solennelle. Gus, je n'y arriverai pas. » Il me lécha la main et je laissai échapper un autre sanglot.

Les enfants ne voulaient pas me quitter, je n'y tenais pas non plus. Dans la salle à manger, je vis l'enveloppe avec sa lettre à l'intérieur, toujours sur la table. Je la scrutai, le petit cœur se mit à tanguer devant mes yeux.

Je ne l'avais pas lue.

Où était-il ? Il aurait dû être ici. À la maison. En train de serrer ses enfants contre lui, de me serrer contre lui, de nous dire de ne pas avoir peur, de nous promettre que tout irait bien, que tout s'arrangerait.

Il ne reviendrait jamais.

Sans un mot, Poppy partit s'allonger à côté de Miles, leurs têtes sur le même oreiller, leurs cheveux entremêlés, la même nuance de brun. Les cheveux de Dan. Je leur caressai le visage, essuyai une trace noire sous les yeux rouges de Poppy. J'éprouvai un calme irréel tandis que je murmurais en boucle : « Ça va aller, je vous aime. Je vous aime. »

Dix et huit ans.

Ils s'endormirent enfin et je souhaitai soudain qu'ils se réveillent à mesure que les pensées envahissaient mon esprit. Je songeai à la dernière chose que j'avais dite à Dan. Je lui avais menti, j'avais minimisé la portée de cette journée. C'était notre anniversaire, il était important, tellement important. Et j'avais tout gâché. Et la dernière chose qu'il avait entendue de ma part, c'étaient mes propos désinvoltes qui niaient la valeur d'une journée qui avait toujours tant compté pour nous.

Je ne pouvais pas rester dans cette chambre, je suivis le mur à tâtons jusqu'à la porte et sortis dans le couloir pour pleurer, le corps secoué de frissons. Je savais que je m'en voudrais jusqu'à mon dernier souffle.

Des heures plus tard, j'étais encore recroquevillée dans le couloir, engourdie et frigorifiée, et l'obscurité laissa place à un étrange calme grisâtre. Je me levai avec peine, le sang me martelait les tempes, et je me postai sur le seuil de notre chambre. La chemise de Dan était en boule, à moitié en dehors de la panière à linge. De façon désinvolte. Comme s'il avait prévu de la fourrer dedans correctement plus tard. Je m'assis sur le lit ; les rideaux n'étaient pas fermés. Londres était endormie, j'étais la seule personne au monde à ne pas trouver le sommeil. D'ici peu, les oiseaux remueraient, se réveilleraient en ébouriffant leurs plumes. Le Jour d'Après. L'employé de la cellule psychologique. Le jour où je devrais appeler le père de Dan. Où je devrais appeler sa sœur. Oh, Hattie, ma pauvre Hattie.

Son oreiller était encore affaissé au milieu ; la marque de dentifrice qui m'avait fait râler deux (ou trois ?) nuits plus tôt était toujours là. Je me déplaçai sur le lit et posai la tête dessus. Il sentait l'odeur de Dan, notre odeur. Je ne trouverais pas le sommeil, je le savais. Je fermai les yeux de toutes mes forces, je souhaitais que cette journée n'ait jamais eu lieu, que cette journée ne finisse jamais. Je voulais que mon mari revienne. Je voulais Dan.

Appel manqué : Numéro inconnu

16

6 décembre 2021

Chère Emma,

J'écris cette lettre dans notre lit. Je n'ai même pas besoin de me cacher parce que tu ne viendras pas te coucher avant plusieurs heures. Et même si tu montes avant, tu ne remarqueras sans doute pas ce que je fais.

Demain, ça fera quinze ans qu'on s'est rencontrés. C'est un exploit, un truc à fêter. Enfin, c'est mon avis. Et j'ai toujours pensé que c'était ce que tu ressentais, toi aussi.

J'ai franchement les boules, mais tu ne l'as pas encore remarqué. J'ai voulu t'embrasser hier avant d'aller dormir, mais tu t'es tournée vers ton téléphone et mon baiser a dérapé sur ton menton. Et j'ai bien PIGÉ *que ce dénommé Arthur Simplet ou je ne sais qui, c'est une affaire cruciale, mais ça m'a pourri le week-end de te voir collée à ton portable pendant que Twitter explosait, tout ça parce que ce type est un connard absolu.*

En quoi c'est ton boulot, en plus ? C'est le client de Linda. C'est elle qui devrait veiller jusqu'à pas d'heure pour préparer une réunion avec ses éditeurs. Et d'après ce que tu m'as montré, j'estime qu'il ne mériterait même pas d'obtenir un autre contrat d'édition – et peut-être que ça te convaincra enfin de quitter Linda parce que tu répètes sans arrêt que les choses vont changer, mais rien ne change jamais. Tu as un rendez-vous avec elle cette semaine, comme tu en as déjà eu par le passé, et ça n'a jamais rien donné. Tu aurais dû partir depuis longtemps, Emma, et je sais que ça te fait peur – et que tu t'inquiètes de l'opinion des gens – mais tout ira bien. Il faut que tu commences à voir ce que nous voyons tous en toi.

Je suis désolé, ces lettres sont censées déborder de tendresse et d'introspection sur l'année qui vient de s'écouler, mais je ne peux m'empêcher de penser que tu ne profiteras jamais du jour présent ni du lendemain – malgré tout ce que tu as dit l'année dernière. Parce que oui, je ne devrais pas l'admettre, mais j'ai cherché ta lettre dans la maison. Et je n'en ai trouvé aucune. Et toutes tes cachettes pourries, je les connais – le tiroir sous notre lit, sous des vieux numéros de Grazia*, la boîte à chaussures dans la penderie, celle qui est inexplicablement remplie d'un tas de gants orphelins. Pas de lettre.*

Je me suis même abaissé à te lancer des petits indices cryptiques un peu minables ce soir, et tu n'as pas réagi. Pourquoi j'ai proposé qu'on regarde La Mélodie du bonheur*, à ton avis, malgré les protestations des enfants ? C'était censé réveiller ta mémoire : moi en pantalon tyrolien, un métro bondé, le 6 décembre…*

Si tu as de nouveau oublié, je ne sais pas ce que je vais faire, Emma – parce que ça signifierait quoi ? Je figure à quel niveau lamentable sur ta To-Do List ? Je ne suis qu'un autre élément à rayer, un autre truc à gérer ? Ce n'est pas ce que je veux – je veux être celui qui te pousse à sortir joyeusement du lit le matin, celui qui t'enthousiasme.

Donc je ne vais pas partir du principe que tu as oublié, car je me trompe peut-être. J'espère réellement me tromper, j'espère que tu es en train de lire cette lettre et que je m'excuse platement – mais j'ai un terrible pressentiment.

Je voudrais que tu sois époustouflée à l'idée qu'on soit toujours ensemble après tant d'années. Qu'on s'amuse encore, que nos regards se croisent encore quand les enfants font un truc marrant (ou agaçant), qu'on fasse encore l'amour.

La plupart de mes meilleurs souvenirs de l'année passée remontent à cet hiver. L'an dernier, quand tu as oublié notre anniversaire, tu t'es assise en face de moi à Noël et tu m'as promis de faire un effort, de nous consacrer plus de temps. Et tu l'as fait. Tu rentrais plus tôt le soir pour qu'on puisse manger tous les quatre, en famille, tu prenais une demi-journée de congé à l'improviste, ou tu commençais plus tard pour qu'on aille promener Gus, boire un chocolat chaud ou manger des pancakes dans South Kensington. Et puis il y a eu cette incroyable journée à Margate, quand tu as décidé de ne pas aller au boulot. J'ai alors ignoré chacune des fois où tu consultais ton téléphone en douce, ou que tes yeux partaient dans le vague, parce que je voyais combien tu faisais un effort.

Mais c'est rapidement parti en vrille. Il y avait toujours un salon du livre ou une réunion ou un appel téléphonique. Et j'avais l'impression qu'il y en aurait jusqu'à la fin des temps. Mais ce n'est pas ton travail qui me fout tellement en rogne – ça me plaît que tu aimes ton boulot. Ce sont plutôt les petits trucs parasites – les groupes Facebook, les vortex de Twitter, les comités, les plans bénévoles –, il faut vraiment que tu t'interroges là-dessus : est-ce qu'ils sont tous indispensables ? Parfois, quand tu pianotes furieusement sur ton téléphone le soir et que je m'apprête à te masser les épaules, ça me saoule de voir que ça n'a aucun rapport avec ton travail – tu réconfortes une inconnue sur Facebook parce qu'elle vient de se faire virer. Et notre soirée tranquille est foutue parce que, au lieu de regarder un film ensemble ou de bavarder, tu t'agites à côté de moi à cause d'une pauvre nana de Raynor's Park qui vient de perdre son boulot, mais qu'on n'a jamais rencontrée.

Les inconnus n'ont pas besoin de toi. Ta famille, si. Il faut qu'on soit plus disponibles pour Poppy et Miles, en ce moment. Tout le monde nous mettait en garde contre les premières années d'enfance si compliquées, mais je trouve que c'est aujourd'hui, à huit et dix ans, qu'ils ont plus que jamais besoin de nous. Et tu m'as déjà avoué combien tu avais souffert que ta mère et ton père ne se soient jamais intéressés à toi, à ce que tu faisais. Donc quand je te vois sourire aux enfants, leur répondre un truc vague qui ne correspond pas du tout à ce qu'ils viennent de te dire, je me demande si tu as conscience d'agir comme tes parents. Tu attends des enfants qu'ils te racontent des choses, tu veux être là pour eux, mais avant tout, il faut que tu les écoutes avec attention.

Désolé, je n'avais pas prévu de déballer tout ça. Mais on a toujours convenu que ces lettres seraient l'occasion de partager avec sincérité notre vision de l'année, l'occasion de lancer une discussion profonde. Eh bien, voilà, je lance la discussion, Emma, parce que si tu as encore oublié, je ne sais pas comment je vais réagir.

Je t'aime, Emma, je t'aime tellement. Mais parfois je reste étendu là et, même quand tu es à côté de moi, je me sens seul. Et je voudrais m'en plaindre à mon meilleur ami – mais il se trouve que c'est toi. Alors j'en parle ici. Écoute, Emma, je t'en prie, écoute.

Je t'embrasse,

Dan

P.-S. : Et si tu n'as pas oublié et que tu me fais marcher, alors a) Je suis désolé pour ce coup de gueule, et b) Putain, tu serais une espionne incroyable.

2e PARTIE

17

J'étais allongée de mon côté du lit, face à la fenêtre.

Le tintement d'une sonnette de vélo.

J'ouvris les yeux et grimaçai. Les rideaux entrouverts, un rai de lumière sur mon visage.

Je me retournai.

« Salut », dit-il.

Je me redressai brusquement, un bruit étrange s'échappant de mes lèvres.

Dan recula, l'inquiétude se lisant sur son visage tandis que je sortais à quatre pattes du lit et me postais devant lui, haletante, prise de vertige, la tête entre les mains. « Qu'est-ce… je ne… comment… oh, mon Dieu. » Le trop-plein d'émotions de la veille se déversa, mes paroles à mi-chemin entre le sanglot et le bégaiement étranglé.

Dan porta la main à son torse. « Oh, Emma, qu'est-ce qui se passe ? Tu me fais peur. » Il lâcha un petit rire perplexe, les cheveux en bataille, les yeux écarquillés.

Je me figeai, scrutai ce Dan en chair et en os dans notre lit. L'image de la veille, son corps inerte sur la chaussée, en filigrane derrière lui. Je m'étais allongée sur son oreiller, quelques minutes plus tôt. Sa chemise. Sa chemise à moitié en dehors de la panière à linge – il ne reviendrait plus jamais.

Réduite au silence, je me contentai de le scruter. Son visage soucieux, tellement lointain de son expression flasque tandis qu'il gisait dans la pénombre, les yeux immobiles. C'était forcément réel. Je l'avais vu, j'avais touché son visage, j'avais contemplé ses yeux vitreux. Ses lunettes à l'envers, hors de ma portée sur l'asphalte. Qu'est-ce qui se passait ?

Dan se rallongea, l'expression méfiante s'effaçant peu à peu de son visage. « Reviens te coucher, Emma. Les enfants ne sont même pas encore levés. »

Je secouai la tête, mon corps parcouru de curieux picotements. C'était comme un rêve. J'avais à peine fermé les yeux, je n'avais pas dormi de la nuit. Les sons s'éloignèrent un moment pendant que je contemplais la chambre autour de moi : chaque ligne, chaque couleur, plus vive. Les grains de poussière qui flottaient dans le rai de lumière, les photos de notre voyage prébébé à Paris, assemblées dans un pêle-mêle au-dessus du lit – l'écarlate du Moulin Rouge, le bleu azur du ciel derrière la tour Eiffel monumentale –, et Dan, ses cheveux d'un brun intense saupoudrés de gris aux tempes, sa tête sur l'oreiller, le visage à peine piqueté d'une barbe matinale – aucune entaille minuscule au menton, pas de sang.

Je passai ma langue sur mes lèvres, j'essayai de calmer mon corps qui bourdonnait d'une énergie frénétique.

« Oh, mais Dan, dis-je d'une voix tremblante. Hier soir, tu étais… tu… » Si je prononçais les mots à voix haute, cet instant de folie s'interromprait-il ? Dan disparaîtrait-il ? Je m'assis sur le lit, m'approchai pour observer mon mari – ses cils qui battaient, les éclats ambrés de ses iris qui reflétaient la lumière du soleil –, et d'aussi près, je sentais son odeur, ce parfum caractéristique de Dan au réveil. Comme s'il avait passé toute la nuit ici. Je reculai avec maladresse sur la couverture.

Dan fronça les sourcils.

« J'étais… J'étais quoi, Emma ?

— Tu es mort », dis-je brusquement.

Mon téléphone tinta quelque part dans le lointain.

« Eh ben, ça devait être un sacré rêve, pour que tu réagisses comme ça », remarqua-t-il avec une pointe d'amusement que sa perplexité ne parvenait pas à masquer.

« Non, non, tu ne comprends pas, insistai-je plus fort, mes mains agrippées au drap. Ce n'était *pas* un rêve. Tu es mort, Dan. Tu as été renversé par une voiture. Je suis sérieuse ! » Mes yeux s'embuèrent et ma voix se remit à flancher.

« Emma », dit Dan d'une voix douce et apaisante, penché en avant, « tout va bien.

— Je t'ai vu. »

Je sentis la chambre tournoyer autour de moi. Dan s'agenouilla sur le lit et traversa le matelas vers moi. Je tressaillis, effrayée de ne rien comprendre, effrayée de ce que je risquais d'éprouver s'il venait à me toucher.

Il m'agrippa le bras et je baissai le regard vers sa main : solide, chaude, réelle.

« Je ne… Je…

— On va rester un peu ensemble ici, d'accord ?

— Je…

— Tu as le temps. »

Il me serra doucement le bras. Je descendis du lit, mes pensées en roue libre, le cœur battant. « Aïe ! » Je me cognai la hanche au montant de notre lit et j'éprouvai une nouvelle vague de confusion alors que je massais l'endroit douloureux, exactement le même endroit…

« Ça va ? demanda-t-il, le bras tendu vers moi.
— Je… »

Je reculai, les yeux rivés sur lui tandis qu'il se levait, passait lentement devant moi et entrait dans la salle de bains, une expression curieuse sur le visage.

Qu'est-ce qui m'arrivait ? Le choc émotionnel me donnait-il des hallucinations ? Avais-je tellement envie de le voir que mon cerveau me jouait des tours ? Bon sang, si seulement tout ceci était réel, et que les événements d'hier soir n'avaient jamais eu lieu. Mais c'était impossible. Je secouai la tête et me penchai en arrière, incapable de résister. Je contemplai en douce dans l'entrebâillement de la porte un morceau de lui, dos tourné tandis qu'il se brossait les dents. Son bras, lisse et intact.

Il croisa mon regard dans le miroir et m'adressa un sourire mousseux de bulles blanches. Je ne pus contenir un petit sourire en retour. Après tout, si tout ceci était dans ma tête, c'était toujours mieux que la réalité. Autant m'offrir le luxe de ces instants avec lui. Je m'approchai de la porte, le regard fixé sur lui.

Il recracha son dentifrice, fit couler l'eau. « On n'a plus de PQ, au fait. J'irai en acheter aujourd'hui. »

Je l'entendis à peine, je le regardai comme si je le voyais pour la première fois. C'était incroyable. Si seulement c'était vrai… Je chassai cette voix insistante qui affirmait que la tragédie de la veille n'avait rien d'un rêve. Il fallait que ce soit un rêve. Je ne pouvais pas vivre sans Dan.

Il ouvrit le robinet de la douche et me regarda pardessus son épaule. « Emma, s'esclaffa-t-il. Tu es toute blanche. » Il fit un pas vers moi, son air badin s'effaça lorsqu'il vit mon expression. Il m'enlaça ; il sentait le dentifrice et le sommeil. Je le laissai m'attirer à lui, ses bras fermes contre ma peau, et je posai ma joue sur son torse. « C'était un cauchemar. Un horrible cauchemar. Je vais bien. Je suis là. Tu vois ? »

Je m'autorisai à y croire. Je m'accrochai à lui, le contact incroyablement familier du corps de mon mari, sa stature solide, son cœur battant contre mon oreille.

Il se dégagea de mon étreinte et s'apprêta à retirer son T-shirt, mais c'était plus fort que moi. Je fis un autre pas en avant, j'avais besoin de le toucher une fois encore, de me souvenir de cette sensation, ses bras autour de moi. Je ne pourrais bientôt plus le faire, et j'en voudrais toujours plus. Toujours plus de lui.

Le coton de son T-shirt était doux, je serrai Dan par-derrière, la gorge nouée, au bord des larmes. Le miroir s'embuait, la douche coulait bruyamment et il me laissa ainsi quelques secondes supplémentaires.

« Emma… » dit-il. Ses mains glissèrent vers les miennes, ses doigts écartèrent doucement les miens pour se libérer de mon étreinte.

« Je t'aime », marmonnai-je contre son dos. Car si tout ceci devait se terminer, si j'étais en train de rêver, je voulais que ce soit les derniers mots qu'il m'entende prononcer.

Je secouai la tête pour chasser le souvenir de notre dispute de la veille, pour que ce ne soit pas les dernières choses que j'aie dites et faites. « Je t'aime », répétai-je, et ma voix se brisa.

Il fit volte-face.

« Emma, je t'aime aussi. Tout va bien. Vraiment. » Il marqua une pause et me toisa d'un air sérieux. « Donc je vais aller prendre ma douche, maintenant.

— Sois prudent ! » m'écriai-je soudain.

Son rire puissant résonna étrangement dans ce petit espace confiné, puis ses yeux s'assombrirent quand il me dévisagea. « Je serai extrêmement prudent. »

Il se déshabilla et entra dans la cabine. J'étais figée sur place, je ne voulais pas le laisser seul, mais je ne savais pas quoi faire. J'agrippai le rebord du lavabo ; deux taches de poudre orangée n'avaient pas été rincées par l'eau du robinet.

Dans la chambre, mon téléphone tinta et je me surpris à aller le récupérer comme le chien de Pavlov, malgré l'étrangeté de la situation. Je ne pus m'empêcher de jeter un dernier coup d'œil à Dan, nu, le corps sain et intact, aucune plaie, rien que la minuscule cicatrice sur sa tempe gauche causée par une chute, dix ans plus tôt. Comment mon cerveau était-il capable de faire une chose pareille ? Jusqu'à quand cela allait-il durer ? Peut-être indéfiniment ? Si seulement.

Je pris mon téléphone d'un geste machinal et le consultai sans réfléchir. Je scrutai l'écran une seconde avant de comprendre ce qui s'affichait sous mes yeux.

Lundi.

On était lundi 6 décembre.

À nouveau.

Denise @Comité Réunion à 18 h 30 ce soir. Ne soyez pas en retard, svp.

Catrin @Emma C'est à toi qu'elle parle, Emma !

Denise @Comité Le tableur du roulement indique que c'est à Emma de rédiger le compte rendu ce soir.

Catrin @Emma Ouais, viens pas foutre le bordel dans le roulement, Emma. Lol.

AuteureLou @Emma Désolée, il est tôt. Et tu n'es pas obligée de me répondre à la minute. Je ne tiens pas à être ce genre d'auteure. Je viens d'aller sur Amazon et j'ai eu 2 nouveaux avis aujourd'hui ! Mais l'un d'eux n'a qu'une étoile et dit que la reliure s'est décollée, donc j'hésite à demander à Amazon de supprimer l'avis… non ?

18

Non. Mais. Putain.

Je fis un pas en arrière et m'affalai au bout du lit, les yeux rivés sur la date. Puis je regardai autour de moi, je saisis le téléphone de Dan et tapotai l'écran.

Lundi 6 décembre. Je le reposai lentement. Impossible.

« Non, mais… »

C'était impossible. Je n'avais pas pu imaginer une journée entière. Quelque chose clochait dans mon cerveau ou quoi ? Mais qu'est-ce qui m'arrivait, putain ? Si c'était vrai, alors il était là, vraiment là, vraiment vivant. Pouvais-je être chanceuse à ce point ?

J'entendis un bruit au-dessus de notre chambre : un rire étouffé. Voilà, je devenais folle. Je subissais un de ces trucs, là, comment ça s'appelle ? Une crise psychotique ? Je m'étais dissociée de la réalité.

Je pris mon téléphone pour consulter mes messages sur chaque plateforme de réseaux sociaux. La femme n'était pas disponible pour récupérer le vélo à la date convenue. Les membres du comité parlaient de la réunion du soir. Amelia était sur Instagram, un cocktail rouge à la main, sautant sur la même plage, jambes et bras écartés. La photo avait été postée deux heures plus tôt.

C'était impossible. Un déjà-vu pouvait-il être aussi puissant ?

J'entendis Dan couper la douche et mon cerveau s'évertuait à comprendre. Je me sentais comme la spectatrice d'un numéro de mentaliste où tous les candidats finissaient par révéler qu'ils étaient de mèche et avaient joué un rôle pour une sorte d'expérience sociale tordue.

Je choisis mes vêtements, la jupe en velours bordeaux, la chemise blanche. Elle était froissée, mais propre. Je fronçai les sourcils devant les escarpins et les bottillons. Je levai mon pied, et passai l'index sur la peau intacte de mon talon : ni éraflure ni ampoule. J'optai pour les bottillons quand Dan sortit de la salle de bains.

« Je vais voir les enfants », annonçai-je lentement, le regard rivé sur lui en enfilant mes chaussures. Je quittai la chambre, non sans repasser la tête dans l'entrebâillement. Il sursauta. « Désolée, je suis… » Je n'ajoutai rien, me contentai de le contempler en serviette, torse nu. Il était réellement là, dans notre chambre. J'espérais tant que ce soit vrai. La veille, rien qu'un cauchemar – un cauchemar affreusement réaliste.

« Obsédée », dit-il avec un sourire en retirant sa serviette, mais je ne trouvai pas le courage de lui rendre son sourire. Dan me décocha un autre regard perplexe.

Je m'engageai dans le couloir et jetai un coup d'œil dans la chambre de Miles. Il n'y était pas. Rien qu'un lit défait, sa couette décorée de fusées roulée en boule, son oreiller mal assorti, et un millier de pièces de Lego Minecraft pointues éparpillées sur la moquette. La main sur le pilier de la rambarde, je montai à la chambre de Poppy, m'arrêtai un instant devant sa porte, où elle avait scotché un panneau au crayon gris,

ENTRÉE INTERDITE, légèrement adouci par des fleurs roses plutôt réussies. Elles n'effaçaient pas ma tristesse. Il fallait que je veille à ce que Poppy ne m'interdise pas d'entrer dans sa sphère, qu'elle n'instaure pas une trop grande distance. Je repensai à la veille au soir, ma fille blottie contre moi quand nous pensions que le pire était arrivé. Je secouai la tête : un cauchemar, rien qu'un cauchemar.

Je frappai et entrai.

« Maman ! » s'écria-t-elle en faisant volte-face, vêtue de sa brassière de préado, de sa culotte et de ses collants d'uniforme scolaire. « Nan, mais sérieux…

— Pardon. » Je détournai le regard et me demandai depuis quand elle se gênait autant devant moi. « Je voulais juste… te voir. »

Poppy afficha une expression à peine amicale en réponse et attrapa son chemisier. Son visage était lisse, aucune rougeur, pas de larmes. Tout laissait à penser qu'elle avait passé une nuit de sommeil tranquille. Elle n'avait pas dormi dans la chambre de Miles, recroquevillée contre son frère. Elle n'avait pas tremblé comme une feuille entre mes bras. Il ne s'était rien passé.

« On va prendre le petit déjeuner tous ensemble. Tu descends bientôt, d'accord ?

— Pas de problème.

— Je suis sérieuse, Poppy. Une minute, pas plus, d'ac ?

— D'ac », répondit-elle, un bras dans son chemisier.

Je sortis et dévalai les marches, impatiente de voir Miles, de m'assurer qu'il allait bien, de le serrer dans mes bras. Il était assis dans la cuisine et ne leva pas les yeux quand je me précipitai à la table et déposai un baiser au sommet de son crâne. Je le revoyais, tremblant de douleur et de terreur, pelotonné contre moi dans le couloir ; je songeai à mes mains gluantes, à mes pensées désespérées.

Il leva la tête, les yeux écarquillés.

Je tirai une chaise à côté de lui. Je ne pus me retenir de lui caresser le visage, de tester le terrain. Quelques heures plus tôt, je passais ma main dans ses cheveux, il était brisé de chagrin. Il était si proche de Dan, il adorait son papa.

« Je suis désolée pour hier soir », dis-je.

Il fronça les sourcils et me dévisagea. « Pas grave. » Il baissa les yeux tandis que je l'observais. « Finalement, ça m'a plu, marmonna-t-il. On pourra peut-être regarder la fin ce soir ? »

Ce fut à mon tour de froncer les sourcils, perplexe.

« La fin ?

— Du film pour filles, là. Où y a des enfants habillés avec des rideaux moches. C'était pas si nul que ça, en fait. »

Je me redressai. « Ah. » *La Mélodie du bonheur*, le film qu'on avait regardé dimanche soir, lovés tous ensemble dans notre grand canapé d'angle. Enfin, lovés tous ensemble jusqu'à ce que je m'éclipse pour finaliser ma réunion avec Arthur. Le film que j'avais stoppé en cours de route afin que Poppy et Miles aillent se coucher à l'heure. « Ouais. Le film pour filles. »

Était-ce possible ?

« Donc, tu n'as aucun souvenir, euh… inhabituel d'hier soir ? » m'assurai-je.

Miles leva les yeux d'un air surpris.

« Non.

— Rien à propos de… papa ?

— Non. »

Un rêve. Forcément. Impossible que les enfants ne se souviennent de rien. Ils étaient si dévastés ; j'avais été incapable de les protéger de quoi que ce soit.

Dan apparut dans la cuisine et se rendit au frigo.

« Salut, fiston.

— Salut », répondit Miles en me lâchant lentement du regard.

Je me levai et allai consulter le calendrier mural qui annonçait la date du jour, lundi 6 décembre, avec le stylo-bille miniature sur le cadre. Un 6 que Dan n'avait pas encore rayé. Car la journée ne faisait que commencer.

« Des céréales ?

— Ouais. »

Comment était-ce possible ? Je sursautai quand Dan posa la main sur mon épaule, une brique de lait quasiment vide dans l'autre main.

« Je vais acheter du lait, dit-il en prenant ses clés sur le plan de travail à côté de moi.

— Non ! » m'écriai-je d'une voix perçante. Miles et Dan tournèrent la tête vers moi.

Je posai les deux mains sur le torse de Dan et secouai la tête. « Non, s'il te plaît, reste. » Il arqua les sourcils et porta un regard inquiet vers Miles.

« Emma, murmura-t-il en écartant mes mains.

— Non, s'il te plaît, ne va nulle part, s'il te plaît. Je m'occupe du petit déj, reste ici, d'accord ?

— Mais je veux t'acheter un…

— Je sais, je sais. » Ma voix était aiguë et affolée. Il me fallait plus de temps. Si tout ceci était réel, je voulais en profiter. « N'y va pas, s'il te plaît. Reste. Je voudrais qu'on prenne le petit déjeuner ici. Tous ensemble. Maintenant. »

Poppy apparut au seuil de la porte dans son uniforme scolaire.

« Où est mon blaz…

— Regardez ! l'interrompis-je, bras tendu. Poppy est là ! » Je ne pouvais contenir l'énergie fébrile qui déferlait en moi. « Je m'occupe du petit déjeuner. Tournée générale de céréales ! »

Ma famille me dévisageait. Je sortis des bols et y versai les céréales.

« À table, tout le monde ! » roucoulai-je en m'efforçant de ne pas remarquer l'échange de regards entre Poppy et Dan.

Ils obéirent en silence.

« Y a pas assez de lait, déclara Miles.

— Attends. » Et avant qu'ils puissent dire quoi que ce soit, je m'emparai de la brique et courus à l'évier. « Ce sera du demi-écrémé, comme ça. » Et je versai de l'eau du robinet dans le fond de lait.

Poppy plissa le nez. « Dégueu. Je prends une pomme. » Elle se servit dans la corbeille à fruits. Je posai les bols sur la table et incitai tout le monde à prendre place. Je contemplai ma famille sans parvenir à me souvenir du dernier repas que nous avions ainsi pris ensemble.

« Eh bien voilà, c'est agréable », dis-je.

D'un air abattu, Miles prit une cuillère. Poppy croqua dans sa pomme. Dan m'adressa un sourire et je rayonnai. Le silence, à l'exception du tic-tac de la grande pendule en tournesol cuivré qui marquait le passage des secondes. Je les regardai tous avec un bonheur incrédule.

« Je pense que je ne vais pas aller au travail », annonçai-je.

Dan fronça les sourcils. « Tu ne dois pas assister à cette réunion si importante ? Tu es restée debout après minuit pour la préparer. »

C'était donc ça ? La fatigue ? J'étais si fatiguée que j'avais imaginé la journée tout entière, et la nuit terrible qui avait suivi ? Aucun d'eux n'en avait le moindre souvenir. Ils se croyaient vraiment lundi matin. On *était* lundi matin. Comment tout ceci pouvait-il être possible, si personne ne se souvenait plus de rien ? Pour la première fois depuis vingt-quatre heures, ma poitrine me parut un peu plus légère.

« Emma ?

— On devrait peut-être tous rester ici ? À la maison ? Ensemble ? »

Miles leva soudain les yeux, son expression morose céda la place à la curiosité.

« J'ai rendez-vous avec un nouveau client à onze heures », dit Dan sans croiser mon regard, avant d'enfourner une cuillérée de céréales.

« Qu'est-ce qui se passe ? Pourquoi vous mangez tous des céréales avec de l'eau ? demanda Poppy, les yeux plissés. Et pourquoi tu veux rester à la maison ? »

Je ne répondis pas. Elle tourna la tête vers Dan.

« Il ne se passe rien du tout », lui affirma Dan, non sans me décocher un regard de réprimande. Il avait raison, bien sûr ; je ne pouvais pas dire aux enfants que… « Maman n'a pas très bien dormi cette nuit, c'est tout », ajouta-t-il.

Poppy mâchait toujours sa pomme et me toisait attentivement.

« C'est vrai », dis-je. Mon portable tinta.

Et c'était peut-être ça, après tout. On était *vraiment* lundi – c'était indéniable, à mesure que les notifications s'affichaient sur l'écran de mon téléphone. Tandis que je lisais les messages et devinais le suivant, l'inquiétude me gagna, mais je la ravalai. On ne connaît que 5 % de notre cerveau, paraît-il, non ? Les phénomènes inexpliqués, ça arrive.

« Moi, ça ne me dérange pas de rester à la maison », déclara Miles.

Dan lui adressa un regard sévère.

Poppy leva les yeux au ciel. « Bon, moi, je dois absolument aller à l'école. Il faut que je parle à Gee. »

Miles la dévisagea sans un mot. Elle écarquilla les yeux à son intention et il baissa le regard.

Pendant que Dan les interrogeait sur la journée qui les attendait, mon esprit se mit à divaguer. C'était juste une matinée étrange. Après une nuit étrange. Une nuit terrible. Un horrible et terrifiant… cauchemar. Tout allait bien. Dan était là. Il posait des questions à Miles sur ses exercices de maths. D'une voix grave, régulière, familière. À l'entendre, j'en eus le cœur comblé de joie. Oh, mon Dieu, c'était la réalité. Je me levai soudain et ma chaise racla le sol. J'avais pris ma décision. C'était incroyable, un vrai miracle. Mes muscles se détendirent. Il était là, il était avec nous. Il ne s'était rien passé.

« Bon, tu n'as qu'à aller au travail, finir tes trucs vite fait et revenir avec nous pour qu'on mange tous ensemble ce soir ? » proposa Dan en me prenant la main.

Je percevais l'appréhension dans sa voix, je l'avais fait paniquer. Et je ne voulais pas effrayer les enfants. Tout ceci ne s'était produit que dans ma tête, visiblement. Ce n'était qu'une sensation de déjà-vu très, très réaliste. Et très longue, aussi. Je devais m'en persuader, m'en convaincre.

« À plus tard, alors, dis-je d'une voix prudente. Je pars au boulot.

— Bonne idée », répondit Dan, les épaules détendues. Je fus soulagée de voir son corps s'apaiser. Je ne devais pas lui faire porter le fardeau de mes hallucinations paniquées : c'était injuste.

« Très bien, ajoutai-je, et je m'attardai un peu en rassemblant mes affaires.

— Bonne journée.

— OK, merci. » J'avais encore besoin de quelques secondes pour être totalement convaincue.

Je déposai une bise sur la joue de mes enfants, savourai la chaleur de Miles, ne me formalisai pas quand Poppy se tortilla pour m'échapper, puis je m'approchai de Dan, me penchai et l'embrassai longuement. Poppy émit des sons dégoûtés derrière moi. « Je t'aime », dis-je de nouveau, sentant mon cœur gonfler devant son expression surprise. « Je t'aime tellement. » Craignant que ma voix ne se brise, je reculai.

Je m'engageai dans le couloir, lançai un ultime regard par-dessus mon épaule à ma famille qui me dévisageait depuis la table. Ma famille.

« Aïe. » Je me cognai au guidon du vélo alors que j'attrapais mon manteau. Je me faufilai tant bien que mal vers la porte et les entendis dans la cuisine.

« Maman est bizarre.

— Ouais. Franchement bizarre.

— Elle nous aime, c'est tout », entendis-je Dan rétorquer. Ma main se figea sur la poignée de la porte.

Oh oui, je t'aime, pensai-je en fermant les yeux. Je t'aime tellement.

AuteureLou @Emma Désolée ! J'aurais dû te le dire dans mon message précédent. Du coup, je suis aussi allée voir sur Goodreads et quelqu'un m'a mis 1 étoile en disant qu'il trouvait Carl un peu pervers, limite violeur. Tu penses que je devrais signaler cet avis comme offensant ?

AuteureLou @Emma Il n'est pas pervers ni violeur, si ?

AuteureLou @Emma Désolée ! C'est le dernier message, promis ! Je devrais m'inquiéter de n'avoir encore aucun avis sur le site de Waterstones ? J'ai comparé avec des auteurs dont le livre est sorti la même semaine que le mien, et certains ont déjà plus de trois avis. C'est grave ?

Jas @Emma Nan, mais pfff, t'as vu l'Insta d'Amelia ? J'aimerais trop être à sa place.

Hattie @Emma On déjeune ensemble ?

19

6 décembre 2011

Chère Emma,

Je suis désolé.

Écrire cette lettre aujourd'hui, alors que nous sommes loin l'un de l'autre, me brise le cœur. Mais c'est inévitable. Je t'écrirai toujours une lettre à cette date, où que je sois, où que tu sois.

Tu méritais mieux de ma part, beaucoup mieux. Je me rejoue en boucle les pires moments de l'année dernière : je me vois dans le salon en train de contempler bêtement Poppy sur son tapis de jeu, les yeux plissés, ses petits poings serrés ; je te vois passer devant moi et la prendre dans tes bras, murmurer à son oreille. Je revois le regard que tu m'adressais en quittant la pièce. Je déteste avoir provoqué ce type de regard chez toi. Je me répétais que tu savais ce que tu faisais, que tu étais plus douée que moi. Je ne voulais pas admettre que tu apprenais sur le tas, par la pratique, en essayant et en échouant parfois.

On en bavait tous. Cet horrible Noël chez moi dans le Suffolk qui n'avait plus rien de chez moi : le fantôme de maman dans chaque pièce, papa qui essayait vaillamment de faire croire qu'il n'était pas en train de s'effondrer, toi qui étais triste, car tes parents avaient oublié de téléphoner pendant leur séjour en Jamaïque et n'avaient toujours pas rencontré leur première petite-fille, Hattie silencieuse et effacée.

Je suis allé sur la tombe de maman, je lui ai promis de m'améliorer l'année suivante. J'ai admis des choses que je ne pouvais pas te dire en face. Je suis parti encore plus défait qu'avant, conscient de ne pas être le père qu'elle attendait que je sois. Je n'arrivais plus à dormir, la peur me liquéfiait. Maman avait été emportée en un clin d'œil, au terme d'une maladie foudroyante. Je scrutais ton profil dans l'obscurité de la chambre. Qu'est-ce qui empêchait la vie de t'emporter, toi aussi ? De prendre Poppy ? L'aube grise s'insinuait et annonçait une nouvelle journée d'inquiétude, de tension.

Six mois déjà se sont écoulés depuis cette nouvelle vie sans toi. Quand notre dernière dispute t'avait suffisamment assommée pour me demander de partir. Tu ne le pensais pas vraiment, mais j'ai saisi l'occasion, tes paroles m'ont servi de prétexte, je savais que je les méritais.

Ce n'est pas toi qui nous as fait ça. Je sais que tu nous considérais comme une équipe. Je n'ai pas été à la hauteur.

Mais je veux faire mieux, être quelqu'un de meilleur.

Accepterais-tu que je vienne vous voir plus souvent, toutes les deux ? J'ai consulté mon médecin traitant et pris un rendez-vous chez une nouvelle psy. Hattie a été incroyable – j'ai de la chance de l'avoir à mes côtés, elle veut que je me reconstruise, je le sais.

Je lui réclame sans arrêt des nouvelles de toi et de Poppy. J'adore écouter ses histoires, toutes les choses que vous faites ensemble. Et je veux retrouver ma place dans ces histoires.

Je suis tellement désolé de t'avoir blessée. Je tiens sincèrement à réparer tout ça.

Tu viens de déposer Poppy, avec ses petites couettes, son legging jaune décoré de zèbres que je n'avais encore jamais vu. Tes cheveux ont poussé, tes yeux sont cerclés d'une fine ligne rouge. J'avais envie de te prendre par la main et de te supplier d'entrer, mais comme un lâche, je t'ai laissée partir.

Je veux être courageux, cette année. Je veux être l'homme que tu mérites.

Je vais fermer l'enveloppe et te la déposer tout de suite, avant de changer d'avis.

Parce que c'est en ce jour de décembre que je t'ai rencontrée, et tu es la plus belle chose qui me soit arrivée. Je suis désolé de ne pas toujours avoir été, moi aussi, la plus belle chose qui te soit arrivée. Mais cette année, je vais changer tout ça.

Baisers,

Dan

20

J'envoyai un texto à Dan à l'instant où je quittai la maison. *Je t'aime. Prends soin de toi.* Il verrait clair dans mon jeu ; il comprendrait que j'étais anxieuse. Je ne pouvais écarter l'idée que quelque chose clochait sérieusement. J'avais une envie furieuse de faire demi-tour et de rentrer en trombe à la maison, de vérifier une troisième fois. Il fallait absolument que ce soit la réalité.

Une sonnette. Je fis un bond en arrière. « Mais put… »

Le cycliste me décocha un regard noir et je sentis mon corps tout entier tressaillir. C'était tout bonnement impossible. Comment ?

Je me postai sur le trottoir, mains sur les hanches, et j'expirai lentement. Une femme qui promenait un terrier vêtu d'un manteau en tartan passa à côté de moi et me regarda d'un air interrogateur. Je ne me souvenais pas de ce chien. Le cycliste, ce n'était qu'une coïncidence, non ?

Je traversai la rue, entrai dans la station de métro et m'engageai dans l'escalator, dévisageant les gens qui montaient et descendaient. Les odeurs n'avaient pas changé – ce bon vieux parfum du métro. Il y avait un homme en doudoune, une besace à l'épaule. Un visage d'enfant qui dépassait au sommet de l'escalator.

Une femme dans un manteau en fausse fourrure d'un bleu criard, écouteurs vissés dans les oreilles. Un homme en imperméable se hâtait sur un côté, deux vieilles dames bavardaient, l'une d'elles le regarda les doubler à grandes enjambées.

Je consultai mon téléphone, ébahie de voir défiler les messages. Les avais-je fait apparaître car je les avais déjà vus ? Comment cela fonctionnait-il ? Je scrutai le fil de discussion du comité. Hors de question que j'aille à la réunion de ce soir, je devais rester à la maison. Je sortis du métro, et contemplai l'étendue de ciel bleu clair. Ce nuage en forme de tortue était-il déjà là, hier ?

Le café était plutôt désert quand j'entrai.

« Je ne devrais sûrement pas prendre de caféine aujourd'hui, dis-je presque pour moi-même.

— Mal à la tête ? demanda le barista d'un ton compatissant.

— Si on veut, oui. » Je me mordillai la lèvre et détaillai le tableau noir derrière lui. « Je vais prendre un jus d'orange pressé, s'il vous plaît.

— Ma mère a de mauvaises migraines, annonça le barista en déposant des oranges dans la machine en plastique. Vous avez des médicaments contre la douleur ? Je crois que j'en ai, je devrais pas les distribuer, mais bon… Vous en voulez ?

— Oh, non, tout va bien, mais merci quand même. »

Il saisit les pinces métalliques et sélectionna un muffin aux myrtilles qu'il laissa tomber dans un sachet.

« Cadeau, dit-il avec un sourire. J'espère que ça aidera. »

Je remarquai de nouveau ses dents du bonheur.

« Votre sourire me fait penser à ma fille, lâchai-je soudain.

— C'est gentil. » Il versa le jus dans un gobelet.

« Désolée, m'excusai-je, les joues en feu. Cette journée est un peu bizarre. »

Il éclata de rire.

« C'est pas tous les jours que je ressemble à une jeune fille. »

Je le remerciai et consultai l'écran de mon téléphone. J'ignorai les vingt-sept mails et ouvris le message de Hattie. *On déjeune ensemble ?*

Oui, je t'en supplie, répondis-je en sautant sur l'occasion de discuter avec elle.

Hattie, oui, Hattie était la personne idéale vers qui me tourner. Elle avait toujours été là pour moi, elle prenait mon parti même quand je ne le méritais pas. Elle m'avait un jour envoyé un tube de rouge à lèvres Black Honey de chez Clinique après que je lui ai dit combien j'étais dégoûtée d'avoir perdu le mien. Une autre fois, elle avait interrompu un week-end au pays de Galles qu'elle attendait avec impatience depuis une éternité pour venir me consoler après que je l'ai appelée en pleurs la veille au soir.

J'avais besoin d'elle, besoin de mon amie.

Les locaux de l'agence étaient déserts et, plutôt que de me rendre à mon bureau, je me surpris à arpenter le couloir et à gravir l'escalier, évitant avec soin les montagnes de bouquins empilés de part et d'autre de chaque marche, longeant les couvertures de livres agrandies et exposées dans des cadres bancals à côté de photos fanées d'auteurs et de cérémonies des années 1990.

Le bureau de Linda était au premier étage, près d'une pièce aux murs de lambris sombres remplie d'antiques caissons à tiroirs et de classeurs à leviers où l'on stockait d'innombrables relevés de droits jaunis. Dans le bureau de Linda, le voyant rouge de l'imprimante clignotait ; on y trouvait un téléphone fixe, sans doute le dernier dans tout Londres, un cendrier marron débordant qui donnait à la pièce des relents de tabac froid. Je saisis le mug décoré de lièvres, celui que je cherchais désespérément, elle le savait. Celui sur lequel on lisait clairement « Meilleure Maman du Monde », et qui n'avait certainement pas été offert à Linda par un de ses trois rats blancs. (Oui, elle avait des rats. Ils avaient des yeux rouges et une cage sur mesure qui lui avait coûté plus de 800 £.) Dans le fond de la tasse stagnait un centimètre de ce qui avait jadis été du café ; un mégot était fiché dans l'épaisse pellicule blanche qui s'était formée par-dessus. Je le reposai aussitôt.

Son royaume. Une pièce où je me rendrais d'ici quelques jours afin que les choses changent. Elle m'avait envoyé bouler plusieurs fois précédemment, mais j'arriverais bien à me montrer plus courageuse, ce coup-ci ; cette perspective me parut soudain moins effrayante, dans le contexte actuel.

La sonnette de l'interphone retentit, le taxi que j'avais commandé visible par la fenêtre sale dans la rue en contrebas. Je scrutai le véhicule, exactement le même, et une autre voiture vint s'engager derrière lui. Était-elle rouge, hier ?

En entendant des voix dans le couloir au rez-de-chaussée, je descendis. Ils étaient là, tous les deux : Linda, dans son horrible manteau en fourrure, et Arthur, toujours habillé comme les deux tiers d'un feu de circulation.

« Gemma. »

J'étais ravie d'être suffisamment loin pour échapper au baisemain censé accompagner son salut.

« C'est Emma », le corrigeai-je, et ma remarque aurait été plus cinglante encore si je n'avais pas dû m'accroupir pour ramasser l'édition hongroise d'une saga que je venais de faire tomber au bas des marches.

« Il fallait qu'on aille prendre…

— Un café. Je sais. Ce pauvre Arthur ne supporte pas le soluble, pas vrai, Arthur ?

— Je… oui.

— Bien. Le taxi nous attend, on y va ? lançai-je d'un ton brusque.

— On est vraiment obligés d'y aller ? bouda Arthur. Je préférerais inviter deux femmes ravissantes comme vous à déjeuner.

— Oh, Arthur. Quel coquin ! C'est sûr que c'est la plaie. Mais Emma m'a *assuré* qu'elle contrôlait parfaitement la situation.

— La réunion se passera très bien », annonçai-je avec un geste dédaigneux de la main. J'évitai d'ajouter « mais ce sont vos conneries d'après qui me prendront toute la journée à réparer », parce que aujourd'hui je ferai en sorte qu'elles ne se produisent pas. Une colère incandescente surgit en moi lorsque je repensai aux minutes gâchées la veille, ces minutes précieuses passées au téléphone et qui m'avaient mise en retard pour mon dîner avec Dan.

« Après vous », dis-je en montrant la porte.

Linda me décocha un regard étrange.

Les klaxons résonnaient déjà et je vis le chauffeur de taxi lever les mains, déclenchant une sensation vertigineuse pour la centième fois de la matinée. La journée serait-elle parfaitement identique ? Était-ce comme l'arbre qui tombe dans la forêt ? Si je n'étais pas là pour l'entendre, ferait-il quand même du bruit en tombant ? Arthur venait de déclarer : « Notre carrosse est là », j'eus donc la réponse à mes questions.

Je me figeai avant de grimper dans le taxi.

Mais ça signifiait… Si tout était identique, ça signifiait que… Je fermai les yeux, le cerveau envahi d'images, un phare brisé, sa jambe, sa tête…

Denise @Emma Peux-tu s'il te plaît répondre à mes messages ?

Denise @Comité Je n'ai toujours pas de nouvelles d'Emma. Il nous faudra un volontaire pour se charger du compte rendu ce soir, si Emma est indisponible.

Lena @Comité Je m'en charge, Denise !

Catrin @Emma Hé ho, t'as disparu ? C'est une bonne solution pour échapper au compte rendu. Dieu soit loué, Lena est là. (Blague à part, j'espère que tu vas bien quand même…) Bisous.

AuteureLou @Emma Je viens de téléphoner à l'agence pour vérifier un truc. Jasmina m'a dit que tu étais en réunion – si jamais tu es en centre-ville, je suis carrément dispo pour te voir.

Emma @Dan Je viens juste prendre de tes nouvelles ! Réponds-moi, OK ?

Emma @Dan Bisous.

21

Voir Hayley dans le hall de la maison d'édition me bouleversa. Je fus submergée d'un besoin de parler, de tout raconter à quelqu'un, à une amie. Je me levai brusquement du canapé et l'étreignis de toutes mes forces. Son corps demeura raide.

« On peut parler après ? murmurai-je, impatiente de tout partager avec elle.

— Montez, je vous en prie. » La voix de Hayley était mécanique, elle évitait de croiser mon regard.

J'avais cogité pendant tout le trajet en taxi, essayant de comprendre ce que tout ça signifiait. Si la journée était identique, au moins cela m'accordait un peu de temps. Le doute s'immisçait quand même dans mon esprit et j'avais envoyé un texto à Dan, profondément soulagée quand je vis qu'il rédigeait une réponse. Linda jetait des coups d'œil dans ma direction depuis ce matin et n'avait pas réagi à la diatribe d'Arthur sur les jeunes auteures de romans policiers.

« Tu es prête ? » Elle me serra le bras, un sourire plaqué sur les lèvres tandis que nous suivions Hayley dans le hall d'entrée immaculé en direction de l'ascenseur. « Tu as tout préparé ? Tu m'as dit que tu t'en chargeais.

— Oui. Je suis plus que prête. » J'avais en tête les documents indispensables que j'avais rédigés et rassemblés, puis imprimés hier soir et… oubliés à la maison. « Je suis parfaitement prête ! Ce sera comme si je l'avais déjà fait, les doigts dans le nez. » Je lâchai un rire suraigu.

Ah, le pet dans l'ascenseur ! Il semblait encore plus malodorant, aujourd'hui. Je plissai le nez. « Gros pet », lâchai-je soudain. Ils se retournèrent tous trois pour me regarder.

Ding.

Hayley guida le groupe, mais Linda me retint un instant.

« Emma, siffla-t-elle. Qu'est-ce qui se passe ?

— Rien. »

OK, je n'étais pas sûre que tout allait bien. Mes intestins étaient sur le point de se liquéfier et j'avais la tête pleine à craquer de questions.

Hayley m'attendait devant la salle de conférences, les sourcils arqués en me voyant m'attarder. Je m'approchai d'elle et articulai en silence : « IL FAUT QUE JE TE PARLE. » Elle parut décontenancée. Quand je passai devant elle en entrant, je parvins à lui chuchoter un effrayant : « Aide-moi », qui l'obligea à réagir.

« On en parle après ? » me murmura-t-elle.

J'acquiesçai à m'en décrocher la tête.

« … il s'est lassé de la vie. Samuel Johnson.

— Je parie que ce bon vieux Johnson n'a jamais été obligé de prendre le métro aux heures de pointe, pas vrai ? » lançai-je en m'asseyant, et les deux employées à la table levèrent la tête à l'unisson.

Je fermai aussitôt la bouche. Il fallait que je survive à cette réunion et que je traverse sans encombre cette journée étrange, afin de rentrer auprès de Dan. Je jetai un coup d'œil à mon téléphone et mon cœur se gonfla en voyant sa réponse à mon texto.

« Monsieur Chumley. Merci d'être venu nous rencontrer ce matin. De toute évidence, nous souhaitons aborder l'épisode problématique qui s'est déroulé ce week-end. »

C'était surréaliste. Tout le monde avait l'air super solennel, j'avais l'impression d'avoir quitté mon corps et de nous observer tous, assis autour de la table en verre.

« "Je préférerais largement passer la nuit au lit avec elle qu'avec son livre. Il y aurait plus d'action." »

Était-ce réel ? Que se passerait-il si j'enfonçais mon stylo-bille dans mon br…

« Aïe ! » hurlai-je en me tenant le bras.

Toute la salle pivota vers moi et Melissa laissa sa phrase en suspens.

« Désolée, murmurai-je, la main sur le bras. Je… vérifiais un truc.

— Je m'adressais en privé à un autre auteur.

— Twitter n'est pas privé.

— Je m'en suis rendu compte, oui », répondit Arthur, pompeux.

Je laissai échapper un rire malgré moi. Tout le monde tourna une fois de plus la tête pour me dévisager.

« Désolée », répétai-je. Le regard de Linda me noua l'estomac. « Je, euh, je pensais… à un truc amusant que j'ai entendu… l'autre jour… à propos… » J'observai fébrilement autour de moi et optai pour la Tamise. « … d'un bateau.

— Ah, dit Melissa, sourcils froncés, parcourant ses documents. Eh bien, il n'y a rien d'amusant dans tout ceci. Et je suis certaine que la jeune auteure qui a subi cette remarque n'est pas en train de rire. »

Ses doigts se replièrent en un poing qui m'était familier. Sauf que cette fois, sa colère était autant destinée à moi qu'à Arthur.

« À l'avenir, mes tweets se résumeront aux matchs de Leeds United et aux voitures de collection. »

Son expression suffisante tandis qu'il s'adossait à sa chaise : voilà la goutte qui fit déborder mon vase.

« Ou vous pourriez aussi arrêter d'écrire sur Twitter, tout simplement, Arthur », proposai-je d'une voix limpide.

Arthur se redressa brusquement, Linda plissa les yeux et Melissa décocha un regard à Hayley.

« Ce n'est pas ce que je voulais dire », repris-je, après m'être éclairci la gorge en comprenant que les choses allaient de travers, que je pouvais visiblement modifier le cours des événements et que je devais être prudente. J'essayais de me rappeler ma proposition de la veille. Qu'avais-je trouvé ? « Bien évidemment que vous prenez tout ceci très au sérieux. Arthur va donc verser une large somme à un programme de subventions. Une subvention pour des femmes. Pour des écrivaines. » Voilà, c'était ça !

Arthur s'étrangla. Des postillons s'écrasèrent sur la table en verre.

« Oui, c'était ça, Arthur va présenter ses excuses, il va supprimer son compte Twitter, faire un don important et…

— Alors ça, jamais de la vie, déclara Arthur, son visage pâle tournant au violacé.

— Effectivement, Emma, j'ignore ce qui te passe par la tête, ajouta Linda. Mais les gens ici présents savent très bien qu'il ne s'agit pas d'un crime. Nous pouvons résoudre cette histoire. Une poignée d'internautes qui réagissent à un petit twitter ridicule, ça ne doit pas nous mettre dans tous nos états.

— Le tweet a été lu par un public bien plus vaste ; il est encore partagé à l'heure où nous parlons. » La voix de Melissa était sèche. « C'est absolument inacceptable, et si M. Chumley ou vous-même n'êtes pas en mesure de le reconnaître, nous allons devoir réfléchir à deux fois avant de poursuivre notre collaboration. Nous n'avons pas finalisé le nouveau contrat et nous pouvons mettre ce processus en suspens le temps qu'il faudra. »

Elle s'adossa à sa chaise sous les yeux ébahis de son équipe. Ce n'était pas censé se passer ainsi. Merde. Linda avait l'air super en rogne. Oh, bordel. Pouvais-je encore sauver la situation ? Le voulais-je réellement ? Je songeai à notre emprunt, au stress engendré si je perdais mon travail. Dan et moi commencions à peine à nous en sortir financièrement. L'année dernière, nous avions ouvert un compte d'épargne, une vraie épargne pour les moments difficiles, comme de vrais adultes raisonnables. Mais ça ne signifiait pas forcément la fin de tout. Il fallait juste que je sois courageuse.

Arthur se sentait clairement en confiance. Son air satisfait avait été remplacé par un regard perçant et un torse bombé. « Je refuse qu'on m'oblige à m'excuser pour une plaisanterie qui est désormais supprimée, de toute façon. »

Linda tapota sa chevelure duveteuse.

« N'importe quel autre éditeur me mangerait dans la main, me mangerait même la main, pour publier Arthur. N'ayez aucun doute à ce sujet.

— Si vous tenez à prendre cette voie… » dit Melissa, plissant les yeux derrière ses lunettes violettes.

Arthur se raidit. « Je ne peux pas vivre dans ce monde fasciste où il est désormais interdit de s'exprimer, au risque de vexer quelqu'un d'une manière ou d'une autre.

— Demander à nos auteurs un respect réciproque sur les plateformes publiques n'a pas grand-chose de fasciste », gronda Melissa.

Je me surpris à acquiescer farouchement à ces propos.

« Mais cette femme est incapable de comprendre ma plaisanterie !

— Monsieur Chumley, si vous êtes incapable de comprendre que vos propos n'avaient rien d'une plaisanterie, je crains que cela constitue pour nous, à Charter, un sérieux problème. »

Arthur releva le menton. « Eh bien, j'irai écrire mes propos chez un autre éditeur. Et mes fans me suivront », conclut-il, narines palpitantes.

Linda lui jeta un coup d'œil. Je me rendis compte qu'elle semblait inquiète pour la première fois. Serait-ce si facile de lui trouver un nouvel éditeur, et qui le paie autant ? Ses derniers livres n'avaient pas fait des ventes faramineuses, et il garderait dans son sillage la puanteur de cette histoire merdique.

« Attendez, attendez, attendez… Ce n'est pas comme ça que ça doit se passer », déclarai-je en me massant les tempes.

Mais plus personne ne m'écoutait. Melissa marmonnait dans son coin et classait ses documents, son équipe paraissait abasourdie, Hayley écarquillait les yeux, et Linda avait la bouche grande ouverte. Arthur se leva d'un bond et sortit en trombe de la pièce, Linda sur ses talons. Je m'élançai derrière eux et adressai au passage un regard désespéré à Hayley. Linda s'engouffra dans l'ascenseur avec Arthur et leva la main devant elle.

« Je dois voir mon client seule à seul », m'annonça-t-elle avant de siffler : « Je te ferai signe plus tard dans la journée. »

Je me mordis la lèvre.

« Hayley, raccompagnez Emma à la sortie. » Melissa avait suivi le mouvement et me dévisageait comme si j'avais moi-même rédigé le tweet offensant.

« Je suis désolée, je… » Je ne pouvais pas redresser la barre. Et je ne devais pas me montrer déloyale, je ne devais rien dire qui pouvait un jour se retourner contre moi. Je travaillais pour Linda ; Arthur était son client.

Hayley se plaça à côté de moi dans l'ascenseur, maussade. Elle appuya sur le bouton.

« Il faut vraiment que je te parle, dis-je.

— Je ne peux pas, Emma, désolée.

— Non, non, pas à propos d'Arthur, enfin, un peu, si… Le truc, tu vois, c'est que… »

Hayley fit volte-face.

« Emma, je dois remonter au bureau et arranger tout ça. Je n'ai pas le temps de jouer les amies, là. »

J'acquiesçai en silence. « Bien sûr », marmonnai-je à mesure que les larmes me montaient aux yeux. « Bien sûr. »

Hayley se mordit la lèvre. « Tu n'es pas en train de mourir ou un truc comme ça, hein ? »

Je posai mon regard embué sur elle et m'obligeai à sourire. « Non, répondis-je prudemment. Non, je ne suis pas en train de mourir. Ça peut attendre… »

Dan @Emma Je viens à peine de terminer mon rendez-vous, Emma, tout s'est bien passé. À +, bisous.

AuteureLou @Emma Je suis juste à côté des locaux de Charter, je me détends dans un café – et j'écris, bien sûr ! Si tu as un moment de libre…

Jas @Emma J'espère que la réunion s'est bien passée et qu'on n'est pas au chômage. Ah, au fait, ton auteure Lou a appelé – elle est… un peu *too much*, non ?

AuteureLou @Emma Oh, mon Dieu, Waterstones à Piccadilly n'a pas mon livre en stock. Je croyais qu'ils commandaient tous les livres à leur sortie. Je dois poser la question à la maison d'édition ou en parler tout de suite au responsable de la librairie ?

Denise @Emma Lena s'est proposée en dernier recours pour le compte rendu, mais je laisse ton nom dans le tableur. Ce n'est que justice. On est tous très occupés.

Emma @Dan Ça va toujours bien ? Tout est OK ? Je t'aime ! Bisous.

22

« Hattie, ouf, te voilà ! » Je me jetai sur elle à l'instant où elle apparut dans le café, une étreinte intense et un peu trop longue.

« Ça va, ça va », dit-elle en s'extirpant de mes bras avant de reculer d'un pas. « Contente de te voir, Em. » Hattie n'était pas du genre à faire étalage de ses émotions. « Tu aimes les câlins, m'avait-elle dit un jour, mais moi, pas du tout. » C'était drôle, franchement ; Dan et elle avaient une famille si chaleureuse, mais c'était moi, avec mon enfance sans affection, qui cherchais toujours à attirer les gens que j'aimais dans mes bras.

Je la traînai presque à notre table.

« Je t'ai commandé un verre de vin, je me suis dit qu'on avait bien besoin de boire. Bon, *j'ai* bien besoin de boire. » Je la regardai avec impatience poser son manteau en laine verte sur le dossier de sa chaise et glisser son sac à main en dessous.

« Pourquoi tu es aussi à fond ? demanda-t-elle en remarquant que je tapais du pied et faisais vibrer la table.

— Je ne suis pas à fond », protestai-je un peu trop fort. Le serveur coiffé d'un serre-tête de Noël en bois de renne nous jeta un regard. « Oui, d'accord », admis-je avant de reprendre une gorgée de vin. J'avais presque terminé mon verre. « Il faut que je te parle.

— Il faut que je te parle aussi. » Lorsqu'elle s'assit en face de moi, je remarquai son visage tiré. Son pull à rayures noires et blanches contrastait avec ses cheveux blonds.

« Hattie », dis-je avec un pincement de culpabilité. Car Hattie ne se mettait jamais au centre de l'attention – parfois, il fallait que je me souvienne de lui poser des questions, sans quoi nous passions le déjeuner entier à ne parler que de moi. Elle était comme ça, elle me resservait toujours du vin et accompagnait son geste d'une question. Mais j'avais tellement hâte de tout lui expliquer. Je n'avais pas d'autre choix, cette conversation devait tourner autour de moi. « Honnêtement, je pète un plomb. Donc aujourd'hui, tu vois ? Eh ben, c'est pas aujourd'hui », annonçai-je en me penchant sur la table. « On n'est pas lundi, on est mardi. Enfin, on *devrait* être mardi, mais non, on est lundi. De nouveau. »

Hattie arqua un sourcil.

« Euh… » Elle leva son verre de vin, puis le reposa en secouant la tête. « Non, désolée, je suis perdue.

— On est lundi, une fois de plus. Aujourd'hui. Tout recommence à zéro.

— Ouais. C'est le principe des semaines. C'est lundi chaque lundi. »

Elle m'adressa un curieux sourire.

« Non, tu ne comprends pas. » Je repris mon souffle. Le serveur détourna les yeux en passant à proximité avec deux tasses sur son plateau. « Ce que je veux dire, c'est que j'ai déjà vécu cette journée. Je l'ai vécue hier. »

Hattie plissa le front.

« Quoi ? Un genre de déjà-vu ?

— Plus intense. Genre, j'ai déjà vécu tout ce qui arrive. Mais visiblement, ce n'est le cas pour personne d'autre autour de moi.

— Comment ça ? Donc on a déjeuné toutes les deux hier ? D'accord, ajouta-t-elle, un léger sourire aux lèvres. Qu'est-ce que j'ai commandé, alors ? »

Elle leva le menu et l'agita sous mon nez.

« Non », répondis-je en me rendant compte qu'elle ne me prenait pas au sérieux. Il fallait qu'elle comprenne. Je ne pouvais pas franchement lui en vouloir – je tenais des propos insensés. Qui allait me croire ? « Je ne t'ai pas vue hier.

— Mais aujourd'hui oui ? continua Hattie d'une voix lente, comme si elle s'adressait à un enfant. Tout n'est pas si identique que ça, alors ?

— Non, je n'ai pas… On n'a pas pu se voir hier.

— Tu as ignoré mon message hier, c'est ça ? Elle s'adossa à sa chaise. Poufiasse !

— J'étais très occupée.

— Mais tu es aussi très occupée aujourd'hui. Parce que aujourd'hui c'est hier.

— Oui, bon, c'est vrai, bref, peu importe ce que j'ai fait ou pas fait, ou si je peux rattraper ce qui n'a pas été fait et… OH, BON SANG. » Je terminai mon vin. « C'est impossible à expliquer. »

Le serveur apparut, sans doute attiré par mon verre vide.

« Je peux prendre votre commande ? Pour le plat du jour, nous avons des pâtes aux crevettes et au gorgonzola. Et une soupe aux poireaux et aux pommes de terre.

— On n'a pas encore fait notre choix, répondit Hattie en m'adressant un regard étrange.

— Je vous laisse un peu de temps. »

Hattie acquiesça distraitement.

Le silence plana un instant entre nous – moi, abattue, et Hattie, perplexe. Elle fut la première à reprendre la parole.

« Donc pourquoi ça t'arrive, à ton avis ? »

Je levai les yeux. « Pourquoi quoi ?

— Pourquoi ce jour-ci ? Pourquoi ton cerveau fait-il une fixation sur aujourd'hui ?

— Je ne pense pas que mon cerveau fasse une fixation particulière. » Je savais qu'elle plaisantait ; je connaissais trop bien Hattie. Elle était logique et rationnelle, elle ne croyait pas au surnaturel. Quand sa mère était morte, elle ne s'était jamais laissé réconforter par les amis qui lui disaient qu'elle veillait sur elle depuis le paradis. Elle pointait son index sur son front et affirmait : « Elle vit là-dedans, maintenant, Emma. » Elle ravivait des souvenirs, un sourire affectueux aux lèvres. Sa mère était parmi nous chaque fois qu'elle parlait d'elle.

Hattie se mordit la lèvre et semblait vouloir ravaler ses paroles. « Il s'est passé quelque chose de si terrible ? »

Elle m'adressa un sourire encourageant. Trop gentille pour mettre un terme à la conversation en voyant combien j'étais agitée.

« En fait, oui… » À la table à côté, le couple leva les yeux vers moi. Je baissai d'un ton et me rendis compte avec découragement que Hattie était la seule personne à qui je ne pouvais pas tout raconter. Comment lui détailler les événements de la veille sans lui annoncer que j'avais vu mourir son frère ? Qu'on s'était disputés, qu'il s'était fait renverser par une voiture et que c'était… un peu ma faute, en somme.

Je revis Hattie tremblante, penchée au-dessus de Dan dans son lit d'hôpital, dix ans plus tôt. Elle tenait les mains de son frère dans les siennes, le visage pâle tandis qu'elle bafouillait et tentait d'expliquer ce qui s'était passé. Je m'affalai contre mon dossier. Je ne pouvais pas la terroriser une seconde fois. Elle avait été dévastée, silencieuse durant des semaines à l'idée de perdre son grand frère. Or Dan était là, il était vivant…

« Bon alors, qu'est-ce qui s'est passé ? » demanda-t-elle.

Je passai ma langue sur mes lèvres pour gagner du temps.

« Je me suis engueulée avec Dan, dis-je lentement.

— Bon, c'est pas grave. Ça nous arrive à tous de nous disputer, de temps en temps. » Elle détourna le regard et tripota la manche de son pull. « On ne sait jamais ce qui se trame dans le secret des maisons, hein.

— Oui, sûrement, admis-je, distraite par son expression étrange.

— Donc ça n'était pas si terrible que ça. Essaie juste… de ne plus t'emporter. »

Son visage se radoucit et elle m'adressa un petit sourire.

Je m'agitais sur ma chaise, j'avais une immense envie d'en dire plus, mais conscience que ce serait trop dérangeant à entendre pour elle. Elle adorait Dan. J'eus une nouvelle vision de l'asphalte jonchée de verre, sa joue flasque contre le sol rugueux. Une curieuse sensation familière m'envahit. Quelque chose, dans cette scène, me semblait important…

« Personne ne sait jamais ce qui se passe au sein d'un couple, poursuivit Hattie.

— Ouais. » J'étais distraite, l'esprit perdu dans l'horrible décor de la veille. Devant le café, un chien se mit à aboyer et je repensai au hurlement de Gus. Je frissonnai.

« C'était à cause de quoi ? demanda-t-elle.

— Hmm ?

— Votre dispute ?

— Oh. » Je déglutis et secouai la tête pour déloger les images de mon esprit. « J'ai oublié notre anniversaire.

— Mais ce n'était pas votre anniversaire. Vous vous êtes mariés le 26 août. Je le sais parce que c'est le lendemain de l'anniversaire de maman. » Elle murmura la dernière phrase et je ne pus m'empêcher de tendre le bras au-dessus de la table pour lui prendre la main. Je savais combien leur mère leur manquait, à tous les deux. Elle avait été le soleil de la famille, autour duquel tous orbitaient. Un sentiment qui m'était inconnu, ma mère n'étant qu'une lointaine planète dans mon Système solaire, mais j'aspirais à être le genre de mère qu'elle fut.

« Alors ? » continua Hattie en retirant sa main de la mienne avant de se redresser. Elle dissimulait toujours ses émotions.

« C'est l'anniversaire de notre rencontre. On s'écrit une lettre chaque année. »

Hattie déglutit rapidement.

« Je m'en souviens. Ouah, vous continuez à le faire ?

— Eh bien, on est censés, oui, mais moi, je ne l'ai pas fait », admis-je. Hors de question que je refasse la même erreur ; j'allais m'arranger aujourd'hui pour trouver le temps d'écrire une belle lettre. « Il était sacrément vexé. Ça a toujours été très important à nos yeux. »

Et c'était vrai, ça l'avait toujours été. C'était même devenu naturel, au fil des ans. Les lettres de Dan, bien plus amusantes que les miennes, et souvent plus honnêtes, aussi. Au début, certaines avaient changé le cours de notre relation – elles nous donnaient l'occasion de réfléchir au cap que prenait notre couple et à ce qu'il fallait faire. Il m'en avait même écrit une pendant ces mois lugubres où il avait quitté la maison.

Remise en main propre, ce fut la lettre la plus triste et la plus tendre qu'il m'ait écrite. Quand j'appris le lendemain qu'il était à l'hôpital, je sus qu'il me fallait courir jusqu'à lui. Cette lettre le ramena dans ma vie alors que je pensais l'avoir perdu à jamais.

« C'est adorable. Vous avez toujours été mignons à gerber, tous les deux. » Elle m'adressa un petit sourire. Mais pourquoi ses paroles semblaient-elles avoir un angle tranchant ?

« Tu peux bien parler, toi. Ed t'achète un cadeau chaque fois qu'il s'éloigne de toi, genre, une seconde ! »

Le sourire de Hattie dérapa et je me rappelai qu'elle voulait me parler de quelque chose. Y avait-il un problème entre elle et Ed ? Il supportait mal les procédures médicales qu'ils subissaient – c'était une grosse pression pour leur couple.

« Donc tu as oublié, fit remarquer Hattie avant que j'aie eu le temps de l'interroger.

— De quoi ?

— Eh bien, si aujourd'hui est hier, alors… tu as encore oublié que c'est votre anniversaire.

— Non, enfin, si, en quelque sorte. Parce que je n'ai pas oublié, tu le vois bien.

— Du coup, tu peux au moins réparer ça. Et éviter la dispute. »

Je pouvais éviter la dispute. Mais pouvais-je éviter le reste ? Ma poitrine se serra. J'avais une folle envie de lui dire la vérité. Mais après avoir vu l'impact qu'avait eu sur elle la maladie fulgurante de sa mère, comment l'accabler avec l'idée qu'elle risquait de perdre ce frère adoré ? Et ça n'avait pas eu lieu, me corrigeai-je. Il était là ce matin, sans la moindre égratignure. Il avait répondu à mon message WhatsApp, à peine une heure plus tôt : on était bien lundi. Si je n'en parlais pas, alors personne ne serait blessé.

« C'est peut-être justement le but de ton rêve, dit Hattie d'une voix songeuse. De t'accorder une deuxième chance ?

— Ce n'était pas un rêve. »

Lèvres pincées, elle replaça une mèche de cheveux derrière son oreille.

« Mais tu as raison, ça l'était peut-être… » Était-ce envisageable ? Une expérience terriblement intense pour que je n'oublie pas, aujourd'hui ? Que je ne merde pas, comme l'année dernière ? Que j'écrive une lettre, que je fasse attention, que je tienne ma promesse ? C'était possible, comme il était possible que j'aie déjà vécu la journée une fois auparavant.

Hattie inclina la tête de côté.

« Emma, dit-elle d'une voix mesurée en lissant sa serviette. Tu es tellement occupée, ces derniers temps. Bon, tu es toujours très occupée. Mais Dan m'a dit qu'il ne te voyait presque plus. » Elle ne croisa pas mon regard. « Tu ne t'es pas demandé si ce n'était pas lié au stress ? Ce truc… » Elle agita la main. « C'est peut-être un indice pour te dire de lever le pied, de t'accorder un peu de temps ?

— Ce n'est pas juste un *truc* », insistai-je. J'étais stressée, certes. Jongler sans cesse entre le travail et la vie de famille, mon rendez-vous tant redouté avec Linda qui approchait, le bordel avec Arthur au cours du week-end qui avait mis en lumière le fait qu'elle me prenait encore pour son larbin. Je devais m'arranger pour que ça change, mais j'étais terrifiée à l'idée de bouleverser l'ordre des choses.

Le serveur apparut, interrompant le cours de mes pensées, ma pression artérielle déjà bien haute tandis que je songeais à ce que je devais faire.

« Vous avez eu assez de temps, mesdames ? »

Je le toisai, le café parut s'effacer autour de moi. Je contemplai Hattie qui s'agaçait d'une mèche de cheveux, le regard perdu dans le lointain.

« A-t-on jamais assez de temps ? » répondis-je.

Jas @Emma Il s'est passé quoi ? Linda est F-U-R-A-X. Elle t'a tuée et a enterré ton cadavre quelque part, c'est ça ?

AuteureLou @Emma Salut, salut, bon, j'ai discuté avec une autre auteure, et elle m'a dit que son département marketing a imprimé des tote bags avec la couverture de son livre – on peut proposer à Jane d'en faire pour moi ?

AuteureLou @Emma Et tu t'y connais en pub Facebook ? Elle me dit que ça a bien marché pour son livre précédent. Je pense que je devrais en demander à Jane, moi aussi.

AuteureLou @Emma Ah oui ! Une dernière chose ! (Désolée !) Bookbub – apparemment, ça aide à booster les ventes, mais il faut être nominé, et bien choisir sa catégorie. On pourrait peut-être passer un coup de fil à Jane pour en discuter ? Tu es dans les parages ? Tu es bien silencieuse aujourd'hui !

Denise @Emma Si Lena se charge du compte rendu ce soir, ce serait bien que tu proposes de prendre sa place à la prochaine réunion.

23

6 décembre 2012

Chère Emma,

T'écrire en ce moment me renvoie brutalement à l'année dernière, au soir où tout a basculé. Je t'avais écrit et déposé ma lettre avant de sortir pour m'extraire du brouillard de la dépression. Un nouveau prétexte pour boire. La fête avait lieu chez des amis de Hattie, je n'y connaissais quasiment personne et, après avoir perdu Hattie dans la mêlée, je traînais, une bouteille à la main – je n'arrivais pas à croire que je passais notre anniversaire sans toi, et j'étais nerveux en repensant à ma lettre. L'avais-tu déjà lue ? Changerait-elle les choses ?

Adossé à la balustrade du balcon, je racontais une histoire bidon à un inconnu inintéressant. Bras écartés, je gesticulais quand la bouteille m'a échappé des mains. En essayant de la rattraper d'un mouvement maladroit, je me suis trop penché et j'ai perdu l'équilibre. Hattie venait d'apparaître à la porte-fenêtre du balcon et j'ai vu ses yeux écarquillés tandis que je moulinais des bras et basculais par-dessus la rambarde. J'ai entendu son cri terrifié durant ma chute.

Tu m'as rendu visite à l'hôpital le lendemain, tu pleurais à côté de mon lit quand Hattie t'a fait le récit des événements. Elle avait appelé une ambulance sur-le-champ. Pendant la minute qu'il lui a fallu pour dévaler l'escalier et sortir, elle me croyait déjà mort. Comment aurais-je pu survivre à une telle chute ? Les ambulanciers n'en croyaient pas leurs yeux non plus – un bras et une côte cassés, une petite plaie à la tempe, voilà tout. On m'a dit combien j'avais eu de la chance – si j'avais eu le malheur d'atterrir autrement…

J'ai expliqué à Hattie que je ne me souvenais de rien, mais c'est faux. Je me souviens d'avoir basculé en arrière, je me souviens de mes pensées pendant ma chute.

Cet épisode a tout changé pour moi. La vie m'a paru différente, après. J'étais déjà résolu à m'améliorer, mais cette soirée-là m'en a donné la force.

Je me sentais capable d'être présent pour Poppy et toi. J'ai fait un effort conséquent pour établir ce qui importait, ne plus te poser de questions débiles, ne plus jouer au con. Quand Poppy pleurait, je la prenais dans mes bras, je sentais son corps minuscule trembler pour un biscuit cassé/un ours polaire en peluche perdu/une assiette orange qu'elle voulait et puis qu'elle ne voulait finalement plus. Je jouais avec elle à la dînette, ou à ce jeu des singes en plastique dont nous faisions d'interminables parties. J'étais ravi de l'entendre rire, de la voir se tourner vers moi pour partager une blague. Elle m'a sorti de l'obscurité.

La psychothérapie m'a aidé aussi ; j'ai gardé le cap – je ne m'échappais plus de la pièce avec des excuses idiotes à propos d'un attrape-rêve géant ou je ne sais quoi. Et elle est douée cette psy, Hattie avait raison. Lui parler de maman, de la douleur et du choc de sa mort, reconnaître ma mauvaise attitude face à toi et à Poppy juste après sa naissance, tout ça m'a aidé à démêler le chaos bordélique dans ma tête. Les médocs et les séances m'ont permis de voir qu'il y avait encore de l'espoir, que j'avais un avenir.

Et avec toi ? Pas de précipitation, pas de grands gestes brusques. Je devais te prouver que j'étais digne de confiance, digne de toi, fiable, arriver à l'heure, écouter, tenir mes promesses.

Est-ce que ça a changé quelque chose de ton côté ? Tu y crois, maintenant ?

Je ne vivais plus que pour les moments passés avec vous deux, des intervalles dans cette vie de père célibataire triste dont je ne voulais plus. Je t'ai invitée à sortir en adoptant le chemin inverse : d'abord des invitations dans des gastropubs, *puis un brunch paisible, avant de te raccompagner chez toi en te tenant la main. Pour notre deuxième premier baiser à Wimbledon Park, avec Poppy loin devant qui montrait les canards, un baiser maladroit, tu m'as pris par surprise ; cette chaleur qui m'avait alors envahi en rentrant chez moi. Et cette journée où nous préparions le troisième anniversaire de Poppy, où tu m'avais simplement demandé si je voulais être là quand elle se réveillerait le lendemain matin. J'en ai les larmes aux yeux quand j'y repense.*

Tu m'as permis de rester. J'adore être à la maison, je suis encore ébahi de voir que le brouillard s'est levé. Vos silhouettes sont nettes, les couleurs plus vives. Quand je te pose une question, j'entends aussitôt ta réponse. De vieilles blagues refont surface. Et chaque fois que j'accomplis quelque chose pour nous, je me sens réintégrer un monde où j'habitais à temps plein, autrefois. Je trouve de la joie dans les rires de Poppy, dans un regard échangé, dans une anecdote de ta journée, dans ta chaleur quand tu te blottis contre moi sur le canapé et que je contemple ton profil.

Je m'inquiète encore pour nous deux – et que tu ne puisses pas oublier ce que j'ai fait –, mais je suis déterminé à nous accorder une belle vie, j'ai eu un aperçu d'une existence morne et déplaisante. J'étais heureux quand le proprio nous a donné notre préavis – bon, OK, OK, ça m'a d'abord fait un sacré choc (je suis du genre à planifier, Emma !) –, ça augurait d'un nouveau départ dans un endroit inconnu. Et c'est génial que Hattie habite au coin de la rue. Je suis heureux qu'elle ait rompu avec Ed, je ne l'avais jamais trop cerné, lui. La proximité de Hattie te plaît, à toi aussi – avec vos deux votes contre le mien pour choisir le programme télé du soir, je perds d'avance – et j'ai subi un nombre malsain d'épisodes de X Factor.

J'espère que tu le sais, je ne mettrai plus les voiles, tu peux me refaire confiance. Je veux sincèrement partager le poids des tâches. Je veux faire davantage. Tu n'es pas toujours obligée d'être le capitaine de notre navire – je peux naviguer moi aussi dans les mauvaises passes et maintenir le cap (désolé, ça devient hyper nautique), mais sache que tu es ma copilote préférée (bon, OK, là, je fais exprès).

En ce qui concerne le boulot, tu devrais peut-être t'accorder un peu de temps pour réfléchir à ce que tu veux. Je sais mieux que quiconque combien il est essentiel d'avoir un travail qu'on aime. Je me sens renaître, j'ai l'impression d'être retombé sur mes pieds après avoir retrouvé Matt. Il avait sans cesse des projets incroyables pendant nos études de commerce. Je ne savais même pas que ça existait, le marketing sportif, mais je me sens totalement à l'aise dans cet univers. Et je voudrais que tu ressentes ça, toi aussi. Et tu as tout géré seule depuis trop longtemps – c'est à ton tour de pouvoir compter sur moi.

Je t'aime, Emma. Je pense à toutes les nuits qu'on passe ensemble. Chaque partie de notre corps en contact, tu te serres contre moi, ton odeur de shampoing à la noix de coco, tes murmures dans mon cou. Tu es toujours la plus belle femme que j'ai jamais vue – tu t'es laissé pousser les cheveux, avec ta frange qui se sépare au milieu, assez longue pour la glisser derrière tes oreilles. Parfois, je te regarde danser dans notre salon sur la musique douce que tu aimes tant, ou ajuster une boucle d'oreille devant le miroir de la cheminée, et c'est comme un coup de poing au ventre, cette même sensation que j'avais éprouvée en te voyant dans le métro, il y a des années.

Pour la première fois depuis longtemps, je regarde vers l'avenir, pas vers le passé et ma mère, je ne reste pas figé dans le présent, paralysé par l'indécision. Je n'exagère pas en disant que tu m'as sauvé la vie cette année. Honnêtement, je ne sais pas ce que j'aurais fait sans toi.

Tu es mon être humain préféré.

Je t'aime, Emma.

Dan

24

Après ça, notre déjeuner fut décousu, des périodes de silence ponctuées de conversations en demi-teintes. Je bataillais intérieurement pour savoir s'il fallait lui raconter ou non, incapable de me concentrer longtemps sur autre chose. Le vin rendait mon cerveau cotonneux et mes pensées encore plus déconnectées. Une nouvelle migraine pointait le bout de son nez.

Hattie sembla contaminée par mon humeur, et à chaque nouvelle question, elle agitait la main en lançant un vague « Ça va ». Me cachait-elle quelque chose au sujet des examens médicaux qu'elle avait passés ? Ou son silence n'avait-il rien à voir avec tout ça ? Hattie était rarement stressée par son boulot ; elle travaillait au service des ressources humaines d'une boîte informatique américaine qui lui laissait beaucoup d'autonomie et l'invitait parfois à Los Angeles pour une conférence. Elle voulait peut-être discuter de Dan et d'Ed ; ce déjeuner dominical malaisant avait mis en lumière leur animosité mutuelle.

Je regardai le contenu de son assiette, qu'elle n'avait presque pas touché, mais je ne la pressai plus de questions. J'aurais dû, mais je me perdais dans les souvenirs de la soirée précédente, je consultais sans cesse mon portable en attendant des messages de Dan, et je m'inquiétais aussi du travail, avec WhatsApp qui ne cessait de tinter, me rappelant que la vie continuait son cours, quoi qu'il arrive. Nos conversations superficielles tournaient autour des enfants, des projets pour Noël, comme si nous n'étions plus que des connaissances, et non deux grandes amies.

Si je réussis à traverser cette journée, me promis-je, j'interrogerai Hattie dès demain ; je m'assurerai de la revoir, de prendre de ses nouvelles. J'aimais Hattie. Je l'aimais tant. J'avais eu la chance de trouver l'homme de ma vie, mais une meilleure amie aussi. Et elle me le dirait forcément, s'il se passait quelque chose de grave. Non ?

On échangea un salut maladroit dans le métro, au sommet de l'escalator que Hattie allait emprunter. « Donc tu vas bien ? » demandai-je en lui prenant les deux mains tandis qu'un usager nous évitait avec un soupir ostensible. « Tu me le dirais si ça n'allait pas, hein ? » Est-ce que je voulais qu'elle acquiesce juste pour me déculpabiliser, consciente de ne pas être disponible ? Est-ce pour cela que je la laissais partir, pourtant convaincue que quelque chose clochait ?

L'espace d'un instant, un peu avant qu'elle ne s'engage dans l'escalator, je crus qu'elle allait me parler. Elle entrouvrit les lèvres et j'arquai les sourcils. Mais elle referma brusquement la bouche, retira ses mains des miennes et marmonna : « Salut, Em, je t'adore. Prends soin de toi, d'accord ?

— Toi aussi. » Je pris à droite vers la District Line, je me sentais vidée. Je n'avais jamais laissé Hattie partir dans un tel état.

« Jas ! » m'écriai-je en entrant dans l'agence.

Silence. Je jetai un œil aux patères, aucun manteau de fourrure hideux. Puis je me rappelai soudain.

« Jas, tout va bien, ils ne sont pas là. » Je parcourus le couloir à grandes enjambées et ouvris la porte des toilettes à la volée.

« EMMA ! Non, mais… ! »

Elle écarquillait les yeux dans la pénombre, main sur la poitrine, éclairée par le halo de son téléphone.

« J'étais juste…

— Cachée pour éviter Linda et Arthur, c'est ça ? »

Ses épaules se voûtèrent.

« C'est, euh… exactement ça. » Elle jeta un regard apeuré par la porte. « Comment tu le savais ? » Elle baissa la voix. « Ils parlaient super fort. Ils étaient furax. Et puis après, j'ai cru qu'ils étaient partis, mais je n'en étais pas totalement certaine.

— Ils sont peut-être encore là », dis-je d'un ton songeur en la regardant reculer brusquement, les yeux écarquillés de terreur. Pourquoi pas, après tout ? Puisque la réunion s'était déroulée différemment, leurs réactions avaient possiblement changé, elles aussi ? Quoique… si Linda planifiait leur contre-attaque au lieu de fêter leur victoire, ça devait sûrement se faire autour d'un bon verre de vin.

« Oh, mon Dieu, dis-moi qu'ils sont partis ! siffla Jas.

— Non, déclarai-je d'un ton sarcastique. Arthur est juste derrière moi, la main sur mon cul. » Je lâchai un rire tonitruant.

Jas fronça les sourcils et inclina la tête.

« Tout va bien ? J'en conclus que la réunion s'est mal passée ?

— Oui, effectivement », confirmai-je. Et malgré moi, j'éclatai de rire. « Ouh là, ça s'est vraiment super mal passé.

— Attends. » Elle se pencha pour récupérer les lettres et les manuscrits posés sur le rabat de la cuvette avant de se faufiler hors des toilettes. « Raconte-moi tout. Je vais faire un café. J'ai acheté des capsules parce que…

— Arthur ne supporte pas le soluble ? » lançai-je d'une voix haut perchée.

En chemin vers la cuisine, Jas ralentit l'allure.

« Oui, c'est ça… Mais pourquoi t'es aussi… bizarre ?

— Bizarre, ça on peut le dire. » Je lui emboîtai le pas. Les piles de livres étaient si hautes dans le couloir que les locaux de l'agence provoquaient toujours une sensation de claustrophobie.

« Arthur ne les a pas charmées, alors ? demanda-t-elle, la main sur un mug. C'est vraiment le pire des mecs.

— Le pire de tous », acquiesçai-je en attrapant le sachet en papier posé près de moi.

Jas appuya sur un bouton et la cafetière se mit à bourdonner. « Alors, qu'est-ce qui s'est passé ? interrogea-t-elle, les paumes vers le plafond. C'était si horrible que ça ? »

Je fis un geste dédaigneux de la main. « Il a menacé de changer d'éditeur, mais bon, quelle importance… »

Jas en resta bouche bée.

« Changer. D'éditeur. Quitter Charter ? Tu déconnes ?

— Non, mais ça n'a pas d'importance, je te dis », répétai-je de ma voix haut perchée.

Jas haussa le ton à son tour.

« Merde. C'est grave. On devrait être en train de paniquer, là. Et si personne d'autre ne veut le publier ? Emma, pourquoi t'es pas en train de paniquer ? Tu paniques avant moi, d'habitude. Tu te souviens quand on a cru avoir supprimé le dossier de présentation sur lequel on avait bossé toute la journée, et que j'ai dû te faire respirer dans un sac-poubelle ? Et la fois où on croyait avoir coupé le son sur Zoom avec l'éditeur américain, et que tu avais dit "connard", et que j'avais dû broder toute une histoire, dire que tu parlais de ce connard d'Internet, que c'était à cause de notre connexion que tu étais totalement figée, et moi je voyais le blanc de tes yeux tellement ils étaient écarquillés, et l'éditeur américain qui croyait que tu faisais un infarctus et…

— Jas. JAS ! » m'écriai-je en lui saisissant le visage avant de lui écraser les joues.

Elle s'immobilisa, le café oublié dans le mug.

« Bon, Jas, il faut que tu m'écoutes. J'ai d'autres trucs bien plus sérieux que ça à gérer, d'accord ? Il faut absolument que je te parle. »

Jas acquiesça, ses lèvres compressées entre mes mains.

« Alors », continuai-je en la relâchant avant de me tourner vers le sachet posé devant moi comme une offrande sacrificielle, « je sais ce qu'il y a là-dedans ».

Jas me dévisagea.

« C'est un…

— Chhhhuuuut !! » fis-je avec force, et elle sursauta. « Pardon. Alors voilà : c'est un chausson aux pommes.

— D'accooooord. »

J'ouvris le sachet et brandis la pâtisserie d'un ton théâtral, comme si j'étais une magicienne amatrice. « Tada !

— Je l'ai acheté pour toi.

— Je le sais aussi, dis-je d'une voix de grande sage. Tu m'as acheté un chausson aux pommes, et tu te cachais dans les toilettes pour éviter Arthur et Linda, et… et… »

Jas fronça de nouveau des sourcils. Je repérai soudain son téléphone. « ET, hurlai-je, tu lisais un manuscrit que tu adores sur ton téléphone, ou… que tu n'adores pas, mais… » Je forçai mon cerveau à se souvenir de la formulation exacte. « Mais tu penses que soit c'est très bon, soit c'est le pire truc que tu aies jamais lu. Des SORCIÈRES, ça parle de sorcières. »

À ces mots, Jas plissa le front, et le petit anneau en argent à son sourcil gauche capta la lumière du plafonnier dans la petite cuisine.

« Oh, ajoutai-je, et tu vas aussi me parler des contrats des audiolivres. Un truc moderne et tendance, mais j'ai oublié les détails précis.

— Une seconde. » Elle tendit la main devant elle tandis que je cherchais furieusement d'autres exemples. « Une seconde. Emma. EMMA. Qu'est-ce qui se passe ? Pourquoi tu me fais une crise de nerfs, là ? Tu me fais flipper. »

Elle me fit passer le café posé sous la machine, qui dégageait un arôme fort et familier.

« Bois ça. Reprends ton souffle et raconte-moi comment ça se fait que tu saches tout, aujourd'hui. T'es comme un putain d'oracle. C'est quoi, ce délire ? Tu es retournée faire du yoga ou quoi ? Tu es toujours chelou quand tu fais du yoga.

— Non, pas de yoga. »

Jas fit un geste impatient de la main. « Bois. »

Je ne pouvais pas boire, il fallait qu'elle comprenne.

« Je ne devine rien, Jas. Je ne devine pas. Je le sais. Parce que je l'ai déjà vécu. Je l'ai littéralement vécu hier. On a discuté hier, qui était aujourd'hui, et tu étais dans les toilettes, et je t'ai trouvée là et tu m'as offert un chausson aux pommes et… » Je repris mon souffle. Hattie ne m'avait pas crue, et je n'avais pas pu lui dire ce qui m'inquiétait vraiment. « … tu connais la suite. Je suis en mode *repeat*. Je me rejoue toute la journée. »

Jas resta longtemps silencieuse. Je posai mon café et attendis aussi patiemment que possible.

« C'est arrivé dans un livre que j'ai lu. Y a un homme qui n'arrête pas de se réveiller le matin et qui revit sans arrêt la même journée », finit-elle par dire.

Mon corps se détendit un peu. Elle n'avait pas totalement rejeté l'idée.

« *Un jour sans fin*, confirmai-je.

— Non. Ça s'appelait pas comme ça.

— Peut-être, mais c'était inspiré du film *Un jour sans fin*.

— Jamais vu. Il est bien ? C'est un vieux film ? En couleurs ou en noir et blanc ?

— T'es sérieuse, là ? »

Elle semblait parfaitement sérieuse.

« Ils ont restauré les couleurs ?

— Ça n'a jamais été un film en noir et blanc », dis-je, oubliant un instant mes problèmes. C'était dans des moments comme celui-ci que notre écart d'âge était le plus flagrant. Un rire bouillonna en moi et jaillit de mes lèvres. « C'était déjà en couleurs, putain, c'était dans les années 1980. »

Jas attrapa son mug et but une gorgée de café.

« D'accord, donc tu es coincée dans *Un jour sans fin*.

— Mais non, je ne pense pas. Enfin, ce n'est arrivé qu'une seule fois donc ça va peut-être s'arrêter là ? »

Merde. Et si c'était *Un jour sans fin* ? Non, j'écartai cette idée. C'était juste un événement inhabituel, une anomalie temporelle. Un indice pour me conseiller de ralentir, comme l'avait fait remarquer Hattie.

« C'est peut-être une simple coïncidence ? suggéra-t-elle.

— Ce n'est pas une coïncidence, enfin, sinon ce serait dix mille coïncidences d'affilée.

— Ou peut-être que la réunion s'est tellement mal passée que tu es en état de choc ? »

Je lui décochai un regard méprisant. « Je ne suis pas pitoyable à ce point. »

Jas se tut une fois de plus. J'entendais le tic-tac de la pendule au mur, le sifflement lointain d'un bus qui ralentissait devant l'agence. Puis elle leva les yeux vers moi.

« OK, dit-elle, puis elle haussa les épaules d'un air détendu.

— Tu me… tu me crois ? demandai-je en éprouvant un immense soulagement.

— Ouaip. C'est plutôt flippant, comme truc. »

J'acquiesçai, distraite, car le fait qu'elle me croie rendait la situation d'autant plus effrayante. Que ça puisse être réel.

« Mais je ne comprends pas trop pourquoi », dis-je en me remémorant la veille au soir. Les souvenirs me donnèrent la chair de poule et mon estomac nauséeux se noua.

« Qu'est-ce qui s'est passé exactement ? demanda Jas. Il doit forcément y avoir une raison. »

Je la regardai et soupirai lentement.

« Quoi ? demanda-t-elle.

— Dan… Dan est mort. Je l'ai vu, il était… mort. Hier soir, en fin de journée. »

Jas porta malgré elle les mains à son visage. « Hein ? »

Je ne parvins pas à répondre et acquiesçai, tout simplement.

« J'adore Dan, dit-elle.

— Je sais. » Je lâchai un rire étranglé. « Je le sais, car on a eu *exactement* la même conversation hier, sur le fait que tu l'apprécies autant.

— Comment il meurt ? »

Mes yeux s'embuèrent et j'eus le souffle coupé.

« Il se fait renverser par une voiture. Dans une rue près de chez nous.

— Putain. » Jas trembla et du café éclaboussa le lino. Elle redressa sa tasse et me dévisagea.

« Oui, c'est clair. » Je déglutis avec peine, éprouvant le poids de tous les événements. « C'est clair. » La panique me submergea.

« Bon, c'est évident que tu dois le sauver. » Elle reposa le mug. « On t'a donné une deuxième chance. C'est… c'est plutôt incroyable. »

Et à ces mots, je sentis une vague de chaleur se répandre dans mon corps. Elle avait raison. Le reste pouvait bien changer, mais je ne devais pas laisser le pire se produire. C'était le but de tout ceci. C'était forcément la raison.

On m'avait donné l'occasion d'empêcher qu'il meure.

Hattie @Emma Si tu as un peu de temps plus tard, on peut discuter ? Désolée, je sais qu'on vient de déjeuner ensemble. Ce n'est pas urgent. Je t'adore. Bisou.

Denise @Emma J'interprète ton silence comme un refus. On doit tous faire des efforts, Emma.

AuteureLou @Emma Une auteure m'a parlé d'un site de téléchargements illégaux, mais mon livre n'y figure pas. C'est mauvais signe, non ? Il n'est pas assez bon ou assez populaire pour être piraté ?

25

Jas me poussa vers la sortie sans épiloguer.

« Rentre chez toi pour t'assurer qu'il va bien, d'accord ? D'ailleurs, pourquoi il n'a pas répondu à tes messages ? » Elle se mordilla la lèvre.

« Non, ça va, je lui ai écrit cet après-midi et il m'a répondu. Il croit juste que j'ai fait un cauchemar. »

Penser à Dan me rappela la lettre que je devais écrire.

Jas était dubitative. Je savais ce qui lui traversait l'esprit et je fus soudain saisie d'une peur terrible à mon tour. Je sortis mon téléphone et fus soulagée en vérifiant mon dernier message.

« C'est bon, la marque bleue, là, ça veut dire qu'il l'a lu.

— Et si son téléphone était chez les flics, ou pire ? Je t'en supplie, Emma, appelle-le, ça me stresse trop. »

Sa panique déclencha la mienne. Je l'appelai aussitôt sous les yeux écarquillés de Jas. Ses épaules se détendirent quand elle l'entendit décrocher.

« Tu vois », lançai-je, soulagée, brandissant mon portable devant elle, triomphante. « Pas mort !

— Emma ? Emma ? Je suis au boulot, dit la voix dans le téléphone. Qu'est-ce qu'il y a ?

— Je vérifiais juste que... que tu étais... » Ne dis pas *bien vivant*, Emma. « Je vérifiais juste que tu étais... bientôt prêt à rentrer à la maison, à l'heure habituelle. »

Sa voix se fit plus légère. « Oui, c'est bon.

— Super. Je prendrai à manger sur le chemin.

— Cool. »

Jas mimait quelque chose devant moi. Les mains devant elle comme si elle tenait un guidon de vélo imaginaire, son corps oscillant dangereusement de gauche à droite, puis elle s'affala par terre, la langue pendante sur le côté.

« Euh... » Je la scrutai un instant, elle tourna la tête vers moi, ses yeux marron emplis d'inquiétude. « Mais ne te dépêche pas, surtout », ajoutai-je dans le téléphone.

Jas acquiesça.

« Ne te précipite pas. Ce n'est pas pressé. Sois prudent. Genre, modérément prudent. Pas d'excès de vitesse. Pas d'imprudence.

— Euh... OK. J'avais pas prévu d'être imprudent. Je serai... raisonnable.

— Parfait. » Toujours au sol, Jas leva les pouces. « À tout à l'heure. Et... Dan ?

— Ouais ?

— Je t'aime.

— Je t'aime aussi, Emma. »

Sa voix dégagea une ardeur qui me combla de joie.

Emma @Dan Je suis en chemin ! À tout de suite ! J'ai hâte !

Dan @Emma OK ! Je t'aime ! Tu m'envoies beaucoup de messages aujourd'hui !

Emma @Dan Je voulais juste te tenir au courant de ce que je fais, c'est tout.

Dan @Emma Je fais c'est tout – je fessais tout, lol.

AuteureLou @Emma Ah, et j'ai entendu dire que Jane était peut-être encore enceinte. Bon, je ne suis pas sûre, mais sur l'Instagram de Chloe (son assistante), j'ai vu une photo à la soirée de lancement du livre de Clive hier soir. Chloe tenait un verre de vin alors que Jane ne buvait que de l'eau. Du coup je me suis posé la question.

AuteureLou @Emma Non pas que ce soit un problème, hein ! Enfin, tu crois que c'est un problème ? Ce serait qui, mon nouvel interlocuteur ?

Scarlet @Emma Lou n'arrête pas de m'envoyer des MP sur Twitter pour me demander de tes nouvelles. Elle n'arrive pas à te joindre. Je l'ai rassurée et lui ai dit que tu étais très occupée. J'espère que tout va. Bises.

Denise @Comité J'ai modifié le tableur de roulement pour mettre à jour les derniers changements.

Catrin @Emma Denise aime tellement son tableur qu'elle envisage de l'épouser. J'espère que tu vas bien, copine. Bisous.

Jas @Emma Bonne chance. Tiens-moi au courant, d'accord ? Mille bisous.

26

6 décembre 2013

Chère Emma,

J'écris cette lettre à côté d'une cafetière pleine et d'un petit pain aux raisins pendant que je surveille Miles, pris au piège dans sa prison (le babytrot, si tu préfères). Le meilleur achat de toute notre vie. Tu es avec Poppy à la salle de jeux. On sait donc qui est le grand perdant de ce scénario.

Après mon café, je m'installerai peut-être pour lire la section sportive du journal – JE BLAGUE, *je rangerai l'appartement comme l'être humain parfait que je suis, sinon on se retrouvera bientôt enterrés vivants sous des monceaux de Lego, de crayons cassés et ce fichu éléphant en plastique qui semble incassable, malgré mes multiples tentatives d'assassinat.*

Je sais que les derniers mois n'ont pas été très glamour et, oui, nos conversations tournent souvent autour du caca, mais je suis plutôt heureux. Qui sont ces gens qu'on est devenus ?! Moi, penché au-dessus d'une couche à contempler son contenu comme un sorcier qui lit les entrailles d'un poisson, et toi, fascinée par mes découvertes – tu me poses même parfois des questions techniques !

Et les changements continuent. Hattie va te manquer quand elle aura déménagé, je le sais, et ça va nous faire bizarre qu'elle n'habite plus au coin de la rue, mais elle ne sera pas très loin. Et je pense que c'est nécessaire, Ed et elle sont sans arrêt en train de se séparer/se remettre ensemble/se séparer/se remettre ensemble, donc c'est bien qu'elle ait fini par prendre une décision. Et tu ne me croiras pas, mais je commence à l'apprécier, lui. Mon commentaire était un peu naze, on ne peut pas savoir si quelqu'un est digne de confiance rien qu'en le regardant dans les yeux. Maman disait ça en parlant de notre voisine Pauline, mais c'est son mari Malcolm qui a fini par la quitter, donc elle racontait n'importe quoi, en fin de compte.

Hattie va nous manquer, bien sûr, mais je veux faire des projets moi aussi, acheter une maison, m'extasier devant les nuanciers de chez Farrow & Ball. Papa a insisté pour qu'on accepte une partie de l'argent après la vente de leur maison. Au début, j'étais réticent, mais il a raison, maman aurait aimé savoir qu'elle nous aidait à bâtir un foyer avec nos propres enfants. Je veux une grande cuisine avec une table à laquelle on pourra tous s'asseoir, plutôt qu'un bar. Je veux une maison vaste et lumineuse, et je veux une salle de bains rien qu'à nous, histoire de ne plus marcher sur les canards et les jouets en plastique chaque fois qu'on veut prendre un bain. Je rêve de gigantesques placards et d'espaces de rangement.

Ne panique pas, je ne vais pas te demander de quitter Londres et de déménager dans la cambrousse où on ne connaîtrait personne et où on pondrait une poignée d'autres gamins. Je sais que tu aimes Londres, que tu aimes tes amis, que tu t'y sens au cœur de l'action. Les soirs de comédie au Soho Theatre, bouche bée dans les balcons du West End, les visites en semaine à la Tate Modern avec Miles dans le porte-bébé, un café partagé avec une amie sur une terrasse ensoleillée de la rive sud. Tu adores Londres, et tu y vis vraiment, pas comme certaines personnes qui ne quittent jamais leur quartier – ça ne te dérange pas de prendre le métro ou le train pour aller voir des amis dans le trou du cul de la ville, tu dis toujours : « Comme ça, j'aurai le temps de bouquiner pendant le trajet. »

*Je t'aime, Emma. J'aime ton énergie débordante et tes gestes de main improbables, et la lueur dans tes yeux quand tu as envie de partager une anecdote marrante. J'aime ton obsession pour les émissions américaines pourries (*Charmed *est une série* NULLE, *Emma, quoi que tu en dises, et oui, à cause de toi, j'ai envie de voir la suite, mais ça n'en fait pas une bonne série pour autant). Je t'aime même quand tu fonces tête baissée dans un nouveau projet et que tu m'accordes à peine deux secondes pour t'emboîter le pas, certaine que je te suivrai aveuglément (*tousse tousse* la pétition sur les vêtements unisexes).*

J'aime ta manière d'être avec Poppy et Miles. Ta patience infinie quand Poppy apprend à lire, que tu articules les mots en silence et l'encourages jusqu'à ce qu'elle trouve d'elle-même. Je sais qu'il te faut beaucoup d'énergie pour ne pas la presser dans son apprentissage, pour ne pas faire les choses à sa place. J'aime te voir porter Miles en écharpe à travers la maison quand tu passes l'aspirateur, ou quand vous êtes dans le canapé, qu'il s'est endormi contre toi et que tu caresses le fin duvet de ses cheveux en lisant ton livre.

J'aime la façon dont ton corps s'emboîte parfaitement dans le mien quand on s'enlace et qu'on s'embrasse. Je n'arrive plus à m'endormir sans toi. Quand je sens le matelas ployer, je tends automatiquement le bras pour saisir ton corps tiède, sentir ta main sur mon torse, ton souffle régulier sur mon épaule. Ton parfum.

J'aime tout de toi, Emma Jacobs.

Sept ans et toutes nos dents,

Bisous,

Dan

27

Notre maison vide sembla bâiller paresseusement autour de moi quand j'entrai, baignée d'un silence incongru. Le vélo était toujours contre le mur avec son guidon perfide. Je l'évitai avec précaution et remarquai la petite flaque de vomi au sol.

Oh, pauvre Gus.

Je jetai un coup d'œil dans la cuisine, tout était immaculé, les rais obliques du soleil hivernal illuminaient les surfaces propres, les roses d'un orange éclatant au centre de l'îlot. Gus était dans son panier. Il avait dû sortir faire sa promenade, c'était peut-être la fatigue qui le rendait léthargique.

Dan travaillait à quelques minutes de là, dans le beau bureau de Matt au fond de son jardin, et il trouvait toujours le temps de venir promener Gus – je m'en chargeais moi-même avant de devenir agente littéraire, quand les enfants étaient petits, et Dan se joignait à moi dès que possible. Gus était alors plus rapide, plus leste, le pelage moins grisonnant, et il sautillait entre nous, sous l'arche de nos mains jointes tandis que nous marchions, qu'il pleuve ou qu'il vente. Dan avait ménagé du temps pour la famille, et j'avais fait la même chose au début. Je constatai avec une pointe de tristesse que nous avions peu à peu dérogé à cette règle, ou plutôt, que j'y avais dérogé toute seule. C'était systématiquement moi qui avais une réunion super importante avec Arthur, une relecture urgente, un manuscrit que je n'avais pas terminé pendant le week-end.

L'espace d'une seconde, je rêvai avec mélancolie d'une splendide promenade printanière – un ciel azuré, les tiges vertes des jonquilles sur le point de fleurir, les premiers perce-neige. Emmitouflés dans nos écharpes et nos manteaux, invariablement main dans la main – il était impensable de nous promener sans nous tenir la main –, nos conversations sur les enfants, sur le travail, notre journée, l'avenir. J'adorais ces promenades. Ma gorge se noua lorsque je me penchai pour caresser Gus, ma main enfouie dans ses boucles. Il leva la tête et me contempla. Sa gamelle était pleine.

« Ça va, mon pote ? »

Je nettoyai le vomi avec un torchon, il n'y avait pas grand-chose. Il avait peut-être mal au ventre. Il faudrait que je demande à Dan s'il avait remarqué quoi que ce soit d'anormal. Gus se leva et me suivit avec curiosité tandis que j'emportais ma tasse de thé dans la véranda.

Avant, j'adorais m'asseoir là pour lire un manuscrit sur mon Kindle dans la lumière du soleil, ou pour contempler notre jardin. Ces derniers temps, la véranda était envahie de linge mis à sécher et de bazar – trottinettes oubliées, piles de livres, un ballon de foot crevé. Le jardin ressemblait à une jungle, le chiendent supplantait la pelouse mal entretenue, s'insinuait dans les fissures entre les dalles de l'allée, et grimpait aux briques de la maison comme s'il voulait entrer chez nous.

Je débarrassai un coin de table, y posai ma tasse tandis que Gus se blottissait près de moi. Je pris mon stylo et commençai : « Cher Dan… » Je n'oublierais pas la lettre, aujourd'hui. Je la remplis de souvenirs de promenades avec Gus. Je voulais retranscrire ce sentiment que j'éprouvais quand Dan et moi étions ensemble, son bras autour du mien, son profil rieur. Comme si nous étions seuls au monde, liés par tant de fils invisibles. Cet attrait que j'avais ressenti en le voyant la première fois dans le métro, son expression choquée, quelque chose dans ses yeux qui le rendait si simple, si honnête. *Je t'ai trouvé*, avais-je pensé.

Je signai au bas de la lettre et chassai mes larmes d'un battement de paupières, songeant aux paroles de Jas, que cette étrange expérience était une prémonition, que je pouvais empêcher ce qui risquait de se produire. Des choses avaient changé, effectivement – les conséquences de la réunion, par exemple. Donc le cours des événements était modifiable, et certains détails pouvaient être stoppés. Hier n'avait pas eu lieu, pas vraiment. C'était juste un aperçu terrifiant d'une version d'aujourd'hui. Je m'accrochai à cet espoir tandis que je glissais ma lettre dans l'enveloppe. Il ne s'était rien passé. C'était un avertissement de ce qui aurait pu se produire.

La porte d'entrée claqua et je me tournai sur ma chaise. Gus leva la tête. Il n'était peut-être pas en grande forme, mais il adorait les enfants, il adorait Dan. Et il était toujours d'une insatiable curiosité.

Je vis Miles débarquer dans un tourbillon d'énergie et je l'appelai. Il sursauta et son expression me rappela la dispute de la veille.

« Salut, toi, viens me dire bonjour ! »

Il avança lentement jusqu'au seuil de la porte, le regard méfiant. « Je suis rentrée plus tôt », expliquai-je, un instant déroutée de le voir dans un pantalon d'uniforme un peu trop court – depuis quand avait-il autant grandi ? On venait de l'acheter, ce pantalon, non ?

Ses cheveux trop longs autour des oreilles. Son visage plus fin, son expression plus mature.

« Papa arrive, marmonna-t-il en tournant déjà les talons.

— Comment s'est passée ta journée ? » demandai-je avec un sourire.

Je retirai une pile de livres sur la chaise à côté de moi et tapotai le tissu pied-de-poule du coussin.

« Pas mal », dit-il sans croiser mon regard.

Une pointe d'inquiétude me traversa ; Miles avait toujours quelque chose à dire sur sa journée à l'école. Ils avaient regardé un documentaire sur les éruptions volcaniques, Albie s'était enfoncé une gomme dans le nez et elle était restée coincée, est-ce que je savais que les tarentules pouvaient survivre deux ans et demi sans rien manger ?

Il ne s'était pas assis et frottait le bout de son pied sur le sol devant lui. Ses yeux étaient cerclés de rouge dans la luminosité intense de la véranda. « Miles, tu as pleuré ? » demandai-je en me rendant compte que mon ton était un peu trop dramatique. Il grimaça à ma question.

« Non, râla-t-il, poings serrés.

— Désolée, tu as l'air… contrarié. »

Je tendis la main vers son épaule. Quand il l'écarta d'une brève secousse, je compris que quelque chose clochait. Miles était le premier à venir se blottir contre moi quand il était fatigué ou agacé, il me tenait encore la main quand on descendait la rue pour aller au petit supermarché. Mon adorable garçon.

« Il y a eu un problème à l'école ? »

Une pause presque imperceptible le trahit. « Non. »

Je ne pus me retenir. « Tu as l'air fâché. Qu'est-ce qui s'est passé ? Tu peux tout me dire. »

Il marqua une pause. Je voyais tressaillir les muscles de son cou tandis qu'il s'efforçait d'éviter mon regard ; il s'obligeait physiquement à tout garder en lui.

« Je peux pas, déclara-t-il en tapotant la chaise d'un pied distrait.

— Miles ? Bon, je sais que tu es fâché contre Poppy. »

Il releva brusquement la tête. « Et ça ne te ressemble pas. Tu veux qu'on en parle ? » Je fis en sorte d'adoucir ma voix pour lui tirer une confession.

La pause sembla durer une éternité. Le regard de Miles, rivé au sol, glissait de droite à gauche, son cerveau visiblement en pleine surchauffe.

« Je veux un meilleur ami », finit-il par déclarer d'une voix passionnée qui me fit sursauter.

Je fronçai les sourcils. Je ne m'attendais pas à cette révélation.

« Tu as beaucoup d'amis, dis-je d'un ton apaisant. Tu es sans arrêt invité chez des copains et…

— Mais j'ai pas de meilleur ami. Tout le monde a un meilleur ami, et pas moi.

— Tu n'as pas besoin d'un meilleur ami. Je n'en ai pas, moi. Enfin, j'avais Jules, mais elle est partie habiter en Australie. Tu sais, parfois, les meilleurs amis émigrent.

— Tante Hattie, c'est ta meilleure amie. »

Je ne protestai pas. Il avait raison, évidemment. À quel moment l'avais-je compris, moi aussi ? Quand j'avais commencé à téléphoner à Hattie plutôt qu'à Jules pour lui demander conseil ? Mais j'avais été une mauvaise amie, aujourd'hui. Je l'appellerai après cette conversation, je prendrai de ses nouvelles. Je n'avais même pas répondu à son dernier message…

« Et papa.

— Papa quoi ?

— Papa est ton meilleur ami, lui aussi, dit-il d'un ton agacé.

— Bon, oui, c'est vrai », admis-je, la gorge serrée. Miles avait raison. Tellement raison. Je tentai de ravaler cette boule de panique. « Mais ce que je veux t'expliquer, c'est que tu n'en as pas forcément besoin, ajoutai-je en essayant de reprendre le fil de la conversation. C'est bien aussi d'avoir plein d'amis. Mes meilleurs amis, je les ai eus plus tard dans la vie. »

Miles semblait inconsolable. Et je repensai à sa dispute avec Poppy.

« C'est quoi le rapport avec Poppy ? demandai-je à voix haute en provoquant un nouveau regard paniqué de mon fils.

— Y en a pas.

— Bon, Miles. » Je fis de mon mieux pour garder un ton neutre. Ne lui saute pas dessus, Emma, ne sois pas accusatrice. Dan avait raison ; je voulais tellement prouver que j'étais une bonne mère que je fonçais parfois tête baissée dans la mêlée, trop vite, trop fort. « Tu m'as vraiment tout raconté ? Je peux peut-être t'aider ? »

Son expression changea, son visage se fit plus dur, ses yeux déterminés.

« Tu peux pas m'aider. Personne peut m'aider.

— Je suis sûr que s…

— C'est trop tard », cria-t-il presque, les larmes aux yeux, puis il fit volte-face et quitta en trombe la véranda.

« Miles ! » Je me levai d'un bond. « Miles… »

J'étais à deux mètres de l'escalier quand Dan entra et s'approcha pour m'embrasser. Son baiser manqua sa cible, atterrissant à gauche de mes lèvres.

« Miles ne va pas bien », annonçai-je, agitée.

L'expression de Dan changea aussitôt.

« Il était plutôt renfermé sur le chemin du retour.

— Je vais monter le voir et comprendre ce qui se passe.

— Et si on commençait plutôt à préparer le repas ? Il nous racontera tout quand il sera prêt. »

Je n'écoutais plus, je m'éloignais déjà vers l'escalier. Comment Dan pouvait-il réagir ainsi ? Rester les bras croisés ? J'éprouvais un élan physique vers mes enfants quand ils allaient mal. Je voulais les enlacer, les câliner, faire en sorte qu'ils aillent mieux. Ce n'était pas une mauvaise chose, si ?

Miles était dans sa chambre et imbriquait d'un geste machinal une minuscule pièce en plastique sur une autre, sans que le cœur y soit. Il se crispa à mon entrée, ne leva pas les yeux. La chambre sentait le renfermé, les rideaux n'avaient pas été complètement tirés ce matin. J'allai entrouvrir le battant supérieur de la fenêtre.

« Miles, dis-je d'une voix aussi détendue que possible. Tu sais que tu peux tout me raconter. Je ne me fâcherai pas.

— Mais j'ai rien fait de mal ! s'écria-t-il d'un ton blessé qui me serra le cœur.

— Il y a clairement un truc qui te perturbe. »

La petite structure en plastique qu'il construisait se cassa et il la scruta, au bord des larmes.

« Allez, Miles. » J'entendais ma propre voix, insistante, invasive. Je m'assis sur la couchette du bas, caressai sa couette bleu marine et la replaçai malgré moi.

« Je peux pas », murmura-t-il si doucement que je ne l'entendis presque pas.

Un bruit au rez-de-chaussée lui fit relever la tête. La porte d'entrée, des marmonnements indistincts, des pas qui grimpaient les marches quatre à quatre. Miles me regarda, un mélange d'émotions peint sur le visage, les yeux ronds. Je me demandai sincèrement ce qui avait bien pu se passer.

« Ah, mais qu'est-ce que tu as raconté à papa ? T'as pas intérêt à leur en avoir parlé… » Poppy avait fait irruption dans la chambre. Elle ne m'avait pas vue.

« Maman va péter un plomb si… » Elle sentit soudain ma présence et pivota brusquement, la main sur la poitrine.

« Oh, mon Dieu, maman !

— Poppy », répondis-je, une note d'avertissement dans la voix.

Elle se redressa et fourra une mèche de cheveux dans sa bouche.

« Pourquoi je vais péter un plomb ? »

Je voyais ma fille chercher fébrilement une réponse bidon. Ses yeux désespérés tournés vers son frère. Il se passait vraiment quelque chose de louche. J'éprouvais une pointe de colère à être exclue de leur mystère, un soupçon de tristesse qu'aucun des deux ne soit venu m'en parler, et de la rancœur en sachant que ce serait moi, et pas Dan, qui allais disjoncter quand j'apprendrais le fin mot de l'histoire.

J'avais envie d'être la mère sympa et marrante, mais j'étais plutôt celle qui pressait tout le monde, qui les enquiquinait avec leur pique-nique oublié ou leurs autorisations de sortie à signer, ou qui leur rappelait de boire de l'eau/mettre de la crème solaire/un chapeau/des gants et d'éviter d'en perdre encore une paire parce que c'était cher, ces machins-là. Et je consacrais pourtant le même temps à mon rôle de parent que Dan ; lui semblait juste ne pas remarquer certaines choses, ou s'en fichait. Une chemise d'uniforme scolaire mal repassée, une trousse oubliée, des cheveux trop longs – il ne repérait rien de tout cela. Et pourquoi moi, je les voyais ? Notre univers entier tomberait-il en poussière si j'ignorais ces petits détails ?

Un silence s'installa, personne ne savait plus quoi dire. Poppy bondissait d'un pied sur l'autre et attendait clairement que je quitte la chambre, que je m'éloigne le plus loin possible. « Qu'est-ce qui se passe ? » demandai-je d'une voix professorale, malgré moi.

Je regardai Miles, son visage furieux, vexé – il pinçait les lèvres en dévisageant sa sœur aînée. Il avait toujours été gaga devant elle, il la suivait comme son ombre quand ils étaient petits. « Moi aussi », après tout ce qu'elle faisait ou disait. « Moi aussi. » Il riait quand elle lui témoignait la moindre marque d'intérêt. Même quand elle le poussait par terre, il était ravi. Il regardait sans arrêt par-dessus son épaule pour voir si elle faisait attention à lui. « 'Oppy ! 'Oppy ! »

« Rien du tout, répondit vivement Poppy en lançant un regard involontaire à son frère.

— Rien du tout, répéta Miles dans un murmure.

— Ce n'est pas rien du tout, visiblement. »

Aucun ne cédait et je ne voulais pas tout gâcher, pas aujourd'hui. Cette histoire allait devoir attendre, rien qu'un jour. Il fallait qu'on survive aux prochaines heures. Ça ne devait pas être si grave que ça, si ? Ce n'était pas une question de vie ou de mort. Je sentis tournoyer en moi la terreur de cette horrible éventualité. Non.

« Je veux absolument que vous descendiez tous les deux et que vous soyez gentils l'un envers l'autre. D'accord ? Juste pour ce soir. C'est… important pour moi. S'il vous plaît. » J'annulai la visioconférence avec l'agente américaine, car je voulais être présente au repas des enfants.

Tout le monde affichait un air malheureux. Poppy jouait avec son poisson pané dans son assiette et Miles avait le regard perdu dans le vide. J'étais tendue, je serrais mon mug de thé et me brûlais presque les mains en observant Dan circuler dans la pièce. Vivant. Essayant de réconforter les enfants. Il semblait méfiant, lui aussi, quand il fit la vaisselle après qu'ils eurent quitté la table.

« Ils mijotent un truc, tous les deux, dis-je d'un ton songeur.

— J'en apprendrai peut-être davantage quand tu seras à ta réunion du comité. Tu ne dois pas y aller, d'ailleurs ? demanda-t-il en jetant un coup d'œil à la pendule en tournesol.

— Non, c'est bon, je reste ici. »

Je sortis mon téléphone et m'apprêtai à envoyer un message.

« C'est annulé ?

— Non. »

Il se tourna vers moi, la tête inclinée.

« Tu as fini par laisser tomber ?

— Non. »

Il plissa le front. « Alors pourquoi tu n'y vas pas ? Si tu t'es engagée, alors vas-y. »

Je ne pus contenir un soupir exaspéré. C'était typique de Dan. En temps normal, je trouvais ça génial, nos enfants savaient que s'ils s'étaient inscrits quelque part, ils avaient la responsabilité d'y aller, ils devaient être réglo avec les gens qui s'étaient investis pour eux. Mais à cet instant précis, c'était moi qui passais pour la fille pas réglo. Sauf que j'avais déjà assisté à la réunion une fois, donc techniquement, si, j'étais réglo.

Je ne voulais pas me fâcher avec lui, pas maintenant, pas aujourd'hui. La culpabilité me saisit au dépourvu et un sanglot encombra ma gorge. Je lui en avais voulu hier soir. Bon sang, comment pouvais-je envisager de me disputer de nouveau avec lui ?

« Je préférerais rester ici, avec toi. » Mes muscles se crispèrent alors que je revoyais des images de la veille.

« C'est gentil, Emma, mais tu ferais mieux d'y aller. Tu n'auras qu'à leur annoncer que tu quittes le comité et puis tu rentres à la maison. Je peux coucher les enfants et on dînera après. »

Je me mordillai la lèvre, indécise.

« Je ne sais pas trop…

— Franchement, tout ira bien.

— Tu es sûr ? Que tout ira bien ?

— Mais oui, affirma-t-il avec sincérité. Vas-y.

— Il se trame un truc entre les enfants.

— Eh bien, si c'est le cas, dit Dan d'une voix patiente, je suis certain qu'on le saura, le moment venu. On doit juste leur faire confiance.

— Mouaif.

— Vas-y, Emma, on se voit après. »

J'avais encore le temps. C'était au coin de la rue. Et Dan avait raison, j'allais enfin pouvoir passer la main et revenir à la maison bien avant l'heure fatidique. C'était peut-être l'occasion pour moi de faire ce que j'aurais dû faire des mois plus tôt, des années plus tôt.

« D'accord, dis-je finalement. Je vais faire super vite. Je vais leur dire, Dan. Ce soir.

— Oui, bien sûr, dit-il d'un ton totalement dubitatif.

— Mais si, c'est vrai. » Je m'approchai de lui et l'obligeai à me regarder dans les yeux. « Je suis sérieuse. C'est fini. Je n'aurais jamais dû rester aussi longtemps au comité. Tu avais raison. » Sa bouche tressaillit. « Ben quoi ?

— Tu ne me dis jamais que j'ai raison.

— Oh, la ferme. »

Je m'avançai pour l'embrasser. Nos lèvres s'imbriquaient à la perfection. Je fermai les yeux et absorbai sa chaleur. Il était en sécurité ici, songeai-je, il ne laisserait jamais les enfants seuls à la maison. Il n'allait pas sortir dans la rue. Quant à moi, je pouvais faire ce petit geste pour lui, pour nous.

Il me tapota les fesses avec la louche tandis que je m'éloignais.

« Va voir dans la véranda », annonçai-je en récupérant mon sac. Je me rendis à la porte, évitant de justesse ce foutu vélo. « Il y a quelque chose pour toi sur la table ! » m'écriai-je avec un sourire savoureux aux lèvres tandis que je l'imaginais trouver la lettre pendant mon absence.

Voilà qui était mieux. Aujourd'hui, c'était bien mieux. Tout irait bien.

Catrin @Emma VOUS DÉPASSEZ LES BORNES AVEC VOTRE RETARD, MADAME JACOBS. ALAN EST LÀ, JE VOUS SIGNALE !

Denise @Emma Alan vient d'arriver dans la salle de réunion, Emma.

Lena @Emma Denise m'a chargé de te demander dans combien de temps tu comptes arriver. Alan est là.

Catrin @Emma ALAN EST ARRIVÉ. JE RÉPÈTE, ALAN EST ARRIVÉ. DENISE A MIS SA ROBE À FLEURS DE CHEZ WHISTLES. PUTAIN, C'EST DU SÉRIEUX, LÀ, ET T'ES PAS LÀ POUR VOIR ÇA ?!

28

La salle du comité n'était qu'à deux rues de la maison, mais le temps d'y arriver, je sentis mes muscles se tendre et l'angoisse monter. Il ne va rien se passer, m'assurai-je. Je vais faire comme hier. Tant que je rentre de bonne heure, tout ira bien.

Je regrettai d'être venue à l'instant où j'entrai dans la salle. Vêtu de son gilet jaune aveuglant, Alan n'était pas encore assis et je m'approchai pour lui serrer la main.

« Emma, nous vous avons attendue, dit-il en m'attirant à une chaise.

— Alan a eu l'amabilité de t'attendre, lança Denise.

— Et je ne peux pas rester trop longtemps à cette petite assemblée, déclara Alan. J'ai mis un plat à cuire dans la cocotte-minute.

— Vous savez, Alan, que ces *petites assemblées* s'occupent de gérer la garderie en votre nom, dis-je brusquement. Sans elles, vous ne seriez pas en mesure de rembourser vos emprunts. »

Il cilla deux fois d'affilée tandis que je changeais de chaise pour m'asseoir à côté de Catrin. « Bien envoyé, Emma, murmura-t-elle, secouée d'un rire silencieux. *Viva la revolución.* »

Alan parut accablé dans son gilet jaune fluo et Denise me fusilla du regard à l'autre bout de la salle.

« Bien, annonça-t-elle quand elle eut retrouvé l'usage de la parole. Emma, dès que tu seras installée, on pourra commencer. Lena, le nouveau tableur de roulement annonce que tu es chargée du compte rendu ce soir. Emma prendra le relais à la prochaine réunion dans quinze jours.

— Emma ne prendra pas le relais, non », déclarai-je.

Je pris une profonde inspiration et me redressai.

« Et pourquoi, s'il te plaît ? J'ai modifié le roulement, rétorqua Denise avec un mouvement irrité du menton.

— Je ne pourrai pas m'en charger, car je ne serai pas là », annonçai-je.

Denise se figea.

« Le nouveau roulement dit clairement que… »

Je sentis monter une onde de panique. Je détestais être une lâcheuse, j'aimais être fiable, constante, présente si j'avais promis de l'être. Mais en regardant les visages stupéfaits autour de moi, je me rappelai où j'étais censée être. Chez moi, avec ma famille, ou avec mon amie. Pourquoi étais-je si inquiète de vexer des gens que je connaissais à peine ?

Je songeai aux appels manqués de Hattie, qui avait été à mes côtés pendant toutes ces années, m'avait aidée dans mes histoires de couple, lors de mes grossesses, puis quand j'avais déprimé que ma mère ne vienne pas voir mes enfants. Hattie, qui n'insistait jamais lourdement pour me voir, qui ne demandait jamais rien. Et j'avais pris tout ça pour argent comptant, comme tant d'autres choses dans ma vie. Je trouvais toujours un tas d'excuses pour me dérober à une discussion alors que je me laissais intimider par les Denise de ce monde.

Je pensai à Miles, triste et esseulé. Qu'est-ce qui avait bien pu échapper à ma vigilance, pendant que je me laissais accaparer par des trucs pareils ? Puis je pensai à Dan.

« Je me retire du comité », annonçai-je rapidement. Je devais agir vite, je le savais, sinon j'allais m'excuser et revenir en arrière.

Denise et Alan se mirent à parler en même temps.

« Le roulement ! Le protocole adéquat ! » « Mon ragoût ! » « Tu ne peux pas… »

« Les femmes de ce comité ont souvent tendance à se montrer terriblement inconséquentes. Je ne parle pas de vous, Denise, bien sûr. »

Denise était trop fâchée pour lui répondre, trop occupée aussi à me toiser d'un regard assassin.

« Je croyais que toutes les mères étaient des super-héros ? » lançai-je. Il fronça les sourcils et je m'apprêtai à partir, mais le feu me monta soudain aux joues. Et puis merde, à la fin. « On n'est pas inconséquentes, on est débordées de boulot, on est censées jongler avec un nombre insensé de trucs sans jamais recevoir le moindre putain de remerciement. Alan, vous n'assistez quasiment à aucune réunion ! Ça fait deux ans que j'essaie de quitter ce comité, mais personne ne m'écoute jamais. Donc je profite d'avoir attiré l'attention de tout le monde pour vous l'annoncer.

— Mais… »

Denise et Alan restèrent tous deux bouche bée. Lena se mordait la lèvre.

« Je suis désolée, sincèrement. Mais vous prendrez vos décisions même si je ne suis pas là, et vous lancerez un appel pour recruter d'autres bénévoles. J'ai consacré bien assez de temps à cette structure. »

Sur ce, je me levai, pris mes affaires et quittai la salle. J'avais à peine atteint la porte que Denise demandait déjà à Lena de ne pas mentionner les détails de mon coup d'éclat dans le compte rendu. (« Bien sûr,

Denise. ») Et Alan expliquait à Catrin que certaines femmes étaient tout bonnement incapables d'endosser des responsabilités.

La rue était plus sombre quand j'émergeai sur le trottoir. Les lampadaires diffusaient un halo orange et je passai devant la Ford Focus rouge cerise de Catrin.

« Hé, Emma ! » Un cri s'éleva des marches de la garderie, et la voilà qui apparut, bras croisés dans le froid. « Attends ! »

Je me retournai et la regardai descendre l'escalier à grandes enjambées.

« Eh ben, miss Diva, t'as enfin réussi ton évasion.

— Oui. » Je lâchai un petit rire. « Je viens de me rendre compte que je perdais mon temps avec les mauvaises personnes.

— Eh bien, je suis heureuse pour toi. Nos enfants vont encore à la garderie, alors que les tiens… Ils ont déjà le droit de vote, non ?

— Pas tout à fait. » Mon cœur se serra en pensant à Poppy et à Miles. Ils grandissaient si vite, et j'avais tout loupé, j'avais loupé les moments simples du quotidien. Je m'étais toujours juré de ne pas être accaparée par ma propre vie au risque de manquer la leur. Comment avais-je pu laisser les choses dégénérer ainsi ?

« Bon, ben, tu vas me manquer ! Allez, vas-y ! Pars avant qu'Alan nous explique pourquoi il porte un gilet jaune. » Catrin m'adressa un large sourire et me serra dans ses bras.

« D'accord », dis-je.

Je me sentis plus légère : certaines personnes comprenaient, les gens que j'aimais me comprendraient. Et quelqu'un prendrait ma place.

« Vole, petit oiseau, tu es libre ! » cria-t-elle dans mon dos alors que je me dirigeais vers la maison, vers Dan. « Tu es libre ! »

Appel manqué : Secrétariat École

29

« Tu es rentrée ! »

Dan se retourna, une cuillère en bois à la main. Quelque chose bouillait sur la plaque de cuisson derrière lui. Un arôme d'estragon flottait dans la cuisine. Il était là. Évidemment qu'il était là. Je m'approchai de lui, heureuse de voir son large sourire, son bras tendu vers moi d'un geste naturel.

« Je l'ai fait », marmonnai-je contre son torse, le cachemire doux de son pull contre ma joue.

Il me repoussa doucement à deux mains.

« Tu as fait quoi ?

— J'ai quitté le comité », répétai-je d'un ton le plus détendu possible, mais je lâchai un rire léger quand il laissa tomber la cuillère par terre et porta les mains à ses joues. « Très marrant.

— Emma, mais c'est énorme ! déclara-t-il en ramassant la cuillère. Je te voyais encore organiser des Tombolas de Doudous quand on serait à la retraite. »

Je tressaillis à cette phrase, la supposition banale qu'on serait ensemble, bien en vie, à l'heure de notre retraite. Nous avions tenu ce genre de propos des centaines de fois, mais ce soir, j'en éprouvai un frisson de panique.

« Merci, dit-il d'une voix plus sérieuse. Je sais que ça n'a pas dû être facile.

— Où sont les enfants ? »

Je regardai autour de moi.

« Poppy est dans sa chambre et Miles est en pyjama devant *Dragon*, qu'il regarde pour la mille huit centième fois. » Il se tourna et mélangea quelque chose sur le feu. « Tu as raison, il est plus effacé que d'habitude. J'allais lui dire de monter se coucher.

— Je m'en charge.

— Il y a du vin et un dîner romantique en échange. Et… ajouta-t-il en me regardant par-dessus son épaule, peut-être un peu d'action après le repas – si tu vois ce que je veux dire. »

Il fit danser ses sourcils. Pour la première fois de la journée, je me sentis détendue. Tout semblait normal, tout semblait réel. Il ne se passerait rien de terrible.

« Ça me va.

— Ne sois pas trop longue. Et merci pour la lettre. Elle m'a beaucoup touché. »

Je souriais toujours quand j'entrai dans le salon. Miles était roulé en boule, blotti dans l'angle du canapé, ce qu'il n'avait encore jamais fait.

« Salut », dis-je en m'asseyant près de lui.

Il éteignit la télé sans que je le lui demande. Il attendit là, recroquevillé – cette position fœtale le faisait paraître bien plus jeune.

« Je veux pas aller à l'école demain », murmura-t-il.

Je l'observai, sourcils froncés. « Mais tu adores l'école ! »

Il ne me regarda pas, se contenta de hausser les épaules.

Miles aimait véritablement l'école. Ils l'aimaient tous les deux – Poppy était en dernière année d'école primaire, elle était déléguée des élèves. Miles parlait toujours des expériences scientifiques, des jeux à la récré, de ce qu'il avait mangé à la cantine, ou de comment M. Fry s'était fait mordre par le hamster de son fils. Et il adorait que sa grande sœur soit dans une classe supérieure, qu'elle demande à ses copines de lui dire bonjour, de le saluer de la main. Enfin, c'était ce qu'elle faisait avant.

« Mais il faut que tu y ailles, c'est un peu obligé quand même », plaisantai-je en le poussant de l'index. J'ouvris la bouche pour enchaîner, et sentis l'arôme riche et savoureux de l'estragon dans la cuisine. Mon estomac se serra avec un ravissement nerveux – un dîner avec Dan, un moment en tête à tête qui paraissait impossible la veille.

Miles continuait d'afficher un air sérieux.

« Tu as juste besoin d'une bonne nuit de sommeil », dis-je en lui ébouriffant les cheveux. Je jetai un coup d'œil vers la cuisine. Tout allait bien, il ne fallait pas y penser, tout irait bien.

Miles écarta ma main d'un mouvement brusque.

J'arquai les sourcils ; lui qui était habituellement si placide.

« Ce n'est pas une raison pour te comporter comme ça.

— Mouais, dit-il en se levant. Je monte me coucher.

— Je vais venir te border. » Je me levai à mon tour. Miles haussa les épaules et me contourna pour se diriger vers la porte.

Dan sortit de la cuisine, un demi-sourire aux lèvres en voyant Miles dans le couloir.

« Tout va bien, mon gars ? »

Je fis un geste à Dan pour lui indiquer de se taire, mais il ne me vit pas. Miles s'arrêta et ouvrit brièvement la bouche. « Ce n'était pas une super journée, pas vrai, Miles ? intervins-je en le poussant gentiment vers l'escalier. Allez, va te brosser les dents. »

Il résista trois secondes, puis se laissa guider à l'étage.

Dan le regarda monter. « Bonne nuit, fiston. »

Il ne répondit pas. Il ne croisa pas mon regard dans le miroir pendant qu'il se lavait les dents, et quand je lui proposai de lire une histoire, il affirma être trop fatigué. J'abandonnais trop vite, ce soir, je le savais, mais je voulais être avec Dan au rez-de-chaussée. La culpabilité me tiraillait, mais mon désir de retourner auprès de Dan était irrésistible. Je serais une meilleure maman demain. Je me penchai sur sa couette et lui embrassai le front.

« Je t'aime, d'accord ?

— D'accord », dit-il en me regardant de ses yeux bruns sérieux.

Je fermai doucement la porte et empruntai l'escalier vers la chambre de Poppy, certaine d'avoir entendu des voix à l'intérieur. Regardait-elle quelque chose sur sa tablette ? Elle n'avait pas le droit, un soir de semaine. J'éprouvai un infime moment de soulagement à retrouver mes irritations et mes inquiétudes habituelles, qui éclipsèrent un temps le rêve éveillé que je traversais depuis le début de la journée. Les voix s'interrompirent à l'instant où je frappai, puis je perçus des bruits de pas quand je poussai la porte. Un objet lourd bloquait le passage – son sac d'école, qui me retint quelques secondes supplémentaires avant que je n'entre.

« Salut », dis-je.

Quelque chose clochait. Poppy était déjà au lit, la tête tournée loin de moi. M'en voulait-elle pour tout à l'heure ? Je n'arrivais pas à mettre le doigt dessus.

J'avançai, passai devant son bureau, la tablette était fermée, parfait, et une grosse lampe ronde éclairait la moitié de la chambre. Dan avait dû la lui acheter. Sa couette était remontée sous son menton et elle tournait le visage vers la fenêtre. Je m'assis sur son lit et remarquai ses articulations serrées autour de sa couette.

« Tout va bien, Pop ?

— Ouais, très bien. »

Je me remémorai soudain un détail parmi toutes les horribles images de la veille, quelque chose qui m'interpellait : j'avais essuyé une petite tache noire sur sa joue gauche.

« Tu es sûre ? Il s'est passé quelque chose ?

— Non, répondit-elle un peu trop vite.

— Entre toi et Miles ? Vous vous entendez bien, d'habitude, mais il est si silencieux ce soir…

— Oui, c'est… » Elle poussa un long soupir bruyant plutôt que de terminer sa phrase.

« Qu'est-ce qu'il y a ?

— Je sais pas, un mec de sa classe l'emmer… l'embête. Un truc comme ça, j'en sais rien.

— Ah. »

Cette révélation me prit au dépourvu. Miles était apprécié, c'était un enfant tranquille et sociable qui passait facilement d'un groupe à l'autre. Et pourquoi cela le rendrait-il furieux contre Poppy ? Lui reprochait-il de ne pas l'avoir protégé ? Il comptait souvent sur elle pour voler à son secours. « C'est mon petit frère », annonçait-elle. Elle en avait toujours été fière.

« Et j'ai aussi eu des appels manqués du secrétariat de l'école, annonçai-je en me souvenant de mon téléphone. C'est peut-être plus grave que tu ne le crois. »

À ces mots, Poppy se figea.

« Pop ?

— Maman, je suis fatiguée, d'accord ? »

Sourcils froncés, j'essayais de me rappeler ce que j'avais entendu la veille et plus tôt dans la soirée.

Qu'est-ce qui se tramait entre eux ? Est-ce que ça pouvait attendre ? Est-ce que je devais m'en inquiéter davantage ?

Repenser à hier, qui était aussi aujourd'hui – enfin, bref –, me retourna l'estomac. Je jetai un coup d'œil au réveil de Poppy.

« Il faut que je redescende avec papa, dis-je.

— Cool.

— Mais Poppy, ajoutai-je, une main sur sa couette et sentant son corps se raidir sous ma paume. Tu m'en parlerais, hein, si c'était important ? Ça me fait de la peine, quand vous vous disputez tous les deux.

— Bien sûr », dit-elle. Sa voix était-elle plus aiguë que d'habitude ? Pourquoi ne me regardait-elle pas dans les yeux ? Elle roula sur le côté et mon baiser atterrit sur son épaule.

« Bonne nuit.

— Bonne nuit », répondis-je lentement.

Je m'attardai un instant à la porte, sentant une grande distance entre ma fille et moi. Que me cachait-elle ? J'eus du mal à chasser cette question quand j'arrivai au rez-de-chaussée et acceptai le verre de vin que me tendait Dan.

« Ils sont bizarres, tous les deux, admis-je.

— Ils n'ont quasiment pas parlé de tout le repas.

— Et l'école a téléphoné. Tu crois qu'il s'est passé un truc grave ?

— Eh bien, j'irai voir demain en les déposant. Il y a toujours des embrouilles, tu sais bien comment on est, à cet âge-là. Le téléphone de Poppy n'a pas arrêté de vibrer et de s'allumer, ce soir.

— Tu ne lui as pas laissé son téléph…

— Je ne lui ai pas laissé son téléphone, Emma. Je connais les règles de la maison. Pas de portable après

20 heures, sinon… » Il sourit et se passa l'index sur la gorge.

« Tant mieux.

— Mais elle te voit beaucoup déroger à la règle, elle, murmura-t-il avant de lever la main. Désolé, désolé, c'est notre anniversaire et je n'aurais pas dû te dire ça.

— C'est faux. »

Je fermai aussitôt la bouche. En fait, il avait raison. Je consultais trop mon téléphone le soir : je lisais mes mails, il pouvait y en avoir un de notre agent américain qui donnait des nouvelles d'un contrat ; je faisais un tour rapide des réseaux sociaux, quelques clics pour les auteurs que je représentais – liker, répondre, retweeter, envoyer un message – ou pour les éditeurs à qui je voulais soumettre un manuscrit. Ou je lisais un article que j'avais sauvegardé pendant la journée par manque de temps.

« Bon, d'accord, c'est vrai. Mais avec mon boulot, je suis obligée de…

— Consulter souvent les réseaux sociaux, je sais, m'interrompit-il. Tu n'as pas à te justifier. Je comprends, et mon travail est différent. Et nous, on bosse entre mecs, alors, tu vois, on ne partage jamais rien en public », dit-il avec un sourire irrépressible.

Ce fut un agréable dîner, tranquille et délicieux, arrosé d'une bouteille de rioja blanc, car Dan savait que j'adorais ça. Miles apparut en pyjama et demanda de l'eau. Dan lui tendit un verre et le regarda boire. « Ça va ? » demanda-t-il, et Miles jeta un regard vers la table, vers moi. « Bon, alors vas-y, chuchota Dan. Retourne te coucher. Je suis en train de séduire ta mère. »

Le vin terminé, il me regarda lire sa lettre, courte et affectueuse, sans cœur au-dessus du A, cette fois.

Une lettre différente d'hier? Les mots y semblaient encore plus poignants. Dan était ravi de la mienne, il en relisait des passages à voix haute – « J'avais peur que tu aies oublié ! » – et j'eus honte d'avoir effectivement oublié, la veille. Je me levai et entrepris de remplir le lave-vaisselle.

« Laisse, je le ferai demain !

— C'est déjà toi qui as préparé le repas », rétorquai-je, heureuse de m'occuper et de vivre un semblant de normalité. Il ne se passerait rien, me répétai-je en vidant les assiettes dans la poubelle, où je remarquai une enveloppe déchirée avec un demi-cœur sur le A. C'était un lundi normal, me dis-je en empilant les assiettes et en rangeant une fourchette propre dans le tiroir à couverts.

C'était la soirée qui nous était destinée : Dan détendu, les doux traits de son visage à la lueur de la lampe. À échanger des souvenirs passés d'anniversaires où nous étions sortis manger au restaurant ou dormir à l'hôtel. Comme celui où nous avions terminé dans une boîte de nuit – Hattie avait émergé de la chambre d'amis après avoir baby-sitté toute la soirée et nous avait découverts au petit matin, endormis en vrac sur le canapé. Elle nous avait chassés dans notre chambre avant que les enfants ne nous trouvent dans cet état.

Je souris à cette réminiscence et bus une gorgée de vin, retirai mes bottillons et sentis enfin mes muscles se décontracter. Les aiguilles de la grande pendule en tournesol tournaient, la grande indiquait 5, 10, 15. Je remarquai alors les petits flocons à la fenêtre annonçant que la météo s'était dégradée. Mon corps se raidit au souvenir de la neige fondue sur ma peau, la veille. Dan était adossé à sa chaise et, à l'exception de quelques rides sur le front et au coin des yeux, il était le même qu'au jour de notre rencontre. À la lueur de la lampe, ses cheveux étaient plus foncés, pas gris. Il était encore jeune.

« Tu me dévisages, Emma. »

Je me mordis la lèvre et lâchai un rire, un peu trop tard.

« Je pense à des bêtises », dis-je à voix haute. Je tendis la main vers lui, envahie d'amour. Son visage familier, la minuscule cicatrice à sa tempe gauche, les fossettes à la commissure de ses lèvres quand il souriait.

« Tu me cherches, c'est ça ? T'as envie de moi, hein ? » plaisanta-t-il.

Sa chaise crissa quand il se leva. Gus lâcha un gémissement dans son panier. « Et t'as le droit », me taquina-t-il avant de se pencher pour m'embrasser. Il avait un goût de pomme et de vin. Je fermai les yeux. « Mais avant… je dois emmener Gus faire pipi. »

Je rouvris brusquement les yeux, et il éclata de rire.

« Non, n'y va pas.

— Il faut qu'il sorte, Em.

— Je sais, mais…

— J'en ai pas pour longtemps, d'accord ?

— Tu vas revenir vite, dis-je presque pour moi-même.

— Super vite, vu que tu veux faire l'amour avec moi. »

J'avais envie de rire, c'est ce que j'aurais fait en temps normal, mais le rire resta coincé en travers de ma gorge.

« D'accord », couinai-je en essayant de ravaler mon inquiétude.

Je réagissais bêtement, oui, bien sûr que je réagissais bêtement.

Mais non, non, je ne réagissais pas si bêtement.

« Je t'accompagne ! dis-je, aussitôt debout.

— Quelqu'un devrait rester ici, les enfants sont couchés, rétorqua Dan en accrochant la laisse de Gus.

— On n'en a pas pour longtemps. J'enfile mes chaussures. Attends-moi. »

Je plongeai sous la table et Gus aboya.

« Ça urge, Emma. Promis, je fais vite.

— Non ! » Je mis mon premier bottillon.

Mais Dan avait déjà pris Gus dans ses bras et se dirigeait vers la porte. « On en a pour deux secondes, reste à la maison. »

Je me levai, mon deuxième bottillon à la main. « Non ! » hurlai-je d'un ton désespéré, gagnée par la terreur. Je me cognai à la chaise, la panique me rendait maladroite. Je fis tomber mon bottillon, le ramassai. Je traversai la pièce en courant. « Dan. Putain. » Je m'arrêtai pour finir de me chausser, les doigts moites et glissants.

« Putain.

— Maman ? » Une voix sur le palier de l'escalier.

Je dérapai dans le couloir, aperçus Miles en haut de l'escalier, Tigrou dans ses bras, en proie à un sentiment vertigineux de déjà-vu.

« Miles, retourne au lit.

— Pourquoi tu cries ?

— Je ne crie pas, mon chéri. S'il te plaît. S'il te plaît, retourne te coucher. »

Je parlais d'une voix aiguë, essoufflée.

« Je veux…

— Miles, m'écriai-je si fort qu'il s'interrompit en milieu de phrase. Je ne peux pas… Je… »

Je n'avais pas le temps. Il fallait que j'y aille. La panique rugissait dans mes oreilles et je fis volte-face, me cognant au vélo. « Dan, DAN… » Je tendis la main vers la poignée.

« Maman ? » La voix de Miles était désormais insistante. « Où tu vas ? »

Impossible de ne pas entendre le bruit sourd. Mon corps sursauta malgré moi. La sirène perçante d'une alarme suivit aussitôt, hurlant en boucle dans mon cerveau, et je laissai échapper un cri terrible. Je fis un pas en avant, un autre en arrière, puis en avant.

« Non, murmurai-je. Non, oh, mon Dieu. Non. »

Je restai plantée là, le regard rivé sur la porte d'entrée sans entendre mon fils derrière moi.

« Maman ? »

Dan allait revenir. Il rentrerait. Il me raconterait l'accident. Ouah, dirait-il, t'as entendu le bruit que ça a fait ? Je reculai, titubai vers la porte de la cuisine, pris appui au chambranle. Il va revenir. Il va rentrer à la maison. Il n'est pas étendu dehors. Ce n'est pas en train d'arriver. Ce n'est pas réel.

« Maman ? Où est papa ? »

Appel manqué : Numéro inconnu

30

6 décembre 2014

Chère Emma,

Je sais que tu t'ennuyais d'être l'assistante personnelle de Brian, cet entrepreneur en bâtiment qui se rêvait joueur de fléchettes professionnel (qui l'eût cru ?!). Je t'ai trop souvent surprise, désœuvrée, à te recoiffer – j'aimais bien ta tresse sur le côté, et non, je n'ai jamais pensé que tu devrais te faire une coupe au carré, tes cheveux ne commencent pas à grisonner – ou à tenir ta brosse devant la bouche en faisant semblant d'être interviewée par Kirsty Young dans son émission radio Desert Island Discs *(oui, je suis au courant, l'appartement n'est pas immense, Emma), pour ne pas le remarquer. Mais tu as été* TELLEMENT *cachottière au sujet de ton nouveau boulot – comment ai-je pu rater que tu avais eu huit entretiens d'embauche ? (Ça m'inquiète un peu, quand même : tu pourrais avoir un amant depuis des lustres et je n'y verrais clairement que du feu.)*

Linda de l'Agence Littéraire Morton a du flair. La preuve, c'est qu'elle t'a nommée Agente Associée au bout de deux secondes. On dirait bien que c'est le boulot de tes rêves – malgré le fait que ta patronne ait l'air un peu dérangée (sérieux, elle cumule tous les symptômes, qui accorde un poste à quelqu'un uniquement parce qu'il est capable de trouver un mot vertical de six lettres dans une grille de mots croisés ?). Et on ne peut pas dire que tu passes tes journées assise à lire ; d'ailleurs, tu n'as même jamais le temps de lire tous ces bouquins gratuits que tu reçois.

Mais le mieux, dans tout ça ? Tu adores ce boulot. Tu as rangé ta brosse et tes élastiques à cheveux, et te voilà à envoyer des mails, à lire, à corriger ou à gérer une crise. Et tu adores surtout travailler dans l'univers du livre.

Il faut que tu arrêtes de te tracasser au sujet de Poppy et de Miles. Ce sont les enfants les moins négligés de Londres. Depuis que Matt a embauché Amard, je peux travailler plus souvent à domicile – je me trouve trop jeune pour avoir un assistant, mais j'aime trop ce sentiment de pouvoir ! Les enfants sont fous de joie quand Hattie vient jouer avec eux, qu'elle ignore délibérément TOUTES *mes instructions au sujet des repas équilibrés. On s'en sort très bien, il faut que tu nous fasses davantage confiance. C'est toujours vers toi que Poppy se tournera pour te parler de ses inquiétudes (« Quand est-ce qu'on prend le goûter ? Y a quoi au goûter ? ») et Miles ne finira pas par t'oublier ! Tu surréagis un peu, quand tu dis des choses pareilles. Je peux te parler franchement ? Parfois, tu paniques quand tu n'es pas indispensable. Tu as peur que tes enfants ne sachent pas que tu seras toujours là pour eux. Mais ils vont grandir avec la* CERTITUDE *que tu les aimes, que tu t'intéresses à eux. L'histoire ne se répétera pas.*

Et tout sera plus simple dans la nouvelle maison, aussi. Donc tant que notre offre est acceptée et que personne ne vient surenchérir à la dernière minute avant la signature du compromis (je suis à fond dans la terminologie immobilière, en ce moment), on aura bientôt plus d'espace, on ne se marchera plus dessus. Je pense que tu en as besoin, bien plus que nous – j'oublie parfois que tu as grandi au calme dans un environnement adulte, avec une chambre à toi, et la possibilité de t'isoler quand tu le voulais.

Alors, oui, je l'admets, si je veux cette maison, c'est surtout pour tous ses espaces de rangement – tu sais bien que les grands greniers me font un sacré effet. Et dans celui-ci, il y a carrément un parquet au sol et des putains de placards intégrés dans les sous-pentes. Tu imagines, on va pouvoir ranger tout ton bordel, *tes précieux effets personnels. Je vais acheter des étiquettes pour les portes des placards. Non, tu sais quoi ? Je vais sortir les gros billets et je vais acheter une plastifieuse parce que, OH PUTAIN, OUI, on va convertir le petit débarras en bureau.*

Bon, je vais devoir suivre une désintox pour me défaire de cette addiction à seloger.com (je ne suis plus qu'à vingt clics par jour, je pense que c'est une dose saine, non ?), mais j'ai tellement hâte de prendre possession des lieux et d'en faire notre maison. Je sais qu'il y aura pas mal de travaux, mais tu as raison à propos de la luminosité. Et je sais que tu as déjà des idées pour cette alcôve devant la fenêtre, un coin lecture idéal, c'est ce que tu as dit. Et une salle de bains RIEN QU'À NOUS, Emma, on ne partagera plus jamais notre espace intime avec ces mini-êtres humains dégueulasses qui éclaboussent partout. Deux lavabos. Un lavabo chacun. En gros, on a réussi dans la vie.

Les enfants sont super motivés. Miles prend son rôle d'inspecteur très au sérieux. Bon, d'accord, il est plutôt « Tout dans les Outils » et « Rien dans la Tête », mais je dois bien admettre que son petit marteau avait révélé les zones de pourriture sèche dans cette affreuse maison rose hantée. Et il est mignon avec son casque jaune de chantier. Professionnel. L'agent immobilier était assez stressé de voir qu'on était accompagnés d'un pro du bâtiment.

Par contre, il va falloir qu'on calme les ardeurs de Poppy. Hier, elle m'a parlé d'une piscine. Elle a des goûts de luxe qu'il va falloir modérer. (Comment elle connaît le mot jacuzzi *? C'est qui, ses amis ? On devrait enquêter un peu sur les antécédents de ses copains. Ou devenir potes avec leurs parents qui m'ont l'air plutôt blindés.)*

Mais ça y est, Emma, on y est, on va emménager dans notre propre maison, et on pourra la décorer nous-mêmes, sans être obligés de demander au proprio si on peut repeindre un mur d'une couleur un peu originale ou accrocher des tableaux. Elle sera À NOUS.

Je t'aime et j'espère que cette perspective t'enthousiasme autant que moi. Qu'est-ce que je suis heureux de t'avoir rencontrée, il y a déjà des années de ça !

Bisous,

Dan

31

J'étais allongée de mon côté du lit, face à la fenêtre.

Le tintement d'une sonnette de vélo.

J'ouvris les yeux et grimaçai. Les rideaux entrouverts, un rai de lumière sur mon visage.

Je me retournai.

« Salut », dit-il.

Perplexe pendant une fraction de seconde, je m'assis maladroitement avant que les pensées ne déferlent dans mon cerveau. Des sanglots jaillirent, saccadés et violents, je mordis mon poing – un réflexe que j'avais développé à l'époque où les enfants étaient petits quand je ne voulais pas qu'ils m'entendent pleurer.

À côté de moi, Dan prit une profonde inspiration et je sentis son corps bouger pour me serrer contre lui et attirer ma tête contre son torse. Mes larmes trempèrent son T-shirt pendant qu'il attendait, le corps tendu, dans l'expectative.

« Hé, me cajola-t-il. Qu'est-ce qu'il y a ? Tout va bien. Tout va bien, répétait-il dans mes cheveux. Qu'est-ce qui se passe ? »

Je n'arrivais plus à parler, épuisée par la veille et la nuit d'avant, par la peur aussi, pareille à une lourde pierre en moi. Je ne rêvais pas. C'était réellement en train de se produire.

« Attends », dis-je, mes larmes brusquement taries. Je voulais en avoir le cœur net, même si j'avais déjà ma réponse. « On est quel jour ? »

Dan s'inclina en arrière, fronça les sourcils, puis afficha un sourire chaleureux. « Tu sais bien quel jour on est ! On est lundi 6 décembre. Joyeux anniversaire à nous », dit-il d'une voix hésitante, comme pour tâter le terrain.

Je ne pus qu'acquiescer en silence.

On était lundi. À nouveau.

Mes sanglots reprirent de plus belle et je demeurai immobile dans les bras de Dan, qui me jetait un coup d'œil de temps à autre sans rien dire. Ma tête débordait de questions. Dieu merci, il était encore là. Je ne savais pas hier s'il serait encore là. Je pensais l'avoir perdu pour de bon, avoir été incapable de le sauver. Mais comment pouvait-il être encore là ? Comment pouvait-on être lundi ? J'avais les yeux bouffis de fatigue, exténuée par deux nuits blanches. Je n'y comprenais rien.

« On peut rester un peu ici, on a le temps », dit-il quand mon portable tinta sur la commode.

Je me frottai les yeux et reniflai.

« Tu veux m'en parler ? proposa Dan dans un murmure. Je peux peut-être t'aider ? »

Ce furent la façon dont il me posa la question, son expression inquiète et perplexe, ses encouragements rassurants qui me tirèrent de nouveaux sanglots. Je repensai à la veille au soir. Comment avais-je pu le laisser sortir ? Je savais ce qui allait se passer, je savais que c'était réel. J'aurais dû tout lui raconter à ce moment-là, lui dire ce qui s'était produit la première nuit et ce qu'il risquait en quittant la maison.

« Emma, dit-il d'une voix douce. Qu'est-ce qu'il y a ? Raconte-moi.

— C'est… » Je levai les yeux vers lui et me mordis la lèvre.

Comment lui dire qu'il était mort, que sa mort n'était pas une illusion, ni une étrange prémonition, ni un rêve ? Comment lui expliquer qu'en entendant ce bruit sourd une deuxième fois, je l'avais de nouveau perdu ? Que j'avais dû aider Poppy et Miles à se recoucher sans rien laisser transparaître, avec un calme sinistre, que j'avais voulu les protéger. Être capable de ça, au moins.

Comment lui avouer que j'avais fini par sortir en douce ? Quelques véhicules supplémentaires, cette fois. Davantage de gens autour de la scène. J'étais restée là à frissonner, le regard rivé sur lui, prostré au milieu de la chaussée. Un couple pleurait sur le trottoir, non loin. J'avais eu besoin de Gus, besoin de l'attirer loin de là, je m'étais efforcée de ne pas revoir l'expression figée de Dan tandis que je soulevais mon chien dans mes bras et le serrais contre ma poitrine. Une femme pleurait dans une voiture de police et j'avais éprouvé une haine brûlante envers elle alors que je titubais vers la maison.

Comment lui décrire le désespoir qui m'avait saisie, et lui raconter que j'étais restée assise avec Gus sur le canapé, que je l'avais bercé en souhaitant de toutes mes forces pouvoir revenir en arrière et recommencer ? Je ne sentais pas les coups de langue réconfortants de Gus, je me rendais compte que Dan était mort, car je ne l'avais pas empêché de sortir. C'était ma faute et la douleur en était cent fois plus violente. J'étais devenue presque folle à attendre le matin, terrifiée par ce qu'il apporterait. Gus m'avait toisée de son regard triste jusqu'à ce que les premières lueurs grises de l'aube apparaissent, et j'avais fermé un instant les yeux.

Je baissai les paupières, tentant de chasser les images de mon cerveau.

« Je crois que j'ai juste fait un horrible cauchemar », dis-je d'une voix lente et mesurée.

Dan fronça les sourcils et me dévisagea. « Un cauchemar ? »

Je déglutis et pivotai pour le regarder dans les yeux. « Je suis désolée, je ne voulais pas te faire peur. »

Dan me serra plus fort contre lui, son odeur familière me refit monter les larmes. Mon instinct me conseillait de ne rien dire, de m'accorder le temps de la réflexion. L'espoir comme un grain de sable en moi. Je l'enlaçai de toutes mes forces, enfouis mon nez contre lui, inspirai son parfum. Il était bien là. Il était là et j'avais le temps de cogiter, de comprendre ce qui se passait.

Dan recula et m'examina encore un peu. « Je vais prendre ma douche, je n'en ai pas pour longtemps. »

J'acquiesçai bêtement.

Il m'embrassa sur le sommet de la tête et se leva. J'écoutai couler la douche et tentai de remettre de l'ordre dans mes pensées. Il revint dans la chambre, enfila ses vêtements, le même pull en cachemire bleu marine. Quand je l'avais vu quelques heures plus tôt, il paraissait presque noir sur l'asphalte de la rue résidentielle. Je fermai les yeux et essayai d'écarter ce souvenir.

Il s'attarda près de moi, voyant sans doute que j'étais encore au bord des larmes.

« Vas-y », dis-je en lui faisant signe de sortir, un demi-sourire aux lèvres.

Quand il disparut dans le couloir, je pressai mes paumes contre mes yeux et expirai lentement. La tête engourdie de fatigue, je me levai lentement et me cognai au montant du lit en allant vers la salle de bains.

« Aïe ! » Je me massai la hanche et lâchai un rire étranglé. « Évidemment », dis-je à voix haute.

J'avais un air épouvantable, mon visage était cireux et épuisé, mon front plissé tandis que je me penchais vers le miroir et scrutais mon reflet.

« Qu'est-ce qui se passe ? » demandai-je, et mon souffle embua la surface.

Les minuscules taches orange constellaient toujours le lavabo quand j'ouvris le robinet et m'éclaboussai le visage à l'eau froide, puis me brossai les dents. La douche était trop chaude, mais je restai sous le jet jusqu'à en avoir la peau rouge, et je disparus dans le nuage de vapeur. Je me sentais déconnectée de la réalité, un fin voile me séparait du monde autour de moi, je réagissais avec un décalage de deux secondes.

Miles était à table et ne semblait pas traumatisé par la tragédie de la veille. Ses yeux vitreux, encore ce matin, et mornes comme ceux du pauvre Gus, allongé, l'air abattu, dans son panier.

« Papa est sorti acheter du lait. »

Je m'approchai de lui et le serrai dans mes bras. Il se tortilla.

« Maman !

— Désolée. » Ma voix se brisa quand je me redressai au souvenir de son visage, de son inquiétude quand j'avais crié, la veille. Dan revint et croisa mon regard, un sourire compatissant aux lèvres. Il fit glisser la brique de lait vers Miles et me tendit un sachet en papier. Je le scrutai pendant une éternité, le roulé à la cannelle dans le papier tiède entre mes mains.

Dan s'agenouilla près du panier de Gus. « Tout va bien, mon gars ? Tu n'as pas faim ? »

Puis il leva la tête vers moi, plantée là avec mon sachet dans les mains, une expression ahurie scotchée au visage.

« Je m'occupe des enfants, tu peux y aller. Je commence plus tard ce matin. Mon rendez-vous avec le nouveau client ne sera pas avant onze heures.

— Oui, oui, je… vais y aller, dis-je. Je vais aller bosser, moi aussi. » Il fallait que je sorte de la maison, que je m'éloigne afin de réfléchir, d'établir un plan d'action.

Dan se releva, la tête inclinée de côté. « À ce soir, alors », dit-il avec un sourire chaleureux.

J'acquiesçai. J'avais l'impression de le voir de loin. Un bruit sourd dans ma tête, une alarme perçante, des sons indésirables qui m'obligèrent à reculer d'un pas. « Je t'aime, murmurai-je. Je vous aime tous les deux. » Craignant de me remettre à pleurer, je reculai encore. J'oubliai presque de prendre mon sac à main, me ravisai et rangeai mon téléphone à l'intérieur.

Dans le couloir, je contemplai un instant le vélo et tendis le bras pour attraper mon manteau. Je quittai la maison sans un mot, m'adossai quelques secondes à la porte et fermai les yeux de toutes mes forces, le sachet en papier toujours à la main.

Denise @Comité Réunion à 18 h 30 ce soir. Ne soyez pas en retard, svp.

Emma a quitté le groupe @Comité

AuteureLou @Emma Désolée, il est tôt. Et tu n'es pas obligée de me répondre à la minute. Je ne tiens pas à être ce genre d'auteure. Je viens d'aller sur Amazon et j'ai eu 2 nouveaux avis aujourd'hui ! Mais l'un d'eux n'a qu'une étoile et dit que la reliure s'est décollée, donc j'hésite à demander à Amazon de supprimer l'avis… non ?

AuteureLou @Emma Désolée ! J'aurais dû te le dire dans mon message précédent. Du coup, je suis aussi allée voir sur Goodreads et quelqu'un m'a mis 1 étoile en disant qu'il trouvait Carl un peu pervers, limite violeur. Tu penses que je devrais signaler cet avis comme offensant ?

AuteureLou @Emma Il n'est pas pervers ni violeur, si ?

Emma a bloqué ce contact

Jas @Emma Nan, mais pfff, t'as vu l'Insta d'Amelia ? J'aimerais trop être à sa place.

Hattie @Emma On déjeune ensemble ?

32

Je fourrai mon portable dans mon sac et me rendis d'un pas lent vers le métro en regardant autour de moi comme si je voyais tout pour la première fois. Un jour normal. Un lundi. Personne ne réagissait comme si l'univers lui jouait un horrible tour. Alors pourquoi moi ?

Sur le trottoir, je repérai le cycliste quelques secondes avant de traverser et je ralentis brusquement ; la femme avec son chien en manteau écossais s'arrêta et soupira quand elle faillit me percuter. Le cycliste passa en coup de vent, le bourdonnement de ses roues, l'éclat de son T-shirt fluo, un léger sifflement dans l'air. Je me tournai pour le regarder continuer sa route, tendre le bras et virer à gauche. Que pouvais-je changer ? Sur quoi avais-je une incidence ?

Le cœur serré, je me tançai d'avoir loupé mon coup, je songeai combien la journée serait différente si j'avais empêché Dan de sortir hier soir.

Le métro était fidèle à lui-même. L'homme en doudoune affichait une expression tristounette et je le dévisageai un instant, en proie à mon propre tourment. Je me demandai quelle était son histoire. Que penserait-il, si je lui racontais mes dernières quarante-huit heures ? Que penseraient tous ces gens autour de moi ?

La femme au manteau en fausse fourrure bleue, ses écouteurs vissés aux oreilles, ne me croirait sûrement pas. L'enfant au sommet de l'escalator peut-être, mais bon, il croyait sûrement que le père Noël déposait des cadeaux à des milliers d'enfants en une seule nuit. L'homme en imperméable qui se hâtait à côté de nous ricanerait probablement. Les deux femmes qui le regardaient passer auraient-elles pitié de moi ?

J'émergeai dans la rue, le ciel bleu, le nuage en forme de tortue, le petit arbre nu dans toute sa splendeur hivernale. Ce spectacle fit naître une boule dans ma gorge.

J'entrai machinalement dans le café et constatai, alors que j'approchais du comptoir, que je tenais encore le sachet du roulé à la cannelle. Le barista attendait, les sourcils arqués, pendant que je le regardais fixement, lui et le tatouage qui s'enroulait autour de son cou.

« Un latte à la noisette ? tenta-t-il alors que je restais muette. Et un muffin aux myrtilles ? » Ce sourire, ces dents du bonheur. Je pensai à Poppy, à son corps crispé dans le lit, à la tache noire sur sa joue, aux marques orange dans notre lavabo – tous ces détails s'alignaient dans mon cerveau. Mais aucun n'avait de sens. Pourquoi ?

Un toussotement discret quand la clochette d'entrée tinta. Depuis combien de temps étais-je immobile devant lui ?

« Excusez-moi. » Je me redressai, consciente soudain que mon latte était posé sur le comptoir avec mon muffin dans un sachet. Je fouillai dans mon sac.

« C'est cadeau.

— Je… Merci », dis-je avec reconnaissance, terrifiée de sentir les larmes me piquer les yeux. Il le remarqua sans doute, car son expression vira à l'inquiétude. Je fis volte-face, puis me ravisai. « Je peux vous poser une question ? Pardon, mais il faut que je le sache. Vous vous appelez comment ? »

Ce sourire, de nouveau.

« Jurek.

— Moi, c'est Emma. » Je ne voulais pas quitter la chaleur du café, la gentillesse de cet inconnu. L'espace d'une seconde, j'eus envie de tout lui raconter, de m'asseoir près de la vitrine embuée, dans l'arôme puissant de café, pour me soulager de ce fardeau. Mais un autre client attendait derrière moi, et Jurek était trop poli pour me pousser dehors.

« Prenez soin de vous, Emma, dit-il. Et le muffin, ça aidera ? »

Ce lien ténu me réchauffa le cœur.

Je n'avais pas envie d'aller au bureau. Pas envie de voir Linda et cet horrible goujat d'Arthur. Mais où aller ? Je m'affalai sur un banc dans la rue, où un graffiti clamait *D cœur F*. Ma main me chatouillait, j'aurais aimé modifier l'inscription par *D cœur E*. Dan cœur Emma. Emma cœur Dan. Mais ce que j'éprouvais pour Dan était bien plus fort que ça – que ferais-je sans lui ? C'était mon mari, mon meilleur ami, mon allié dans le rôle de parent. Il m'avait vue au meilleur de moi-même (bronzée et rayonnante après avoir gagné un concours de billard dans un bar de Sydney) et au pire (quand je m'étais vomi dessus avant de dégobiller dans un seau à charbon, aux trente ans de Hattie).

Je bus une gorgée de mon latte, je n'avais le cœur à rien. Le goût familier mit quelques secondes à atteindre mon cerveau. Je posai mon gobelet sur le banc, sortis le roulé à la cannelle et le contemplai. Des miettes tombèrent du sachet quand je mordis dedans. L'explosion de saveurs réveilla le souvenir d'une journée particulière et, gagnée par l'émotion, j'eus tout le mal du monde à avaler ma bouchée.

C'était un samedi matin, une de ces journées indiscernables et embrumées de nos débuts avec Poppy, quand un samedi pouvait aussi bien être un mardi, et midi être minuit. Le temps s'effritait, les jours étaient longs, sombres et désarticulés. Poppy dormait, je dormais, Poppy pleurait, je pleurais et je riais, et je câlinais et je lavais et j'essayais de soutenir Dan. Il peinait dans son rôle de père, et dans la vie en général. Il était en proie à un profond chagrin, lui qui venait de perdre sa mère, dont il s'était tant rapproché au fil des dernières années. Il distinguait à peine sa fille, ce nouveau-né, il sortait non sans mal du brouillard quand je la lui tendais, que je lui demandais de la bercer, de la changer, de la porter pendant deux secondes. Les yeux apeurés, il la contemplait, son visage s'adoucissait quand elle lui saisissait le pouce entre ses doigts minuscules. Puis, sans un mot, il me la rendait presque aussitôt. « Elle préfère être avec toi. » Il était terrifié, je le voyais. Terrifié par tous les dangers qui rôdaient autour du précieux nouveau membre de notre famille. Terrifié de la porter, de l'aimer. J'étais terrifiée aussi, mais il fallait bien que quelqu'un s'en charge, que quelqu'un mette un pied devant l'autre et avance. Et bon Dieu que c'était difficile, et j'avais parfois envie de lui hurler de nous regarder, de remarquer notre présence, de revenir parmi nous.

Bref, ce samedi en question, il était apparu, douché, les yeux brillants, les vêtements propres. Il avait marqué une pause sur le seuil de la chambre. Poppy était étalée de tout son long à côté de moi sur le lit. J'étais à demi endormie, la main sur son ventre qui montait et s'abaissait au rythme calme et régulier de son sommeil serein. Il était entré à pas de loup et m'avait tendu une assiette. « Tu m'as dit que tu adorais ça. » Il était revenu quelques instants plus tard avec un mug de thé, les volutes de vapeur s'enroulant dans l'air tandis que je me redressais lentement. Nous nous étions assis de chaque côté de Poppy et avions trinqué avec nos mugs.

Je lui avais raconté que, petite, j'adorais les roulés à la cannelle. Ils m'évoquaient ma mamie, son cottage du Dorset où je passais mes vacances, et où le parfum des pâtisseries envahissait la petite cuisine. Chaque jour débutait ainsi, je m'asseyais en tailleur et je regardais les petits cercles de pâte lever dans le four. Elle les retirait et nous les mangions encore tièdes, assises à sa table ronde. Puis la journée à la plage non loin de là. Je n'avais jamais revu ma mamie ; ma mère et elle avaient cessé de se parler – une dispute dont on ne m'avait pas informée. Mes parents étaient comme ça. Secrets. Ils se disputaient entre eux, avec les membres de la famille, les voisins. Et même si j'étais au centre de la dispute, c'était comme si je n'existais pas, que je n'avais pas de pensées ni de sentiments, jamais mon mot à dire sur le sujet. Et quand j'avais eu l'âge d'aller rendre visite à ma mamie toute seule, elle était déjà morte.

« Je suis désolé », avait-il murmuré au-dessus de notre fille endormie. Je l'avais contemplé, son visage hagard qui avait pris dix ans en deux mois, son expression solennelle, ses yeux embués de larmes. « Je suis désolé, Emma. » J'avais alors mordu à pleines dents dans la viennoiserie, l'explosion de saveurs avait un formidable goût de famille. Et un sentiment dur, une boule de rancune s'était dissoute en moi. J'avais posé la main sur lui. « Tout va bien, avais-je dit. Tout va bien. »

Je repensais à ces journées, à ce Dan si différent de celui qui vivait avec nous actuellement. Un Dan qui traînait des pieds en rôdant autour de moi, le visage pâle et émacié. Il était malade, englouti par le chagrin et l'anxiété au point d'en perdre le sommeil, de rester étendu dans le noir, l'esprit torturé. Je le surprenais parfois quand Poppy remuait la nuit, il avait les yeux ouverts et injectés de sang, rivés au plafond. Il se tournait lentement vers moi sans savoir s'il était 2 heures du matin ou de l'après-midi, il ne remarquait plus le monde qui tournait autour de lui.

Puis il nous avait quittées. Nous avions eu une violente dispute, j'avais tout déballé, j'en ai encore le cœur serré en repensant aux horreurs que j'avais proférées – et il était parti. Hattie était quasiment venue s'installer chez nous, elle s'occupait de Poppy, lui donnait le biberon, la faisait roter, jouait avec elle pendant que je pleurais l'absence de Dan, que je lui demandais si je lui avais imposé de force cette vie-là. Elle me grondait et râlait de m'entendre m'inquiéter pour lui. Elle portait le deuil de sa mère, elle aussi, mais elle était plus disposée que Dan à en parler.

Le Dan qui nous avait abandonnées ce jour-là avait disparu depuis longtemps ; il était même difficile de rapprocher ces deux hommes. Son accident, sa chute d'un balcon du deuxième étage un soir de beuverie qui l'avait conduit à l'hôpital, avait eu l'effet d'un électrochoc et l'avait ramené parmi les vivants. Aujourd'hui, il n'avait plus rien à voir avec cet homme-là. Enfin, son obsession pour les articles de papeterie était une forme de maladie, certes, mais ce Dan-ci était plus calme, à l'aise et confiant. Au fil des ans, il avait négocié ses horaires avec Matt, rentrait toujours à l'heure pour voir les enfants après l'école, et travaillait souvent à la maison. Il nous faisait passer avant tout le reste.

J'arrêtai brusquement de mâcher, la pâtisserie avait un goût de poussière dans ma bouche tandis que je revoyais Dan, qui nous aimait tant, étendu en travers de la chaussée. Je laissai tomber les restes du roulé dans le sachet et la nausée me retourna l'estomac.

Mais qu'est-ce qui se passait ? Je devenais folle. C'était peut-être moi qui étais morte, et tout ceci n'était qu'une épreuve ? Une sorte de purgatoire ? Je ne m'étais jamais sentie aussi seule.

« Emma ? »

Il me fallut une seconde pour comprendre que la voix n'était pas dans ma tête, mais bien réelle. Jas se tenait devant moi dans son manteau en laine bleu sarcelle.

« Il me semblait bien que c'était toi ! On m'a envoyée acheter…

— Du café. »

Je terminai sa phrase d'un ton monocorde et les deux derniers jours défilèrent devant mes yeux. Une ride apparut sur le front de Jas.

« Exact. Arthur ne supporte pas le soluble, Emma.

— Il pollue vraiment l'espace vital, celui-là.

— Euh, d'accord, mais c'est un peu lui qui finance nos salaires, quand même…

— C'est révoltant qu'un type comme lui ait autant de succès. J'ai des auteurs avec mille fois plus de talent, des êtres humains très corrects en plus, mais ce fumier amasse du fric alors on doit lui faire des courbettes pendant qu'il joue les connards misogynes sur Internet. »

Jas garda un instant le silence. « Je suis d'accord. Mais c'est pas comme ça que tu vas présenter les choses à la réunion, hein ? Il est adorable. Il respecte toutes les femmes. Il aime tous les cafés du monde. » Elle lâcha un rire nerveux.

Je haussai les épaules en me demandant ce que je fichais sur ce banc devant ce bureau. Après tout, je n'étais pas obligée d'aller à cette réunion. Je ne *voulais pas* aller à cette réunion.

« Oh, et en parlant de bons auteurs sympas, dit Jas, j'aimerais vraiment que tu lises les premières pages du manuscrit d'Ernestina – franchement, Emma, c'est super accrocheur, je pense qu'il est unique. Je crois même qu'il est prêt à être envoyé aux maisons d'édition. Si tu pouvais me donner ton avis. Enfin, je sais que tu n'as pas le temps de lire là, mais…

— Aha ! » Mon rire sec, à mi-chemin entre la toux et le sanglot, l'interrompit. Elle se pencha vers moi.

« Emma, ça va ?

— Envoie-moi les pages, murmurai-je, les épaules voûtées.

— Euh, d'accord. Merci. Mais… tu ne devrais pas y aller, là, pour la réunion ? » Jas s'attardait près de moi, l'air préoccupé.

« Je crois qu'ils t'attendent tous les d…

— Je ne me sens pas bien, expliquai-je. Tu pourrais dire à Linda que… »

Je me levai soudain, décidée. « Dis-lui que je ne me sens pas bien. Je ne peux pas… »

Je m'éloignai sans terminer ma phrase. J'oubliai mon café sur le banc. Jas me regarda partir.

« Emma ! »

Je levai la main et la saluai sans me retourner, je passai devant le café, devant le petit arbre nu, et je quittai le soleil pour m'engouffrer dans les entrailles du métro.

Je sortis mon téléphone et ignorai les notifications, les sonneries, les tintements d'Instagram. Lou qui stressait pour sa couverture, Amelia dans son hamac, son éditrice Claire qui demandait où en était son manuscrit, les mails des clients et des éditeurs et des attachés de presse. Tous.

J'ouvris une fenêtre Internet et fis une recherche sur Google.

Je ne pouvais pas me permettre de perdre Dan. Il fallait que je comprenne ce qui se passait. Et je savais où aller.

Appels manqués : Bureau Linda (8)

Appels manqués : Hattie (2)

Appels manqués : CharterHayley (3)

CharterHayley @Emma Emma, où es-tu ?

Denise @Emma As-tu vu passer les messages du comité ? Réponds, stp.

Denise @Emma J'aimerais ne pas avoir à modifier le tableur de roulement pour la rédaction du compte rendu, Emma. Confirme-moi ta présence ce soir, stp.

Numéro inconnu @Emma Salut, c'est Lou ! Je suis sur le téléphone de ma mère, car mes messages ne semblaient pas passer sur le mien !

Catrin @Emma Denise pète un câble sur la discussion de groupe – tout va bien ? Je lui ai dit que je me chargerais du compte rendu. (C'est une manière détournée de la cajoler pour mieux me défiler plus tard.)

Numéro inconnu @Emma Salut ! C'est encore Lou ! Tu ne m'as pas répondu, je crois, mais mon signal Wi-Fi n'est pas génial. Du coup, je suis dans les parages si jamais tu essaies de m'envoyer un mail, un message, ou de m'appeler.

Jas @Emma J'espère sincèrement que tu vas bien. Appelle-moi si je peux t'aider à quoi que ce soit. Prends soin de toi. Bisous.

Dan @Emma Mille bisous.

33

« J'ai une blessure à la tête », annonçai-je, consciente de la file d'attente derrière moi, un garçon de l'âge de Miles au tibia ensanglanté, un homme gémissant allongé par terre, le dos agité de spasmes, une mère qui tenait fermement le bras d'un bambin. Deux ambulanciers foncèrent devant moi et franchirent la double porte coulissante. Je me passai la langue sur les lèvres et m'efforçai de trouver du courage sous le regard sceptique du réceptionniste. « J'ai besoin d'un docteur de toute urgence », déclarai-je d'une voix trop aiguë.

L'homme contempla mon crâne, n'y vit aucune plaie, aucun saignement, pas la moindre ecchymose.

« Je suis tombée. J'ai perdu connaissance. Je dois voir un docteur au plus vite », mentis-je avec facilité. Mais il le fallait. Et qu'allais-je lui dire ? La vérité. Si seulement je pouvais voir un spécialiste, mettre un terme à tout ceci tant que Dan était en vie, et que j'avais encore la possibilité de résoudre la situation.

« Vous êtes tombée », dit-il en remuant sur sa chaise.

J'éprouvai un minuscule éclat de triomphe.

« Oui.

— Où êtes-vous tombée ?

— Dans la rue », répondis-je avec un geste vague de la main. Le réceptionniste releva la tête et l'inquiétude traversa son visage.

« Vous avez eu un accident de la circulation ?

— Non.

— Mais vous êtes tombée dans la rue.

— Près de la rue, corrigeai-je. Je suis tombée près d'une rue ; je dois consulter un médecin. »

Il plissa les yeux.

« Vous êtes vraiment tombée, madame ?

— Écoutez, je dois voir un spécialiste de la tête. Du cerveau. Un spécialiste des blessures au cerveau. Y a-t-il un spécialiste du cerveau dans cet hôpital ?

— Vous voulez prendre rendez-vous au service de neurologie ? Votre médecin traitant peut vous orienter vers le médecin adéquat. Nous ne prenons ici que les urgences.

— Non, dis-je en me penchant et en heurtant presque la plaque en plexiglas qui nous séparait. S'il vous plaît, vous ne comprenez pas. C'est une urgence. Laissez-moi voir quelqu'un. Je peux attendre. S'il vous plaît. »

C'était peut-être mon air sincère ou le désespoir qui faisait tinter ma voix, mais je vis l'homme céder. Il laissa échapper un soupir discret avant de scruter son écran d'ordinateur.

« Remplissez ce formulaire. Le temps d'attente est estimé à quatre heures. Les cas prioritaires passeront en premier, ce qui signifie… (je jurerais avoir vu un rictus) que votre temps d'attente risque d'être prolongé.

— Merci. Merci beaucoup. » Je posai la main sur le plexiglas, les larmes aux yeux, comme si je me trouvais à l'aéroport et que je voyais l'amour de ma vie s'envoler derrière la baie vitrée.

Le réceptionniste se contenta d'acquiescer et se pencha pour regarder derrière moi.

Je me dirigeai vers la rangée de chaises en plastique vert fixées au sol, contournai l'homme gémissant agité de spasmes, et m'efforçai d'ignorer les gouttes de sang qui maculaient le lino sous un homme au tibia ouvert. Je pris place et sentis des yeux se poser sur moi et sur ma blessure fictive. Pourtant quelque chose se tramait forcément en moi, quelque chose s'était brisé, un circuit dans mon cerveau qui expliquerait les dernières quarante-huit heures, ou le fait que j'étais convaincue de les avoir vécues plusieurs fois.

J'évitai leurs regards curieux et m'assis confortablement. Quand les enfants étaient petits, j'appréciais toutes les occasions de sortir seule : la salle d'attente du médecin traitant, l'opticien et la pharmacie où il y avait toujours une file d'attente improbable, comme s'ils préparaient eux-mêmes les médicaments dans l'arrière-boutique. Je savourais ces instants, j'en profitais pour lire, pour réfléchir, pour être simplement seule sans interruption constante.

Je n'étais pas certaine qu'un livre ou qu'une histoire puisse me détourner de mes pensées, aujourd'hui. C'était *moi*, l'histoire. Je contemplais les posters à moitié décrochés sur le mur d'en face qui rappelaient à tous de Se Laver Les Mains et je songeais à ce que découvriraient les médecins. Car ils allaient forcément trouver quelque chose, non ? Ils me feraient passer une IRM, ils appelleraient leurs collègues pour étudier ensemble les résultats, ils inviteraient un lointain et éminent spécialiste, contacteraient un médecin américain via Skype pour voir s'il y avait des cas similaires aux États-Unis. Je deviendrais un de ces cas d'école dans les magazines scientifiques. Mes espoirs s'embrasaient et je regardai la pendule, souhaitant pour une fois que le cours du temps s'accélère.

Les gens arrivaient et repartaient. L'homme dégoulinant de sang puis celui aux spasmes disparurent dans le bruissement de la porte coulissante qui m'incitait à chaque reprise à relever la tête. J'avais le ventre vide, le latte et le roulé à la cannelle remontaient déjà à plusieurs heures, mais je ne voulais pas quitter cette chaise, au risque de manquer l'occasion d'être guérie. Et ce n'était pas mon seul cas qui était en jeu.

Affalée sur ma chaise, les paupières lourdes, même sous la lumière crue des néons, je me redressai brusquement en entendant mon nom.

« Emma Jacobs ?

— Oui, oui. » Je m'élançai après une dame, mes semelles glissant sur le lino gris du couloir.

Elle me fit entrer dans une petite salle carrée et prit place sur le tabouret pivotant, où elle parcourut quelques notes. « Je lis ici que vous avez été blessée à la tête », dit-elle, sourcils légèrement froncés. Je me demandais bien ce qu'il y avait écrit d'autre.

Je me léchai les lèvres. « Eh bien, oui, j'ai déjà, alors, voilà… ça va vous paraître fou, mais… j'ai déjà vécu aujourd'hui, et même deux fois. »

L'infirmière fronça les sourcils de plus belle. Je ne lui accordai pas le temps de m'interrompre. Il était capital qu'elle comprenne que je disais la vérité, que tout ceci était du *sérieux*. « En gros, je m'endors, et à mon réveil, tout recommence. Le temps n'a pas avancé. Les dernières vingt-quatre heures n'ont pas eu lieu. »

Je marquai une pause, ma poitrine se soulevait, de haut en bas, de bas en haut. L'infirmière parut abasourdie. Je m'inquiétais qu'elle soit sceptique. Enfin quoi, même moi, je serais sceptique à sa place.

« Donc je pense que quelqu'un devrait examiner ma tête. Je suis peut-être malade, genre une tumeur ou je ne sais quoi, et ça me donne l'impression que tout ceci est réel – ça semble absolument réel –, enfin, c'est même réel. Mon mari meurt. À chaque fin de journée. Donc il est déjà mort deux fois, mais en ce moment, il va bien. »

L'infirmière prit une lente inspiration et j'écarquillai les yeux. Oh, mon Dieu, faites qu'elle me croie.

« Je vois bien que vous êtes convaincue d'avoir vécu tout ça, mais…

— Je l'ai vécu. » Je n'avais pas voulu crier. Elle sursauta. « Je suis désolée, pardon. » Je ne pouvais m'empêcher de gigoter, à présent. « Vous ne comprenez pas. Je vous en prie, je vous le promets, je ne peux pas sortir d'ici sans avoir consulté un docteur. S'il vous plaît. »

L'attente fut interminable. J'avais déjà passé plus de quatre heures à l'hôpital, et il était hors de question d'abandonner maintenant.

« Je ne sais pas trop comment vous aider », dit l'infirmière en regardant légèrement vers ma droite.

Mes épaules s'affaissèrent. Elle ne me croyait pas. Je n'avais pas été assez explicite, je le savais.

« Je peux éventuellement vous faire passer une évaluation psychologique. » Elle griffonna quelque chose sur un formulaire.

J'aurais préféré un neurochirurgien ou quelqu'un qui passait la journée à ouvrir des cerveaux humains, mais quelqu'un qui avait étudié les mécanismes du cerveau aurait sûrement des réponses à m'apporter. « Oui, s'il vous plaît. S'il vous plaît. » L'infirmière me décocha un regard dubitatif ; la plupart des gens envoyés en évaluation psychologique ne devaient pas être aussi enthousiastes, j'imagine.

Je quittai la pièce en serrant dans mes mains le formulaire comme un ticket de loto, on me conduisit à une autre salle d'attente plus petite, sans patient gémissant ni flaque de sang sur le sol. La journée entière sembla s'écouler dans cette salle, le ciel hivernal dehors envahi de nuages, la lumière tombant vite. Je m'emmitouflai dans mon manteau et répétai ce que j'allais dire. Quand on prononça mon nom, je me levai, redressai le dos et suivis la docteure dans sa salle de consultation. Il fallait que je paraisse raisonnable, honnête, réfléchie, PAS FOLLE. Elle avait les cheveux bouclés et les lèvres rehaussées de magenta. Elle mit une éternité à s'asseoir dans son fauteuil.

« Je suis ici, car je pense avoir eu un grave souci dans mon cerveau, dans mon esprit… » explosai-je d'un ton dramatique.

Elle inclina la tête comme un oiseau et mordilla son stylo. « Racontez-moi tout depuis le début… » Elle ne voulait pas me faire passer de scanner ni tout autre examen médical. « Voyons ce que nous obtenons en discutant d'abord. »

Je m'efforçai de garder une voix régulière, un regard fixe. Je m'assis sur mes mains afin d'éviter des gesticulations qui m'auraient cataloguée d'instable. Elle prenait des notes et me demanda si j'avais été particulièrement stressée au travail. Comment se passaient mes relations aux autres ? Y avait-il quelque chose qui engendrait chez moi une détresse émotionnelle ?

« Oh, juste de voir mon mari mourir », répondis-je d'un ton presque acerbe. Ce n'était pas ainsi que j'avais imaginé l'entretien. Pourquoi ne m'emmenait-elle pas passer une IRM ? Je le lui redemandai, et elle éluda ma question.

« Y a-t-il une raison qui vous pousse à vous focaliser ainsi sur la mort de votre mari ? Votre propre mortalité vous inquiète-t-elle ? »

Je compris que tout ceci ne mènerait à rien. Au fil de la consultation, je me voûtai sur ma chaise et l'énergie me quitta peu à peu. Personne ne pouvait m'aider. Je le savais déjà, sans doute. Ce qui devait se passer allait se passer. Il fallait simplement que je reprenne le contrôle, que je change la seule et unique chose qui importait. Et que je ne merde pas, cette fois.

Je me levai et l'interrompis en milieu de phrase. « Je vais rentrer chez moi », dis-je.

Elle leva les yeux de ses notes. « Je peux rédiger un courrier à votre médecin traitant, pour qu'il vous prescrive des séances de thérapie, si vous voulez ? » proposa-t-elle.

J'acquiesçai sans un mot.

« Il prendra contact avec vous », dit-elle, et je pensai : Oui, mais quand ?

Dan @Emma J'espère que ta réunion super importante s'est bien passée. À toute, bisous.

Hattie @Emma Déjeuner ?

Catrin @Emma Tout va bien, ô toi mon membre du comité préféré ? Tu as quitté le groupe WhatsApp, et même si c'était marrant de voir Denise péter les plombs, j'espère que tu vas bien. Bisous, C.

Appels manqués : Linda (8)

Appels manqués : Jas (2)

Jas @Emma Salut, je m'inquiète un peu de ne pas réussir à te joindre. Tu n'avais pas l'air dans ton assiette ce matin. Dis-moi que tu vas bien, bisous.

34

Mon téléphone ne cessait de sonner alors que je rentrais à la maison dans un brouillard d'épuisement. Je remarquais à peine ce qui m'entourait, tout semblait lointain et étouffé. Je me sentais perdue, inconséquente. Je ne trouvais pas le courage de lire les messages et les mails qui s'étaient accumulés pendant la journée. Éditeurs, auteurs, mères du comité, et même les appels manqués de Hattie. Je n'avais pas la force de les affronter. Et à quoi bon, de toute façon ? Personne ne s'en souviendrait, quoi qu'il arrive.

La maison était silencieuse quand j'entrai et appelai ma famille. Quand Miles franchit la porte, je lui sautai presque dessus et l'attirai contre moi. La sensation de mon garçon bien réel entre mes bras était si réconfortante que j'en pleurais presque dans le couloir. Ses cheveux me chatouillaient le visage ; j'étais choquée de constater que mes enfants grandissaient si vite.

« Maman, dit-il en se tortillant pour m'échapper.

— Pardon, pardon. » Je le relâchai et m'efforçai de sourire. « Viens dans la cuisine, raconte-moi ta journée. » Je savais que je parlais d'un ton suppliant, et Miles me décocha un regard en coin. « J'ai du chocolat », hurlai-je, prête à lui proposer n'importe quoi pour le convaincre. J'ai de la bonne came, mon gars, tout ce que tu veux, je peux me le procurer – parle-moi, c'est tout.

Miles haussa les épaules et me suivit, et mon cœur gonfla.

J'ouvris le placard et attrapai ma réserve secrète de Twix. Miles écarquilla les yeux et je rougis en lui en proposant un. Je me rappelai les après-midi, des mois plus tôt, où Miles et moi étions assis à la table de la cuisine après l'école à manger des cookies, lui face à ses devoirs, et moi devant mes mails. Impossible de savoir à quand ça remontait.

Il déchira l'emballage et s'installa à l'îlot de la cuisine sous mon regard attentif. Ces derniers jours avaient submergé mon cerveau de fatigue et de confusion. Il mordit dans la barre chocolatée et je me souvins de son inquiétude et de son chagrin, sa colère contre Poppy.

Dan rentra à son tour, mais recula en silence, sourcils arqués, son visage me disant : « Je suis à côté si tu as besoin de moi. » Depuis quand Dan et moi communiquions sans parler, avec tant de facilité ? Cette idée m'enthousiasma un instant – je n'avais connu ce lien profond avec personne d'autre, cette capacité à dire tant de choses d'un simple coup d'œil. Croiser son regard dans une pièce bondée, ou à une table de dîner, et deviner exactement le cours de ses pensées. Deux rides plus profondes à la commissure de ses lèvres annonçaient un amusement discret, ses doigts agités signifiaient qu'il s'ennuyait, un regard particulier me disait qu'il m'aimait.

Je pris une profonde inspiration, Miles leva les yeux. Je ne voulais pas penser à Dan, je ne voulais pas craquer maintenant.

« Dure journée ? » commençai-je, m'obligeant à revenir dans le présent.

Miles avala sa bouchée et un voile de panique passa sur son visage.

« Pas trop, non.

— Une mère m'a parlé de quelque chose qui s'est passé aujourd'hui, essayai-je en passant l'index sur le plan de travail. À l'école. » Je levai sur lui un regard innocent.

Le visage de Miles pâlit, comme toujours quand il était pris en flagrant délit. Il n'avait jamais été du genre à mentir, il avouait systématiquement le moindre de ses crimes. Je me souvenais d'un voyage en train quand il était petit. Le contrôleur avait demandé à voir nos billets, je lui avais tendu le mien. « Il a quatre ans », avais-je expliqué, attendant que l'homme continue sa tournée. Les enfants de moins de cinq ans voyageaient gratuitement.

Miles avait levé la tête vers le contrôleur. « J'ai cinq ans », avait-il annoncé d'une voix forte. En face de nous, un passager m'avait jeté un coup d'œil tandis que je me redressais dans mon siège. « Désolée, avais-je dit avec un rire léger. Il a quatre ans. » Miles avait froncé les sourcils. « J'ai cinq ans. Mon anniversaire, c'est en mai, le 10 mai », avait-il insisté. Je sentais la chaleur s'élever dans ma nuque, me monter aux joues. Une femme m'avait dévisagée. Il m'avait tiré le bras. « J'ai cinq ans, maman. » Le silence avait régné un moment, le contrôleur l'avait regardé, m'avait regardée, puis il m'avait adressé un petit clin d'œil, « Ah, les mômes, hein ! » J'étais prête à me dissoudre en une flaque informe de honte. Mais je ne m'étais pas fâchée contre lui, et je n'avais certainement pas l'intention de me fâcher en cet instant.

« Alors ? C'est vrai ? » demandai-je.

Il m'adressa un haussement d'épaules presque imperceptible. « Quelqu'un s'est montré désagréable ? » insistai-je.

Je fis en sorte de ne pas afficher ma rage, à l'idée qu'on puisse s'en prendre à mon enfant. Ça me rappelait cette journée au parc avec Poppy. Elle devait avoir cinq ou six ans. Une fille de son école jouait avec deux autres enfants. Elle leur avait dit d'une voix forte de ne pas jouer avec Poppy. Je n'avais jamais éprouvé une telle colère – une chaleur ardente mêlée de chagrin.

« Liam est méchant, avoua-t-il, les yeux rivés au plan de travail, refusant de croiser mon regard.

— Méchant comment ? » J'imaginais des prises de bec à la récré, un pull tiré, un coup de coude dans les côtes. Je planifiais déjà mon attaque contre le petit harceleur.

« Il a dit… des trucs sur… » Miles s'interrompit pour se lécher les lèvres. « Sur ce que Poppy a fait… »

Je fronçai les sourcils. Voilà qui était inattendu.

La porte claqua et Poppy surgit dans la cuisine, non sans avoir grogné en passant devant le vélo dans le couloir.

« Salut », dit-elle, les yeux plissés comme si elle nous soupçonnait de conspirer.

Miles se figea, les mains agrippées à l'îlot.

« Miles me disait que quelqu'un était méchant à l'école aujourd'hui et parlait mal de toi. »

Poppy ouvrit mollement la bouche, puis elle se tourna vers lui.

« Oh, mon Dieu, tu as tout raconté à maman ? l'accusa-t-elle.

— Non, c'est pas vrai, paniqua-t-il.

— Raconté quoi à maman ? demandai-je.

— Rien, lancèrent-ils en chœur.

— Ce n'est pas rien, de toute évidence. » J'élevai la voix. « Poppy, qu'est-ce que tu as fait ? Et en quoi ça concerne Miles ?

— Ça le concerne pas. C'est le frère de Holly, ce con cherche la merde.

— Poppy ! » Des grossièretés si inhabituelles dans sa bouche.

« M'en fous, c'est pas juste. C'est Holly qui a commencé et c'est moi qui me fais gronder.

— Il m'a tout montré ! s'écria Miles.

— Elles l'ont bien mérité.

— C'est très mal.

— Il t'a montré quoi ? j'intervins.

— C'est elles qui ont commencé, rétorqua Poppy, le visage empreint de peur. Personne n'était censé savoir que ça venait de moi, d'accord ?

— Ouais, ben maintenant, moi, je peux plus retourner à l'école, dit Miles.

— Toi ? Et moi, alors ? » Poppy était très perturbée.

Ma tête vibrait douloureusement, leurs voix s'élevaient tandis que j'essayais de comprendre ce qu'ils disaient. Miles avait l'air démuni. Qu'avait fait Poppy ? Ce ne pouvait pas être si grave que ça, si ? Un petit drame. Enfin quoi, ils étaient en primaire. J'éprouvais pourtant une terreur sourde au creux de l'estomac.

« Mais pourquoi t…

— Ta gueule, Miles, lâcha Poppy, le corps agité de tremblements.

— Poppy, qu'est-ce qui se passe ?

— Ouais, ben, il t'a déjà tout raconté, non ? »

Elle avait les larmes aux yeux.

« J'ai rien dit, insista Miles.

— Une maman m'a raconté quelque chose. »

Poppy pâlit.

« C'est juste des trucs débiles.

— Et l'école m'a téléphoné, aussi. » Bon, techniquement, ce n'était pas vrai. Ils n'avaient pas encore appelé aujourd'hui, mais ils l'avaient fait les jours d'avant – ce n'était peut-être pas de Miles qu'ils voulaient me parler ?

Dan nous rejoignit et son sourire s'effaça lorsqu'il nous vit tous les trois au bord de la révolte.

« Qu'est-ce qu'il y a ? »

Miles se posta derrière moi et me prit comme bouclier contre la fureur de Poppy.

« Rien du tout ! » hurla-t-elle, et Dan recula de stupeur tandis qu'elle gravissait les marches à grand bruit.

« Ne la laisse pas partir ! lançai-je en lui emboîtant le pas.

— Oh là, oh là, attends, laisse-la monter. Vous êtes toutes les deux impulsives et sanguines, quand ça vous prend, dit Dan.

— Ah ouais, comment ça ? » m'écriai-je, impulsive et sanguine.

Dan affichait un air épuisé. « Accordons-lui un peu d'espace pour respirer et venir d'elle-même vers nous… »

C'est ce que j'avais fait, la veille, et ça n'avait rien donné. Elle n'avait rien dit. Mais je refusais d'argumenter davantage. De le voir devant moi, là, bien vivant, la douleur terrible de sa mort me frappa de nouveau de plein fouet ; je m'étais disputée avec lui le premier soir, je l'avais laissé sortir hier. Un frisson me parcourut le dos. Si je parvenais à arrêter la voiture, ou si je l'empêchais de marcher vers cette voiture, alors il ne se passerait rien.

Je devais m'éloigner avant de les effrayer tous.

« Je vais me changer, marmonnai-je.

— Emma, lança Dan d'un ton de reproche.

— Je vais juste me changer, Dan. »

Je baissai les yeux en quittant la pièce.

Je ne pouvais pas affronter ce sujet aujourd'hui. Quelque chose dans le visage de Poppy m'effrayait, quelque chose d'adulte. Si je poussais et insistais, que risquais-je de déclencher ? J'avais l'impression de perdre le contrôle, comme si le terrain connu sur lequel j'avançais jusqu'à présent changeait sous mes pieds. Je ne savais plus avec certitude ce qui était réel et ce qui ne l'était pas. Et j'aimais tant Poppy et Miles, je voulais m'accrocher à cette évidence tandis que je ramais dans cette journée et que je me consacrais à sauver Dan.

Je traînais les pieds vers notre chambre, le temps évoluait si lentement. J'enfilai un sarouel et un pull large. Je ne redescendis pas pour le repas des enfants, je mentis et expliquai que je devais travailler, je fermai la porte du bureau et m'affalai dans le fauteuil. Pourquoi avais-je le sentiment que tout partait en vrille et que je ne contrôlais plus rien ? Que se passerait-il d'ici quelques heures ? Si c'était déjà arrivé deux fois, alors forcément… Mais si je l'empêchais de sortir ? Cette idée prenait forme dans mon esprit. Voilà où je m'étais trompée : je l'avais littéralement envoyé vers la mort, hier soir. Et si je ne m'étais pas réveillée ici, ce matin ? J'aurais dû continuer à vivre en sachant que j'étais au courant de sa mort prochaine, que je l'avais tué, en quelque sorte. Je fermai les yeux et chassai cette idée.

Ce soir, je l'obligerais à rester à la maison. Il ne pourrait pas être renversé par une voiture s'il ne sortait pas dans la rue. Cette perspective me donna l'énergie nécessaire pour descendre dîner avec Dan.

Il était vexé de mon absence plus tôt. Mais comment lui expliquer quoi que ce soit sans me mettre à pleurer ? Ou pire, provoquer une dispute. Le repas fut formel, Dan silencieux. Miles fit une apparition et s'attarda au pied de l'escalier, Tigrou suspendu mollement au bout de son bras, et Dan l'envoya se recoucher, visiblement pas d'humeur à rigoler.

Je me sentais accablée, submergée d'un terrible pressentiment tandis que je poussais ma nourriture dans mon assiette. J'avais évidemment oublié de mentionner notre anniversaire et Dan ne m'avait presque pas adressé la parole.

« Je sais pourquoi tu ne me parles pas, murmurai-je. Je n'ai pas oublié, c'est juste que… »

Dan repoussa sa chaise. « Je vais dans le salon », déclara-t-il sans me proposer de pudding ni de verre de vin.

J'entrepris de débarrasser nos assiettes, mais me ravisai et le suivis, au cas où il change d'avis. Je ne voulais pas le quitter des yeux de la soirée. Je m'installai dans le canapé à côté de lui. « Je suis désolée d'avoir oublié, dis-je lentement. Enfin, je n'ai pas oublié, c'est compliqué à expliquer. Bon, pas compliqué, mais tu ne me croirais pas. Je suis même allée à l'hôpital pour en parler… »

L'attitude de Dan changea à ces mots. Il se tourna vers moi et posa la main sur ma jambe.

« À l'hôpital ? Pourquoi ? Tu es malade ? Tu me caches quelque chose ?

— Je ne suis pas malade, enfin, je ne crois pas. Je suis juste, tu vois… » Oh, bon sang, il fallait absolument qu'il me prenne au sérieux. « Je me réveille le matin et c'est toujours la même journée… »

Il fronça les sourcils.

« Je sais que c'est impossible. Mais c'est vrai.

— Comme… un bug de ta mémoire ? » Il ne comprenait clairement pas. « Qu'est-ce qu'ils ont dit à l'hôpital ?

— Pas grand-chose. » Je baissai le menton.

« Hé, dit-il en m'attirant contre lui. Ne sois pas triste. On va trouver une solution. C'est peut-être neurologique. »

J'aurais dû lui en raconter davantage, mais il dégageait une chaleur agréable et il me caressait le bras, et j'étais bouleversée, et je voulais rester tout contre lui. Mes paupières tombaient peu à peu, mon cerveau surchauffait. J'avais l'impression de ne pas avoir dormi depuis des jours.

« Je vais vite sortir Gus, murmura-t-il en dégageant son bras.

— Non ! Non, je m'en charge, m'écriai-je, saisie d'une bouffée d'adrénaline. Je crois qu'il n'est pas en grande forme. » Je me sentis soudain honteuse de ne pas l'avoir encore amené chez le véto. « Reste ici, j'ai besoin de prendre l'air, de toute façon.

— D'accord, si tu veux, dit Dan, un peu déconcerté. Je vais m'occuper du petit dé…

— Non, laisse. Reste assis, détends-toi. S'il te plaît. Je n'en ai pas pour longtemps.

— Si tu le dis… » Il prit son verre de vin presque vide.

« Oui. » Je m'agenouillai. « Mais tu dois me promettre de ne pas quitter ce canapé. Promets-le-moi. » Gus gémissait doucement en arrière-fond.

Dan but une gorgée de vin et me décocha un regard curieux. « Euh, promis. »

J'allai chercher la laisse du chien. « Et promets-moi aussi de rester dans la maison », dis-je en revenant près de lui.

« Où veux-tu que j'aille ?

— Nulle part. » Je m'obligeai à sourire. « Je veux juste, euh, je veux juste que tu te détendes. À tout de suite, d'accord ? »

Il fit danser ses sourcils. « Oh, je vois… Tu veux m'amadouer un peu pour faire l'amour plus tard, c'est ça ? »

Je m'efforçais de me dérider et d'ignorer la terreur qui me saisissait l'estomac.

Je m'approchai de Gus, lui passai la laisse. Il m'adressa un regard triste et je le tirai légèrement pour l'encourager. « Allez, viens, mon gars. » Un petit pipi, songeai-je, et on sera rentrés en deux secondes. Gus n'avait pas l'air d'être d'humeur pour une balade, de toute façon. Je le motivai à marcher, puis je m'arrêtai dans le couloir et scrutai la laisse dans ma main. Et si cette prémonition me concernait ? Si c'était moi qui devais me retrouver étendue en travers de la chaussée ?

Je lâchai la laisse et retournai au salon. Dan était assis de profil dans le canapé, dans la même position qu'à mon départ, cette petite bosse sur son nez qu'il s'était cassé, le seul détail qui déséquilibrait son visage aux proportions parfaites. Je pris une inspiration, fis quelques pas vers lui et me penchai pour l'embrasser.

Gus aboya dans le couloir.

« Je t'aime, hein ? Quoi qu'il se passe.

— OK…

— Je fais aussi vite que possible. » Ça s'était produit à quelle heure ? Le moment fatidique était-il déjà passé ?

« À tout de suite, alors », dit-il en m'observant attentivement.

J'acquiesçai, incapable de parler. Dan arqua les sourcils. Je me comportais comme une folle, je le savais. Je ne pouvais pas m'en empêcher. Je l'embrassai une fois de plus. Les rides se creusèrent au coin de ses yeux.

Je pris Gus dans mes bras et me faufilai le long du vélo jusqu'à la porte. Dehors, l'air était froid. Je posai Gus par terre, serrai mon manteau autour de moi, et parcourus notre allée jusqu'au portillon. Les flocons fondus sur mon visage étaient comme une brume glaciale. Hors de question que je prenne la direction de l'accident. Et si quelqu'un devait *forcément* être renversé ce soir ? J'espérais que ce n'était pas le cas, mais je ne voulais pas prendre de risque. Je pris la direction inverse, rasai les murs, en alerte, longeai des voitures garées, des maisons aux fenêtres orangées sous un ciel sans étoiles. Mon souffle émergeait en un nuage épais devant moi. J'examinai les alentours, à l'affût du moindre son.

Nous marchions lentement quand Gus s'affala soudainement de tout son poids sur le ciment trempé et froid du trottoir. La laisse se tendit au bout de mon bras et me fit mal à l'épaule. Je me penchai pour lui ébouriffer les poils ; il n'était décidément pas dans son assiette.

J'entendis le bruit sourd alors que j'étais accroupie près de Gus. Je fermai les yeux comme si j'attendais l'impact. Une seconde s'écoula et mon corps tressaillit. Quand je rouvris les yeux, le pelage de Gus me chatouillait le visage. Qu'est-ce que ça signifiait ? La voiture avait quand même percuté quelque chose. Fallait-il que j'aille voir ? Non, je savais que c'était le même bruit, le bruit si caractéristique de la tôle froissée et du verre brisé.

Ça s'était donc produit. Et Dan était à la maison.

Je pris aussitôt le chien dans mes bras et le portai maladroitement sur les quelques mètres qui nous séparaient de la porte d'entrée. Nous avions à peine parcouru la moitié de la rue. J'éprouvai un immense soulagement.

« Oh, mon Dieu, merci, mon Dieu, merci, mon Dieu. » J'accélérai le pas.

Dan était resté chez nous, il n'était pas dans cette rue, sa jambe n'était pas tordue, l'horrible flaque sombre ne s'étendait pas sous lui. Il était à la maison, car je lui avais demandé de rester. Il l'aurait fait. Et j'allais bien, moi aussi. Je n'étais pas blessée. Et il était en sécurité. Pour la première fois depuis que tout avait commencé, une lueur d'espoir intense m'envahit. J'avais envie de crier, de rejeter la tête en arrière et de hurler. Je ne sentais plus les flocons glacés sur mon visage, je m'en fichais, je voulais juste rentrer chez moi, auprès de mon mari.

Je reposai Gus par terre et le fis entrer. Dieu merci, Dieu merci, Dieu merci. J'avais envie de pleurer, de rire, mais surtout de prendre Dan dans mes bras, de m'accrocher à lui, de lui répéter encore et encore combien je l'aimais, combien j'avais besoin de lui.

« Dan ? chuchotai-je de façon théâtrale. Tu es là ? »

Était-il monté dans notre chambre ? Je ne voulais pas alerter les enfants. Je voulais ce moment rien que pour nous deux. Pas de réponse. Tout était calme. Je soulevai Gus, trempé, jusqu'à la cuisine déserte et le déposai dans son panier pour la nuit. Tout en le caressant, il me donna un léger coup de tête amical sur la main et pourtant… Quelque chose dans ce silence m'inquiétait et me donnait la chair de poule. Mais j'avais bien entendu le bruit sourd, et je *savais* que Dan était chez nous. Il n'était pas sorti ; non, il n'était pas sorti. Il n'était pas mort.

Dans le lointain, une alarme hurlait. Je ne voulais pas penser à cette scène. Ni savoir qui était à terre. Qui ne l'était pas. C'était terminé. Demain, je pourrai me consacrer à d'autres choses, je ne subirai plus cet horrible cycle infernal. Je pourrai écouter Poppy et Miles, être une bonne mère. Je pourrai téléphoner à Hattie, être une bonne amie. Et je chérirai Dan. J'apprécierai notre vie de couple à sa juste valeur. Mes épaules se détendirent lorsque je m'engageai dans le couloir vers le salon. Que je retournai auprès de lui.

J'entendis le bavardage discret d'un commentateur sportif, et un sourire se dessina sur mes lèvres. C'était bel et bien terminé. J'avais réussi. Je l'avais sauvé. Ça avait été le but de tout ceci, de m'accorder une deuxième chance. Et j'avais réussi.

« Tu as entendu ça ? » demandai-je d'un ton léger.

Puis mon sourire s'effaça. La tête de Dan n'était plus posée tranquillement sur le dossier du canapé. Je refermai la bouche en ne le voyant pas dans la pièce. La télévision était allumée, mais personne ne la regardait. À l'écran, un homme faisait rouler une balle de golf sur une étendue verte et lisse, quelque part au soleil.

Mais il ne serait pas sorti, il m'avait promis…

C'est alors que je l'aperçus.

Un pied.

Dan était bel et bien dans le salon.

Il était étendu par terre, près du canapé.

Et il était mort.

Appel manqué : Numéro inconnu

35

6 décembre 2015

Chère Emma,

Je devrais éclabousser ces pages de peinture Farrow & Ball, car j'ai l'impression qu'on a passé cette année à ne faire que ça. Mais ça commence à prendre forme, non ? Enfin, les premiers mois, on n'a fait que nettoyer et ça n'avait rien de très amusant. Et les sagas interminables de joints pourris/d'enduits effrités autour du conduit de cheminée/de l'installation électrique qui remontait sûrement aux années 1970 n'ont pas causé de disputes (majeures). C'est parce que je suis super attirant en salopette ? Ou que tu es trop épuisée pour me quitter ?

Te nommer Cheffe de la Décoration Intérieure, voilà une décision que je n'ai pas prise à la légère – les propositions de Poppy sur son moodboard hyper tendance m'ont fait hésiter –, mais tu as tapé dans le mille en choisissant des meubles de cuisine vert fougère et cette immense pendule dorée en tournesol qui me paraissait un peu trop clinquante, au premier abord. Elle attire agréablement le regard – la cuisine est magnifique. Les brunchs du dimanche matin avec les enfants, toi assise dans l'alcôve de la fenêtre, les yeux fermés dans un rayon de soleil, c'est de loin mon moment préféré de la semaine.

Je vais passer sous silence les petits loupés (oui, d'accord, je n'essayais pas « une nouvelle technique » dans la salle de bains, et j'aurais dû appeler un plombier plus tôt ; et Miles n'avait pas totalement tort, ces rouleaux de peinture ont bien l'air de jouets), car on a survécu à tout ce stress et on s'en sort plus ou moins intacts. Notre propre maison. J'en ai encore des frissons quand j'entre dans le couloir (oui, je sais, il faut que j'installe un porte-manteau, je vais m'en charger) et que je me rends compte qu'elle nous appartient (enfin, plutôt à la banque). Bon, certes, ça nous a coûté un chouïa plus que prévu (merci la pourriture sèche !), mais on a réussi à maintenir la tête hors de l'eau.

Suite aux restrictions de budget, tu as enfin cédé et accepté d'aller camper en famille. Je sais que tu aimes avoir un lit et des draps propres et des PETITS PLAISIRS, *comme l'eau chaude, mais, Emma, tu dois bien admettre que cette semaine dans le sud du pays de Galles était géniale, non ? Quand je ferme les yeux, je revois cette étendue de sable, les viennoiseries tièdes dans des sachets pendant que Poppy se baladait avec sa capuche, du sable collé aux pieds, et qu'elle riait aux éclats, creusait des trous, revenait en courant nous raconter des trucs, « une mouette gigantesque vient de manger la glace d'un monsieur, quelqu'un a vu un requin hier... ». Et Miles qui la suivait maladroitement partout avec ses petites jambes potelées. « Poppy, Poppy, moi aussi, moi aussi. »*

Et puis nos échanges de regards, aussi, pour partager discrètement nos consignes et nos conseils. Depuis quand est-ce qu'on est capables de communiquer de cette manière ? Parfois, ça m'électrifie de contempler ton visage et de savoir exactement à quoi tu penses. Tu partages ton amusement d'un simple tressaillement des lèvres ou d'un haussement de sourcils imperceptible. C'est un con, lui. Mais t'es bête. J'aime nos enfants. Je te l'avais bien dit. Je t'aime. Non, à ton tour, moi je suis en train de lire.

Ces vacances me paraissent déjà lointaines, pourtant. Le rythme EFFRÉNÉ *de notre vie me surprendra toujours – j'ai du mal à croire à tout ce qui s'affiche sur le calendrier mural (mais j'aimerais bien que tu respectes mon code couleur, quand même). Nouvelle crèche, nouvelle école, nouveaux parents, nouveaux auteurs, nouveaux clients, nouvelle maison... Pas facile de reprendre notre souffle. Et parfois, ça me fait peur quand je regarde Poppy, du haut de ses cinq ans, déjà si grande, comme si elle venait de pousser en deux secondes alors que j'avais le dos tourné ; ou quand j'entends Miles prononcer un mot nouveau (« Fantastique, papa ! »). Je me languis du temps où il ne savait pas parler, ni marcher, ni retirer tout seul sa couche, et pissait sur les précieuses lattes du plancher nouvellement posé.*

Dieu merci, Hattie est là quand tu dois lire un manuscrit le week-end ou que tu étudies à la loupe ces vieux contrats en cherchant de nouvelles clauses à inclure, ou de nouveaux droits à vendre pour que Linda gagne plus d'argent – elle devrait t'en être profondément reconnaissante. Je ne pense pas qu'une tante puisse aimer davantage ses nièces et ses neveux. J'ai hâte qu'elle ait des enfants à son tour ; je sais qu'elle le souhaite vivement. Et je sais aussi qu'il faut que j'arrête de harceler Ed avec ça, mais qu'est-ce qu'il attend ? Hattie rêve de fonder une famille, il le sait aussi bien que moi. Je ne pige pas toujours pourquoi tu l'apprécies autant, lui. Hattie et toi, vous l'excusez sans cesse parce que son père était un connard, mais beaucoup de gens ont des histoires familiales difficiles, et ils ne se comportent pas pour autant comme si le monde entier leur était redevable.

Je ne te reproche rien à propos de ton travail, hein – je déteste quand on se dispute à cause de ça. Mais ça me donne de temps en temps l'impression qu'on ne te voit jamais. Et je suis désolé pour toutes les fois où je fais semblant de ne pas comprendre que les soirées de lancement ou les dîners d'auteur font partie de ton travail – mais c'est difficile de te partager avec des inconnus. Tu détestes dire non ou décevoir, je sais bien, mais je veux juste te rappeler que je suis là, moi aussi, que j'ai envie de te voir, de passer du temps avec toi. Et cela m'arrive d'avoir peur que tes sentiments aient changé.

Mais tu veux savoir ce que j'aime le plus, dans ton travail ? C'est la façon dont tu parles des livres à nos enfants. J'aime l'idée qu'ils te voient apprécier à ce point quelque chose d'autre qu'un être humain, quelque chose qui ne concerne que toi, et rien que toi – et qui t'illumine de l'intérieur. Tu te perds constamment dans leurs histoires du soir, l'heure du coucher s'étire à l'infini. Je me faufile près de la porte et j'écoute, parfois je m'assieds même sur le palier de l'escalier, pour ne surtout pas vous déranger. J'entends ta voix animée, Poppy qui émet son petit rire de cochon, Miles qui appuie sa main contre sa bouche.

Quand je reste là, à vous écouter, je me dis que j'aime tant vivre ici, et que j'aime nos enfants, et le fait qu'on transforme peu à peu cette maison en un foyer chaleureux.

Et plus que tout, Emma, je t'aime tellement, tellement.

Dan

36

J'étais allongée de mon côté du lit, face à la fenêtre.

Le tintement d'une sonnette de vélo.

J'ouvris les yeux et grimaçai. Les rideaux entrouverts, un rai de lumière sur mon visage.

Je me retournai.

« Salut », dit-il.

Je ne parvins pas à lui répondre, je plongeai seulement mon regard dans le sien.

« Attends », lâchai-je soudain en me levant. J'évitai le montant du lit et allai chercher mon téléphone à l'autre bout de la chambre.

Lundi 6 décembre.

Mes épaules s'affaissèrent, le téléphone pendait mollement au bout de mon bras. Je n'avais donc aucun contrôle sur cette histoire. Je ne pouvais rien empêcher. Tous mes efforts étaient vains. J'allais revenir indéfiniment à ce point précis.

« Reviens te coucher, Emma, les enfants ne sont même pas encore levés. Tu n'es pas obligée de consulter ton téléphone dès le réveil », dit Dan, agacé.

Je retournai au lit sans un mot et Dan me suivit des yeux avant de m'enlacer. Je déglutis et refusai d'analyser la peur ancrée au plus profond de moi. J'aurais beau agir, rien ne changerait la donne : Dan allait mourir. Encore.

« Qu'est-ce que tu voudrais faire, aujourd'hui ? » demandai-je en me lovant contre lui, dans la douceur de son T-shirt en coton et son odeur familière. Il était là, au lit avec moi. Ça, au moins, je pouvais le contrôler.

Dan tendit le cou pour mieux me voir.

« Non, mais tu te moques de moi ou quoi ? Tu t'es couchée à pas d'heure hier soir – une fois de plus – pour préparer ta réunion. La réunion-super-importante-pour-ta-carrière, la réunion-qui-doit-impressionner-Linda. Donc j'en conclus qu'on a une dizaine de minutes à peine avant de devoir s'occuper des enfants pour que tu ailles au boulot participer à tes réunions immanquables et indispensables du monde de l'édition. Quinze minutes à tout casser. » Il m'attira davantage contre lui. « Mais bon, d'accord, j'ai une petite idée de ce qu'on pourrait faire en un quart d'heure, si tu veux savoir.

— Ça se passera mal, marmonnai-je.

— Euh, tu parles de nos relations sexuelles ?

— Non. Ça n'a aucun intérêt, la réunion se passera mal de toute façon.

— D'accord, Madame Soleil. Mais ça, tu ne peux pas le prédire.

— Ça n'a aucune importance. »

Il se tourna alors complètement vers moi et riva son regard dans le mien.

« Hé, bien sûr que si, c'est important. Je te taquinais, à propos de la réunion. Je sais combien ça te tient à cœur. Va te préparer, sérieusement, je m'occupe des enfants si tu dois y aller. J'espère que tout se passera à merveille. Allez, va sauver le monde. Cette bonne femme a bien de la chance de t'avoir dans son équipe. »

Je lâchai un petit ricanement qui se mua rapidement en une sorte de rire tremblant.

« OK, super, j'irai alors… encore une fois.

— Je vais prendre une douche, puis je filerai nous acheter un petit déjeuner. »

Je lui fis face avec une expression sérieuse. « Merci d'avance pour le roulé à la cannelle. »

Il sourit et fronça les sourcils. « Tu es bizarre, ce matin », dit-il en entrant dans la salle de bains.

J'émis un autre rire un peu hystérique, puis je m'adossai aux oreillers. *Ping, ping, ping*, mon téléphone tintait et vibrait sur la commode dans l'angle de la pièce. « *Ping, ping, bip* », dis-je à voix haute en éclatant de rire.

Le son mourut sur mes lèvres quand Dan revint dans la chambre en s'épongeant le corps avec sa serviette. Combien de fois avais-je contemplé sa silhouette si familière ? Sa stature solide, le fin duvet de poils sombres sur son torse, ses pieds, son deuxième orteil plus long que le pouce. Je connaissais son corps aussi bien que le mien. Puis je repensai à son pied, près du canapé, la veille au soir, je revis son corps étendu au sol. Je secouai la tête. Je ne devais pas penser à ça, il était là. Bien vivant.

Quand Dan sortit de la chambre, je me rendis à la salle de bains et repérai de nouveau les taches dans le lavabo. Je les touchai du bout de l'index, ma peau vira à l'orangé. Des éclaboussures de fond de teint.

« Aïe. » L'eau était bouillante, je m'écartai du jet en me pressant contre les carreaux froids et baissai la température.

Tout en me séchant, ma main caressa les vêtements posés sur la chaise : le chemisier blanc raisonnable, la jupe bordeaux. Des escarpins ? Hors de question. Et puis merde, pensai-je, et j'ouvris la porte coulissante de l'armoire. « Alors, voyons voir… »

J'empruntai l'escalier. *Ping, ping, ping.* Je me connectai à Instagram et je vis un hamac, un cocktail écarlate. Je ne réfléchis qu'une seconde avant d'écrire : OH, MON DIEU, MAIS TU VAS LE PONDRE, TON PUTAIN DE LIVRE ? dans les commentaires. *Envoyer.* Hahahahaha. Je riais encore au pied des marches quand Dan rentra de l'épicerie. Il se faufila le long du vélo.

« Ce foutu vélo… » grogna-t-il. Puis il se figea, me toisa de la tête aux pieds, contempla mes vêtements.

« Oui, je suis d'accord. Et puis tu sais quoi ? » annonçai-je en saisissant le guidon d'un geste assuré. « Ce truc… » Je poussai le vélo en arrière tandis que Dan s'écrasait contre le mur. « … doit vraiment… » J'inspirai profondément l'air frais qui s'engouffra par la porte et j'aperçus la rue devant la maison. « … dégager… » Et je poussai le vélo dans l'allée où il rebondit avec un bruit métallique et s'écrasa sur le muret dans un splendide vacarme. « … de chez nous. »

Je lâchai un ricanement et me frottai les mains comme un méchant de dessin animé, puis passai devant Dan, qui me dévisageait, bouche bée.

« Bon, il est où, mon roulé à la cannelle ? » criai-je par-dessus mon épaule depuis le couloir. Je me sentais absolument merveilleusement incontrôlable. J'emmerdais ce lundi. J'emmerdais tout ce bordel, quel qu'il soit, j'emmerdais tout.

« C'était quoi, ce bruit ? demanda Poppy depuis le palier. Où est mon blazer ?

— Je sais pas, je m'en fous, chantonnai-je en la regardant descendre l'escalier.

— Mais maman, c'est quoi, ces vêtements ? La honte. »

Dan passa devant moi.

« Je ne sais pas trop, Pop. Euh… Emma, murmura-t-il. Tu es sûre que…

— Tu as mis du mascara, déclarai-je en me postant devant Poppy.

— Non, même pas vrai. » Elle porta la main à son visage, gênée.

Je haussai les épaules.

« Peu importe. Rien n'a d'importance.

— Pourquoi t'es habillée comme une fée, maman ? » Elle contempla ma longue jupe en tulle, mon pull à sequins dorés et mes Dr. Martens rouges. « Une fée super bizarre. »

Elle passa lentement devant moi et me décocha un regard en coin, puis alla rejoindre Miles à table.

« J'avais envie, c'est tout. »

Sans un mot, Dan posa le lait au centre de la table. Ils mangèrent leurs céréales en me suivant du regard d'un air curieux pendant que je fouillais dans les placards.

« Vous voulez quoi pour le petit déj ? Je vais manger mon roulé à la cannelle, puis de la glace. Quelqu'un en veut ? »

Miles se figea et me dévisagea. Du lait dégoulinait de sa cuillère.

« Euh… Moi ça ira, merci. Mais tu veux pas t'asseoir ? fit Dan en me guidant vers une chaise. Je vais te faire un café. Un déca, peut-être. »

Poppy et Miles me dévisageaient désormais ouvertement. Je leur adressai un sourire et posai la main sur le bras de Poppy. « C'est agréable non ? On est une famille heureuse, ou pas ? Miles et toi, vous vous entendez bien, pas vrai ? Tout va bien ? »

Je vis Miles s'agiter sur sa chaise et Poppy se mordre la lèvre.

« Tiens, voilà ton café, Em. » Il posa délicatement la tasse sur un dessous de verre. Je m'adossai à ma chaise.

« Je ne pense pas aller au travail, aujourd'hui.

— Maman blague, dit Dan en souriant aux enfants.

— Non, pas du tout. Une blague, ce serait de dire : “Pourquoi maman emporte une trousse d’école quand elle va aux toilettes ?” » Je regardai les membres de ma famille, tour à tour. « “Parce qu’elle chie dans la colle !” Haha !

— Emma. »

Dan fit la moue et jeta un coup d’œil vers les enfants.

« Ils connaissent le verbe *chier*, Dan. »

Poppy me regardait, bouche bée, et on aurait dit que Miles séchait devant une équation mathématique très compliquée.

« Je suis très sérieuse. Il y a tellement de choses plus intéressantes que je, que *nous* pourrions faire.

— Mais les enfants ont école, me rappela Dan.

— Aux chiottes l’école ! » hurlai-je.

Ils sursautèrent tous les trois. J’éclatai d’un rire bruyant, puis les larmes me montèrent et je me levai, loin de la table, de mon café, de ma famille.

« Emma ? » cria Dan tandis que je me dirigeais vers la porte.

Je me tournai vers lui. Il s’approcha et m’attira à l’écart. « Tout va bien ? Tu vas bien ? »

J’éprouvai un pincement de tristesse douloureux devant l’inquiétude sincère de son expression. Par où commencer ? J’avais l’impression de ne pas avoir dormi depuis une semaine, de courir après le sommeil, et que chaque jour intense et terrifiant me ramenait toujours à ce point de départ complètement fou.

Hier soir, quel épisode terrible et effrayant ce fut quand j’avais compris qu’il était mort. Je croyais l’avoir sauvé, j’avais entendu la collision, je savais qu’il n’était pas dans les parages. Mais il était quand même étendu par terre, inerte. Et je n’avais pas su quoi faire à mesure que sa peau perdait peu à peu de sa chaleur, que je paniquais à l'idée de voir les enfants débarquer dans le salon, qu'ils le voient ainsi. J'étais restée près de lui, roulée en boule, je ne voulais pas le laisser seul.

« Em ? »

Je ne pus répondre et chassai d'un battement de paupières le voile de larmes qui embuait mes yeux. Derrière lui, les enfants étaient mal à l'aise et cela me remplit de peine. Je n'aurais pas dû m'attarder là, avec lui, avec eux. J'étais comme en dehors de mon corps, mon esprit embrumé et déconnecté. Je souris lentement, essayai de m'exprimer d'une voix normale.

« Désolée. Oui, ça va. Tout va bien. » Je pris mon sac à main, évitai de croiser le regard de Poppy et de Miles. Je ne leur étais d'aucune utilité, dans cet état. « Je suis juste épuisée. Je t'appelle plus tard, d'ac ? »

Je relevai la tête et l'embrassai. Il m'attrapa la main alors que je reculais.

« Je t'aime, tu sais ? » dit-il d'un ton sincère.

Je scrutai sa main dans la mienne, ses ongles soigneusement coupés. Cette fois-ci, mon sourire fut naturel. « Je t'aime aussi. »

J'allai me mettre à pleurer pour de bon, alors je tournai les talons et sortis.

« Maman a pété les plombs, annonça Poppy.

— Pourquoi maman a pété les plombs ? demanda Miles.

— Elle a… pas mal de stress au travail », entendis-je Dan leur expliquer tandis que je quittais la maison, contournais le vélo jeté au sol et m'éloignais sous le pâle soleil d'hiver.

Denise @Comité Réunion à 18 h 30 ce soir. Ne soyez pas en retard, svp.

Catrin @Emma C'est à toi qu'elle parle, Emma !

Denise @Comité Le tableur du roulement indique que c'est à Emma de rédiger le compte rendu ce soir.

Catrin @Emma Ouais, viens pas foutre le bordel dans le roulement, Emma. Lol.

Emma @Comité Le tableur du roulement n'est pas encore au courant, mais je ne viendrai pas ce soir, et aussi, je quitte le comité. Allez, saaaaaaluuuuuuuuuuuut !

Catrin @Emma OMG. Je suis morte de rire.

Denise @Comité Nos statuts indiquent qu'il y a une procédure spécifique à suivre dans ces cas-là. Nous n'acceptons pas ta décision.

Emma @Comité D'accord ! Viens me passer les menottes,

Denise. Reçu 5 sur 5 ? Terminé, ma poule.

AuteureLou @Emma Désolée, il est tôt. Et tu n'es pas obligée de me répondre à la minute. Je ne tiens pas à être ce genre d'auteure. Je viens d'aller sur Amazon et j'ai eu 2 nouveaux avis aujourd'hui ! Mais l'un d'eux n'a qu'une étoile et dit que la reliure s'est décollée, donc j'hésite à demander à Amazon de supprimer l'avis… non ?

AuteureLou @Emma Désolée ! J'aurais dû te le dire dans mon message précédent. Du coup, je suis aussi allée voir sur Goodreads et quelqu'un m'a mis 1 étoile en disant qu'il trouvait Carl un peu pervers, limite violeur. Tu penses que je devrais signaler cet avis comme offensant ?

AuteureLou @Emma Il n'est pas pervers ni violeur, si ?

Emma @AuteureLou Si, il est un peu pervers et violeur, et je me souviens parfaitement te l'avoir indiqué dans mes remarques éditoriales, que tu as soigneusement ignorées.

AuteureLou @Emma Désolée ! C'est le dernier message, promis ! Je devrais m'inquiéter de n'avoir encore aucun avis sur le site de Waterstones ? J'ai comparé avec des auteurs dont le livre est sorti la même semaine que le mien, et certains ont déjà plus de trois avis. C'est grave ?

Emma @AuteureLou Rien n'est grave, rien n'est important.

Hattie @Emma On déjeune ensemble ?

Poppy @Maman Papa dit qu'il ne sait pas où est mon blazer.

Emma @Poppy Mets ce que tu veux. Je t'aime. Bisous.

Dan @Emma Je t'aime, d'accord ? Si tu as besoin que je vienne te chercher après le travail, je suis là. Bisous.

37

« Bon », dis-je à voix haute dans la rue. Une femme avec un sac à main rouge me décocha un regard en coin.

Où aller ? Devais-je me rendre au travail ? Je n'avais qu'une certitude : je voulais bouger, m'éloigner. Car la seule chose que je ne voulais pas, c'était cogiter sur cette situation inextricable. Il fallait que j'y échappe. Mon téléphone tintait comme d'habitude et j'éprouvais une curieuse exaltation à répondre ce qui me passait par la tête, à ignorer les messages, à mettre la sonnerie des notifications en silencieux pour ne plus être incommodée par les *ping, ping, ping.*

Je traversai la rue vers la station de métro, me rappelai *in extremis* le passage du cycliste. Sa sonnette, mon sursaut titubant.

« Oh là !

— Mais put…

— Désolée », criai-je dans son dos en m'engageant sur la chaussée pour traverser.

« Hoplààààà ! » m'écriai-je dans l'escalator, où je reconnus quelques visages. « Bonjour, tout le monde, BONJOUR à tous. »

La femme en manteau bleu n'avait pas dû m'entendre avec ses écouteurs, l'homme triste en doudoune leva les yeux puis les détourna. Seul le petit garçon en haut de l'escalator me dévisagea d'un air étonné. Je lui adressai un sourire et lui tirai la langue. Il rit, et le son joyeux traversa l'espace en me figeant sur place.

Mon sourire fana lorsque l'enfant s'éloigna en regardant par-dessus son épaule, tiré par son père qui l'entraînait dans un tunnel. Bloquée au pied de l'escalator, je sentis quelqu'un se cogner à mon dos. Où allais-je ? J'avais quitté ma maison et mes enfants, je me rendais à une réunion à laquelle j'avais déjà assisté, deux fois même, avec un homme que je détestais et une supérieure que je ne respectais pas. Mes pieds répondirent d'eux-mêmes à cette pensée et me conduisirent vers un autre tunnel, dans la direction opposée. J'avançai machinalement avec les autres passagers, montai comme une somnambule dans une rame et me collai à la paroi, prenant conscience que j'avais la journée rien que pour moi. Rien n'avait d'importance. On me décocha quelques regards tandis que j'allais m'asseoir, ma jupe en tulle s'étalant sur les jambes de mon voisin en costume-cravate à gauche, et sur le pantalon cargo d'un étudiant à droite.

J'avais toujours aimé le métro. Peut-être parce que je pouvais y lire, alors que c'était impossible en voiture. Peut-être aussi parce que j'y avais rencontré l'homme de ma vie. Son expression horrifiée sur le quai, alors que je m'éloignais avec son numéro de téléphone entre les mains, et cette flamme lumineuse au creux de mon ventre, certaine d'avoir vécu un moment unique. Penser à Dan provoqua en moi un ouragan de sentiments que je n'avais pas envie d'affronter. Je repoussai ces cogitations et me concentrai sur les pubs affichées en hauteur, qui me promettaient des vols à bas prix, un haut débit bien plus rapide et un complément alimentaire qui rendrait mon corps aussi ferme que celui de la photo.

« Et si on allait au zoo ? » lançai-je à Hattie, qui décrocha au moment où je sortais du métro à Green Park. « Ça te dit d'aller au zoo ?

— Au zoo ?

— Ce sera désert, un lundi de décembre, non ? Allez, on y va.

— Mais… au zoo ? Sérieux ?

— Y aura des pingouins ! Peut-être même des bébés.

— Je ne suis pas trop d'humeur à aller au zoo. »

Oh merde, je n'aurais pas dû parler des bébés pingouins. Je repensai à mon dernier déjeuner avec Hattie, ses épaules voûtées, la nourriture intacte dans son assiette. C'était donc ça ? Avait-elle eu des nouvelles ? J'avais bu mon vin – mais elle ? Je savais qu'elle consultait un docteur de son côté et que ça provoquait des tensions dans son couple. Ed trouvait ça pénible, me disait-elle. J'avais compati en pensant à lui, mais je m'étais surtout inquiétée de savoir comment elle le vivait, elle. Ou bien ses soucis n'avaient-ils rien à voir avec tout ça ?

« Bon, je veux absolument te voir, donc qu'est-ce qu'on fait ? affirmai-je en déambulant d'un pas nonchalant sur le trottoir tandis que des passants me doublaient.

— Tu ne travailles pas aujourd'hui ?

— J'ai pris un jour de congé ! » chantonnai-je.

Hattie parut soudain plus enjouée. « Tu ne prends jamais de jour de congé !

— Eh ben là, si. »

Sa réplique me vexa un peu, elle avait été prononcée sur le ton de la plaisanterie, mais elle était désagréablement vraie. Je casais dernièrement tous mes rendez-vous avec Hattie entre deux réunions professionnelles ou pendant la pause déjeuner, à laquelle je coupais toujours court. J'adorais la voir avec Dan, mais la voir en tête à tête avait toujours été pour moi un moment privilégié. En revanche, ces dernières semaines, c'était elle qui avait annulé tous nos projets.

« Je peux venir chez toi ? » proposa-t-elle.

Les yeux en l'air, je l'entendis à peine.

« J'ai une bien meilleure idée. Prends un taxi pour Green Park, je te paierai la course.

— Je peux prendre le bu…

— Monte dans un taxi, tout de suite, l'interrompis-je d'un ton ferme. Et mets des jolies chaussures. »

Je contemplai mes Dr. Martens. Elles ne conviendraient pas.

« Maintenant ?

— Maintenant.

— Bon, je vais essayer de réorganiser quelques trucs et je devrais pouvoir partir d'ici une heu…

— Green Park, Hattie. Dès que possible. » Je marchai d'un pas vif et lui raccrochai au nez, comme dans un film.

J'entrai dans la première boutique de chaussures que je trouvai, un commerce absurdement luxueux, un parfum de cuir flottait dans l'air, et je dépensai 480 £ dans une splendide paire de bottes en daim gris. Je n'achetais jamais de vêtements en daim, ils s'éraflaient et s'abîmaient trop facilement par temps de pluie. Et je ne dépensais jamais des sommes à plus de deux chiffres pour des chaussures. Je tendis ma carte bancaire sans même réfléchir.

Appels manqués : Linda (6)

Jas @Emma Emma, tu viens ou pas ? Linda pète un câble.

Lena @Emma Denise m'a demandé de te contacter pour confirmer ta présence ce soir.

AuteureLou @Emma Je crois qu'il faut qu'on se voie, je suis en ville. Appelle-moi.

Dan @Emma Salut, je suis encore un peu inquiet. Je suis là si tu as besoin de moi, OK ? Je t'aime, bisous.

38

Une heure plus tard, j'étais devant le Ritz dans mes bottes en daim. J'avais gardé ma jupe, mais j'avais échangé mon haut contre un pull en cachemire incroyablement doux. Une veste droite splendide et ajustée à manches trois-quarts, revers en satin et doublure en soie venait compléter ma tenue.

Hattie sortit du taxi, vêtue d'un pantalon noir ordinaire et d'un épais manteau en laine vert. À côté de moi, elle semblait ratatinée, et je remarquai les poches grises sous ses yeux, sa pâleur inquiétante.

« C'est moi qui régale », annonçai-je en lui saisissant le bras, sa main gelée dans la mienne.

Elle m'adressa un regard incrédule et se laissa guider entre les portes à tambour du Ritz, jusque dans l'air chaud du hall d'entrée rutilant. Un impressionnant lustre en verre projetait sa lumière en motifs dentelés sur chaque surface. Mes bottes neuves émettaient un claquement agréable sur le sol en marbre immaculé. Dans un coin du hall, un gigantesque sapin de Noël superbement décoré de boules et de rubans rouge et or emplissait l'air d'un parfum boisé.

Je m'approchai du comptoir en acajou. « Nous avons une réservation pour le déjeuner », dis-je en levant le menton. Je m'exprimai avec assurance, songeai-je – une de mes meilleures imitations de Linda.

Le réceptionniste, un jeune homme à la peau parfaite, sourit. « Bien sûr, madame, si vous voulez bien patienter, Jérôme va vous conduire à votre table. Permettez-moi de prendre vos manteaux. »

Il avait sans doute appuyé sur un bouton ou réalisé un tour de magie quelconque, car Jérôme apparut dans la seconde, arborant une fine moustache digne d'une caricature de concierge du Ritz. Je tendis nos manteaux et remarquai le pull de Hattie, bien trop grand sur ses frêles épaules. Nous suivîmes Jérôme d'un pas docile, longeant des colonnes en marbre et des statues dans de petites alcôves, nos pieds s'enfonçant dans les luxueux tapis aux motifs travaillés.

« Ça ne nous ressemble pas trop », murmura Hattie en tirant sur son pull d'un air gêné quand elle entra dans la salle du restaurant.

« Joue le jeu », répondis-je avec discrétion.

Je traversai la pièce d'un pas altier dans mes vêtements neufs. C'était une salle époustouflante, aux plafonds hauts et aux moulures délicates ; un mur composé d'une centaine de petits miroirs assemblés étirait davantage l'espace qui s'ouvrait sur une terrasse en pierre immaculée et sur Green Park au-delà. J'en eus le souffle coupé.

« J'ai toujours rêvé de venir ici », admit Hattie tandis que Jérôme tirait pour elle une chaise à l'assise rose moelleuse qu'il épousseta d'un geste théâtral avec une serviette en tissu blanc impeccablement repassée.

« Je m'en souviens, oui », lui dis-je en comprenant que l'idée de ce déjeuner m'était venue de là.

« Puis-je vous proposer à boire avant le repas ? » Jérôme nous tendit le menu, une grande carte aux lettres dorées embossées sur un papier couleur crème.

Il s'effaça tandis que nous le parcourions, et le bavardage discret des autres clients emplit peu à peu la salle.

« 14 £ pour un jus d'orange, Emma ! » lâcha Hattie, les yeux écarquillés.

Je souris et agitai la main. « T'inquiète, c'est moi qui offre. Commande ce que tu veux. Je ne vais pas me priver, moi. »

Un pianiste que je n'avais pas repéré se mit à jouer sur un magnifique piano à queue. Les notes s'élevèrent vers le plafond. Ses mains couraient sur le clavier et la mélodie entraînante me détourna un instant du torrent de pensées qui envahissait ma tête. Je me dandinais, assise sur ma chaise, mon corps se balançant doucement sous le regard appuyé des autres clients. Oh, et puis rien à foutre, décrétai-je soudain en repoussant ma chaise dans un crissement avant de me lever et de danser frénétiquement sur la musique.

« Emma, oh, mon Dieu, Emma, mais assieds-toi ! »

C'était comme un rêve. Danser au rythme d'un pianiste virtuose, vêtue d'une tenue ridiculement chère dans une salle stupéfiante de beauté, puis dépenser une fortune (qui veut du caviar de béluga à 700 £, levez la main ?), en compagnie de ma meilleure amie.

« Ce morceau, ça dépote plus que la *Lettre à Élise*, hein ? » lançai-je au pianiste.

J'éclatai de rire et le serveur fit un pas dans ma direction. Je me tournai pour entraîner Hattie dans ma danse, mais je m'interrompis, main tendue, en voyant son expression horrifiée, son corps recroquevillé sur la chaise – le visage gris malgré la lumière tamisée des lampes au mur, lèvres pincées, immobile. Deux centimètres de blond cendré à ses racines. Hattie soignait toujours scrupuleusement sa coloration. Comment avais-je pu manquer ce détail, l'autre jour ?

« Hattie. » Je m'assis aussitôt. « Désolée. Je... »

Je toussotai et essayai de me ressaisir.

« On s'en va ? On n'est pas obligées de débourser 42 £ pour une omelette, Emma.

— Non, je veux rester. Désolée. Je veux te voir, parler avec toi. »

En scrutant son visage, je compris qu'elle était seule, enfermée dans un univers de chagrin. Je repensai à toutes les fois où elle avait été là pour moi… Il me fallait oublier mes problèmes, mes peurs, mes inquiétudes. « Qu'est-ce qui se passe ? Qu'est-ce qui ne va pas ? »

Elle se mordit la lèvre. « Je n'ai pas envie d'en parler. C'est un déjeuner inattendu, un vrai luxe. Je n'ai pas envie de tout gâcher. Et tu te comportes bizarrement, en plus. »

Elle afficha un infime sourire.

« Je suis désolée. Promis, j'arrête. Et tu ne pourrais jamais rien gâcher – c'est incroyable d'être ici avec toi, de te voir. On devrait faire ça plus souvent. » Je lui pris la main et me rendis compte que je le pensais. « Raconte-moi tout, Hat, s'il te plaît. »

Je voyais la bataille intérieure qu'elle livrait et j'attendis, ravalai mon envie naturelle de foncer tête baissée.

« J'ai fait une fausse couche », admit-elle, sa voix presque effacée par les bruits alentour, les bavardages, le tintement des couverts, le piano. « À sept semaines. »

J'éprouvai un vif pincement au cœur. Je savais que ce n'était pas la première, que ça faisait partie de son combat pour tomber enceinte.

« Oh, Hattie, je suis désolée.

— Je devrais être heureuse de savoir que j'arrive encore à tomber enceinte, mais je croyais vraiment que…

— Je peux prendre votre commande ? »

Je reculai sur ma chaise et levai un regard hébété en direction de la voix qui venait de nous interrompre. Je pris les choses en main et commandai pour nous deux ; je voulais revenir à notre conversation, et me débarrasser du serveur aux vêtements impeccablement amidonnés.

« Et on va prendre à boire aussi, dis-je à voix haute. Une bouteille de pinot blanc, s'il vous plaît. »

Le serveur acquiesça et s'éloigna. Hattie me dévisagea.

« Il est à peine midi et on est lundi.

— Parfaitement. C'est presque l'après-midi. »

Quelle culpabilité, de ne m'être rendu compte de rien. J'avais deviné qu'un truc clochait, mais j'avais été trop égoïste pour lui accorder du temps. Je n'avais pas remarqué combien elle était épuisée et dévastée. Comment avais-je pu louper son visage hagard, ses joues creuses, ses yeux mornes ? Même si je traversais une épreuve folle et impensable, j'avais honte de mon égocentrisme. C'était Hattie ; Hattie était une composante majeure de ma vie. J'aurais dû mieux me comporter.

« Je suis désolée pour toi, Hattie. Et je suis désolée de n'avoir pas compris ce que tu traversais.

— Comment tu aurais pu le savoir ? » dit-elle d'une petite voix. Elle cherchait à se maîtriser, à tout prix. Je pouvais compter sur les doigts de ma main les fois où je l'avais vue pleurer.

Le serveur revint avec un seau de glaçons et une bouteille enveloppée dans une serviette. On le regarda remplir nos verres. La première gorgée fut exquise et je fermai les yeux pour savourer les différents parfums. Quand je les rouvris, Hattie me dévisageait derrière son verre.

« Bon. Qu'est-ce qui se passe ? Tu as fait un deal à un million sur un livre, c'est ça ? C'est quoi, tout ça ? demanda-t-elle avec un geste en direction de la pièce autour d'elle.

— Non, j'ai juste… C'est agréable de se faire plaisir, parfois », répondis-je en évitant soigneusement son regard.

Impossible que je lui raconte. Elle était déjà épuisée d'avoir partagé sa douleur, hors de question que j'en rajoute une couche. Et que pourrait-elle bien faire pour m'aider ? La laideur de ces derniers jours s'était temporairement envolée tandis que j'étais assise face à elle, à me concentrer sur sa vie, à me souvenir combien je l'aimais. C'était agréable. Je ne voulais pas gâcher cet instant.

Hattie m'avait manqué. On prenait toujours soin l'une de l'autre. J'allais la retrouver avec mes trousses de premiers secours, vin, chocolat, à la fin d'une relation ou dans ses moments de frustrations professionnelles. Elle faisait pareil. Un jour, je lui avais raconté comment mes parents m'avaient retiré mon jouet préféré juste avant ma rentrée en primaire, prétextant qu'il faisait trop bébé. Elle en avait dégoté une réplique sur eBay et avait payé une fortune en frais de port pour me le faire expédier depuis les États-Unis. J'avais tant de peine à la voir aussi déprimée.

« Aujourd'hui, on se concentre sur toi, décrétai-je d'un ton ferme avant de boire une autre gorgée de vin. Comment a réagi Ed ? »

Ce fut au tour de Hattie de détourner les yeux. Elle tira sur les manches de son pull.

« Ben, tu connais Ed, il n'est pas trop du genre à partager ses sentiments. Mais ça, c'est à cause de son enfance, tu sais, son père… » Elle se lécha les lèvres et prit une gorgée de vin. « Il trouve ça difficile. Il n'en a plus reparlé depuis que je lui ai annoncé, mais bon, il est plus silencieux que d'habitude, tu vois ?

— Tu as essayé d'en discuter avec lui ? »

Un autre silence gêné tandis que Hattie jouait avec sa fourchette.

« Il pense que je devrais faire d'autres examens médicaux. Que le problème vient sûrement de moi…

— Mais c'est n'importe quoi de dire ça, m'insurgeai-je, outrée.

— Il pense que je devrais démissionner, aussi. Consacrer toute mon énergie à tomber enceinte.

— Et toi, tu en dis quoi ? »

Hattie me lança un regard désespéré.

« À mon avis, ça ne changera pas grand-chose. En fait, je crois même que je risquerais de craquer si je n'avais plus rien à faire. Ma boîte réagit très bien, ils m'accordent du temps quand j'en ai besoin.

— Eh ben voilà.

— Mais Ed n'est pas d'accord, murmura-t-elle. C'est à propos de ça qu'on s'est accrochés.

— Il doit t'écouter : c'est ta décision.

— Je déteste l'irriter. Quand ça arrive, il se renferme complètement et ne me parle plus pendant des jours. »

La mâchoire m'en tomba.

« Il ne te parle plus ? Mais enfin, Hattie, vous vivez ensemble – comment c'est possible de ne plus se parler ? »

Hattie baissa les yeux et lissa sa serviette d'un geste nerveux. L'inquiétude commençait à me tarauder, les propos de Dan au sujet d'Ed se matérialisaient peu à peu dans mon esprit : son côté sombre, un peu dominateur. Au fil des ans, j'avais souvent accusé Dan d'être un peu paranoïaque, me rendis-je compte avec une pointe de culpabilité honteuse.

« Ce n'est pas bon signe, Hattie. »

Je ne voulais pas m'immiscer dans leur couple, mais depuis quand s'exprimer et soutenir son amie était une mauvaise chose ?

« Bon, pour le moment, il me parle encore. » Elle émit un rire creux. « Mais tu connais Ed.

— J'en suis plus si sûre, en fait », dis-je en la regardant, me sentant soudain dégrisée.

Dan affirmait depuis longtemps qu'Ed ne méritait pas Hattie. Certes, Ed pouvait être grincheux – cette histoire au déjeuner dominical, quand il avait accusé Hattie d'être toujours dans ses pattes, ça avait tellement vexé Dan ; son visage s'était littéralement tordu de dégoût. Mais ce n'était pas la première fois qu'Ed prenait son beau-frère à rebrousse-poil. Et moi, je me disais bêtement que Dan jouait les grands frères protecteurs, qu'il s'imaginait des choses. Avec moi, Ed avait toujours été si gentil, charmant, et Hattie affirmait qu'elle l'aimait, elle répétait sans cesse qu'il avait eu une enfance difficile, qu'il avait grandi avec un père agressif et autoritaire. Qu'il galérait sur le plan émotionnel, que Dan ne pouvait pas comprendre, car eux avaient eu des parents si présents et encourageants. L'argument avait fait mouche dans mon esprit, et je l'avais accepté bien plus facilement que Dan.

Aujourd'hui, la réaction d'Ed au malheur de Hattie me semblait toutefois cruelle. Et de savoir qu'il était capable de l'ignorer délibérément, et des jours entiers, c'était très dérangeant.

Le serveur se glissa jusqu'à nous et remplit mon verre en silence, le visage impassible même s'il pensait sans doute que deux verres de vin avant une omelette, ça frôlait l'extravagance. Je m'interrogeais. Si je donnais mon avis sincère à Hattie, allais-je gâcher notre déjeuner ? Les plats furent servis. Nous essayions d'éviter le sujet d'Ed, qui paraissait se tenir physiquement entre nous. Nous parlions de Dan, du travail, de Poppy et de Miles. Je lui racontai qu'ils s'étaient disputés.

Elle fronça les sourcils. « Une grosse dispute ?

— Je ne sais pas trop, dis-je d'un ton songeur en repensant aux jours précédents. Je crois, oui. Peut-être…

— Je vais envoyer un message à Pop », proposa Hattie pendant que je buvais une autre gorgée de vin.

Elle avait toujours été proche de Poppy : elle avait vécu avec nous au début, quand Dan était parti, et avait développé des liens forts avec elle. Hattie avait été sa plus grande fan, aussi fière que Dan et moi quand Poppy lui montrait ses dessins ou ses bulletins de notes, elle assistait aux spectacles de danse et aux pièces de théâtre à l'école.

Je terminai la bouteille. Hattie avait à peine bu son premier verre et me scrutait tandis que j'essayais de la dérider, que je gesticulai et lui parlai du travail. Je voulais tant lui remonter le moral, l'éloigner de son chagrin. Je lui racontai la fois où Linda avait appris comment laisser des commentaires sur Amazon et avait mis une seule étoile à tous les livres de nos concurrents, mais sous son véritable nom, si bien que toute la profession avait été au courant.

« Elle est horrible ! Em, il faut absolument que tu te tires de là.

— Je sais », admis-je. Je fermai les paupières et Hattie se mit à tanguer devant moi.

« J'ai un rendez-vous de calé. J'allais lui demander davantage de liberté sur ma liste et mes clients, j'allais demander que Jas devienne agente à part entière, avec sa propre liste d'auteurs, j'allais demander un tas de trucs. Mais maintenant… je sais que je dois prendre le large. »

Le pianiste était revenu et jouait un air guilleret. Le vin me monta à la tête tandis que je contemplais mon amie. « Et si tu prenais le large, toi aussi, Hattie ? »

Mes mots restèrent un instant suspendus entre nous, puis Hattie retira sa serviette de ses genoux. « Il faut que je retourne bosser, Em. J'ai un rendez-vous téléphonique. »

D'un geste de la main, elle demanda l'addition au serveur.

« Non, ne t'en va pas », protestai-je trop fort, si bien que l'homme assis à la table d'à côté m'adressa un froncement de sourcils.

« Chhhhuuut, lui dis-je en levant mon index tremblant à mes lèvres.

— Em, siffla Hattie, atterrée. Les gens nous regardent. »

J'inspectai la salle, les visages indistincts, les meubles qui tournoyaient.

« Allez, on règle l'addition et on s'en va, déclara Hattie.

— C'est moi qui paie. »

Je farfouillai dans mon sac en quête de mon portefeuille. Ce mouvement me déséquilibra et je me raccrochai au dossier de ma chaise.

« Ça va ? » demanda Hattie.

Je repérai ma carte bancaire. « Tout va bien. » Au moment de plaquer ma carte sur la table, je manquai ma cible et elle rebondit par terre. « Oups. » Je lâchai un petit rire. Tout me semblait cotonneux, mais l'alcool m'avait redonné de l'assurance et je cherchai à en apprendre davantage. « Je ne veux pas parler de moi, je veux qu'on parle encore de toi. De ce qui se passe dans ta vie. De toi et d'Ed. » Je m'efforçai de parler d'une voix stable et neutre. Mais ce n'était pas la chose à dire. Hattie repoussa sa chaise.

« Je récupère ta carte, attends. Et il faut vraiment que j'y aille. Merci pour tout ça », dit-elle en me tendant ma carte bancaire avant de faire un geste de la main vers nos assiettes vides. « L'omelette était délicieuse. »

Mon estomac se retourna quand je me levai et contournai la table pour aller l'enlacer.

« Tu sais que je suis là en cas de besoin, hein ? Tu fais partie de la famille. » J'écartai les bras.

« Tu es bourrée.

— Ça n'empêche que tu fais quand même partie de la famille. » J'agitai mon index sous son nez. « Je dis zuste qu'on t'aime et que tu auras toujours un endroit où aller si tu as besoin. »

Hattie replaça une mèche de cheveux derrière son oreille. Était-ce un effet secondaire du vin, ou Hattie refusait-elle obstinément de croiser mon regard ? Le serveur se glissa jusqu'à nous avec l'addition sur un petit plateau en argent.

« C'était un vrai régal, Em, dit Hattie en me déposant une bise sur la joue. J'y vais… Mon rendez-vous, tu sais…

— Mais… »

Quand j'eus payé, elle avait disparu. J'arpentai le couloir et le hall d'entrée ; les motifs des tapis s'entremêlaient, les colonnes se multipliaient sous mes yeux. Mon estomac s'agitait dangereusement. Je poussai les portes à tambour et le choc de l'air hivernal me frappa aussitôt. Je vomis sur le trottoir devant la porte. Des morceaux de saumon, du caviar noir et de la bile mousseuse mêlée de vin. Un passant me jeta un regard curieux tandis que je me penchais en avant, les mains sur les genoux, une fine pellicule de sueur sur le visage. Quel gâchis. Tout ça pour rien. Je me redressai, m'essuyai la bouche et titubai vers le dédale des ruelles de Soho.

Les heures et les kilomètres avaient défilé quand je me rendis enfin compte que j'avais oublié ma nouvelle veste à 1 160 £ là-bas.

Appels manqués : AuteureLou (7)

AuteureLou @Emma Appelle-moi, stp.

AuteureLou @Emma Et Carl n'est pas un violeur. Il est juste incompris.

CharterHayley @Emma Tu viens à la réunion ou pas ?

Denise @Emma C'est absolument inacceptable.

Amelia @Emma Je crois que ton compte a été piraté ! Quelqu'un a posté un commentaire super désagréable sur mon Insta.

39

6 décembre 2016

Chère Emma,

J'ai du mal à y croire, mais j'ai réussi à garder le secret – je tenais absolument à te faire une surprise, vu mon habitude à tout planifier et à mettre des plombes pour prendre une décision. Et c'est finalement moi qui ai été surpris... de te surprendre ! Enfin quoi, comment n'as-tu rien deviné dans le train ? J'étais TELLEMENT NERVEUX. D'accord, c'était le jour le plus chaud de l'année, mais je ne transpire jamais autant. Et tu n'as rien soupçonné quand je me suis comporté bizarrement à propos de mon sac. J'étais sûr que tu devinerais tout quand j'ai refusé de te prêter mon stylo, que je ne voulais rien sortir de mon sac et que je t'ai obligée à emprunter un crayon à un inconnu. Toi, tu pensais juste que j'étais de mauvais poil. Comme si j'en avais quelque chose à foutre, de mon stylo. Bon, c'est un quatre-couleurs très joli, mais d'habitude, ça ne me dérange pas de le prêter.

Tu étais distraite, car Pangbourne est un joli village – des cottages de carte postale et des boutiques d'artisanat au charme désuet qui vendent un tas de trucs en osier. Et puis tu t'es mise à paniquer, tu croyais que je t'avais amenée là pour te convaincre de quitter Londres. Tu flippais devant les volatiles de toutes sortes (je ne m'attendais pas à cette concentration hallucinante d'oies), ce qui a détourné ton attention de mon comportement inhabituel.

Et puis j'étais un peu nerveux aussi parce que tu étais si belle, avec tes sandales improbables et leurs rubans qui montaient sur tes jambes, une sorte de gladiateur sexy, et ta robe d'été en coton blanc qui accentuait ton bronzage. Quand je t'ai dit que Pangbourne avait été une source d'inspiration pour Le Vent dans les saules, *j'ai cru que ma gorge allait se nouer de stress. J'adore ce livre, tu as dit. Je sais ! j'ai couiné.*

Je reste convaincu que la balade en bateau était une excellente idée, et si je ne m'étais pas agenouillé, je suis persuadé que je ne serais pas tombé par-dessus bord. Tout se déroulait pourtant si bien ! Je venais de te montrer « les magnifiques saules pleureurs » et tu avais arrêté de lire tes recherches Google sur les blessures causées par les oies. J'ai vraiment cru que tout était foutu quand mon sac est tombé dans l'eau. Mais heureusement que j'ai l'habitude de ranger mes affaires dans des sachets, à l'intérieur de plus grands sachets – ça m'a sauvé et j'étais heureux que le carnet te plaise. Les enfants ont adoré m'aider à en décorer les pages (je regrette un peu d'avoir laissé Poppy y dessiner autant de Télétubbies, mais bon). Et c'était si agréable de contempler toutes ces photos de nous au fil des ans. (On était si jeunes ! Et bronzés !) La bague de ma mère a réchappé à la noyade, elle aussi

– j'étais enchanté que tu la reconnaisses aussitôt. Maman aurait ADORÉ te voir la porter.

Je sais aussi qu'on a contracté un emprunt sur trente-cinq ans, qu'on a déjà deux enfants, mais j'espère que tout ceci te paraîtra unique et incroyable. L'occasion de fêter notre couple avec ceux que nous aimons – moi, en tout cas, c'est ce que j'éprouve.

Et planifier notre mariage a été amusant, non ? Pas seulement parce que j'ai pu acheter un classeur exprès pour le projet. On était d'accord sur tellement de points (mais les jeux de société miniatures en cadeau à chaque convive, je n'allais jamais accepter, Emma). J'ai apprécié ces soirées où, bourrés, on a chanté des chansons puis voté pour celles qu'on ne passerait jamais à la cérémonie.

Et tu sais quel moment j'ai adoré, aussi ? Quand je l'ai annoncé à papa – quand il m'a serré dans ses bras, qu'il est monté au grenier et en a redescendu les photos de leur mariage. Je n'avais jamais entendu aucune anecdote sur leur mariage – pourquoi n'avais-je jamais abordé ce sujet avec eux ? –, mais je me suis délecté de l'histoire de l'horrible étole en vison que sa mère avait donnée à la mienne, en exigeant qu'elle la porte – j'imagine trop bien son expression. Sache, par contre, que ce sera à toi d'annoncer à mon père que notre cérémonie ne sera pas un simple déjeuner sans chichis – il va tomber à la renverse quand il va entendre tout ce qu'on a prévu.

Donc, nos projets de mariage, et une vie un peu plus calme, maintenant ? Les enfants ont pas mal grandi et ça devient certainement plus facile quand ils arrivent à faire pipi tout seuls (je n'ai rien dit, Miles vient à l'instant de m'appeler pour me montrer son « énorme caca »).

Dix ans, Emma. Une décennie ensemble. J'ai une chance immense que tu m'aies laissé entrer dans ta vie. Tu me rends si heureux et j'ai hâte d'être ton mari.

Bisous,

Dan

40

La vie était si injuste, Hattie luttait pour tomber enceinte et ses efforts provoquaient un stress qui affectait son couple.

Dan. Ma terrible impuissance face à tout ceci.

Nous travaillions et nous courrions sans cesse et nous traversions les journées à une vitesse folle – et pour quoi ? Pour nous croiser comme des abeilles ouvrières. « J'ai acheté du lait, j'ai pris du pain, est-ce qu'on a payé l'abonnement télé ? » Pour échanger des informations banales sur les enfants, la maison (j'ai lancé une machine/il faut acheter de nouvelles chaussures à Miles/les enfants ont bientôt rendez-vous chez l'ophtalmo/tu n'aurais pas vu mon foulard rouge ?/il faudrait installer un adoucisseur d'eau), sans jamais s'arrêter, sans jamais regarder autour de nous, sans jamais rien savourer. J'ai un mari ! Des enfants ! J'ai retrouvé mon foulard rouge ! L'eau a bien meilleur goût, effectivement ! Je passais sans cesse à la tâche suivante sur ma To-Do List, une putain de liste qui n'en finissait jamais.

Ces pensées tournaient dans mon esprit tandis que j'arpentais les rues étroites de Soho : tourner à gauche, à droite, à gauche, quelle importance ? Un autre pub, un autre verre. À gauche, à droite. Tremblante de froid des heures plus tard, je fis signe à un taxi. Je voulais rentrer à la maison. Je voulais vivre, je voulais *être*. Je voulais voir mes enfants. Enfin quoi, j'avais des enfants, j'avais une sacrée chance dans la vie. Hattie avait toujours rêvé d'être maman. Je voulais me blottir dans les bras de mon mari, l'enlacer et savourer cette chance de vivre avec mon meilleur ami, un être humain incroyable.

Une heure plus tard, je n'étais pas blottie dans les bras de mon mari ; il me traînait de force au pied de l'escalier et il était ce qu'on pourrait qualifier de « mécontent ».

« Non, mais Emma, sérieux, tu es bourrée comme un coing ! Fais en sorte que les enfants ne te voient pas dans cet état. »

Depuis la chambre où j'avais été exilée, j'écoutais mes enfants se disputer violemment dans la pièce voisine. J'avais oublié qu'ils rentraient de l'école d'une humeur massacrante. Ils étaient dans la chambre de Miles juste à côté et hurlaient. Je m'approchai du mur et me plaçai en équilibre précaire sur notre coiffeuse où venaient mourir des milliers de produits de beauté que je n'utilisais pas et une pile de livres que je n'avais pas lus. Trois d'entre eux tombèrent par terre tandis que j'escaladais le meuble et tendais l'oreille. Quelqu'un pleurait, mais je ne savais pas qui exactement.

« Il faut que tu le dises à papa et maman.

— Jamais de la vie.

— Alors c'est moi qui vais leur dire.

— Non, s'te plaît, Miles. Ils vont me tuer.

— Mais ils vont bientôt être au courant, de toute façon.

— J'ai pas… Je ne…

— Tout le monde en parle, raconte des trucs. Lima a dit que t'allais être renvoyée… »

Je sursautai, la pièce se mit à tanguer sans que je sache si c'était dû au choc de la nouvelle, à l'alcool ou à ma position étrange sur la coiffeuse étroite. Pourquoi Poppy risquait-elle de se faire renvoyer ? Oh, bon Dieu. Il fallait absolument que j'en aie le cœur net, mais Dan serait furieux si j'allais leur parler dans cet état.

Je descendis maladroitement de mon perchoir et je compris la réaction de Dan. La femme dans le triple miroir était un désastre, un débris d'être humain. Mon maquillage avait coulé, mes cheveux partaient dans tous les sens, ma jupe en tulle s'était inexplicablement déchirée et mon joli pull en cachemire était taché à l'avant – à en croire l'odeur, c'était du vomi. Les yeux braqués sur mon reflet, j'étais à deux doigts d'être engloutie par la honte.

J'ôtai le pull, et restai un instant dans mon soutien-gorge et ma jupe improbable. J'étais si fatiguée, mon corps pesait une tonne, mon cerveau était en surrégime. Mes pensées s'évaporaient aussitôt formulées. Je songeai à Poppy, à Miles, à Dan et j'eus envie de me prendre la tête entre les mains, de hurler. Je tombai presque à la renverse sur le lit, puis je m'étendis sur le flanc, tirai un coin de la couette et me glissai sous le coton délicieusement doux.

Et si je restais allongée là quelques secondes ? L'oreiller était si moelleux, le sang ne me martelait plus autant les tempes. Mon estomac gargouillait violemment, mes entrailles se rebellaient, mais une fois les jambes repliées en position fœtale, je me sentis mieux. Les voix lointaines s'estompèrent, et tout allait bien, enfin. Je ne resterais là qu'un petit moment, puis je descendrais et je discuterais avec ma famille pour démêler ce bazar dans lequel j'étais empêtrée. Pour combien de temps, je n'en avais aucune idée. Et cela accentua ma migraine. Je fermai les yeux et m'envolai loin de cette chambre, de cette maison, dans un endroit en sécurité où je n'avais plus besoin de réfléchir.

Jas @Emma Je m'inquiète un peu depuis que tu as loupé la réu de ce matin. Tout va bien ?

AuteureLou @Emma J'attends toujours ton appel.

Appels manqués : Denise (2)

Appels manqués : CharterHayley (5)

Appels manqués : Linda (4)

41

« Qu'est-ce qui ne tourne pas rond chez toi ? »

Dans mon rêve, Dan s'adressait à moi d'une voix basse mais ferme, serrant les poings contre ses hanches, debout près du lit. Il était furieux, me disait que les enfants s'inquiétaient, puis me demandait de me lever et de venir les rejoindre. Je l'ignorai.

Il faisait nuit dehors quand je me réveillai, engourdie et perdue, tirée du sommeil par la sonnerie de mon téléphone. L'écran affichait « Secrétariat École ». Combien d'heures s'étaient écoulées ? J'avais terriblement soif. Je me levai tant bien que mal et décrochai machinalement – les enfants avaient peut-être un problème ? Puis je me souvins qu'ils étaient à la maison, qu'ils se disputaient quelques instants – heures ? – plus tôt. Dan était-il venu me voir dans la chambre ?

Je pris appui au chambranle de la porte et cillai douloureusement dans la lumière de la salle de bains.

« Allô ? murmurai-je.

— Madame Jacobs, ici Yvonne Sweeting, la conseillère d'éducation.

— Ah, oui. » Je toussai et me scrutai dans le miroir – mon soutien-gorge, mon visage hagard, mes cheveux en bataille. « Bonjour.

— Désolée de vous appeler au sujet de cette désagréable nouvelle, mais nous prenons ces choses-là très au sérieux, sachez-le.

— Bien sûr. » J'essuyai sans m'en rendre compte les taches orange dans le lavabo. « Non, pardon, de quoi parlez-vous ?

— Les commentaires insultants sur Internet », répondit Yvonne.

Insultants. Mon estomac se retourna. « Qui s'est fait insulter ? » Oh, mon Dieu, était-ce Miles ou Poppy qui était victime de cyberharcèlement ? « C'est horrible.

— Des élèves de sixième sont venues me voir aujourd'hui et m'ont montré les messages publiés par Poppy. Elles sont très chamboulées, comme vous pouvez l'imaginer.

— Pardon ? » dis-je, presque en murmurant. Je m'agrippai au lavabo. Poppy avait fait… quoi ? Ma fille de dix ans. Ma première née. Ma fille de dix ans était… un troll sur Internet ? « Je suis désolée, mais il doit y avoir une erreur. C'est impossible. Enfin… »

Je lâchai un petit rire hoquetant.

« Poppy ne vous a pas raconté ce qui s'est passé ? »

Mes yeux me brûlaient. Je déglutis. « Non… non, elle n'a rien dit. Je… »

Je n'avais aucune excuse. J'avais eu de nombreuses occasions de le découvrir. Quelque chose n'allait pas et je le savais parfaitement. Je baissai la tête tandis qu'elle poursuivait.

« Poppy est derrière un compte anonyme qui publie des commentaires offensants sur les comptes TikTok de certaines camarades de classe. »

Oh, parfait. Je fus submergée d'un profond soulagement. Une erreur. Un compte anonyme – quelqu'un avait piraté son téléphone, lui avait volé une photo, l'avait arnaquée ou je ne sais quoi. C'était tout simplement impensable.

« Mais Poppy n'a même pas TikTok. » Ou bien si ? Je repensai à l'échange entre Miles et Poppy, plus tôt. Pourquoi Poppy craignait-elle tant notre réaction ? « Elle n'est sur aucun réseau social, insistai-je. Nous en avons parlé ensemble. Elle ne va que sur WhatsApp. »

Je scrutai la vasque et la dernière tache orange restante. Je l'essuyai du bout de mon index que je tins dans la lumière. Oh, bon sang. Les détails s'assemblaient lentement dans mon esprit embrumé. C'était mon fond de teint. Et elle avait mis du mascara. Et cette curieuse musique répétitive que j'entendais. Était-ce donc possible ?

« Nous vous demandons de venir à la première heure demain avec Poppy. »

TikTok ? Propos insultants ?

« Elle ne sera pas autorisée à retourner en classe tant que la lumière n'aura pas été faite sur cette histoire. »

Plus d'école ? Ce n'était pas réel. Pas Poppy. Elle avait son téléphone depuis à peine un an. Elle nous avait tannés pour en avoir un, et nous avions installé toutes les protections parentales imaginables, nous lui avions fait la morale des heures durant. Et nous avions surveillé ses discussions ineptes sur WhatsApp, des échanges sans queue ni tête, des émoticônes et des acronymes que nous ne comprenions pas. C'était ennuyeux, interminable, totalement abrutissant. Mais nous la surveillions. Enfin, nous le faisions avant. Et c'était Poppy. Aucune inquiétude. Des messages continuellement inintéressants, et il y en avait des milliers. Qui avait le temps de tous les contrôler et… *Un troll ?*

« Je dois… Excusez-moi, je dois y aller. » Je raccrochai en milieu de phrase.

Je posai le téléphone et contemplai mon reflet épuisé, mes yeux injectés de sang. J'ouvris le robinet, laissai couler l'eau puis m'aspergeai le visage d'eau froide, retins un cri sous le choc. J'étais perdue, peinée, j'avais le cerveau cotonneux.

Je retournai dans la chambre pour ôter ma jupe déchirée, j'enfilai un haut propre et un sarouel noir, puis je sortis, en prenant appui à la rambarde pour descendre.

« Poppy », m'écriai-je en jetant un coup d'œil dans la cuisine. Derrière les fenêtres, il faisait nuit noire. Les voisins d'en face avaient déjà posé leurs guirlandes de Noël et je contemplai un instant les couleurs joyeuses. Miles portait son pyjama à rayures vertes, il était assis sur le canapé avec Dan. Je me rendis rapidement compte que Dan couvait une colère silencieuse. Il refusa de croiser mon regard quand j'entrai dans le salon. Miles avait le visage rouge et triste.

« Où est Poppy ?

— Je t'ai préparé à dîner, il faudra que tu le réchauffes.

— Où est Poppy ? répétai-je.

— Tu m'as entendu, Emma ? Je t'ai préparé à manger.

— Miles. » Je m'approchai de Miles. « Pourquoi tu ne nous as rien dit ? »

Dan fronça les sourcils. « Miles vient de me raconter un peu ce qui se passait… Tu n'étais pas là. » Un muscle de sa joue se contracta et il détourna les yeux.

« Alors c'est vrai ? demandai-je, abasourdie. Poppy envoie des messages à des élèves de l'école ? »

Miles était figé de terreur.

« On en parlera quand Miles sera monté se coucher. Tu t'apprêtais à y aller, hein, mon pote ? » Il m'adressa un regard entendu. « Miles ? » Il se pencha vers lui et l'enlaça d'un seul bras. « Merci d'être venu me parler. On va tout arranger.

— Qu'est-ce qui va se passer, papa ? » murmura-t-il.

Dan afficha un sourire compatissant. « On va trouver une solution. Mais tu as bien réagi, d'accord ? Je suis fier de toi. »

Il l'entraîna gentiment hors du salon. Je n'en pouvais plus d'attendre pour en savoir davantage. Dan revint en se frottant le visage.

« Qu'est-ce qui s'est passé ? Qu'est-ce qu'il t'a raconté ?

— Liam, le frère de Holly, s'est moqué de lui. Il a traité Poppy de… tous les noms. » Il grimaça à ce souvenir. « Du coup il n'arrivait pas à dormir, il avait peur qu'elle se fasse renvoyer.

— C'est forcément une erreur. » Autour de moi, le salon se brouilla tandis que je m'efforçais d'avoir les idées claires.

« Bon, Emma, tu es rentrée complètement ivre, tu t'es affalée sur le lit et tu as fait flipper les enfants. C'est de toi qu'il faut qu'on parle, de ce que tu trafiques en ce moment.

— Non, non, je veux voir Poppy.

— Tu sais au moins que c'est notre anniversaire, aujourd'hui ? Ou tu t'en fous ?

— Mais oui, je le sais, évidemment, c'est juste que… »

Je me pris la tête entre les mains et m'effondrai dans le fauteuil. Qu'est-ce qui se passait ? Pourquoi tout semblait s'écrouler autour de moi ? Un gémissement s'échappa de la cuisine.

« Il faut que je sorte Gus, dit Dan. On parlera à Poppy dès mon retour. Ensemble, d'accord ? » J'avais la bouche sèche, le corps lourd, mon cerveau avait un temps de retard. Je me rendis soudain compte que Dan avait déjà quitté la pièce. Gus aboya.

« Je vais aller lui parler, résoudre cette histoire… » déclarai-je dans le vide. Je pouvais résoudre tout ça, non ? Ça ne devait pas être si grave. C'est alors que je l'entendis – la porte d'entrée qui claquait. Toutes les conséquences que cela engendrerait… Je relevai aussitôt la tête, m'élançai dans le couloir et glissai mes pieds nus dans des chaussures dépareillées.

« Dan, m'écriai-je. Dan ! » Merde. C'était à peu près l'heure. Il fallait que j'empêche tout ça. Pas ce soir. On devait discuter. Pas ce soir.

« Maman ? »

J'ignorai la voix de ma fille derrière moi, concentrée sur un seul et unique objectif. Le vélo avait été déplacé près de la poubelle et je passai devant en trombe. Une voix faible dans mon dos.

« Maman ! Reviens !

— Dan, hurlai-je dans l'espoir qu'il ne soit pas trop loin, qu'il puisse m'entendre. DAN ! »

Un crissement suraigu, un bruit de ferraille assourdissant, si violent que j'en sursautai.

« Non, non, non. » Hors d'haleine, je m'engageai dans la rue transversale, la scène devant moi si terriblement familière. La voiture. Le phare cassé. La tôle froissée.

Et Dan. Il était là, étendu sur la chaussée, brisé. Gus s'approchait déjà de lui, sain et sauf. Un aboiement. Un autre aboiement. Il le poussait du museau et j'avançais toujours vers eux, des éclats de verre jonchaient le sol.

Je levai les yeux et la réalité me heurta de plein fouet. Je savais pourquoi quelque chose m'avait paru familier, le premier soir. Ce n'était pas parce que j'allais y revenir plusieurs fois. Il y avait *véritablement* un élément familier. J'examinai la voiture une deuxième fois, la marque, le modèle, la moitié de la plaque d'immatriculation qui n'était pas encastrée dans l'autre véhicule garé. Oh, mon Dieu.

Derrière le volant, la conductrice était cachée par l'airbag, quelques cheveux, un bras.

Je connaissais cette voiture. Je connaissais cette femme.

42

6 décembre 2017

Chère épouse,

On l'a fait. 2017 – cette année où on s'est dit oui, où on s'est passé la corde au cou, où on a convolé en justes noces. Où je me suis casé, où j'ai trouvé chaussure à mon pied, ma moitié, ma régulière, tout ça.

Les temps forts du mariage : TOI. *Ta robe avec les trucs en dentelles – tu étais sublime. Je ne pouvais pas m'empêcher de te regarder en douce pendant la cérémonie.*

MA SURPRISE *– je savais combien tu serais heureuse que Miles et Poppy tiennent un rôle dans notre journée et, oui, il leur a fallu des plombes pour tout apprendre, mais ça valait le coup. Je n'oublierai jamais ton visage quand les premières notes de Pharrell Williams se sont élevées dans les airs et que Miles est apparu avec ses lunettes de soleil gigantesques. Tous nos amis ont crié en comprenant ce qui se passait. Et qui aurait deviné que mon père connaissait des chorés de hip-hop ? Chaque fois que j'entends les premières mesures* *de cette chanson, ça me ramène direct à cette piste de danse couverte de sable à Ibiza, où tous ceux que j'aime étaient rassemblés autour de nous. Je pense à ma mère, quelque part au-dessus de nous, qui rit et se moque de papa qui râlait à l'idée de mettre du sable sur son costume de bourgeois. Pourquoi avait-il choisi de porter un costume trois-pièces par 35 °C, franchement ?*

On s'est passé cette chanson en boucle pendant des semaines, après ça. Et elle me fait encore sourire, des mois plus tard.

Être marié avec toi, c'est si logique et si normal. Et j'ai l'impression d'avoir lancé une mode, puisque Ed a fait le grand saut et enfin fait sa demande à Hattie. JE SAIS *que tu vas essayer de la convaincre d'offrir des Puissance 4 miniatures à la fin de son mariage. Et je te soutiendrai à 100 %. Haha.*

Ce jour-là, puis notre semaine de lune de miel à Ibiza en tête à tête m'ont permis de voir les choses plus clairement. Planifier notre mariage, être parents, le boulot, les comités, les équipements sportifs, les lancements de livres – notre vie est remplie et intense, et j'aime qu'on puisse faire des choses chacun de notre côté. Avant, on se retrouvait et on se parlait des gens qu'on avait croisés, au travail ou ailleurs. Mais depuis quelques années, on ne fait presque plus rien en couple. Si on est ensemble, il y a inévitablement l'un des enfants avec nous. Prononcer mes vœux devant toi, ça m'a rappelé que tout commence et tout fini avec toi, toi et moi.

Il faut qu'on trouve du temps pour nous – c'est si facile de s'affaler l'un à côté de l'autre après une journée de travail et de ne pas se parler. Ou d'échanger une quantité faramineuse de détails sur les enfants, et d'oublier le reste. Je suis le premier coupable.

Mais dans le passé, quand on prenait du temps pour faire des trucs à deux, des choses qu'on aimait chacun, ça nous rapprochait immanquablement. Or depuis un moment, ce couple disparaît, on partage le même espace, mais on est concentrés sur un objectif différent. Et je me persuade comme je peux que c'est sain, qu'il est bon de mener des vies distinctes et indépendantes. Sauf si l'un des deux en souffre, qu'il en est malheureux. Je me doute que deux alliances ne vont pas changer la donne, mais c'est une bonne piqûre de rappel, n'oublions pas de partager nos vies. Bon, pas de panique, je ne vais pas t'accompagner à tes lancements de bouquins ni demander à tes auteurs comment ils font pour écrire aussi bien. Mais je te proposerai de t'asseoir avec moi devant notre calendrier, pour nous assurer qu'on se fait bien passer en premier.

Cette année m'a rappelé combien je t'aime. On s'est un peu éloignés l'un de l'autre, mais on est au top quand on est ensemble.

Donc voilà, j'espère que l'on continuera à faire des efforts. Je t'aime, ma sublime épouse.

Dan

43

« Hattie ! » hurlai-je. Je traversai la rue en courant. « Hattie. »

Je la regardai sortir maladroitement de la voiture emboutie et fumante, j'entendis le son qu'elle émit une fois dans la rue. Un cri déchirant. Puis la lamentation gutturale quand elle fit un bond en arrière. Elle ne m'avait pas entendue l'appeler. Elle ne voyait que Dan, inerte, et Gus qui gémissait en le poussant de la truffe.

Elle recula d'un pas titubant et quelqu'un émergea de l'obscurité, un homme en robe de chambre qui l'aida doucement à s'asseoir sur le trottoir, lui adressa des paroles réconfortantes. Une femme se joignit à eux, des voisins ouvraient portes et fenêtres, des bruits de pas, des intonations inquiètes.

Je n'étais plus qu'à un mètre d'elle quand elle remarqua ma présence.

« Emma… Emma ! » Sa voix était étranglée, étouffée.

Deux inconnus se tournèrent vers moi tandis que je la dévisageais sans bouger, ma poitrine montant et descendant, montant et descendant, mon souffle en nuage de vapeur.

« Tu l'as tué, putain ! Tu l'as tué ! » hurlai-je. Les mots se déversèrent de ma bouche, accusateurs, terribles, mes yeux furieux, la bave aux lèvres. Chaque propos vomi était volontairement blessant. Je m'étais approchée d'elle sans m'en rendre compte et je griffai l'air de gestes enragés. « Toi. Toi… » m'écriai-je.

Elle était paralysée. L'homme à ses côtés m'agrippa les bras et m'écarta brusquement.

« Lâchez-moi ! criai-je. Mais putain, Hattie, mais put… » Je ne reconnaissais plus ma voix, aiguë, frénétique, déchaînée.

« Arrêtez. Calmez-vous. »

Des voix, d'autres mains, quelqu'un agenouillé sur la chaussée, quelqu'un d'autre qui criait des instructions au téléphone. Dans le lointain, une sirène déjà audible tandis que je me débattais et ruais contre les gens qui me maîtrisaient. Elle remarquait à peine ma présence, elle répétait des phrases, des mots, le regard rivé sur l'asphalte, les bras serrés autour d'elle. « Je… Oh, mon Dieu. Emma. Je… »

Je me rendis compte alors qu'elle ne portait qu'un T-shirt et un pantalon de pyjama en coton fin. Les yeux affolés, elle claquait des dents et peinait à articuler. « Je suis partie. Je l'ai quitté. Le bébé – il a dit – la prochaine fois – la prochaine fois, ce serait… » Elle fondit en larmes. Ses propos décousus et confus. « J'ai roulé jusqu'ici, mais le verglas, la voiture… et puis le chien – je ne voulais pas taper le chien, mais l'homme, je l'ai senti… j'ai senti… »

Je ne l'écoutai pas, je la dévisageai d'un air furieux. Hattie. La conductrice réconfortée par les passants, le tout premier soir, c'était Hattie. Hattie qui l'avait tué. Sans elle, cette première nuit, rien de tout ceci ne se serait mis en branle. C'était sa faute – tout ça, chaque fois que je revivais cette journée, c'était sa faute. Si elle n'avait jamais été là, Dan ne serait pas mort la première fois, et le cycle infernal de cette journée sans fin ne se serait pas déclenché.

« Et c'était Dan, je l'ai vu, Emma. Oh, mon Dieu. C'était Dan. » Son visage affichait une douleur insoutenable.

Hattie avait tué Dan. Hattie. Hattie qu'on aimait tant, à qui on faisait confiance, qu'on laissait seule avec nos enfants. Hattie, la première personne qu'on appelait en période de crise, la première à débarquer avec de la crème glacée et du vin, la première à se proposer comme baby-sitter quand on était malades. Hattie. Sa propre sœur. Rien de tout ceci ne serait arrivé si elle ne l'avait pas renversé. Rien.

Puis un autre son interrompit le cours de mes pensées, une voix que je connaissais trop bien. Perçante, terrifiée. Et un hurlement.

« Maman. MAMAN ! »

Hattie se leva péniblement, en réaction elle aussi à la voix.

Mon estomac se retourna quand j'aperçus ma fille dans ses énormes chaussons licornes soudain absurdes. Son visage, un masque de douleur. Elle s'élança, contempla son père, ses membres pliés à des angles improbables et grotesques, le sang qui avait coulé, un lac entier sous son corps, ses yeux vitreux. Gus, assis, l'air malheureux, près de sa tête, attendant toujours que son maître se relève.

Hattie se mit à gémir quand elle l'aperçut.

« Poppy. Je… Oh non, Poppy.

— Ne la touche pas ! » hurlai-je quand Hattie fit un pas en avant.

Poppy s'écroula dans mes bras. Hattie se figea et je la toisai par-dessus l'épaule de ma fille que je consolais, une main caressant son dos.

« Je suis là, je suis là », répétai-je.

L'ambulance arriva, les secouristes jaillirent de la porte latérale, sautèrent sur l'asphalte avec leurs sacs et leur équipement, visages graves éclairés par la lumière bleue intermittente lorsqu'ils se penchèrent sur Dan. Poppy frissonna, les regarda se hâter et prendre le pouls de Dan, puis ralentir leurs mouvements en comprenant qu'il était mort. Elle poussa un hurlement déchirant, s'échappa de mon étreinte. Un ambulancier l'intercepta et l'attira sur le trottoir.

J'aurais dû aller vers elle, mais je dévisageais Hattie, la femme que j'aimais tant, mais qui avait gâché notre vie.

La police fut là peu après, et la rue se remplit de plusieurs véhicules d'urgence garés à divers angles en travers de la chaussée étroite. Je vis des personnes montrer Hattie du doigt. Un agent marcha vers elle, ses menottes ballottant à sa ceinture, sa casquette dissimulant la moitié de son visage. Ils allaient l'arrêter. Elle le méritait, pensai-je, poings serrés. Elle méritait ce qui lui arrivait. Elle semblait ailleurs, les yeux rivés sur le corps de Dan, bras croisés et serrés autour d'elle. Elle remarqua à peine le policier qui se posta devant elle, et se tourna vers moi. « Emma, il ne peut pas être mort, c'est impossible… »

Je fus incapable de répondre, je reculai de deux pas, submergée de colère devant son visage accablé. Je voulais retrouver ma fille, que l'ambulancier serrait encore dans ses bras. Elle n'était plus que larmes, gémissements, morve et terreur. Je devais l'éloigner de cette scène.

« Voilà la conductrice qui l'a tué », déclarai-je au policier. Je levai le doigt vers Hattie, ma main tremblait de colère. « C'est la femme qui a tué mon mari. »

Je me penchai et pris Gus dans mes bras, son corps lourd et gémissant. Il ne voulait pas quitter Dan.

Les jambes de Hattie cédèrent et elle s'effondra sur le trottoir tandis que je m'éloignais et que Poppy appelait désespérément son père.

Je revins sur mes pas, retournai auprès de ma fille de dix ans pour l'enlacer, la réconforter, consciente que rien ne serait plus jamais comme avant. Mon cœur n'aurait pas pu se briser davantage.

Hattie.

Appel manqué : Numéro inconnu

121 : Un message vocal

Je suis désolée, Emma. Je suis affreusement désolée. Je, s'il te plaît… Il faut qu'on se parle, que je t'explique. Pas que je t'explique, mais, Emma, s'il te plaît. Tu peux prévenir mon père ? Je suis au commissariat d'Acton. Mais avant il faut que je te parle, je crois qu'ils vont me garder. Emma, je ne voulais pas… Je n'aurais jamais… Emma, je l'aimais tant, moi aussi. Emma…

44

J'étais allongée de mon côté du lit, face à la fenêtre.

Le tintement d'une sonnette de vélo.

J'ouvris les yeux et grimaçai. Les rideaux entrouverts, un rai de lumière sur mon visage.

Je me retournai.

Dan.

C'était Hattie. C'était Hattie. Depuis tout ce temps, c'était Hattie.

Les jours passaient et je ne me levais plus le matin. En apparence, tout était identique, une interminable répétition des dernières vingt-quatre heures, mais à l'intérieur, je vieillissais rapidement, les mois et les années atteignaient mon visage, ma peau, mes os. J'étais épuisée. Et quoi que je fasse, Dan mourait. Il mourait quand je sortais, il mourait quand il restait à la maison. Il mourait chaque jour à 22 h 17. Il mourait à cause de Hattie. Elle avait engendré ce cercle infernal, elle nous avait coincés dans cette journée sans fin et avait gâché nos vies.

Certains soirs se démarquaient. Le soir où je lui avais crié de ne pas sortir, de ne pas se faire renverser par une voiture. Regarder son visage se tordre en plein milieu de notre dispute, le voir porter ses mains à sa poitrine et s'écrouler devant moi. Les enfants étaient sur le seuil de la porte, attirés par nos cris. Leurs hurlements quand il s'était effondré.

Le soir où Poppy et moi nous étions engueulées, où elle avait quitté la maison, s'était élancée dans la rue, Dan après elle. La peur qui m'avait envahie, je lui avais crié de revenir, je courus à perdre haleine dans la rue, je glissai, je la cherchai en vain. Et si je la trouvais morte ? Étendue en travers de la chaussée ? Elle avait assisté à l'accident, ce soir-là, elle avait hurlé en voyant son père projeté dans les airs comme un pantin, hurlé quand je l'avais enlacée et que j'avais essayé de la serrer contre moi pour l'obliger à détourner le regard.

Les nuits passées à côté de lui, à l'endroit où il s'était effondré, ma main dans la sienne. Sentir le lent refroidissement de sa peau, sa couleur anormale, lui fermer les paupières. Ce n'était plus Dan ; l'énergie, l'âme ou quoi que ce soit qui l'animait l'avait quitté.

Les soirs où je demandai à d'autres personnes de venir à la maison, où je les suppliai de rester, de le sauver. Le médecin à la retraite qui m'avait prise en pitié, puis son expression incrédule quand il avait vu Dan mourir sous ses yeux. Ses vaines tentatives pour le ranimer : rien n'avait servi. Rien n'avait d'effet. Rien n'importait. Il mourait invariablement. Je ne pouvais pas l'en empêcher. Il mourait invariablement.

L'obscurité m'engloutit. Les journées se brouillèrent. Je les gâchais toutes. Je ne sortais plus de mon lit. J'étais à peine présente. Quand je faisais l'effort de quitter notre chambre, je ne préparais plus à manger, je me contentais de Twix, de nouilles instantanées, de chamallows, ou tout ce qui me tombait sous la main. Je ne prenais plus la peine de me laver ni de m'habiller, de me maquiller ou de me coiffer.

Certains jours, je ne parlais même pas. Certains jours, j'étais furieuse contre tout et tout le monde, agressive, je beuglais des insultes. À Dan. À la planète entière. On vivait une descente aux enfers, je pleurais, Dan faisait les cent pas, ma tête était transpercée de douleur. Il ne savait plus quoi faire. Faisais-je une dépression, une crise de nerfs ? Un de ces soirs, il était mort dans notre lit, il me serrait encore dans ses bras tandis que je maudissais la terre entière.

J'étais allongée de mon côté du lit, face à la fenêtre.

Le tintement d'une sonnette de vélo.

J'ouvrais les yeux et grimaçais. Les rideaux entrouverts, un rai de lumière sur mon visage.

Je me retournais.

D'autres jours, je me mettais en colère ailleurs qu'à la maison. Au supermarché, où les vigiles me jetaient dehors, la clocharde folle. Je me mettais en colère à l'école de Poppy, je leur faisais honte, à elle et à Miles, j'insultais Holly et Liam dans la cour de récré. Les professeurs menaçaient d'appeler la police. Je me mettais en colère sur Facebook, j'y écrivais de longues diatribes incendiaires, j'y menaçais des inconnus. J'envoyai un message à la femme du vélo, lui dis que j'allais faire fondre ce satané vélo si elle ne venait pas le récupérer ILLICO. Ce soir-là, Dan était mort dans la véranda où il s'était réfugié, malheureux, après une nouvelle dispute.

Parfois, je canalisais ma colère dans mes messages WhatsApp, et c'était Denise qui goûtait à l'étendue de ma fureur. Ou je me mettais en colère sur Twitter. C'était le forum idéal pour y déverser ma bile. Je taguais des célébrités que je détestais, des marques connues dont le service client m'avait déçue. Je taguai un éditeur qui avait un jour refusé un de mes livres en m'adressant une réponse assassine : « Je suis vexé à la simple idée que vous ayez pensé à moi pour cet ouvrage. » Ce tweet-là était devenu viral. Je taguai un auteur extrêmement célèbre qui ne parlait jamais des romans des autres et qui, dans ses interviews, ne citait que des écrivains morts quand on lui demandait des recommandations de lecture. Ce post avait provoqué une avalanche de réactions, de messages privés, d'émoticônes furieuses ou celle qui danse de joie, ou celle qui pleure de rire, et certains internautes me demandaient si ça tournait rond dans ma tête, ou si je cherchais à perdre mon boulot. À la fin de cette journée, j'étais engloutie sous les messages et les notifications. J'étais totalement ivre de pouvoir. Et ivre tout court.

C'est dans cet état de frénésie imbibée d'alcool que Dan m'avait découverte un soir et qu'il s'était mis en colère. Cette fois-là, il était mort seul, au rez-de-chaussée, tandis que je sanglotais dans notre lit, trop apitoyée sur mon propre sort pour aller le retrouver.

Rien ne changeait quoi que ce soit. Rien ne me permettait de combler ce trou noir et béant qui grandissait en moi.

Denise @Emma Je n'apprécie pas d'être traitée de « nazie de garderie » !

AuteureLou @Emma Je ne suis pas collante !

Amelia @Emma Mais j'ai déjà écrit 3 500 mots ! Qu'est-ce que je suis censée en faire ? Les jeter ? C'est tellement pas cool. Décroche quand je t'appelle !

45

J'étais allongée de mon côté du lit, face à la fenêtre.

Le tintement d'une sonnette de vélo.

J'ouvrais les yeux et grimaçais. Les rideaux entrouverts, un rai de lumière sur mon visage.

Je me retournais.

Certains jours, je supprimais les messages de Lou et je larguais Amelia sur Instagram, je l'imaginais pleurer dans son gigantesque cocktail. Et l'envoyer paître ainsi donna corps aux pensées embryonnaires que je développais depuis des mois. À la raison qui avait motivé mon rendez-vous avec Linda.

Un soir où je larguai Amelia, Dan était mort dans la cuisine en m'ignorant tandis que je bouillonnais de rage, fulminais et éclaboussais le sol de vin rouge. Le lendemain matin, je me rendis directement à l'agence, j'entrai en trombe dans le bureau dégoûtant de Linda où ils se trouvaient tous les deux, juste après qu'ils avaient envoyé Jas acheter ces foutues capsules.

« Gemma », dit Arthur d'une voix huileuse de condescendance.

« C'est Emma, le corrigeai-je brusquement. Et vous devriez le savoir, étant donné que je travaille ici depuis sept ans. Sept putains d'années, Arthur. »

Linda émit un caquètement étrange et s'affairait déjà à apaiser son client.

« Emma, c'est inacceptable !

— Non, Linda. Non. Tu sais ce qui est inacceptable ? Que tu restes assise là à écouter ce misogyne répugnant ! Comment peux-tu représenter ce type ? Il est dégueulasse. On aurait dû se débarrasser de lui après l'accusation de harcèlement. Quelqu'un a enfin trouvé le courage de briser le silence. Et on a tout balayé d'un revers de main. On est la risée de la profession, à le garder avec nous. Non, on est pire parce que ça ne fait rire personne. »

Linda était tellement choquée qu'elle resta immobile sur sa chaise, les yeux rivés sur moi. Et je ne faisais que m'échauffer.

« J'allais te demander une augmentation et un poste fixe pour Jas, que tu remarques à peine, d'ailleurs, sauf quand elle n'a pas remplacé le savon ou réparé ta putain d'imprimante, mais qui œuvre d'arrache-pied pour te faire gagner de l'argent, à toi. Mais en fait, non, je ne veux ni augmentation ni poste fixe pour Jas, ni davantage de liberté. Je veux me barrer d'ici. Je veux me barrer et prendre mes clients avec moi. Et comme ton système de classement est nul et que tu estimes les documents papier inutiles, je me suis chargée de vérifier par moi-même, et figure-toi que j'en ai le droit. Donc je le prends. »

Linda bafouillait et Arthur se leva pour défendre son honneur.

« C'est bien le problème quand on embauche des femmes, Linda. Elles sont trop émotives. » Le bureau était si exigu que les montagnes de livres nous surplombaient, sur le point de nous enfouir.

« Ce n'est pas être émotif. C'est être une personne correcte et humaine, espèce de connard égoïste en velours ridicule. Et tu sais quoi, Arthur ? On est obligées d'être sympas avec toi parce qu'on a le sens du professionnalisme. Mais il n'y a pas de justice en ce monde, quand on voit tes bouquins merdiques et ineptes se vendre, avec leurs clichés ridicules et leurs intrigues poussives que tu refuses de modifier ou de corriger, car "le travail a déjà été fait en amont".

— Emma, présente immédiatement tes excuses à M. Chumley !

— Jamais de la vie. Je démissionne. Et puis, tu ferais mieux d'apprendre à faire marcher toute seule ton imprimante parce que j'emmène Jas avec moi. »

Je les abandonnai là, bouche bée. Jas se tenait sur le seuil de la porte, les yeux écarquillés ; une boîte de capsules pendait mollement dans sa main.

« Mes intrigues ne sont pas poussives… »

Jas m'emboîta le pas sans rien dire. Ce soir-là, je ne sais pas comment Dan était mort, car je sortis et ignorai ses appels et ses messages de plus en plus frénétiques.

J'étais allongée de mon côté du lit, face à la fenêtre.

Le tintement d'une sonnette de vélo.

J'ouvrais les yeux et grimaçais. Les rideaux entrouverts, un rai de lumière sur mon visage.

Je me retournais.

Une des pires journées fut celle où je ne pus me contenter d'envoyer un simple message à mes parents, car ils ne m'accordaient jamais la moindre réponse, aussi les avais-je appelés. Maman répondit à l'appel visio d'un air décontenancé tandis qu'elle plissait les yeux sur leur balcon à Valence.

« Emma, lança-t-elle par-dessus son épaule. C'est Emma ! » Elle se remit face à l'écran. « Ton père fait ses mots croisés. »

C'était visiblement une raison suffisante pour ne pas franchir les quelques mètres qui le séparaient du téléphone et de sa fille unique.

« Tu peux me mettre sur haut-parleur, s'il te plaît ?

— Je ne vais pas pouvoir parler longtemps, dit-elle pour me signifier qu'elle ne tenait pas plus que lui à participer à cette conversation.

— Ce ne sera pas long.

— C'est à propos de Noël ? poursuivit-elle sans faire cas de mon ton dangereusement mécontent. On reste ici. On ne t'a pas prévenue ?

— Non, vous ne m'avez pas prévenue. »

Mes ongles s'enfonçaient dans ma chair. Des années à m'efforcer d'agir avec nonchalance, à écouter les conseils de Dan dans l'espoir que son approche soit efficace. Une habitude que j'avais du mal à perdre. Je la torpillai.

« Vous ne m'avez pas prévenue. Vous ne me prévenez jamais. Vous n'y pensez même pas, maman.

— Inutile d'en faire tout un plat, Emma, ce n'est qu'une petite journée ordinaire dans l'année.

— Non, maman, pour certaines personnes, ce n'est pas une journée ordinaire. Certaines personnes ont envie de la passer avec leurs petits-enfants, ils trouvent ça triste s'ils ne les voient pas et…

— On ne peut pas être à deux endroits à la fois, m'interrompit ma mère.

— Si vous le pouviez, vous choisiriez d'être à la fois en Espagne et n'importe où ailleurs dans le monde. N'importe où sauf chez moi. Parce que vous ne choisissez jamais de passer du temps avec nous. » Je sentais ma gorge se serrer, mais je continuai, j'avais besoin d'évacuer, de tout déballer. « Vous savez que vous avez deux petits-enfants, non ? Ils grandissent vite, et ils vous connaissent à peine. Peut-être même qu'à force, ils refuseront de vous revoir. Et vous ne savez même rien de Dan. »

Ma mère faisait la moue tandis que je tempêtais. Je serrai mon téléphone de toutes mes forces.

« Quant à moi, vous ne me connaissez pas. Vous ne manifestez pas le moindre putain d'intérêt pour ma vie, ma famille, mon travail, mes amis.

— Emma, finit par lâcher ma mère. Tes propos sont injustifiés.

— Au contraire, c'est parfaitement justifié. J'en ai ma claque, maman, c'est terminé. Terminé, terminé, terminé. »

Un bruit derrière elle.

« Emma ! » Je vis le visage de mon père apparaître derrière l'épaule de ma mère, ses lunettes remontées sur son front. « Ce ne sont pas des façons de parler à ta mère.

— J'aurais aimé ne pas avoir à vous parler de cette façon, hurlai-je, autorisant enfin mes larmes à couler. Vous croyez que ça me réjouit de savoir que les deux personnes au monde destinées à m'aimer ne me remarquent même pas ? J'ai passé une grande partie de ma vie à me rendre indispensable, car j'ai toujours pensé que personne n'avait besoin de moi. Eh bien, si, figurez-vous, on a besoin de moi, on m'aime, on m'apprécie, et ce n'est pas grâce à vous, sachez-le. Joyeux putain de Noël. »

J'appuyai sur l'icône rouge pour terminer l'appel, leurs visages stupéfaits figés à l'écran.

Ce soir-là, Dan mourut dans le lit à côté de moi, ma main sur son cœur lorsqu'il cessa de battre.

C'était par des journées comme celle-ci que Hattie me manquait terriblement. Parfois, je lui écrivais un message, une longue diatribe que je supprimais. Elle me manquait, mais je la détestais, je détestais tout ceci.

Et je ne pouvais pas lui raconter l'enfer que je vivais. Quand elle me manquait au point d'en oublier le reste, je pleurais. Quand l'heure fatidique sonnait, chaque soir, j'avais le sentiment de les perdre tous les deux, les deux personnes que j'aimais le plus au monde. Mais elle avait beau me manquer, impossible de lui pardonner, je ne parvenais pas à oublier que sans son imprudence fatale, je n'aurais jamais été bloquée dans ce cycle infernal où nous vivions la pire tragédie imaginable, moi, mes enfants, Dan. Encore, et encore, et encore.

Appels manqués : Hattie (2)

46

J'étais allongée de mon côté du lit, face à la fenêtre.

Le tintement d'une sonnette de vélo.

J'ouvrais les yeux et grimaçais. Les rideaux entrouverts, un rai de lumière sur mon visage.

Je me retournais.

Certains jours, quand je n'avais pas le courage de me disputer ni même de réfléchir, je comatais devant des émissions. Je restais des heures entières devant des séries que j'avais toujours eu envie de voir sans jamais trouver le temps. En pyjama, je regardais les enfants partir à l'école, le visage inquiet de Dan avant d'aller au travail, puis je sortais de la maison en chaussons pour refaire mon stock de chocolats de Noël, de chips, de Coca et de fraises Tagada. J'ai ainsi vu l'intégralité de *Grey's Anatomy*, les quinze saisons, ce qui me prit un certain temps. Meredith Grey m'insupportait tellement pendant les quatre premières saisons que je renonçai presque, mais eus la force de continuer. Je finissais par oublier certaines séries juste après les avoir regardées. Des bouches et des corps qui bougeaient, mais je ne retenais plus les intrigues.

Ces jours-là, Dan revenait, surpris, soucieux, un peu agacé si je piquais une crise ou démarrais une dispute, mais il était surtout inquiet. Est-ce que j'allais bien ? Est-ce que j'étais malade ? La dispute entre Poppy et Miles détournait souvent son attention, mais j'avais l'impression que la famille tout entière partait se coucher en pleurant. La plupart du temps, Dan mourait seul, dans la cuisine, dans le salon, il avait même vacillé en se brossant les dents, et j'avais écouté avec tristesse le bruit sourd caractéristique de sa chute.

D'autres jours, j'errais sans but précis. J'achetais des trucs (des bracelets Tiffany, des foulards en soie, des parfums Chanel, une broche en saphir, une bague sertie de rubis) que j'abandonnais ensuite au hasard des rues. Je pris un matin un taxi pour Brighton, car j'avais envie d'aller voir la mer. Le temps était couvert, la mer grise et moutonneuse, et quand j'inspirai l'air marin dans l'espoir de retrouver goût à la vie, je ne ressentis rien. Je remontai dans le taxi et demandai au chauffeur de me raccompagner chez moi.

J'allai au restaurant Nobu où je commandai des sushis et du champagne. Je contemplai la chaise vide en face de moi et me remémorai Hattie au Ritz, ce qu'elle m'y avait raconté. Je m'interrogeai de nouveau sur la raison qui la poussait à prendre sa voiture à cette heure tardive pour venir chez nous. Je songeai à Ed. Aux paroles décousues de Hattie en cette soirée tragique, j'essayais de rassembler les pièces du puzzle et de comprendre ses propos fragmentés. Pourquoi ne portait-elle qu'un simple pyjama ? Puis je repoussais ces pensées au plus profond de moi-même, et quand la nuit venait, il m'était facile de raviver ma colère chaque fois que j'entendais le bruit sourd. Ces nuits-là, Dan mourait à mes côtés, toujours à mes côtés.

D'autres jours, encore, je débordais d'énergie, une énergie folle et pétillante, et alors Netflix ne suffisait plus. Je sortais en quête d'aventure ou de problèmes.

Je criais sur les gens dans la rue, je me postais en plein milieu de la chaussée, les voitures m'évitaient de justesse, puis venaient les ambulances, les hélicoptères. Je me fis arrêter et menotter trois fois.

À d'autres reprises, j'éprouvais une profonde lassitude. Je ne voulais parler à personne. Je restais dans notre chambre à regarder la lumière se faner derrière la fenêtre, les nuages s'amonceler, l'obscurité s'installer et les minuscules flocons de neige fondue commencer à tomber, j'écoutais Miles et Poppy se disputer dans la pièce voisine, j'entendais Dan intervenir d'une voix douce, calmer le jeu. Il m'apportait une tisane au miel et au citron, je le laissais croire que j'étais malade, que tout s'arrangerait le lendemain.

Il souhaitait à notre couple un bon anniversaire, il me caressait les cheveux, me laissait un comprimé près d'un verre d'eau, posait mon Kindle chargé au cas où j'aurais envie de lire.

Je me roulais en boule loin de lui, parfois. Il m'apportait sa lettre, sans enveloppe. Il voulait parler de nous. Un soir, je lui dis même d'aller se faire foutre. Oui, se faire foutre, de me laisser tranquille, que tout ça n'avait aucun putain d'intérêt. Certains soirs, je lisais sa lettre, et sentais sa douleur. *Je reste étendu là et, même quand tu es à côté de moi, je me sens seul.* Je laissais la tristesse de ses écrits s'insinuer en moi et faire leur œuvre. Je ne lui étais d'aucune utilité. Je ne pouvais pas l'aider.

Parfois, je ne l'empêchais pas de quitter la maison.

Parfois, c'est moi qui sortais. 22 h 17.

Parfois, je le regardais mourir. C'était toujours rapide, comme s'il se penchait pour ramasser quelque chose puis poursuivait son mouvement, heurtant le sol dans un curieux bruit sourd qui me donnait invariablement la chair de poule. Parfois, je plaçais une couverture sur lui et m'allongeais à ses côtés. Parfois, je remontais dormir seule.

J'évitais de passer trop de temps avec Dan. Il faisait bonne figure, sa frustration plus perceptible lorsque je refusais de coopérer. Il me laissait sa lettre sur mon assiette, sur mon oreiller. Je ne lui en écrivais aucune. Il se sentait oublié, il se sentait seul. Moi aussi. Nous évoluions indépendamment, l'un à côté de l'autre, deux îlots de colère.

Une nuit, les enfants étaient présents quand leur père mourut. Ils me hurlaient de faire quelque chose. Poppy appelait une ambulance d'une voix paniquée, Miles agrippait son Tigrou en silence, le regard rivé sur son père inerte, puis sur moi, sans comprendre ma passivité. Je passais devant eux et montais dans ma chambre en attendant de recommencer la journée. Alors que je me glissais sous la couette, Miles et Poppy s'affolaient au rez-de-chaussée, Poppy criait mon nom, Miles pleurait et appelait son père, et je fourrais ma tête sous l'oreiller pour étouffer leurs hurlements déchirants.

Ce fut la première fois que l'idée me traversa l'esprit. L'idée de mourir, moi aussi. J'aurais préféré être morte.

Je ne pouvais plus continuer ainsi.

Appel manqué : Numéro inconnu

47

6 décembre 2018

Chère Emma,

Je n'arrive pas à croire que c'est ma douzième lettre. Mais je suis ravi qu'on continue ce rituel. Quand notre vie file à toute vitesse – et j'ai l'impression qu'elle accélère encore –, ces lettres m'obligent à m'arrêter, à regarder autour de moi, à voir où on en est. Deux secondes à peine semblent s'être écoulées depuis que Miles mâchouillait le bord de son berceau, et voilà qu'il joue aux échecs (bon, certes, il joue SUPER MAL, *mais il joue).*

Le fait qu'il aille à l'école rend les choses légèrement moins compliquées. J'aime ces demi-journées qu'on prend après les avoir déposés, on s'assied dans la cuisine, on boit notre café, Gus réclame des morceaux de roulé à la cannelle. C'est l'occasion pour nous d'être Emma et Dan, pas Emma et Dan, les parents : juste nous deux.

Et oui, c'est vrai, je cache parfois ton téléphone. Et oui, c'est vrai, ça t'agace, mais mon travail aussi est important, et je m'en sors bien – d'accord, ce n'est pas moi qui ai vendu un manuscrit à succès et organisé des enchères délirantes entre plusieurs éditeurs pour un à-valoir à six chiffres, puis qui ai vendu les droits de traduction dans douze pays (grosse frimeuse), MAIS *on a été nominés aux Drum Awards* ET *Matt nous a enfin acheté une cafetière qui fait des cappuccinos. Donc bon, hein.*

Un point fort de cette année, ç'a été le mariage de Hattie. Voir Miles et Poppy lancer des pétales devant elle, c'était le truc le plus mignon du monde, même si Miles a fini par se barrer en courant parce qu'il voulait te montrer « le mec accroché à une croix », ce qui a foutu Ed en rogne. Alors oui, c'est peut-être parce qu'il n'a pas encore d'enfants, ou que ça l'a agacé de me voir rire, ou que l'attention soit détournée de Hattie (pourtant elle a trouvé ça franchement marrant, elle aussi). Et je ne sais pas quoi penser d'Ed. Je sais que tu l'apprécies, mais tu n'as pas vu son expression, à ce moment-là. J'ai senti une lame glaciale me transpercer – comme si son masque était tombé et que j'étais le seul à l'avoir vu. Mais je n'aurais rien dû dire à Hattie le jour de son mariage, c'est vrai, car je lui fais confiance, bien sûr, même si elle n'a jamais eu un très bon goût en matière de copains (beurk, tu te souviens de Ian ?). Mais ce n'est pas seulement une histoire de surprotection ou de grand frère trop présent. Vraiment pas.

Je vais arrêter d'en parler parce que je n'ai pas envie de me redisputer avec toi à ce sujet. Je serai toujours là pour Hattie. Je voudrais juste qu'Ed soit l'homme qu'elle mérite. Bref, parler de son mariage me rappelle qu'il faut s'organiser pour fêter Noël avec eux. Hattie veut le faire chez elle, Poppy et Miles sont d'accord *du moment qu'on leur* PROMET *que le père Noël saura où les trouver. Je t'ai dit que papa va fêter Noël aux Seychelles avec Irène ? On dit que les mariages provoquent des rencontres, mais papa nous a bien caché son jeu, le vieux filou. Irène l'organiste, elle touche autre chose que son orgue maintenant (déééééesoooooléééééé, j'avais promis d'arrêter avec cette blague). Ça va faire bizarre qu'il ne soit pas avec nous, mais je suis soulagé qu'il ait rencontré une femme qui aime l'histoire et la culture autant que lui – comme ça, je ne suis plus obligé de me traîner piteusement derrière lui dans la National Portrait Gallery pour apprendre des trucs sur les Tudors (si j'ai bien compris, ils portaient ces shorts bouffants pendant la campagne d'Irlande à cause du terrain marécageux !).*

*Cette année a été un peu spéciale pour toi. Avoir *chuchote* quarante ans, on dirait que ça te rend pensive. Et puisque je n'ai que trente-neuf ans, j'ai le privilège de la jeunesse et je peux donc me permettre de le dire : je crois que c'est un bon âge pour être adulte, pour savoir quand changer le sac de l'aspirateur ou être capable de citer tous les Premiers ministres depuis les années 1950. Tu me dis avoir le sentiment que quelqu'un a appuyé sur un interrupteur et que la décennie de ta trentaine a brusquement disparu. Que tu aurais aimé avoir fait plus de choses, à ce stade de ta vie. Mais tu ne vois pas ce que tout le monde voit en toi – ton obstination à vouloir impressionner quelqu'un qui n'existe pas. Et tu détestes quand je dis ça, mais je pense sincèrement que tu devrais parler à tes parents – leur dire ce que tu ressens –, ça pourrait t'aider, ou ça te permettrait au moins d'évacuer un peu de chagrin. Après tout, ils ne sont que deux à se comporter ainsi dans le monde, tant de personnes te remarquent et te voient telle que tu es.*

Et je suis heureux qu'on ait pu fêter ton anniversaire dignement. Quarante ans, c'est dingue. Et même si on a failli mourir ensemble sur une Vespa, je suis heureux qu'on soit allés à Florence. Tu avais raison, c'est une ville romantique, avec ses terrasses de cafés et ses ruelles pavées. Mais le mieux, dans tout ça ? C'était d'être seuls quelques jours, à faire la grasse mat', à s'embrasser dans les petites rues de traverse, à se tenir la main sans coller la honte aux enfants. On n'a pas intérêt à attendre tes cinquante ans pour rayer une autre destination de ta liste de souhaits.

Je t'aime, Emma. Je souhaite qu'on ait encore beaucoup de moments partagés. Je nous souhaite de ralentir un peu maintenant que tu es quadra, et de savourer ce qu'on a.

Bisous,

Dan

3e PARTIE

48

J'avais encore oublié de l'empêcher de sortir, la veille. Il était parti, le même bruit sourd, et j'étais restée assise sur le canapé, abattue, à regarder le salon autour de moi. Était-ce l'heure fatidique? songeai-je tandis que mon mari était étendu, brisé, dans une rue non loin de là.

Poppy était apparue. Elle avait entendu les sirènes. Elle m'avait entendue ouvrir la porte au policier avec un soupir las. Elle avait entendu ce qu'il m'avait annoncé. J'avais à peine réagi à la nouvelle et lui avais presque refermé la porte au nez, le pauvre homme. Il avait dû mettre ça sur le compte du choc, mais, derrière moi dans le couloir, Poppy avait pâli comme un fantôme à la nouvelle, pour elle inédite.

Elle avait lâché des pleurs terribles et effrayés. Si seulement j'avais pensé à retenir Dan à la maison.

Ces sons m'accompagnaient encore le lendemain matin. Allongée de mon côté du lit, le regard rivé sur les rideaux entrouverts désormais si familiers, le rai de lumière sur mon visage, j'eus l'espoir fugace que les choses puissent être différentes, puis chassai cette idée lorsque je me retournai et aperçus Dan à mes côtés. Dans cette version du monde, Dan était encore là. Je me lovai contre lui, le corps pesant et vieux, et je rêvai de normalité. Que les sanglots déchirants de ma jolie fille ne résonnent plus dans ma tête. Que mon fils cesse d'être malheureux. Que mon mari ne vive pas en boucle son dernier jour sur terre. Que ce soit une journée des plus ordinaires.

« Les enfants ne sont même pas levés. Tu as le temps. »

Je restai au lit à savourer le plaisir simple de me blottir dans les bras de mon mari qui avait posé sa main sur mes cheveux, un geste qu'il avait répété un millier de fois auparavant. Chacune de ses caresses, douces-amères.

« Hé, fit-il en m'observant. Ça va ? »

Je n'avais pas senti la larme solitaire qui glissait sur ma joue jusqu'à ce qu'elle perle à mon menton. « Ça va », répondis-je, mais je ne pouvais plus me détendre, l'instant de paix était rompu.

« Emma ?

— Je suis fatiguée, c'est tout. » Je le rassurai d'un sourire. « Bon anniversaire à nous », ajoutai-je.

Son visage s'illumina à ces mots et je me penchai vers lui pour l'embrasser. Il avait toujours embrassé à la perfection.

Nous avions échangé notre premier baiser à la fin de notre troisième rendez-vous. Il m'avait déposée à mon appart dans Ealing – que je partageais avec une fille rencontrée sur Gumtree et qui, j'en étais convaincue, était une sorcière (plutôt version magie noire) –, bien que ce soit à l'autre bout de la Central Line, dans la direction opposée de sa colocation à Stratford. Ce troisième rendez-vous avait tout de naturel, nos conversations, les sourires échangés, ces moments incroyables où nous étions d'accord sur tout, sa façon de me faire rire. Mais nous ne nous étions pas encore embrassés.

Je m'attardais devant ma porte et tripotais mes clés d'un geste maladroit, sans comprendre ce qui m'arrivait. Je n'étais pas d'un naturel timide, mais je savais que si j'embrassais Dan, ce serait décisif. Le début de quelque chose. Je tripotais encore mes clés quand je l'avais senti s'approcher, son souffle chaud sur mon front tandis que je gardais la tête baissée dans l'obscurité. Je mourais d'impatience, l'instant s'était étiré à l'infini, il avait posé la main sur ma joue. Le contact doux de ses doigts, sa peau froide dans l'air de janvier, avait fait naître un frisson qui m'avait parcouru le corps.

J'avais levé les yeux lentement, son visage à quelques centimètres du mien, sa tête inclinée, son regard interrogateur. Nos lèvres s'étaient rencontrées, j'avais inspiré son odeur, sa main avait glissé le long de mon dos, il m'avait attirée contre lui. Une boule de chaleur s'était embrasée dans mon ventre et mes jambes s'étaient mises à trembler quand j'avais passé mes bras autour de son cou. Je n'avais qu'une envie, franchir avec lui la porte cradingue de mon appartement et l'entraîner directement dans ma chambre, à l'étage. Quand nous nous étions enfin écartés, sans voix et à bout de souffle, nous nous étions longuement contemplés, puis il m'avait souri, un sourire si parfait que j'avais éclaté de rire.

Notre baiser ce matin était semblable à ceux que nous avions échangés un millier de fois, nos lèvres s'emboîtaient parfaitement, ce frisson délicieux à l'idée qu'il me désirait toujours. « Joyeux anniversaire à nous », murmura-t-il à son tour.

C'était si facile, si logique. Notre relation avait toujours paru évidente. Je n'avais jamais rien à lui cacher ni besoin de lui mentir. Il n'était pas du genre à juger, il ne gardait aucune munition en prévision d'une dispute à venir. Mais vivre avec la douleur de le perdre chaque nuit, me réveiller chaque matin avec le chagrin de ne rien pouvoir lui raconter, ou qu'il ne me croie pas si je lui parlais, ou qu'il vive dans la terreur si jamais il me croyait… Tout ceci m'avait épuisée.

Je ne voulais pas revivre ça aujourd'hui. Il me fallait un peu de normalité. Je décidai de faire semblant. Je me levai et m'habillai, saluai mes enfants. Je fis mine de ne pas comprendre leurs regards entendus ; je me faufilai devant le vélo dans le couloir, trouvai le courage de me plaindre de cette femme qui ne venait pas le récupérer. Je laissai mon téléphone tinter, *ping, ping, ping*, et je quittai la maison pour me rendre au travail.

Parce qu'on était lundi. C'était normal. Si je faisais semblant, peut-être que cela deviendrait réel.

Jurek essuyait les tables dans le café quand j'entrai. J'avais l'impression de ne plus être venue depuis des mois, des années. Sans doute était-ce le cas. Je m'approchai du comptoir, commandai mon latte à la noisette et acceptai son muffin aux myrtilles en cadeau, que Jurek s'empressa de glisser dans un sachet à emporter. Alors que j'étais sur le point de sortir, je m'interrompis et préférai m'asseoir à un tabouret de bar derrière la vitrine.

La vitre était embuée par le chauffage et je contemplais les passants en bonnets et manteaux d'hiver qui entamaient leur journée. Je sirotais mon café, essayais de me détendre. D'être normale. Une femme laissa tomber son magazine et se pencha pour le ramasser. Je l'imaginais faire ce geste demain, et le jour d'après, jusqu'à la fin des temps.

Normale, me hurlai-je intérieurement. *Sois normale.*

Soulagée, je vis Jurek s'approcher avec son chiffon humide, ce qui me sortit de mes pensées. « Vous restez aujourd'hui », dit-il avec son sourire qui fit apparaître ses dents du bonheur. « D'habitude, vous filez. »

Il fit un geste de la main et son chiffon projeta des gouttelettes qui éclaboussèrent la table. « Pardon. » Il les essuya aussitôt.

« Je voulais me sentir… normale.

— C'est bien.

— Je vais bientôt y aller. Je travaille juste à côté.

— Je sais, je sais. Vous êtes la dame aux livres. Vous avez toujours un livre avec vous. »

Je souris.

« C'est vrai. J'en ai toujours un avec moi.

— Ma mère est pareille. Toujours un livre, mais elle voit de moins en moins bien… la cataracte.

— J'en suis désolée. »

Cet aperçu dans la vie de Jurek vint rajouter une strate à ma tristesse. Je ne lui avais jamais demandé son nom avant cette journée fatidique, alors qu'il avait toujours été si gentil avec moi.

« Ça doit être difficile. Vous êtes proches ? »

Il acquiesça et leva discrètement les yeux au ciel d'un air amusé. « Elle vit dans un appartement à Tulse Hill, elle veut que je me marie avec ma copine, elle m'en parle tout le temps. Elle est tellement romantique. Je vais souvent la voir, depuis que mon père… » Il laissa sa phrase en suspens, son expression changea et j'éprouvai un nouveau pincement au cœur.

« Il n'est pas avec vous ? »

Jurek secoua la tête d'un air triste. « Il n'est pas avec nous. On l'a enterré chez nous en Pologne. »

Un client apparut au seuil de la porte et la tristesse quitta le visage de Jurek tandis qu'il saluait la personne et retournait derrière le comptoir. Je descendis du tabouret, m'emmitouflai avant de sortir dans le froid et adressai un petit salut de la main à Jurek.

Le taxi ronronnait devant l'agence lorsque je tournai à l'angle de la rue. Je reculai en voyant Linda et Arthur grimper dedans puis s'éloigner. Je me détournai pour ne pas qu'ils me repèrent, soulagée d'avoir le bureau pour moi toute seule. Mon latte à la noisette, mon muffin aux myrtilles, mon bureau mal rangé. Ça aurait parfaitement pu être un lundi comme tant d'autres.

J'ouvris les vingt-sept mails, ignorai ceux qui n'étaient pas des manuscrits. Je n'avais pas envie d'interagir avec des éditeurs furieux, une Amelia inconstante ou une Lou de plus en plus hystérique. Je voulais me plonger corps et âme dans mon travail.

Je me mis donc à lire. Je lus le résumé d'un polar historique dense qui se déroulait en plein cœur de l'époque georgienne, une proposition de document sur l'importance de l'introduction du vison en Écosse, les premiers chapitres d'une comédie romantique, et le résumé du nouveau roman de Scarlet qui me fit pétiller intérieurement. Elle avait visé dans le mille. Une histoire d'amour décalée dans les rayons de la grande London Library entre deux introvertis solitaires. Leurs voix étaient rendues à la perfection, même dans le court document de présentation – une idée si belle et si touchante. Pourrait-elle convaincre les éditeurs de prendre un risque ? Je repensai alors à cet appel avec l'agente américaine, je pourrais lui parler de ce roman aussi.

Une maigre étincelle se ralluma en moi, l'espace d'une seconde. Puis je me souvins et elle s'éteignit.

Je m'adossai à ma chaise et contemplai les étagères au mur et les livres qu'on y avait rangés, des livres que j'avais contribué à faire naître. Depuis les premiers, une série de polars au pays de Galles avec une formidable protagoniste – l'option sur les droits audiovisuels était sans cesse renouvelée, mais la série télé n'avait pas encore vu le jour –, jusqu'aux derniers en date, une saga historique sur une servante dans les cuisines d'un manoir qui hérite de la propriétaire après sa mort. Pourrais-je ajouter de nouveaux ouvrages à cette étagère ? À cette question, un autre morceau de moi se brisa. J'étais assise là, dans mon bureau qui sentait les livres et le café, je faisais mine que tout était normal. Mais ça ne l'était pas. Rien n'était normal.

Je ne pouvais pas m'attarder, je le savais, il fallait que je me trouve une raison d'être. Venir ici m'avait aidée un court instant. Mais uniquement à reculer d'un pas devant le précipice. Je me rappelai l'angoisse affolée des dernières nuits et j'en eus le souffle coupé.

Je remarquai à peine Jas sur le seuil de la porte, dans son manteau en laine bleu sarcelle, les yeux rivés sur son téléphone.

« Emma, oh, mais put… » Elle lâcha presque son portable en m'apercevant.

Elle dut lire l'expression de mon visage hagard. Je n'ai jamais été très douée pour dissimuler mes émotions, et elle se précipita à mes côtés. « La réunion s'est mal passée, c'est ça ? On est virées ? »

Je secouai la tête. « Je n'y suis pas allée. »

Jas porta les mains à ses joues.

« Quoi ? Elle t'a virée ? Qu'est-ce qui s'est passé ?

— Personne n'a été viré. Je n'y suis pas allée, je… »

Et je lui racontai tout. Absolument tout. Elle n'avait même pas encore enlevé son manteau. Quand j'eus terminé, j'étais voûtée, j'avais pleuré toutes les larmes de mon corps, Jas me massait le dos dans un silence absolu, décrivant des cercles avec sa main.

« Je ne sais plus quoi faire. C'est tellement douloureux, tellement épuisant. De vivre et de revivre la même chose, en boucle, de merder chaque fois, d'assister aux conséquences de mes échecs, et… » Je n'arrivais plus à articuler les mots nécessaires.

Jas me tapota l'épaule tandis que je m'essuyais vainement les yeux.

« Je les vois chaque matin : mon fils est triste, ma fille est sur le point de foutre sa vie en l'air, et mon mari ignore qu'il passe son dernier jour sur terre parce que sa chauffarde de sœur va le renverser au volant de sa voiture. »

Jas lâcha une sorte de gémissement devant l'ampleur de la catastrophe.

« Et notre chien est malade. Je ne sais pas ce qu'il a », ajoutai-je tandis que je levais le visage et qu'une bulle de morve inopportune éclatait au bout de mon nez.

Elle semblait frappée de stupeur. Elle me dévisagea plusieurs secondes, incapable de répondre. Puis elle glissa une mèche de cheveux derrière mon oreille.

« Putain », dit-elle simplement. À ce mot, la commissure de mes lèvres s'étira en un sourire.

« Putain.

— Bon… » Elle marqua une pause et redressa les épaules. « On t'a peut-être accordé une deuxième chance pour le sauver ? proposa-t-elle.

— Non. Non, tu as déjà dit ça la dernière fois. Mais il meurt quand même. Il meurt chaque fois, Jas.

— Je l'ai dit la dernière fois ? On a déjà parlé de tout ça ? »

J'acquiesçai d'un air malheureux. « On en a parlé il y a… peut-être quatre ou cinq mois. Peut-être plus, j'ai oublié. Je n'ai plus aucune notion du temps. »

Jas pâlit. « Cinq mois ? » Elle s'assit lentement. « Ça… ça… Sérieux, Emma, tu as vu Dan mourir chaque nuit pendant cinq mois ? » Elle déglutit, les yeux écarquillés. « Je suis sincèrement désolée. »

Je restai silencieuse et abattue à côté d'elle. Mais même si ma situation était inextricable, je me sentais un peu plus légère d'avoir partagé tout ça avec elle. Je l'écoutai ensuite me parler du roman d'Ernestina ; Jas le trouvait suffisamment abouti pour être présenté aux potentiels éditeurs, elle voulait que ce soit son premier projet en soumission. L'ouvrage semblait intéressant et je l'encourageai dans cette voie. Elle était prête à gérer sa propre liste d'auteurs.

Je savais que j'étais venue ici pour me cacher, pour ne pas affronter la journée. Rien n'était normal, je ne devais pas prétendre le contraire. Et je ne voulais pas être ici au retour de Linda et d'Arthur, après leur réunion foirée.

Je regardai Jas et pris une profonde inspiration. « Tu envisages parfois de quitter l'agence ? Dans un futur proche ? »

Jas inclina la tête de côté. « Je ne resterai sûrement pas ici toute ma vie. Mais j'aime bien travailler avec toi, j'y apprends un paquet de trucs intéressants.

— Mais tu viendrais avec moi, si je partais ? Tu accepterais de travailler avec moi, ailleurs ? »

Jas ne marqua aucune hésitation.

« Oui, affirma-t-elle.

— Parce que je vais partir. »

Je savais, en prononçant ces mots, que c'était ce que je voulais. Plus de Linda sur le dos. Finie la mauvaise réputation de l'agence qui déteignait sur moi. Un nouveau boulot où je pourrais développer ma propre liste dont je serais fière, représenter des auteurs qui avaient quelque chose à dire sur le monde qui nous entourait. Avec Jas à mes côtés, qui étofferait sa propre équipe de clients. Mes épaules s'affaissèrent pourtant. « Enfin, ça n'a aucune importance. Je ne peux pas te demander de tenir parole, car tu auras tout oublié demain. »

Pour la première fois, cette idée me parut drôle, et Jas me dévisagea avec effarement quand j'éclatai de rire, bouche grande ouverte, mon rire se muant en sanglots.

« Oh, Emma. » Elle se rapprocha de moi et me prit la main. « Tu sais ce que j'en pense ? » Je m'essuyai les yeux avec la manche de mon pull. « Je pense que si je devais me retrouver coincée éternellement dans la même journée, je serais heureuse d'avoir un mari comme Dan, deux enfants que J'ADORE, même si ma fille trolle les réseaux sociaux… » Jas sourit. « En gros, ce que j'essaie de te dire, c'est que c'est peut-être une expérience merveilleuse ? Une chance d'apprendre à les connaître, de renouer avec eux ? »

J'inclinai la tête sur le côté, curieuse, et l'oreille tendue.

« On répète toujours qu'on n'a le temps pour rien, mais toi, si, tu as un temps infini en compagnie de tes enfants et de l'homme que tu aimes, ce n'est pas si horrible que ça. C'est peut-être même une sorte de cadeau de l'univers.

— Un cadeau… »

Je songeai à leurs visages, au fil de ces derniers mois : la peine, la confusion, la terreur. Je ne voulais plus être à l'origine de leur douleur. Jas avait raison, je devais considérer cette période sous un angle nouveau. C'était l'occasion de les chérir à chaque instant. Quelque chose se métamorphosa en moi, un rai de lumière repoussa peu à peu l'obscurité.

« Oh, par contre, Emma… fit-elle en me lâchant la main.

— Hmm ? » J'étais perdue dans mes pensées, j'établissais de nouveaux projets, le cœur plus léger.

« Promets-moi que tu emmèneras Gus chez le véto, d'accord ? »

Dan @Emma Tu avais l'air un peu pensive, ce matin, j'espère que tout va bien. Je t'aime. Bisous.

Jas @Emma Je suis là si tu as besoin de parler, je peux venir te voir. Et n'oublie pas que c'est peut-être un immense cadeau. Je t'adore. Bisous.

49

J'étais allongée de mon côté du lit, face à la fenêtre.

Le tintement d'une sonnette de vélo.

J'ouvris les yeux et grimaçai. Les rideaux entrouverts, un rai de lumière sur mon visage.

Je me retournai.

« Salut, dit-il.

— Salut », dis-je avec un sourire, me souvenant de tout ce que je m'étais promis en m'endormant la veille.

Un cadeau.

Je me penchai et pris Dan par surprise en l'embrassant. « Joyeux anniversaire à nous ! »

Il se glissa jusqu'à moi, son corps tiède contre le mien, ses bras m'attirant plus près encore. Il m'embrassa dans le cou. « Joyeux an*nous*versaire. »

Je ris, enfin plutôt j'émis un caquètement, puis je posai mon visage contre son torse et attendis. Sa main décrivait des cercles sur mes reins et je me cambrai en sentant ses doigts sur ma peau.

« Les enfants ne sont même pas levés, dit-il avec une note d'espoir. Tu as le temps.

— C'est vrai. »

Je me redressai lentement et retirai mon haut de pyjama. Les iris de Dan s'assombrirent devant ma poitrine nue, et il retira en hâte son pantalon avant que j'aie le temps de changer d'avis. « Tu veux que j'aille me brosser les dents ? » demanda-t-il, sa voix étouffée sous la couette.

Miles passa en trombe devant notre chambre et Dan jeta un coup d'œil vers la porte, nos expériences passées indiquant que son réveil risquait de contrecarrer nos plans. Puis il croisa mon regard lorsque je me tortillai pour ôter mon bas de pyjama et cela suffit à l'encourager. Il afficha un large sourire lorsque je le chevauchai, dévorant des yeux mon corps dénudé.

« Je vote pour qu'on commence tous nos annousversaires de cette façon, dit-il, la main sur mon sein.

— Je vote pour qu'on arrête d'appeler ça *notre annousversaire.* »

Dan rit, un doigt caressant mon téton. « Je serais prêt à accepter n'importe quoi, en cette seconde. »

Faire l'amour avec lui fut incroyable, une excellente façon de commencer la journée. Cela me rappelait combien je l'aimais, sa stature solide, l'odeur de sa peau, cette façon qu'il avait de savoir où me caresser, me taquiner, à quel moment précis me faire frissonner et trembler.

« C'était. Tellement. Bon », déclara-t-il, étendu de tout son long et couvert de sueur.

Mon corps se détendit, un éclat de rire soudain et sincère m'échappa. Quand on descendit à la cuisine, Poppy était déjà là.

« Y a plus de lait, lança Miles d'un ton accusateur, l'air malheureux.

— Papa va aller en acheter », annonçai-je avec certitude, et j'allumai la bouilloire en entendant la porte d'entrée se refermer. « Allez, on prend le petit déj tous ensemble, ce matin. »

Un cadeau.

« Et je vous accompagnerai à l'école après », ajoutai-je.

Poppy décocha un regard en coin à Miles. Depuis la rentrée, nous les laissions parcourir seuls les trois rues résidentielles jusqu'à leur établissement et, en quatre mois, j'avais dû les accompagner une fois, au tout début, pour m'assurer que c'était sans danger, et que nous n'étions pas des parents irresponsables.

Dan revint avec le lait et des roulés à la cannelle. Je m'adossai à ma chaise et contemplai ma famille. Ma viennoiserie était encore tiède et un feu d'artifice de saveurs explosa dans ma bouche. Le soleil hivernal baignait la cuisine de lumière, des particules de poussière dansaient dans les rais dorés qui éclairaient le visage souriant de Dan. J'émis un rire discret quand je jetai le sachet en papier dans la poubelle de la cuisine et que j'y aperçus la lettre déchirée où figurait l'écriture de Dan. Cette lettre amère et déçue qui m'avait brisé le cœur tant de fois. Je souris de la voir ainsi réduite en miettes.

« Tu ne vas pas être en retard ? » me demanda-t-il, car, évidemment, pour lui, je m'étais couchée à pas d'heure la veille afin de préparer une réunion à laquelle je n'avais aucune intention d'assister.

« Ils ont décalé la réunion, mentis-je. J'ai largement le temps. »

Je suivis les enfants dans le couloir étroit, dans la rue, et j'inspirai l'air frais de l'hiver. Le ciel bleu s'étirait au-dessus de nous, les couleurs encore diffuses dans la lumière matinale, les nuages cotonneux. Voir mes enfants emmitouflés dans leurs épais manteaux et leurs bonnets, les joues rouges, m'évoqua d'anciennes promenades en forêt et les feux de joie de la Guy Fawkes Night. Miles marchait à mes côtés en silence et Poppy débordait d'une agitation nerveuse.

« Tout va bien, Miles ? demandai-je d'une voix douce.

— Moi, ça va, c'est pas moi qui… »

Poppy lui décocha un regard assassin. Il se mordit la lèvre et ralentit le pas. Aujourd'hui, songeai-je avec inquiétude, elle allait publier des messages insultants à ses amies. Je la regardai, sa peau lisse, les taches de rousseur sur son nez, le petit espace entre ses dents qu'on entrevoyait quand elle parlait – il paraissait impossible qu'elle puisse faire une chose aussi déplaisante.

Miles s'engouffra dans l'école, mais avant que Poppy ne le suive, je l'attrapai par la main. Elle écarquilla les yeux de frayeur – c'était « troooop la honte » –, et je la relâchai quand je me rendis compte qu'elle craignait le regard des autres. Depuis quand avait-elle cessé de me tenir la main ?

« Poppy, je peux te demander un truc ? »

Elle avait encore l'air un peu à cran et ne se concentrait pas sur moi, ses yeux scrutaient la cour derrière la grille de l'école. Comment n'avais-je pas remarqué sa nervosité et son agitation ? Elle haussa les épaules et marmonna.

« D'accord.

— Quoi qu'il arrive aujourd'hui, tu peux me promettre un truc ? »

Elle plissa le front.

« Je… Promets-moi simplement que tu ne publieras rien sur ton téléphone ni sur aucun réseau social. »

Elle leva brusquement le menton. Je ne voulais pas me disputer ni lui dire que j'étais au courant, d'autant que je n'étais pas certaine de tout savoir. Mais cela permettrait peut-être d'éviter cette histoire. Je le découvrirais tôt ou tard.

« Tu peux faire ça pour moi ? » Elle acquiesça lentement, je me penchai vers elle et la serrai dans mes bras. « On discutera ensemble tout à l'heure, d'accord ?

Une vraie discussion. J'ai l'impression de ne plus rien savoir de ta vie, ces derniers temps. »

Un changement imperceptible sembla s'opérer sur son visage, sa méfiance parut fondre un instant.

« Ouais, ouais, d'accord… » Elle m'adressa un petit sourire, j'aperçus ses dents du bonheur et constatai que je ne l'avais pas vue sourire souvent, au fil des derniers mois. J'eus le cœur moins lourd de la sentir ainsi se détendre.

« Je t'aime, dis-je en vitesse tandis qu'elle rajustait son sac à dos.

— Moi aussi, je t'aime. »

Le court chemin du retour fut agréable. Je remarquai les couronnes de Noël aux portes, doré, vert et rouge, la silhouette des sapins touffus derrière les fenêtres. Des volutes de fumée s'échappaient des cheminées, le givre sur les murets et les grilles en fer forgé scintillait dans les rayons de soleil. Il faudrait qu'on décore notre sapin, nous aussi, et que je descende les boules du grenier. J'adorais le voir dans notre salon, sentir le parfum réconfortant du pin flotter dans l'air.

J'essayais de chasser mes incertitudes. Allais-je refêter Noël un jour ? Combien de temps cela allait-il durer ? Je relevai le menton et me concentrai sur la route devant moi. Je réservais ces questions pour plus tard, afin de me focaliser sur le côté positif des choses. Et de concevoir tout ceci comme un cadeau.

Mon téléphone tinta, Hattie me proposait de déjeuner. Je supprimai aussitôt son message sans cesser de marcher. Ça non plus, ce n'était pas pour aujourd'hui : rien ne viendrait gâcher ma journée.

Alors, sur quoi pouvais-je encore avoir un impact ?

Appels manqués : Linda (8)

Jas @Emma Emma, tu viens ou pas ? Linda pète un câble.

CharterHayley @Emma Emma, où es-tu ?

Dan @Emma Je n'arrête pas de penser à ce matin. Bisous.

50

« Jas, m'écriai-je en entrant dans l'agence. Jas, tu es là ?

— Ouais, toujours là à trimer. »

Je n'ôtai même pas mon manteau, je fonçai dans l'étroit couloir jusqu'à notre bureau. Jas était assise dans son pull jaune moutarde, ses cheveux retenus en chignon par un stylo.

« Alors toi, dis-je en le retirant de sa tignasse, tu es un vrai stéréotype de l'édition. Tu t'en sers pour écrire, au moins ?

— Ha ha. Et pourquoi tu es de retour aussi tôt ? demanda-t-elle après avoir jeté un regard à la pendule. Comment ça s'est passé ? » Elle baissa soudain la voix. « Tu es toute seule ? »

L'espace d'un instant, je ne compris pas à quoi elle faisait référence, puis je pensai à Linda et Arthur en train de foirer la réunion, quelque part dans un coin de Londres.

« Oh, ça ! dis-je avec un geste dédaigneux de la main. Je n'y suis pas allée.

— Hein ? Mais put… » Sa panique fut immédiate et intense, et je tendis le bras pour la calmer.

« Tout va bien, tout va bien, je t'expliquerai plus tard. Je voulais te demander un truc à propos du roman, là. » Jas écarquillait encore les yeux et elle se mit à gesticuler.

« Quel roman, Emma ? On en a pas mal ici, des romans. » Elle indiqua les mille et une piles de livres entassés sur chaque surface plane de la pièce.

« Ha ha, très drôle. Je parle du roman que tu me demandes sans arrêt de lire, celui d'Ernestina.

— Ah, ce roman-là, fit-elle, un éclat dans le regard. Qu'est-ce que tu veux savoir ?

— Je veux le lire, voyons ! Tu peux me l'envoyer ?

— Bien sûr. » Elle semblait décontenancée quand elle se tourna pour pianoter à son clavier.

« Non, en fait, tu pourrais plutôt m'imprimer le résumé et les trois premiers chapitres ?

— À vos ordres, Linda.

— Ha ha. »

Elle cliqua sur sa souris et une imprimante antique que Linda n'avait jamais appris à utiliser se mit à bourdonner et à cracher les feuilles.

« Parfait, dis-je. Je les emporte au café, je n'ai pas envie d'être là au retour d'Arthur et de Linda. Je te conseille de t'éclipser, toi aussi.

— Sérieusement, Emma, comment peux-tu ne pas être inquiète ? Si on perd Arthur, a) l'agence va perdre de gros revenus, et b) on va devoir gérer Linda en mode névrosée, non, Linda en mode turbonévrosée, une Linda sous amphètes. Pourquoi tu n'es pas allée à la réu, au fait ? » Elle plissa les yeux. « T'as pas l'air malade. Pas du tout. T'es malade ? » Elle porta les mains à ses joues. « Oh, non, t'as pas une maladie grave, hein ? Un truc invisible mais fatal ?

— Non. Je ne suis pas malade. Écoute, je n'ai pas le temps de t'expliquer aujourd'hui. Fais-moi confiance, d'accord ? Allez, donne-moi ça. » Je tendis les mains vers les pages.

Jas marqua une courte pause, les feuilles A4 dans son poing serré.

« Je suis stressée, tout à coup, admit-elle. Genre, j'adore vraiment ce livre, mais si ça ne te plaît pas ? Ça voudra dire quoi ? Si jamais tu ne l'adores pas, toi aussi ?

— Jas, du calme, tu es pire que Lou. Je suis sûre que je vais aimer.

— Non, dit-elle sans me donner les pages. Il faut que tu *l'adores*. Genre, il faut que tu sois scotchée, il faut que tu me supplies de te donner la suite. »

J'agitai les doigts avec impatience. Jas se mordilla la lèvre et céda, posant les feuilles entre mes mains.

« Si ça ne te plaît pas, qu'est-ce que ça dira de mon jugement et de mes goûts ? De notre amitié ? fit-elle d'un ton théâtral.

— Je m'en vais. » Je pliai les pages et les rangeai dans mon sac. Je longeai le couloir obscur et envoyai valdinguer une pile de polars d'Arthur Chumley. « Oups. » Je ne pris pas la peine de les remettre en place.

Le café était presque vide, deux femmes penchées en confidence au-dessus d'une table étroite, un landau à côté d'elles. Jurek me salua chaleureusement quand j'approchai du comptoir. Je remarquai les guirlandes de Noël rouges qu'il avait fixées au comptoir, les silhouettes de père Noël peintes au pochoir sur le miroir et le menu derrière lui. Une scène lumineuse, réconfortante.

« Un latte à la noisette et un muffin aux myrtilles ? » Il tendait déjà la main vers les pinces métalliques quand je répondis.

« Oui, merci. J'adore vos décorations.

— Le muffin, c'est cadeau », précisa-t-il dans la foulée.

J'emportai mon café et mon assiette à la table accolée à la vitrine, admirant au passage le petit sapin disposé dans un angle de la salle, ses boules dorées, le halo tamisé de ses guirlandes lumineuses. Bien installée, j'étais prête à entamer ma lecture. J'avais l'habitude de lire des manuscrits ; on pouvait en déceler le potentiel dès le résumé, parfois même dans le courrier de présentation. Mais le livre, lui, c'était toujours un mystère. J'avais envie d'être happée dès la première page. Parfois, un paragraphe à lui seul m'avait donné le frisson. Ces livres-là me rendaient nerveuse quand j'appelais leur auteur, espérant qu'il n'entende pas le tremblement de ma voix, inquiète qu'un autre agent soit passé avant, moi qui tenais *absolument* à en représenter les droits.

Je me souvenais de ma première conversation téléphonique avec Lou. Comme elle était bouleversée et dénuée de toute confiance en elle. Son hoquet de surprise presque imperceptible quand je lui avais dit que j'aimais son style. Que son exploration de la face cachée de la maternité était fascinante, que son décor dans le Lake District était parfait – ses descriptions n'alourdissaient jamais le texte. « C'est un roman époustouflant. J'aimerais beaucoup travailler avec vous, si ça vous dit ? »

Son enthousiasme explosif. « J'adorerais, j'étais tellement angoissée de n'avoir aucune nouvelle, mais, oh, mon Dieu, vous êtes l'agente de mes rêves. »

Pauvre Lou. J'allais devoir instaurer des limites et essayer de l'encourager à se concentrer davantage sur son enthousiasme que sur ses craintes, l'aider à réévaluer un peu ses attentes, à y voir plus clair dans le monde de l'édition. C'était en partie ma faute – je pensais qu'elle savait à quoi s'attendre et je n'avais pas pris le temps de l'y préparer convenablement. Mais comment expliquer à un auteur l'aventure folle d'une publication ?

Quand vous publiez pour la première fois, c'est grisant, mais vous êtes dans le flou total – vous pensez qu'en prenant un agent, cela vous garantit un contrat d'édition. Puis quand vous obtenez un contrat d'édition, vous vous imaginez déjà entrer dans une immense librairie comme Waterstones, voir votre livre en piles sur la table de présentation, peut-être même une affiche avec votre portrait dans le métro, voire une pub à la télé. Une campagne de promo dans tous les WHSmith. Une critique dans le *Times* (dithyrambique, évidemment, sur « le livre phare de cette décennie »). Les services marketing s'expriment toujours dans un jargon qui vous paraît enthousiasmant. Aussi, quand le jour de la sortie arrive, c'est pour certains auteurs une terrible douche froide. Aucune affiche, pas de livres sur les tables des libraires. Pire, quand vous demandez à l'employé du magasin pourquoi votre roman n'est pas sur les étagères, il pianote à son ordinateur et vous répond qu'il faut le commander, car ils ne l'ont pas en stock. Pas de critique dans le *Times,* mais trois personnes sur Goodreads, avec des pseudos comme LicornePailletée67, qui affirment que votre style est lamentable, votre intrigue ultra prévisible et qu'ils ont fini par lire en diagonale. Même votre famille et vos amis n'ont pas remarqué la sortie du livre. Une tante éloignée en a acheté six exemplaires, deux amis de primaire que vous aviez oubliés ont laissé un message sur votre mur Facebook. À part ça, silence radio. Lou traversait cette épreuve et il fallait que je la soutienne. Elle devait craindre que ses efforts n'aient servi à rien.

Je saisis mon portable et lui envoyai un message. « Voyons-nous cette semaine pour mettre au point un plan d'action ! »

Puis je me replongeai dans ma lecture.

Dès la première page, j'étais de toute évidence entre de bonnes mains. Si Jas ne m'avait pas précisé que l'auteure avait vingt-six ans, je l'aurais crue plus âgée. Le préambule était excellent, la protagoniste était originale – je comprenais son emballement. C'était un savant mélange d'humour et de thématiques sombres, et si le sujet était bouleversant de noirceur, le texte contenait aussi des moments lumineusement poignants.

Je pris une nouvelle gorgée de mon latte et la recrachai presque. Le café était passé de tiédasse à froid. Les femmes et le landau étaient partis sans que je m'en rende compte. J'avais lu les vingt-quatre pages. Dehors, les nuages s'étaient massés dans le ciel, le temps avait filé tandis que j'arpentais le quartier de Merchant City à Glasgow. Jurek m'adressa un sourire en me voyant reposer la tasse avec une moue de dégoût.

« Je vous en apporte un autre, s'esclaffa-t-il. Vous étiez en train de rêver. »

J'étais déçue que l'extrait se termine de façon aussi abrupte : ce qui était un très bon signe. Il était évident que ce roman tiendrait ses promesses. Mon ventre pétillait d'excitation en pensant à Jas.

Jurek remplaça mon latte et je lui souris, savourant l'idée que je pouvais désormais m'asseoir dans ce café tranquille au cœur de Londres, une ville que j'avais toujours adorée, à boire un délicieux café en dressant dans mon esprit la liste des potentiels éditeurs à contacter. Jas avait vu juste ; c'était un manuscrit exaltant, moderne, original, sombre et drôle à la fois. La liste des éditeurs se déroulait déjà dans ma tête. Ce serait un premier roman idéal pour Jas – elle pourrait enfin se faire un nom dans le milieu des agents littéraires.

« Aujourd'hui, vous êtes heureuse, commenta Jurek.

— Aujourd'hui, oui, je suis heureuse. »

Je le regardai s'éloigner et songeai aux courtes conversations que nous avions échangées. Je compris que si j'aimais venir dans ce café, c'était en partie pour le voir, voir cette joie dans les petits gestes de son quotidien. Un sourire avenant, une phrase cordiale, une sensation solide et satisfaite dans chacun de ses mouvements. Je repensai à ce que je savais désormais de sa vie, compliquée comme la plupart de nos existences – le deuil d'un père, ses inquiétudes quant à sa mère –, et une idée simple me vint soudain. J'avalai les dernières gorgées de mon café.

« Attendez », lançai-je en enfilant mon manteau et en rassemblant mes affaires pour retourner à l'agence. « Je reviens dans quelques secondes. »

Appels manqués : Linda (3)

Appels manqués : CharterHayley (3)

CharterHayley @Emma Où es-tu ?

Jas @Emma Je n'ai pas suivi tes conseils et me voilà prise au piège dans les toilettes à attendre qu'ils s'en aillent. Tu as aimé les premières pages ? Dis-moi que tu les as aimées.

AuteureLou @Emma Oui, j'aimerais beaucoup qu'on se voie ! Merci, Emma !

51

6 décembre 2019

Chère Emma,

*Un stylo-plume ! Eh ouais. J'ai quarante ans et c'est ma came, à partir de maintenant. Plus de stylos-billes. Je méprise les stylos-billes. Je n'écrirai désormais plus qu'avec cette encre lisse et veloutée. Et oui, je sais très bien que tu rigoles parce que je le range dans sa petite boîte super douce en cuir retourné. Mais c'est en rangeant comme ça qu'on évite de perdre des trucs, Emma Jacobs *toussote, adieu à toutes ces lunettes de soleil*.*

Je suis vieux. On est vieux tous les deux. D'âge moyen, si tu préfères. Je me prépare à ma crise de la quarantaine. Je n'ai jamais été très branché voitures, je ne suis pas attiré par les femmes plus jeunes, donc je crois que je vais virer bizarre et me mettre à collectionner des trucs, genre pièces détachées de vélos ou des pierres d'un coin paumé d'Écosse. On verra ! Je suis curieux de découvrir quelle tournure ça prendra !

Du coup, vu que ça faisait plus d'un an que je radotais à propos de Florence, moi ce mari génial et attentionné, tu as sorti le grand jeu à ton tour. La fête surprise que tu as organisée avec Hattie sur le thème de Grease, *dans une salle de bowling rétro avec mes amis – ça, c'est fait. Le brunch au lit avec les enfants, puis le déjeuner au restaurant, et la liste que tu m'as donnée. Quarante Raisons de M'Aimer, ou plutôt Quarante Trucs pour Flatter Ton Ego. J'ai tout de même l'impression que tu as galéré à trouver les cinq dernières (« La façon dont tu grignotes ton pain au lieu de mordre dedans à pleines dents » ? 😂), mais c'était sacrément mignon. Et qu'est-ce qui me prouve l'étendue de ton amour ? C'est que tu as imprimé cette liste, et tu as perforé la feuille pour que je puisse la ranger dans mon classeur « Souvenirs » en prenant soin de coller des œillets autour des trous, sachant que ça me plairait. (Ça m'a beaucoup plu. Merci.)*

Tu penses toujours aux autres. Tu m'as convaincu de prendre des vitamines après avoir insisté pendant presque vingt mois. Je tombe moins malade depuis, et tu ne te vantes même pas en affirmant que c'est grâce à ça, tu es juste heureuse que j'aille bien. Tu n'oublies jamais les plats préférés des amis de nos enfants, tu envoies des brownies à une amie triste, des fleurs quand quelqu'un est malade, tu fais livrer des plats surgelés à une maman qui vient d'accoucher, tu téléphones aux auteurs tard le soir quand tu viens de terminer leur manuscrit et que tu débordes d'enthousiasme, tu envoies des cartes aux gens pour mille et une raisons. Parfois, tu envoies même une carte pour remercier d'avoir reçu une carte. Tu es follement généreuse.

MAIS – est-ce que je peux m'exprimer avec franchise ? Ça risque de ne pas te plaire. Tu veux tout faire et contenter tout le monde, et résultat, tu es épuisée pour ta famille. Tu disparais. Pas physiquement, pas comme tes propres parents, ou comme moi il y a *quelques années. Je sais que je ne pourrai jamais effacer mon départ après la naissance de Poppy, mais je me suis racheté depuis, donc *profond soupir* il faut absolument que tu arrêtes de me jeter cet argument à la tronche quand on se dispute, parce que ça fait mal. Je suis là, je suis présent : je n'irai nulle part.*

Toi, tu disparais mentalement – tu te recroquevilles dans ton esprit. Miles ou Poppy te raconte quelque chose, ou je te pose une question et... tu n'es pas là – partie ailleurs. Dans la salle de conférences d'une maison d'édition, ou dans un manuscrit qui t'a tenue en haleine toute la nuit, ou en rendez-vous avec un auteur, ou tu t'inquiètes pour le divorce d'un ami, ou tu rédiges dans ton esprit une lettre à la mairie pour les convaincre de remettre en fonction l'agent municipal au passage piéton devant l'école.

Je t'ai déchargée de certaines tâches, pour me rendre compte que tu les faisais quand même, et oui, les doublons, c'est le genre de choses qui m'énerve – et on croirait que tu ne me fais pas confiance pour les mener à bien. Je sais que tu t'efforces sans cesse de veiller à la socialisation de nos enfants, à inviter leurs amis, à connaître leur taille exacte de chaussures à l'instant T, leurs rendez-vous chez l'ophtalmo, savoir si le chien est sorti assez longtemps (il sort toujours assez longtemps, Gus est le chien le plus paresseux que je connaisse), mais c'est trop lourd à porter pour un seul être humain. Alors quand je te propose de l'aide, il te suffit de dire merci et de me laisser faire. Tu dois comprendre que tu n'es pas obligée d'être d'accord avec tout, tu ne peux pas contenter tout le monde. Les enfants te tirent et t'écartèlent dans un million de directions différentes, tu ne peux pas être membre de ce comité et mettre en ligne une nouvelle pétition tout en recevant des invités chez nous.

Tu t'inquiètes pour Hattie comme si c'était ta propre sœur cadette, et elle se confie à toi comme avec personne. Même au sujet des bébés. Je ne peux pas imaginer perdre deux bébés, j'en ai le ventre noué. J'essaie d'en parler avec Ed, mais il clôt la conversation à peine entamée. Il est peut-être gêné, ou alors ce n'est pas à moi qu'il aurait besoin d'en parler. Il ne m'a jamais vraiment pardonné d'avoir fait ce commentaire au mariage.

J'aime ta façon d'aimer ma famille, et ta façon de toujours être présente pour les autres. Mais tu dois arrêter de porter le poids du monde sur tes épaules. Tu ne peux pas passer ta journée à rayer des tâches accomplies sur une liste. On s'était dit qu'on se ménagerait du temps tous les deux : une fois que les enfants seraient à l'école, que nos boulots seraient moins intenses, que la maison serait bien agencée et confortable, mais chaque fois, un truc aspire littéralement notre journée. Il faut qu'on s'améliore pour changer l'ordre de nos priorités et s'accorder plus de temps.

Parce qu'il n'y a rien de plus agréable que ces heures tranquilles passées ensemble. Il n'y a rien de plus agréable que nos après-midi ciné en famille, ou ces week-ends où on entasse les enfants dans la voiture pour partir sur une plage gorgée de pluie, le sable entre nos orteils, une tasse de café dans les mains. Et il n'y a absolument rien de plus agréable que d'être assis à table en face de toi, à manger, à bavarder, à rire. Quand je suis avec toi, je me sens comblé.

Je t'aime tant, Emma Jacobs. Joyeux treizième anniversaire à nous. Ce n'est pas un chiffre malchanceux pour moi.

Je t'embrasse fort,

Dan

52

Jurek garda le silence quelques minutes quand je revins avec une caissette remplie de boîtiers en plastique. Je la fis glisser sur le comptoir jusqu'à lui. « Je ne sais pas exactement ce que votre maman aime lire, mais elle pourrait peut-être essayer d'en écouter quelques-uns. » Il saisit un CD d'un geste perplexe. « Ce sont des audiolivres », expliquai-je.

Il leva les yeux vers moi, sa pomme d'Adam s'agita un instant dans sa gorge. « Je me souviens qu'un jour, vous m'avez parlé de votre mère et de ses soucis de vue... »

Il fronça les sourcils – il avait du mal à se souvenir de notre conversation.

« La cataracte.

— Eh bien, dis-je, ce sera peut-être la solution pour elle. » Je me penchai et tendis l'index. « Je vous recommande chaudement celui-ci, de C. D. Major – c'est une de mes auteures, et *L'Autre Fille* est super, si votre mère aime les romans un peu flippants. J'ai ajouté quelques-unes de nos traductions de textes polonais. Les romans de Rosie Blake, je ne sais pas trop – ce sera peut-être un peu immature à son goût –, mais dans son dernier, *Le Club des buveurs de gin*, l'auteure s'est inspirée de son propre grand-père pour créer le personnage d'un incroyable vieil homme, Teddy. C'est mignon. »

Le silence s'étira tandis que Jurek prenait la caisse, et je m'inquiétai soudain de l'avoir vexé. Peut-être ne voulait-il pas que j'en sache autant à propos de sa mère ? Jugeait-il que je lui imposais mes goûts littéraires ? Mais lorsqu'il redressa les épaules et afficha une expression émue, je me rendis compte que ce n'était pas un silence gêné.

« C'est… Vous êtes très attentionnée.

— Non, m'esclaffai-je en sentant mon cœur s'alléger. Honnêtement, ce n'est rien, je serais heureuse que votre mère les apprécie. »

Jurek referma le couvercle de la caissette et l'emporta avec précaution dans l'arrière-cuisine.

« Elle va être heureuse, ça illuminera sa journée.

— Alors j'en suis ravie. »

Je fis demi-tour et m'apprêtai à sortir.

« À demain », dit-il.

Je me figeai, puis pivotai vers lui. « Oui, je crois qu'on se reverra demain. »

Je quittai le café d'un pas léger, et rentrai à l'agence où je récupérai mon sac et mon téléphone avant d'annoncer à Jas, impatiente d'entendre mon avis sur l'extrait, que j'allais la recontacter très bientôt.

« Le roman est achevé, hein ? vérifiai-je auprès d'elle.

— Oui, il est prêt à être présenté. Si tu le juges assez bon, bien sûr. » Elle se mordilla la lèvre, la voix débordante d'espoir.

« Garde ton téléphone à portée de main », annonçai-je d'un ton mystérieux avant de ressortir, claquant la porte derrière moi.

Je me sentais encore rayonnante et détendue quand je m'engageai dans notre rue, le ciel de plus en plus nuageux et l'air plus froid.

J'ouvris la porte, puis esquivai le vélo qui ne me donnait pas envie de lui coller des coups de pied, aujourd'hui. J'irais peut-être même faire un tour en selle, plus tard dans l'après-midi. Les roses orange sur l'îlot de la cuisine me mirent du baume au cœur, je m'arrêtai pour enfouir mon nez dans le doux parfum de leurs pétales. L'une des choses prévues au programme de cet après-midi se trouvait allongée dans son panier, près du frigo.

« Oh, mon Gussie, je suis désolée, comment ça va ? »

Je le caressai et il m'adressa un regard malheureux, l'air de dire : « Tu en auras mis du temps pour réagir. » J'allai chercher sa laisse et le portai jusqu'à la voiture. Le véto avait réorganisé son planning pour le voir, je parcourus donc la courte distance au volant et encourageai Gus à sortir de l'habitacle à grand renfort de cajoleries.

Nous avions adopté Gus dans un refuge, en nous disant qu'il serait le chien des enfants. Afin de leur inculquer le sens des responsabilités, l'empathie, la bienveillance. Ils s'étaient révélés être de vrais maîtres du dimanche, heureux de lui courir après, de semer le chaos à travers la maison (adieu sous-verre en céramique/plateaux à fruits en verre/presque toutes mes chaussures), de le suivre dans le parc sous le soleil, moins motivés quand le temps était froid, nuageux et pluvieux. Gus les adorait, mais il était surtout devenu le chien de Dan, et l'accompagnait parfois au bureau où les clients lui faisaient la fête, lui lançaient une balle de tennis ou lui offraient des friandises. Gus se languissait de lui quand il partait et tournait sur lui-même dès son retour.

Le véto nous fit entrer, vêtu de sa blouse bleue, le visage dissimulé derrière un masque chirurgical qu'il baissa pour me saluer. Dans la petite salle de consultation, je déposai délicatement Gus sur la table.

« Il est léthargique, il ne mange plus grand-chose », expliquai-je.

Stéthoscope sur les oreilles, masque replacé sur le visage, il ausculta le corps de Gus avec précaution. Ce dernier restait étendu, parfaitement immobile. Il était d'un naturel joueur et détendu – j'aurais dû remarquer ce changement de comportement. Il y avait une différence entre décontracté et malade, entre tranquille et léthargique. La honte me frappa de plein fouet.

Je voulais qu'on me rassure, qu'on me dise que tout irait bien, que Gus redeviendrait le chien foufou qu'on adorait. Je songeai avec affection à toutes ces fois où il avait cherché à m'empêcher de sortir. Il me volait une chaussette, il courait jusqu'au canapé, agitait frénétiquement l'arrière-train en se glissant sous le meuble et quand je m'approchais pour sauver ladite chaussette, Gus la laissait pendre de sa gueule comme une langue de clown. Ça me faisait rire à tous les coups. Il adorait les caresses au ventre et il se roulait par terre devant les invités pour voir s'ils s'exécuteraient. Et si leur dessert était à portée de dents, cette adorable bouille ne manquait pas de leur dérober leur pudding.

Le véto lui fit une prise de sang et me demanda de patienter dans la salle d'attente le temps d'obtenir les résultats. Je pris mon chien dans mes bras, son expression misérable après avoir été piqué par une grosse aiguille. Il fallut attendre un bon moment, et j'aurais pu en profiter pour téléphoner ou envoyer des mails aux éditeurs, j'aurais pu écumer les réseaux sociaux, Gus blotti à mes pieds. Mais je me baissai et le grattai derrière les oreilles, le sentant s'appuyer doucement contre ma main tandis que nous patientions.

Je me levai à l'instant où le véto réapparut, mes paumes moites lorsqu'il fit quelques pas dans ma direction. Quel était le verdict ? Notre chien adoré était-il gravement malade ?

« Merci d'avoir patienté, madame Jacobs. Nous avons effectué les analyses de sang, et Gus a effectivement un taux élevé de globules blancs. »

Mes entrailles se nouèrent.

« Fort heureusement, continua-t-il, aucun organe ne semble touché. Son système immunitaire combat une infection. On va lui faire une injection de Synulox, c'est un antibiotique, puis vous partirez avec des comprimés à lui faire avaler ces prochains jours. Je vais aussi lui administrer quelque chose pour faire baisser sa température, et vous lui en redonnerez une fois chez vous. »

J'acquiesçai à mesure qu'il parlait, je tenais tant à ce que Gus se remette.

« Si tout va bien, il se rétablira d'ici vingt-quatre à quarante-huit heures. »

Mon corps tout entier se détendit, j'étais si soulagée de savoir qu'il allait guérir, qu'on pouvait retourner la situation. Je m'accrochai à cette idée. On pouvait résoudre les problèmes de Gus.

C'est un cadeau, me répétais-je. C'est un cadeau.

J'inondai le véto de remerciements en sortant du cabinet, les médicaments dans un sachet. Déjà dans la voiture, je sentais qu'une flamme en Gus s'était ravivée. C'était sans doute mon imagination. Je posai la main sur sa tête, mes doigts enfouis dans son pelage bouclé. « Gentil chien, tu es si beau, mon coco. » Je fus récompensée par un battement de queue joyeux.

Les enfants allaient bientôt rentrer et je déposai Gus dans son panier. Je me préparai un café mousseux et m'installai dans l'alcôve tandis que la grisaille envahissait le ciel. Cette belle journée avait déjà effacé la tristesse de ces interminables semaines de colère, de haine furieuse, de solitude insoutenable. Jas avait raison, je pouvais certainement tirer quelque chose de ce temps supplémentaire qu'on m'accordait. De cet étrange univers brisé. J'étais convaincue d'une chose : je devais essayer. J'avais été sur le point de baisser les bras, sur le point de perdre tout ce que j'aimais. Voilà l'occasion de tout arranger.

Cette idée m'emplit d'espoir et je m'adossai à mon fauteuil, les mains autour de ma tasse tiède, un parfum exquis de café dans l'air. J'avais manqué tant de moments simples et précieux, pas seulement dans cette boucle interminable de lundis, mais avant, aussi, toujours à m'accrocher à ma To-Do List au lieu de freiner et de regarder autour de moi, d'apprécier, de goûter, de sentir : de vivre. Mieux encore, j'étais en mesure d'apporter de la joie aux autres. Je songeai aux pages que j'avais lues ce matin, à Jas qui attendait un appel. Je dégainai mon téléphone et parcourus les noms de mes contacts, frissonnant devant toutes ces possibilités, une étincelle s'allumant soudain dans mon ventre. Un sentiment que je n'avais pas éprouvé depuis une éternité.

Un cadeau.

J'écoutai la tonalité monotone au bout de l'appareil, puis une femme décrocha.

« Charlie, lançai-je aussitôt. Ce n'est pas la procédure habituelle, mais je vais t'envoyer quelques chapitres et un synopsis de roman, et il faut absolument que tu les lises aujourd'hui, tout de suite, en fait. Et que tu me recontactes ce soir si tu souhaites en lire davantage… Je sais… Je sais, c'est serré, mais c'est important, je pense que tu vas les adorer. »

Emma @Dan Hâte de dîner avec toi ce soir. Je t'aime. Bisous.

Dan @Emma Joyeux annousversaire !

Emma @Dan Sérieux, arrête de dire ça.

53

Rapidement, quatre éditeurs me supplièrent d'envoyer le manuscrit intégral et voulaient prendre contact avec Jas. J'étais convaincue que ce roman allait lancer sa carrière. Je lui téléphonai et écartai le portable de mon oreille lorsqu'elle poussa un cri de joie perçant.

« Et tu penses que je suis prête à leur vendre ?

— Tu es plus que prête. »

Jas garda le silence un moment. « Merci, Emma, merci beaucoup. »

Je souriais encore quand Miles rentra de l'école. Au lieu de passer devant la porte les épaules voûtées comme avant, il déboula dans la cuisine, se rendit aussitôt au panier de Gus et se blottit contre lui. Gus répondit d'un battement de queue et d'un coup de langue sur sa main : il avait le don pour renifler les friandises, où qu'elles soient.

« Sois doux avec lui, Miles, il n'est pas en forme. »

Miles leva les yeux vers moi, le visage empreint d'inquiétude. « Il va mourir ?

— Non. Non, c'est juste une petite maladie. Le véto lui a donné des médicaments, il va se rétablir. »

Miles se détendit et se colla à lui. « Je ne veux pas qu'il meure. »

Ses mots faillirent me déstabiliser, mais je battis des paupières et me décidai à interroger Miles sur sa journée. Je pris place sur une chaise, offris la moitié de mon Twix à mon fils et savourai son humeur plus enjouée. « On a fait… le Système solaire… M. Wilks… trop débile, en fait, parce que tout le monde sait que c'est pas… l'anglais, c'est trop chiant… » Était-ce une impression, ou était-il quand même moins gai que d'habitude ? Ça avait toujours été un garçon calme, facile à vivre à côté des réactions excessives de Poppy, on avait tendance à partir du principe qu'il menait une vie insouciante. J'étudiais son visage, son expression sérieuse alors qu'il me racontait sa journée, ses traits plus anguleux – de moins en moins poupins, il ressemblait de plus en plus à son père, à mesure qu'il grandissait.

« Maman, s'interrompit-il en plein milieu d'une histoire sur les adverbes. Pourquoi tu me regardes comme ça ?

— Comme quoi ? »

Il haussa les épaules et se remit à câliner Gus.

« Tout va bien, Miles ? À l'école ? »

Et de nouveau, ce geste presque imperceptible, la lèvre qu'on mordille discrètement. Puis il répondit. « Ça va. »

Je fronçai les sourcils. Empêcher Poppy de poster sur les réseaux sociaux devait impliquer que Miles n'ait pas été la cible de moqueries, ce qui devait impliquer aussi qu'il ne se soit pas disputé avec Poppy, alors pourquoi ça n'avait pas tout arrangé ? Puis je me rappelai ce qu'il m'avait dit, ce qui le tracassait aussi.

« Tu sais », dis-je en mordant dans mon Twix pour me laisser le temps de trouver les mots justes. « Quand j'étais à l'école, ça me souciait souvent de voir que les autres avaient tous un meilleur ami, et pas moi. »

Miles garda le silence et enfouit son visage dans les boucles de Gus.

« Mais tu sais quoi ? » Je les contemplai tous les deux et constatai avec stupéfaction que Miles paraissait immense à côté de Gus, il ne pouvait plus se glisser avec lui dans le panier ni enrouler son corps autour du chien comme il en avait l'habitude. « J'aimais bien être amie avec plein de gens, passer d'un groupe à un autre. »

Miles s'assit et me dévisagea discrètement. « Albie veut plus jouer avec moi alors qu'on était copains. »

Je ravalai de justesse mon réflexe de râler sur Albie et écoutai plutôt mon fils.

« Je crois que Liam lui a dit de plus jouer avec moi parce qu'ils sont meilleurs amis.

— Eh bien, répliquai-je prudemment, ce n'est pas vraiment le principe des meilleurs amis. Ça ne donne pas le droit de rejeter les autres. »

Miles acquiesça d'un air triste.

« Tu trouveras ton meilleur ami un jour, Miles, peut-être même plusieurs. » Je me penchai pour être à sa hauteur. « Tu rencontreras beaucoup de monde, certains feront partie de ton clan, d'autres non. D'ac ? »

Il leva les yeux vers moi, à l'instant où des clés cliquetaient dans la serrure.

« C'est tante Hattie, ta meilleure amie, pas vrai ?

— Eh bien, euh… Oui, c'est vrai. » Ma gorge se serra. Au fil des mois qui avaient suivi le départ de Dan, elle était devenue la personne la plus importante dans ma vie. Elle était toujours présente, elle m'avait aidée avec Poppy, elle avait préparé les repas, elle m'avait fait sourire. Elle était devenue ma sœur, elle avait dormi sur le canapé les nuits où elle me sentait sur le point de flancher. Elle aussi me considérait comme sa meilleure amie, je le savais. La tension s'accumula dans ma poitrine alors que je revoyais son visage, pas celui de la femme au volant de cette voiture, mais celui de Hattie qui fuyait Ed pour une raison qu'elle n'avait pas eu le courage de me donner. Un élément presque imperceptible changea dans mon cœur.

Je jetai un coup d'œil à mon téléphone et me souvins de chaque message supprimé d'un geste rageur. Mes doigts me démangeaient. Fallait-il la contacter ?

« Et papa, ajouta Miles.

— Papa ?

— C'est ton meilleur ami. »

Je souris alors que Dan apparaissait à la porte de la cuisine, les joues rougies par le froid, se dépêtrant de son écharpe.

« C'est vrai », convins-je.

Sans un mot de plus, j'allai préparer un thé pour Dan. Je lui tendis sa tasse et un Twix.

« J'adore les roses », lui dis-je. Je me penchai et l'embrassai.

Je laissai Miles et son père au rez-de-chaussée, et j'allai écrire ma lettre annuelle dans mon bureau. Je choisis mes mots avec soin, sachant combien ils compteraient à ses yeux. Je repoussai les idées noires qui tournoyaient en périphérie de mon esprit et je me rappelai les paroles de Jas. Je devais vivre dans le présent, veiller à ce que cette journée soit unique.

À l'étage du dessus, le sol tremblait tandis que je cherchais une figure de style qui comparerait mon amour à une rose orange. Plus je me concentrais sur le raffut, moins la comparaison avait de sens. « Tu sens bon comme une rose et tu es lumineux comme une orange. » J'avais déjà fait mieux. Je levai les yeux au plafond, quittai le bureau et m'engageai dans l'escalier pour demander à Poppy de baisser le son, plutôt que de lui envoyer un texto. Je progressais, songeai-je en souriant.

J'ignore pourquoi, mais j'oubliai de frapper avant d'entrer.

Je surpris ma fille de dix ans, maquillée, les lèvres rouge carmin, son chemisier d'uniforme noué au-dessus du nombril, qui s'adressait à son téléphone portable fixé à un trépied professionnel posé devant une lampe ronde.

« Non, mais qu'est-ce… »

Elle écarquilla les yeux, porta ses mains à son ventre nu, je reculai aussitôt comme si j'étais tombée sur une scène horrifiante.

Je fis volte-face sur le palier, mais mon cerveau me rattrapa. Une petite minute, là. Mais c'était ma fille de dix ans ! Elle devait être en train de s'entraîner pour la danse, pas vrai ? Elle devait… Tout se mélangeait. Je me rappelai les taches orange dans le lavabo, mon fond de teint. Elle utilisait mon maquillage. Pourquoi se maquillait-elle pour s'entraîner ? Elle devait se filmer pour corriger ses mouvements, sans aucun doute, mais à quoi servait cette lampe ? Et les commentaires de TikTok… Il fallait que je tire tout ça au clair.

Je retournai dans sa chambre. Elle avait dénoué son chemisier à la hâte, il pendouillait, froissé. Elle avait récupéré et éteint son portable, mais le trépied et la lampe étaient toujours en place, la lumière faisant luire sa peau.

« Qu'est-ce que tu faisais ? Tu as intérêt à me dire la vérité. » Je me retins de ponctuer ma phrase par un austère « jeune fille ».

Le fait qu'elle ne se fâche pas contre moi voulait tout dire. J'oubliai soudain les propos de Jas – sans attendre de réponse, je me lançai dans une tirade.

« C'est pour TikTok, c'est ça ? Mais tu es trop jeune ! Et pourquoi tu te filmes ? À qui tu envoies tes vidéos ? Tu fais ça depuis combien de temps ? » Je ne lui laissai même pas le temps de s'exprimer, je l'interrogeai d'une voix perçante. « Tu ne sais même pas qui regarde tes vidéos ! On te faisait confiance. On avait dit seulement WhatsApp. Enlève-moi ce maquillage immédiatement. »

Dan se trouvait maintenant dans la chambre, il observait la scène et posait à son tour des questions, l'ambiance était électrique, puis Miles débarqua et il répétait : « Raconte-leur tout, Poppy », et Poppy se mit à pleurer. La soirée agréable était définitivement foutue. J'aurais dû m'y prendre autrement…

Le lendemain, je fis mieux. Je l'avertis le matin de ne rien publier sur les réseaux sociaux, puis après l'école, je frappai à sa chambre, des draps propres dans les bras, en prétextant vouloir refaire son lit. Elle entrouvrit la porte lentement. Il n'y avait ni trépied ni lampe ronde allumée – même si elle était installée sur son bureau. Le trépied, lui, était plié dans un angle de la pièce. Comment ne l'avais-je jamais remarqué ?

« Ça sert à quoi ? » demandai-je poliment en m'asseyant sur son lit, les draps toujours entre les mains.

« Oh, ben, genre… » Ses yeux se posèrent à gauche, puis à droite tandis qu'elle concoctait un bobard. J'éprouvai un pincement de tristesse à l'idée qu'elle se sente obligée de me mentir.

« C'est pour fixer ton téléphone ? C'est super malin. » J'avais la bouche sèche. Vas-y doucement, Emma, prends ton temps, laisse-la venir à toi.

« Euh… Ouais, ouais, c'est ça.

— Alors tu te filmes en train de danser, c'est ça ? Pour les réseaux sociaux ? »

Elle acquiesça d'un air dévasté. « Pour TikTok, admit-elle.

— Tu as créé un compte ?

— Oui », souffla-t-elle avec une grimace, prête à entendre mon sermon sur la confiance. « Tu vas m'obliger à arrêter ? »

J'y comptais bien, oui. C'était la raison exacte de ma présence dans sa chambre. J'allais évidemment lui dire d'arrêter. Mais…

« Ça te plaît de faire ces vidéos ? » me surpris-je à demander.

Elle pinça les lèvres et acquiesça de nouveau.

« Bon. » Je pris une longue inspiration. « Et tu te débrouilles bien ? »

Elle leva les yeux et afficha un sourire hésitant, puis réveilla son écran pour me montrer ses dernières vidéos. Elle était douée. Ses mouvements étaient fluides et parfaitement en rythme. Et son maquillage était moins choquant à l'image. Son visage rayonnait.

« Tu sais que tu n'as pas besoin de te maquiller pour ça, dis-je avec douceur. Tu es très belle comme tu es. Allez, fais-moi voir les autres », fis-je en montrant son téléphone.

Elle hésita, puis baissa la tête. Je fus submergée de culpabilité. De toute évidence, ces vidéos la rendaient heureuse, mais elle était sincèrement attristée.

« Elles ont créé un groupe WhatsApp, maman », murmura-t-elle si doucement que je ne l'entendis presque pas.

« Qui a créé un groupe WhatsApp ?

— Holly et les filles de l'école. Elles ont même ajouté Gee.

— Et alors, où est le problème ?

— Tu comprends pas, *tout le monde* est dans le groupe. *Tout le monde*… sauf moi. »

Je vis une larme tomber sur sa cuisse et assombrir son pantalon d'uniforme.

« Et Gee, elle m'a rien dit, en plus. C'est Miles qui m'a prévenue.

— Miles ! Mais comment peut-il être au courant ? »

Poppy tripota le tissu de son pantalon. « Liam se moquait de moi, il me traitait de salope devant lui. »

Je grimaçai en entendant ce mot d'adulte.

« Il lui a dit que Holly avait créé un groupe il y a deux semaines, avec toutes les autres filles de ma classe, et qu'elle y poste mes vidéos.

— Ce n'est pas gentil. » J'avais envie de fracasser les murs de la maison de Holly, la traîner dans la rue et l'obliger à présenter des excuses publiques.

« Et chaque fois que je publie une nouvelle vidéo, elles la partagent et se moquent… Et Gee est dans leur groupe. » Poppy tordit son pantalon en coton dans sa main. « Elle était au courant et elle m'a rien dit…

— Ah… »

Je compris pourquoi elle avait envoyé ces messages haineux. Pour se venger de ce groupe médisant. Les filles visées – Holly, qui avait tout manigancé, et Gee, la meilleure amie de Poppy qui l'avait trahie –, c'était sur leurs comptes qu'elle avait posté des messages insultants. À cette pensée, je sentis la tristesse déferler en moi.

Comment tout ceci avait-il pu m'échapper ? Comment Dan et moi n'avions-nous pas remarqué qu'elle chargeait des heures entières de vidéos sur TikTok ? J'avais toujours pensé qu'elle dansait avec une brosse devant son miroir comme dans les années 1990. Mais j'avais pourtant entendu les rythmes inhabituels de musique, les voix – pourquoi n'étais-je pas allée jeter un coup d'œil dans sa chambre chaque fois qu'un son sortait de l'ordinaire ? Je ne connaissais rien de ma fille. Et je me devais de comprendre le monde dans lequel elle vivait.

« Répondre par l'agressivité et la violence, ce n'est pas non plus la solution, tu sais », dis-je. À l'instant où je prononçai cette phrase, je compris à qui je ressemblais. Raisonnable, calme, mesurée, je n'étais pas cette femme qui aurait encouragé sa fille à tout faire cramer… Je ressemblais à Dan. « Je peux t'aider, si tu veux. On peut en parler à quelqu'un à l'école. Les obliger à arrêter. »

Elle secoua la tête. « Non, maman, je ne veux pas qu'elles aient des problèmes. Je l'ai dit à Miles. Il voulait que je t'en parle. C'est pour ça qu'il est si… »

Je revis la moue désolée de Miles, les regards discrets à sa grande sœur adorée qu'on harcelait avec une brutalité qui lui brisait le cœur. Il était si honnête et spontané qu'il devait souffrir le martyre de garder un secret pareil ; mais il l'aimait tellement, il lui aurait obéi, quoi qu'elle lui demande.

Il me fallut plusieurs lundis de questions et de réponses, de discussions avec Dan pour obtenir des conseils. J'en appris davantage, je regardai d'autres vidéos. J'étais à ses côtés pour l'épauler, et si elle était blessée par le groupe et ses agissements, elle souffrait bien davantage de la trahison de Gee. Du fait que sa meilleure amie ne lui ait rien dit au sujet du groupe, et qu'elle ait accepté de laisser circuler ses vidéos.

J'eus le temps de peaufiner mon discours, de trouver les mots qui lui donneraient le courage et la force nécessaires. Parfois, j'échouais, je la submergeais d'émotion, je la vexais, mais le lendemain, je modifiais mes propos et je visais juste. Parfois, épuisée, je voulais accélérer la conversation, lui avouer que j'en savais plus qu'elle ne l'imaginait (j'avais appris que la lampe s'appelait un *anneau lumineux*, elle avait affirmé à Dan que c'était pour un projet d'école en arts plastiques, et il la lui avait achetée sur Amazon), mais la plupart du temps, j'étais heureuse de mieux connaître ma fille, de la voir s'ouvrir à moi, de trouver avec elle une façon de traverser cette étrange période de préadolescence dans laquelle elle était entrée à pieds joints, il fallait bien l'admettre.

J'avais toujours été déterminée à montrer à mes enfants qu'ils étaient aimés, chéris, comme je ne l'avais jamais été. Mais mes réactions trop vives et trop brutales avaient conduit Poppy à me cacher des choses. Et mon besoin d'être aimée de tout le monde ou d'avoir l'impression de faire du bon boulot me rendait moins présente pour ma famille. Je faisais mine d'être là, avec eux, mais mon esprit papillonnait autour des milliers de tâches qu'il me restait encore à accomplir. Dans ce nouveau quotidien, je m'obligeais à écouter attentivement, à me concentrer entièrement sur ce qu'ils me disaient.

J'établis donc une sorte de routine, une liste de choses à accomplir. La plupart des matins démarraient au lit, souvent en faisant l'amour, à savourer le plaisir de Dan, notre proximité et notre intimité, son parfum, ses mains sur ma peau, ses yeux qui s'assombrissaient. Je me préparais ensuite, je prenais un rendez-vous en urgence chez le véto, j'accompagnais les enfants à l'école, j'avertissais Poppy de ne rien publier sur les réseaux sociaux. Chez le véto, j'insistais pour qu'il fasse une injection de Synulox à Gus et qu'il lui donne quelque chose pour faire baisser la fièvre, le véto me complimentait sur les recherches que j'avais faites, acceptait avec étonnement de lui administrer ces médicaments, car les symptômes semblaient coller au diagnostic que j'établissais.

J'allais régulièrement à l'agence, et disais à Jas qu'elle avait eu raison à propos des pages, qu'elle devait absolument proposer le manuscrit aux éditeurs, je lui donnais une liste de contacts et regardais son visage s'illuminer d'un sourire. J'envoyais un message à Lou pour la rencontrer et préparer un plan d'action, je téléphonais à Scarlet et lui disais combien j'aimais ses idées pour son quatrième roman, que je le présenterais à notre co-agent aux États-Unis – ravie de lui donner de l'espoir. Je déposais ma lettre de démission à Linda, lui annonçais que je resterais en contact, mais que je ne pouvais plus travailler dans une agence incapable d'admettre qu'Arthur était dans son tort, ça et mille autres choses encore. Puis j'allais boire un café avec Jurek, les bras toujours chargés d'audiolivres pour sa mère. Mes bonnes actions de la journée me rendaient joyeuse et légère. Parfois, j'arrivais à convaincre Dan de rentrer déjeuner avec moi, ou je traversais le parc de Wandsworth Common à vélo pour aller le retrouver dans le vent mordant de l'hiver, les muscles de mes jambes brûlaient sous l'effort, mon esprit se vidait peu à peu.

Un cadeau.

Je rentrais écrire ma lettre à Dan, je choisissais avec soin des souvenirs de nos quinze dernières années. Des soirées dans une salle moite à l'étage d'un pub de Clapham, coincés sur des chaises trop serrées à regarder de mauvais one-woman-shows et à boire des cidres accoudés au comptoir collant après les représentations. Notre voyage en Australie, les balades sur une plage déserte de l'île Fraser au crépuscule tandis qu'une baleine tournait avec élégance dans l'eau à quelques mètres du rivage : un spectacle rien que pour nous. Les vacances au camping où Dan m'avait traînée quand on économisait pour acheter la maison, réveillée à l'aube par Miles qui voulait aller pêcher des crabes. Notre lune de miel à Ibiza, un parfum d'orange qui embaumait l'air, les bras de Dan autour de moi dans la piscine à débordement qui surplombait une oliveraie sur un flanc de colline. Je sélectionnais ces souvenirs un à un, les observais sous toutes leurs coutures, heureuse d'avoir l'occasion de les revivre, et de les partager avec lui.

J'étais là quand les enfants rentraient de l'école et je les obligeais parfois à jouer à des jeux que j'avais retrouvés et dépoussiérés dans le grenier. Je poussais des cris perçants au Pictionary, au Monopoly, une fois à Twister, ma famille entortillée par terre dans un entremêlement de bras et de jambes. Gus était en forme, je mettais mon travail en pause, mon téléphone sur silencieux. Plus de *ping* qui me pinçaient le cœur, qui me rappelaient sans cesse que Hattie m'appelait ou m'écrivait.

Je dînais avec Dan et contemplais son visage lorsqu'il lisait le contenu de ma lettre quotidienne, puis nous bavardions assis dans le canapé, ma tête sur son torse, la douceur du cachemire sur ma joue. Je lui proposais d'aller au lit plus tôt. Pour que Dan soit positionné confortablement.

Je ne lui disais jamais la vérité. Comment aurais-je pu ? Il ne m'aurait pas crue. Ou s'il l'avait fait, il en aurait été effrayé.

J'ignorais mon désir de tout partager avec lui. Et tandis que je m'étendais contre mon mari, que je l'enlaçais et l'entendais rendre son dernier souffle, je me disais avec fermeté : c'est tout ce qui importe. L'instant présent.

Appels manqués : Hattie (2)

Appel manqué : Numéro inconnu

54

6 décembre 2020

Chère Emma,

Quelle année ! On y est presque. Ou pas. Difficile de savoir ce que nous réserveront les prochains mois. Une chose est sûre, les pandémies mondiales, ça pue la merde. On devrait tous recevoir une médaille d'honneur ou je ne sais quoi. On a tenu bon, on est toujours ensemble. Bon, certes on n'a pas trop le choix, vu qu'à l'instant où j'écris ces mots, on en est à notre deuxième confinement. Aucun de nous ne peut sortir de la maison – mais aurais-tu de toute façon assez d'énergie pour me quitter ? Moi, je fonctionne sur 15 % de ma batterie actuellement. Me quitter, ce serait une Épreuve Vraiment Super Difficile. Et rappelle-toi aussi le temps qu'il faut pour monter des meubles en kit… Car hors de question que je te prête ma visseuse électrique, si tu me quittais.

Je plaisante, mais ça n'a pas été facile, hein ? Après le premier confinement, soleil/applaudissements/cris de joie/chômage partiel, l'année a traîné en longueur.

Mais maintenant qu'il fait moins chaud et beau, on est tous fatigués, moins d'humeur allez-viens-on-fait-une-vidéo-virale-pendant-qu'on-s'ennuie. Même cette famille Les Mis ne publie plus rien sur YouTube.

Et je me suis dit que c'était dû au confinement, au COVID, à tout ce stress accumulé, mais... tu n'as jamais ralenti la cadence. Pire, avec toutes tes visios à n'en plus finir, tes lectures interminables le soir et le week-end pour rattraper le temps perdu dans l'enfer de l'école à la maison, je te vois en permanence, mais on ne passe que des moments insignifiants. J'ai parfois l'impression qu'on est de simples colocs. Tu es en réunion de comité, tu déposes un sac de vêtements de bébé chez une voisine, tu réconfortes une amie au téléphone après sa rupture, ou un auteur dont le roman vient d'être refusé. C'est une des choses que j'aime tant chez toi, d'ailleurs – que tu sois si généreuse, aimante, altruiste –, mais nous, on est tout en bas de ta liste, il faudrait qu'on soit malades ou blessés pour que tu nous remarques.

Poppy grandit si vite que j'en suis décontenancé, et si j'essaie d'être un bon père, un père cool, je sais qu'elle se tourne plus souvent vers toi pour chercher des conseils ou du réconfort. Quand elle me demande où tu es, ou quand tu auras terminé ta réunion en ligne, je me rends compte que c'est le quatrième soir que tu discutes avec quelqu'un sur un écran dans le bureau, alors que Poppy ne t'a presque pas parlé du week-end.

Je suis désolé si mes propos te font culpabiliser – je ne veux pas que tu t'en veuilles d'être occupée ou attentionnée, mais essaie de te demander si tout est si important que ça. Si tu ne peux pas lâcher un projet pour nous accorder un peu plus de place. Je sais, tu vas rire et dire : « Si seulement je pouvais », et tu vas te faire pardonner en couchant avec moi, mais je suis sérieux. Ce n'est pas bon pour toi ni pour nous, de continuer sur ce rythme.

Désolé, je ne veux pas être un salaud, mais j'ai appris de nos lettres précédentes qu'en écrivant les choses noir sur blanc, ça nous pousse à communiquer davantage. Je peux citer des passages entiers de tes lettres qui remontent à plusieurs années. Elles m'ont secoué, elles m'ont rappelé ce que je risquais de perdre. Et je veux faire pareil pour toi.

Je suis sans doute frustré parce qu'à chaque fois qu'on a fait des choses ensemble cette année, ça m'a rappelé combien je t'aime, combien j'aime notre famille. J'étais persuadé que j'allais détester l'école à la maison, mais c'est plutôt marrant – ou presque, n'exagérons rien. Te surprendre à chercher sur Google ce qu'était une locution adverbiale (sérieux, je t'ai vue faire) et prétendre que tu le savais, ça, c'était un grand moment. Te voir rire avec moi parce que j'étais INFOUTU *de résoudre les équations de Poppy (la vache, les maths, ça s'est vraiment corsé). Je suis bien entendu au sommet de mon art quand il s'agit de présentation et d'organisation (et je suis heureux de voir qu'au moins un de nos enfants marche sur mes traces) – fournir à chacun un petit module de classement à tiroirs, investir dans une meilleure imprimante et avoir enfin une excuse pour m'acheter une perforatrice professionnelle, c'était un rêve éveillé.*

On fait de notre mieux pour se passer le relais et assurer leurs cours. J'avoue m'être parfois un peu planté (je suis encore sincèrement désolé d'être apparu derrière toi pendant ta réunion marketing en visio pour te demander si c'était un grain de beauté sur ma fesse ou une pépite de chocolat fondue), mais j'ai aussi assuré – deux gamins bien instruits, nos journées de boulot pliées, une bouteille de vin ouverte, nulle part où aller, nous deux en train de râler, mais avec la conviction d'avoir fourni un bon travail d'équipe. Et pourtant, certains moments de speed ont été terribles – la pagaille avec les billets de Cheltenham, le rapport de deux cents pages à rédiger pour la Fédération de rugby (tu m'as rappelé à ton tour que je n'avais pas parlé aux enfants depuis une semaine), la maison de production qui a annulé l'option sur le roman de Scarlet, le temps passé à tenir le rôle de parent/ami/prof/psy – c'était si compliqué et acrobatique. Pas étonnant qu'on ait boudé quelques soirs, dos contre dos, quelques mots secs échangés avant de s'endormir. « Encore toi » – cette salutation matinale de ta part restera un des épisodes les moins reluisants de cette période.

C'est vrai que le confinement a un côté oppressant, très Winter is Coming. Et de savoir que certaines familles ont traversé de rudes épreuves, je vous aime encore plus profondément. On a eu de la chance – je me sens chanceux. Même s'il n'y a presque plus de boulot actuellement, même si un vent de panique souffle sur nos deux professions, tous ceux que nous aimons, famille et amis, vont bien jusqu'à présent, et on n'a pas eu à pleurer la mort de quelqu'un, comme tant d'autres.

Et les bons moments ? Eh bien, au lieu de sortir voir des spectacles comiques, des représentations dans le West End ou d'aller écouter du jazz à Soho, on a improvisé. Mes meilleurs souvenirs, ce sont toutes ces soirées – dîners surgelés raffinés, Coronavisioconférences avec Hattie et Ed, notre salon décoré des drapeaux de pays européens, nos jeux de société en tête à tête quand on a eu épuisé le contenu intégral de Netflix (qui aurait imaginé que je serais si doué aux échecs ?!)

et cette fameuse séance coquine de Strip-Échecs. (Je ne suis pas certain que Poppy se remettra un jour d'être entrée sans prévenir dans le salon et de m'avoir surpris à hurler d'un air triomphant : « ET JE BOUFFE TA REINE. *» Mais la psychothérapie permet de surmonter tous les traumatismes.) Le cinéma en plein air pour mon anniversaire, blottis dans le jardin sur nos couvertures et nos poufs. Louer un jacuzzi, ça, c'était un sacré coup de génie.*

Je suis heureux que papa ait trouvé Irène – j'ai du mal à croire qu'on ne l'a pas croisé depuis des mois. Et que tes parents aillent se faire foutre – s'ils veulent rester en Espagne, tant pis pour eux. Je crois que je ne me remettrai jamais de t'avoir vue écrire une fausse carte d'anniversaire pour Miles en leur nom. Bon sang, j'ai été pris d'une envie subite de monter dans un avion, virus ou pas virus, et de leur hurler tout ce qu'ils loupent. Je suis désolé pour toi que ce soient des abrutis. Et je suis désolé de ne pas avoir remarqué combien c'était dur à vivre. Et ça n'a RIEN *à voir avec toi. C'est eux, le problème. Et tu nous as, nous. Pas seulement les enfants, tu as mon père, et Hattie – elle t'a adoptée il y a des années de ça. Toutes ces soirées à la voir discuter avec toi sur notre chaise longue avec une Thermos de thé, une couverture autour de ses épaules : c'est dans ces moments-là qu'on sait qui nous aime sincèrement.*

Je sais que l'année a été difficile et qu'on doit garder le cap pour traverser cette pandémie, mais quitte à être enfermés chez nous sans droit de sortie, je suis heureux que ce soit avec toi.

Je t'aime, Emma.

Dan

55

J'avais sans nul doute redécouvert les joies du quotidien. Quelqu'un ne cessait pourtant de projeter une ombre sur ma journée. Si je ne consultais presque plus mon téléphone, je ne pouvais m'empêcher de jeter un coup d'œil à mes messages et à mes appels manqués. Chaque fois que les enfants mentionnaient son nom, ou Dan, c'était comme un coup de poing à l'estomac dont la puissance ne s'atténuait jamais.

Les questions ne s'effaçaient pas non plus. Pire, elles se multipliaient à mesure que le temps passait. À quel moment Hattie était-elle montée dans sa voiture ? Pourquoi venait-elle chez nous ? Comment ne l'avait-elle pas vu sur la chaussée ?

Le bruit sourd de l'impact dans la rue marquait invariablement l'instant précis où Dan mourait, quoi qu'il arrive, et certains soirs, une fureur incandescente me traversait. C'était elle qui avait tout causé. Elle l'avait tué. Elle l'avait renversé maintes et maintes fois. D'autres soirs, j'éprouvais un besoin terrible de la retrouver, de voir comment elle allait, mais je chassais ces pensées.

Je ne laissais plus Dan sortir avec Gus, afin de ne plus jamais avoir à réconforter Poppy. Le souvenir de ce qu'elle avait vu un soir me terrassait et j'étais soulagée de pouvoir au moins la protéger de cette horreur. Parfois, je quittais la maison avec Gus et je parcourais la courte distance jusqu'à la scène, curieusement attirée. Le bruit de l'impact et de la tôle froissée me mettait en fuite, je courais jusqu'à la maison et m'assurais que les enfants ne voient pas leur père dans cet état.

Au fil du temps, l'envie de renouer avec Hattie se fit plus pressante – mais c'était la seule personne que j'étais incapable d'affronter, que je ne pouvais pas aider, à qui je refusais de pardonner. Je m'étais toujours tournée vers elle dans les grands moments de ma vie adulte. Elle avait été là pour moi, à chaque coup dur, même quand Dan avait quitté la maison. J'aimais sa gentillesse et sa bienveillance, nos souvenirs partagés. Elle souffrait et je n'avais rien remarqué. Je m'étais trouvé des excuses quand je n'aurais pas dû. Puis elle avait tué Dan, et tout était parti en vrille.

Un soir, le dîner terminé, les lettres échangées, je n'y tins plus. Je consultai mon téléphone, son nom s'affichait à l'écran. Tant d'appels manqués. J'embrassai Dan et le persuadai de m'attendre dans la chambre – je n'en avais pas pour longtemps, lui promis-je sans réussir à croiser son regard. J'entraînai Gus avec moi, mes doigts tressaillant légèrement lorsque j'attachai sa laisse, puis je quittai la maison. Ferais-je demi-tour ce soir, encore ?

Le médicament que je lui avais donné le matin avait déjà agi, et Gus ne rechignait plus à sortir, il trottait même à mes côtés. Je ne tournai pas à gauche, je pris aussitôt la direction de cette rue, sachant que j'entendrais le bruit d'une seconde à l'autre. Les flocons de neige fondue s'accrochaient à mon visage et au pelage de Gus. Quand il se fit entendre, j'avais beau m'y être préparée, j'en eus la chair de poule. Il fallait que je rentre auprès de Dan.

Mais je ne fis pas demi-tour. Je pressai le pas.

Quelqu'un d'autre avait besoin de moi. La voiture était dans la même position que d'habitude, des bris de verre luisaient sur la chaussée verglacée. Je repensai à ses propos, des nuits plus tôt, expliquant qu'elle avait perdu le contrôle de la voiture, qu'elle avait fait une embardée pour éviter Gus et Dan. Le verre crissait sous mes semelles et je m'approchai de la portière côté conducteur, scrutant sa tête enfouie dans l'airbag. Je tirai la poignée pour m'empresser de la libérer, et la sortir de là.

Elle était en état de choc, elle tremblait lorsque je vins la soutenir. Elle afficha un air bouleversé en se rendant compte que c'était moi, et elle plissa le front. « Emma, j'étais… » Elle contempla son capot embouti, les dégâts sur l'aile de la voiture garée. Les lumières s'allumaient derrière les rideaux des maisons et je la guidai jusqu'au trottoir. Qu'est-ce que je fichais ici ? L'envie de la revoir pour trouver des réponses s'évapora lorsque je sentis son corps frêle sous mes mains.

« Tout va bien », dis-je d'une voix vacillante. Je voulais tant la rassurer.

J'avais l'impression de ne pas l'avoir vue depuis des mois. Et c'était le cas. Je repensai à ce cycle interminable dans lequel j'étais plongée et j'en eus le souffle coupé. Je titubais avec elle.

Des têtes apparurent aux fenêtres, des gens émergèrent des maisons. Sur le trottoir, je lui lâchai le bras et reculai d'un pas sans cesser de penser à ce premier soir. L'homme en robe de chambre était là, il avait sorti son portable, d'autres se joignirent bientôt à lui, contemplant l'accident dans leur petite rue calme.

« La police arrive. » Ce soir, il ne s'adressait pas à elle d'un ton aussi aimable que d'habitude.

L'alarme de la voiture me transperçait le crâne, les flocons tombaient encore, pareils à des pics glacés sur ma peau. Ma compassion se dilua peu à peu tandis que je regardais les dégâts dans la rue. Dan avait été étendu là plusieurs soirs, à cause d'elle. Dan serait étendu là chaque soir, si je ne l'empêchais pas de sortir. Tout avait commencé par sa faute. Elle faisait les cent pas sur le trottoir et je pris Gus dans mes bras, je voulais sentir son corps chaud et rassurant contre moi.

« Dieu merci », dit-elle d'une voix bouleversée. Elle se prit la tête entre les mains. « Dieu merci, il n'y a aucune victime. »

Je la dévisageai, repensai à Dan, qui gisait devant sa voiture le premier soir. Il y avait eu une victime. Dan avait été renversé. Dan était mort.

Je détournai le regard, ces souvenirs provoquaient une troublante confusion dans mon esprit et me martelaient les tempes. Toutes les nuits se mélangeaient. Les sirènes étaient proches, à présent, les secours arrivaient. Hattie avait bien fait une victime. Elle avait provoqué la mort de son propre frère.

Elle se tourna vers moi et s'exprima d'une voix paniquée. « Je peux aller chez toi, Emma ? Cette nuit ? Il faut absolument que j'aille chez toi après avoir parlé aux policiers. »

Mes jambes tremblaient et je regardai la voiture de police se garer juste derrière nous ; l'agent qui m'avait annoncé la mort de Dan descendit.

« Non, dis-je en reculant, Gus serré contre moi. Non, tu ne peux pas. Pas encore. Ne viens pas chez nous. » Je scrutai le chaos sur la chaussée. « C'est à cause de toi », ajoutai-je, la gorge nouée, incapable d'oublier ; je refusais de trouver une excuse à ce cauchemar, j'avais besoin que quelqu'un endosse la responsabilité des épreuves que j'avais traversées. « C'est à cause de toi, tout ça. »

Et je me mis à courir.

56

Je retournai au même endroit le soir suivant, et le suivant. Et le suivant. Je ne pouvais contenir ce besoin qui naissait à la nuit tombée, alors que les flocons s'accrochaient aux vitres. La voiture apparaissait, plus lentement que je l'imaginais. Je voyais Hattie perdre inexplicablement le contrôle, le sombre verglas, le véhicule qui dérapait, l'instant terrible où le métal heurtait le métal, où les pneus quittaient le sol, l'onde de choc qui traversait l'habitacle. Je distinguais d'abord son visage et, en l'espace d'une seconde, le nuage blanc de l'airbag. Je restais là à regarder. Je n'allais pas jusqu'à elle, je rentrais à la maison, auprès de Dan.

Il mourait toujours. À 22 h 17. C'était inexorable. Et je savais qu'il me quitterait invariablement à cette heure précise, où qu'il soit. Cette étrange pénitence, voir Hattie sans parvenir à lui pardonner, réveilla en moi un autre sentiment. Chaque fois que j'empêchais Dan de sortir, je ne l'empêchais pas seulement de mourir en pleine rue : j'évitais aussi que Hattie renverse son propre frère, qu'elle foute sa vie en l'air.

Elle était si proche de Dan. Je n'oublierais jamais l'infinie douleur sur son visage quand je m'étais précipitée à l'hôpital après sa chute du balcon, dix ans plus tôt. Hattie était penchée sur son frère, pâle et tremblante, sa main serrée dans la sienne tandis qu'elle lui demandait d'ouvrir les yeux. Savoir qu'il avait frôlé la mort l'avait terrifiée. Elle avait craint de perdre sa mère et son frère en si peu de temps. Elle racontait d'un ton paniqué avoir été furieuse contre lui, cette semaine-là, fâchée qu'il n'essaie pas d'arranger le conflit dans notre couple, qu'il ne cherche pas à être un meilleur père.

Puis vinrent le soulagement et la joie de constater que l'accident avait marqué un tournant dans la vie de Dan, qu'il acceptait une aide psychologique et avait choisi la vie plutôt que la mort. Ils s'étaient rapprochés davantage. Je les surprenais parfois, pliés en deux en partageant une blague d'enfance, ou échangeant des souvenirs de leur mère, le bras de Dan sur les épaules de Hattie tandis qu'ils se promenaient. Elle l'aimait intensément, elle était prête à tout pour lui, elle avait toujours répondu présente.

Je retournai sur la scène de l'accident, encore et encore.

J'oubliais ma propre douleur quand je voyais mon amie, mon amie si fidèle, sortir de la voiture en titubant, contempler le chaos autour d'elle, bouleversée. Plus tard, le propriétaire de la voiture se montrait en robe de chambre, ses jurons clairement audibles depuis mon poste d'observation au bout de la rue. Elle tressaillait et encaissait les insultes jusqu'à ce que l'agent de police éloigne l'homme. Elle allait au commissariat. Elle nous téléphonait immanquablement de là-bas. Chaque soir. Appel manqué : Numéro inconnu.

Un soir, je décrochai et l'écoutai pleurer à l'autre bout.

« Il fallait que je sorte de chez moi, disait-elle. Il fallait que je trouve un lieu sûr. »

Je fus submergée de honte et tentai de la réconforter au téléphone. Elle avait eu besoin de nous. Combien de fois avions-nous pu compter sur elle ? Le soir suivant, je fus présente à ses côtés. Présente pour l'aider à sortir de la voiture. Présente pour la ramener chez nous. Elle était sous le choc et accepta de me suivre, s'inquiétant cependant de ne pas attendre l'arrivée de la police.

« Je les ai prévenus que tu serais chez nous », mentis-je en l'éloignant de la scène. Je ne voulais pas voir la police ce soir-là. Qu'est-ce que ça changerait ?

Elle me suivit sans résister dans le froid mordant, notre souffle s'élevant en volutes glaciales. « Il… fallait que je parte… que je m'en aille, que je vienne vous retrouver. » Son corps était secoué de frissons et je la guidai sans rien dire à la maison, l'installai dans un fauteuil.

« Dan est encore debout ? » demanda-t-elle quand je déposai un plaid en nid-d'abeilles sur ses épaules.

« Il est monté se coucher tôt, répondis-je d'un ton prudent. Tu… tu le verras demain matin. » Je déglutis. Car il était mort, évidemment. Inutile d'aller vérifier.

Et à cet instant précis, j'acceptai enfin l'idée que ce n'était pas la faute de Hattie. Il mourait, quoi qu'il se passe.

Des mois entiers de fureur se désagrégèrent tandis que je la regardais, recroquevillée dans le fauteuil, le visage empreint de chagrin, une marque rouge en travers de la joue. J'avais voulu m'accrocher à la colère, accuser quelqu'un, concentrer mon énergie sur quelque chose de palpable et de concret. Car c'était injuste. La mort de Dan était injuste. Mais Hattie n'avait pas déclenché tout ça. C'était censé arriver. Le fardeau que je portais fondit peu à peu, dernier vestige de ma colère. Je n'éprouvais plus que de l'amour et de la compassion envers mon amie. Il fallait que je sois là pour elle.

« Je vais te chercher un oreiller et une couette », dis-je avant de monter en silence jusqu'à notre chambre. J'entrai et contemplai Dan allongé sur le lit, le visage lisse et tranquille, comme s'il dormait. C'était censé arriver, me répétai-je avec tristesse.

Je retournai au salon avec la couette et l'oreiller.

« À demain matin, murmurai-je. Je suis épuisée.

— Tu peux rester avec moi ?

— Je…

— Je vais le quitter, Emma, chuchota-t-elle. Je… Je dois trouver un endroit où loger. »

Je m'approchai d'elle et m'assis à ses pieds. « Viens loger chez nous. Évidemment. » Ces mots coulaient de source.

Elle ferma les yeux de toutes ses forces et sa voix se mit à trembler. « Merci. »

J'attendis un moment à côté d'elle. « Qu'est-ce qui s'est passé ? » finis-je par demander.

Elle croisa les bras.

« Hatts ? » J'observai attentivement son visage.

« J'ai perdu un bébé. Une petite fille. À sept semaines.

— Je suis désolée. » Je posai ma tête sur ses genoux.

« Ça ne va pas. Ça ne va plus depuis des années. Avec Ed. Il est différent quand on est seuls. Il est méchant. Il me dit des trucs… des trucs blessants. Il refuse de me parler, parfois pendant plusieurs jours d'affilée. Il s'en va, il ne rentre pas, il ne me dit jamais quand il reviendra. Mais ce soir… » Elle se mit à pleurer en silence. « Ce soir, il a parlé du bébé, de notre fille. Il a été tellement clair, il a dit… »

Elle hoqueta et j'attendis, le cœur brisé. « Il a dit quoi ? »

Elle baissa les yeux vers moi. « Il a dit : “Au moins la prochaine fois, ce sera peut-être un garçon”, et puis… » Elle déglutit et détourna la tête, incapable de soutenir mon regard atterré. « Et puis il s'est remis à manger. Comme ça, l'air de rien. Sa sole meunière. Comme s'il ne venait pas de dire le truc le plus déchirant que j'aie jamais entendu.

— Oh, mon Dieu. » Ma voix trembla tandis que je songeais à son chagrin.

Elle s'essuya les yeux d'un revers de manche. « Et tout à coup, ça m'a frappée, continua-t-elle d'un ton plus ferme. Il ferait à nos enfants ce qu'il m'avait toujours fait. Il les détruirait peu à peu comme il m'a détruite. Il leur dirait des choses cruelles. Si c'était une fille, il lui dirait qu'elle est laide, grosse, ridicule. Si c'était un garçon, il le pousserait à devenir comme lui, cruel. Alors je me suis levée et je suis partie. Et je ne peux pas y retourner, je ne veux pas… »

Elle laissa sa phrase en suspens. Puis elle se remit à pleurer, et je me glissai à ses côtés dans le fauteuil, l'enlaçai et lui répétai que tout allait s'arranger. Car c'était vrai. On allait tout réparer ensemble. Dès demain. On recommencerait demain.

Je restai jusqu'à ce qu'elle s'endorme dans mes bras, exténuée. Dehors, une chouette hulula dans l'obscurité. Je sentais le souffle de Hattie s'apaiser. Elle était en sécurité, elle resterait ici avec nous. Ma meilleure amie.

57

Hattie n'eut plus jamais d'accident de voiture, car elle était sans cesse avec nous.

Je commençais la journée en acceptant de la retrouver pour déjeuner. Puis je m'attelais à mes tâches matinales, la To-Do List qui engendrait du bonheur autour de moi, et me comblait, moi aussi.

J'invitais Hattie dans un restaurant différent chaque midi. On écumait les quartiers de Londres, South Bank, Mayfair, Fulham ; une table au calme, de bons plats. Elle me parlait du bébé, je l'écoutais, je lui disais que je l'aimais. Je la faisais parler d'Ed, l'obligeais à me révéler l'horrible facette de sa personnalité et la persuadais systématiquement de rentrer avec moi.

Parfois, Dan se joignait à nous. Je les regardais discuter, je remerciais le ciel et toutes les étoiles de m'avoir permis de les rencontrer, de les avoir auprès de moi. Ma véritable famille. Puis je faisais un tour à vélo, ou à pied, ou m'installais à la fenêtre chez nous, les mains réchauffées par un mug de café mousseux pendant que Dan s'affairait dans la cuisine et que Hattie caressait Gus ; et les jours où je n'avais pas le courage de jouer ce rôle, je lisais dans mon coin. Discuter avec Miles, encourager Poppy. Tout le monde se sentait mieux, détendu. Prêt à affronter les épreuves du lendemain. Mon portable en mode silencieux sonnant dans le vide, ignorant tous ces gens désormais superflus dans ma nouvelle vie.

Un lundi, j'étais assise dans la cuisine, les mains autour de mon mug, Gus blotti à mes pieds, et seul le tic-tac discret de la pendule en tournesol venait briser le silence. Des particules de poussière flottaient dans les rayons du soleil hivernal. Je fermai les yeux et pris une profonde inspiration. Je m'étais réchauffée en accompagnant les enfants à l'école, blottie dans mon écharpe pour échapper à la piqûre du froid. J'avais senti avec délectation la main de Miles dans la mienne. Puis du réconfort quand j'avais salué Poppy de la main avant de repartir. J'avais souri en entendant les cris et les rires des enfants dans la cour de récré. J'avais hâte d'attaquer ma liste de tâches. Il m'arrivait d'emprunter des itinéraires différents et d'explorer de nouvelles rues londoniennes, admirant le rouge carmin d'une couronne de Noël ou un sapin chaleureux décoré d'ornements réalisés par des mains enfantines.

Je rentrai heureuse et détendue de mon déjeuner avec Hattie. Les enfants termineraient bientôt l'école et, aujourd'hui, je n'avais pas envie d'une nouvelle partie de Pictionary. Ce fut déjà difficile d'y rejouer la deuxième et la troisième fois, je connaissais toutes les réponses par cœur et je me retenais de hurler FER À REPASSER ou CHALUTIER dès qu'ils traçaient leur première ligne. Aucun autre jeu de société ne me tentait. J'avais vidé le grenier, j'avais dépoussiéré des jeux auxquels nous n'avions plus touché depuis des années, voire jamais, des cadeaux de Noël royalement ignorés ou dégotés dans des recycleries.

Aujourd'hui, je savais où je voulais aller.

« On va à la patinoire ! » annonçai-je à la ronde, rayonnante. Hattie jouait au gin-rummy avec Miles. « Je vais appeler un taxi. Dites à papa d'être prêt dans cinq minutes. Ses gants et son écharpe sont dans le tote bag accroché dans le couloir, avec les vôtres. Hattie, je vais t'en prêter.

— Je ferais mieux de retourner voir Ed.

— Tu lui téléphoneras », dis-je d'une voix ferme. Je ne voulais pas qu'elle connaisse la douleur des journées précédentes. Pas si je pouvais l'en empêcher.

Miles se pencha et l'enlaça. « Oh oui, viens avec nous, tata Tattie. » Il employa le vieux surnom dont il avait affublé Hattie dans sa petite enfance, et elle n'hésita que quelques secondes.

Les contours du musée d'histoire naturelle se découpaient dans le crépuscule et des éclairages colorés adoucissaient les murs imposants de la magnifique bâtisse. Notre joyeux petit groupe avançait, Hattie flanquée de Poppy et de Miles, marchant tous les trois bras dessus bras dessous, visages souriants et comblés. La patinoire extérieure était splendide ; les arbres étaient sertis de guirlandes lumineuses, et un kiosque qui vendait du cidre chaud embaumait l'air d'un parfum sucré. Emmitouflé dans nos vêtements douillets, chacun de nous alla récupérer une paire de patins avant de s'aventurer maladroitement sur la glace. La main de Dan dans la mienne, j'effectuai plusieurs tours en famille, nos mouvements gagnant en assurance à chaque nouveau passage.

Miles fut d'abord terrifié, agrippé aux barrières ou à la main de Hattie. Mais quand il comprit qu'il pouvait progresser lentement, il lâcha prise. Il passait devant nous, les yeux écarquillés, les jambes raides en nous saluant de la main, pour finir sa course en tournoyant autour de la taille de Hattie. Ils se retrouvaient les quatre fers en l'air, pliés de rire sur la glace. Poppy était très à l'aise ; gracieuse, elle avait un réel talent pour l'équilibre et la danse, elle était capable de contrôler ses membres et son corps comme je n'aurais jamais su le faire. Je la contemplai et me résolus à l'encourager dans cette voie. La bande-son londonienne se brouilla autour de moi, je n'entendais plus que le crissement des patins sur la glace, je ne sentais plus que la main de Dan au creux de la mienne.

Un cadeau.

« Tu penses à quoi ? demanda-t-il.

— Juste à tout ça, c'est génial, non, tout ça ? répondis-je avec un large geste du bras qui me déséquilibra.

— Et à quoi d'autre ? » Il me connaissait à la perfection, il savait que mon esprit fusait toujours dans un millier de directions.

J'éclatai de rire. « À rien d'autre. Je ne pensais vraiment qu'à ça.

— Eh bien, moi aussi. »

Nous progressions au même rythme sur la surface lisse de la patinoire, en admirant nos enfants. Il se pencha pour m'embrasser, m'attira à lui par mon écharpe, et mon cœur pétilla.

La crêperie dans South Kensington était sur le point de fermer quand on franchit les portes en trombe, emplissant la petite salle d'un joyeux désordre. Les parfums – bacon, fromage, pomme et chocolat – se mêlaient dans l'air tandis que je me glissais sur la banquette à côté de Hattie. Ces derniers jours, je me surprenais à remarquer les odeurs les plus subtiles, des détails dans des lieux que j'avais arpentés des centaines de fois. J'avais l'impression d'être comme Poppy et Miles quand ils étaient petits, eux qui s'arrêtaient brusquement pour me montrer un insecte sur un caillou, une feuille morte veinée de jaune, une boîte aux lettres rouge oubliée et enfouie sous une cascade de lierre. Quand avais-je perdu ce goût pour les choses simples ? Je les remarquais de nouveau.

Ma famille commanda son lot de pancakes savoureux, d'énormes glaces dégoulinantes de chocolat liquide. Le visage de Miles s'était détendu, rien à voir avec le garçon maussade du petit déjeuner. Hattie continuait de le dérider, deux pailles coincées entre son nez et sa lèvre supérieure comme un morse. Miles faisait mine d'être trop âgé pour s'amuser de ça, trop mature, mais il ne put se contenir quand elle se mit à taper des mains comme un phoque.

Le taxi qui nous ramenait à la maison fit un détour chez Hattie. Ed s'impatientait derrière le rideau du salon. Je pris les mains de Hattie dans les miennes à sa descente du taxi. « Va faire ton sac. Viens chez nous. » Je n'ajoutai rien, c'était inutile. Elle marqua une pause, une seconde à peine. Dan inclina la tête d'un air interrogateur.

« D'accord », accepta-t-elle. Elle entra et ressortit au bout de quelques minutes. J'éprouvai un profond soulagement, le même soulagement à la savoir en sécurité chez nous, jour après jour. L'image de sa voiture cabossée s'effaçait peu à peu. Son hurlement glaçant n'était plus qu'un gémissement presque inaudible dans un coin de ma mémoire.

« Tout le monde en pyj'. Je vais faire du pop-corn », annonçai-je à la cantonade tandis qu'on se faufilait l'un après l'autre dans le couloir en esquivant le vélo.

« Emma, quand est-ce que cette femme va venir chercher ce vélo ?

— Finalement, si ça ne dérange personne, je crois que je vais le garder. »

Il y eut un vague débat pour choisir le film, mais je m'en fichais. J'étais prête à regarder n'importe quoi.

J'étais trop occupée à savourer la chaleur du corps de Dan à côté de moi, nos jambes collées, tandis que Hattie s'était lovée dans le fauteuil, l'air détendu, et que Miles et Poppy s'étaient blottis près de nous. Plaids, coussins, bougies allumées pour contrer le temps qui se dégradait dehors. C'était un havre de paix, un nid réconfortant.

Hattie bâilla à la fin du film et nous souhaita bonne nuit. Les enfants avaient veillé plus tard que d'habitude et elle proposa de les accompagner dans leur chambre respective. Dan les embrassa, Poppy se pencha vers lui pour faire un câlin. Hattie fut presque obligée de porter Miles à l'étage, son menton tombait sur son torse, vaincu par la fatigue.

Le salon était calme, un tintement du radiateur, le grésillement d'une bougie.

« Quelle journée parfaite », déclara Dan en appuyant sa tête sur le dossier du canapé.

J'en perdis la voix, l'espace d'une seconde. Je rayonnais intérieurement – la journée avait été parfaite, oui, mais j'éprouvais un chagrin doux-amer en songeant à ce qui allait se produire. Quelques flocons vinrent glisser sur la vitre.

« Qu'est-ce qu'il y a ? » Il souriait, m'observait d'un œil.

Je fus tentée de tout lui raconter. J'avais cessé d'évoquer les événements avec lui, depuis les premiers jours où il persistait à mettre ça sur le compte d'un mauvais rêve. Mais soudain, j'eus envie de partager cette histoire avec lui, ce cycle infernal et monumental ; je sentais mon corps peser, alourdi par mon secret.

Je lui pris la main. « Tu me fais confiance ? »

Il acquiesça et je serrai ses doigts.

J'inspirai profondément. « Tu vas mourir. Ce soir. Et je ne peux rien faire pour empêcher cette fatalité.

Crois-moi. » J'émis un petit rire sans joie. « J'ai déjà essayé. »

Il arqua les sourcils. « Je vais… mourir ? » répéta-t-il lentement.

J'acquiesçai d'un air dévasté.

« Comment ? »

Il m'écouta dans un silence absolu et je lui racontai ce qui s'était passé. Qu'il mourait chaque nuit, qu'il mourait dans notre lit, toujours à la même heure.

« À quelle heure ? » murmura-t-il.

Je me mordis la lèvre. « À 22 h 17. »

Il écarquilla les yeux, entrouvrit la bouche puis la referma brusquement. Il ne cessait de jeter des coups d'œil à la pendule au-dessus du manteau de la cheminée, effectuait le calcul dans sa tête. Moi aussi.

« Tu meurs, quoi qu'il arrive, poursuivis-je. Peu importe ce que je fais, ce que je tente, peu importe qu'un médecin soit présent à tes côtés, que tu sois dans la rue ou dans notre salon. Ça se termine toujours pareil. »

Je n'évoquai pas Hattie, je ne voulais pas, c'était inutile. Elle ne le renverserait pas ce soir ; elle dormait en sécurité à l'étage. Mais Dan allait mourir. Et Hattie n'avait rien provoqué. Il mourait, où qu'il soit, quoi qu'il fasse. Je le savais, désormais.

« Avant, j'étais convaincue de pouvoir rompre le cours des événements ; j'en devenais folle. Mais j'ai fini par me rendre compte que j'avais perdu trop de temps avec les mauvaises personnes, aux mauvais endroits, alors qu'en réalité, je ne voulais qu'une seule chose : passer plus de temps avec toi. »

Il serra ma main dans la sienne et je m'obligeai à continuer, malgré son visage bouleversé. Je voulais absolument qu'il comprenne.

« On a passé des journées incroyables, dis-je en essayant de déglutir, de ravaler la boule dans ma gorge. On a joué des heures entières avec les enfants, tu m'as appris à les considérer chacun selon son caractère, tu m'as montré comment m'adapter, comment être patiente et aimante.

— Comme aujourd'hui, dit-il, et ses yeux s'embuèrent lorsqu'il m'étreignit. Aujourd'hui, c'était parfait. »

J'acquiesçai sans un mot, me retins de dire à voix haute ce qui me hantait : demain, quelqu'un appuierait sur le bouton *Reset* et j'allais devoir trouver assez d'énergie pour tout recommencer. Pour vivre dans l'instant présent, dans un monde où Dan était encore vivant.

J'ignorais s'il me croyait, mais il garda le silence longtemps. Et soudain, sans rien dire, il me prit par la main et m'emmena à l'étage. Dans le lit, il me serra contre lui, je sentis mon corps se détendre, mon esprit s'apaiser, j'étais heureuse d'avoir partagé tout ça avec lui. Je sentais son souffle chaud dans mes cheveux, ses mains sur ma peau. Et c'est la dernière chose dont je me souviens avant de sombrer dans le sommeil.

58

6 décembre 2021

Chère Emma,

Je t'écris cette lettre dans notre salle de bains. Tu dors déjà et, si tout ce que tu m'as dit est vrai, je vais mourir dans moins d'une demi-heure, donc je dois faire vite.

Tu viens de me raconter ce que tu traverses depuis quelques mois. Je te crois.

Tu ne liras peut-être jamais ces mots. Et j'espère que j'aurai l'occasion de les écrire encore demain. Mais si tu les lis, alors voilà... Je t'aime.

À chaque nouvelle année passée à tes côtés, j'étais convaincu qu'il était impossible d'éprouver davantage d'amour pour quelqu'un. Puis Poppy est née, et je me suis dit qu'il me serait impossible d'aimer davantage que je vous aimais toutes les deux. Et pourtant, chaque année, mon cœur grandit et grandit encore. J'ai eu tellement de chance. J'ai aimé ma vie. J'aime ma vie.

Dis à nos enfants que leur père les aimait plus qu'ils ne pourront jamais l'imaginer. Poppy, notre magnifique premier bébé avec ses sourcils froncés en permanence et ses doigts si minuscules. Mes souvenirs d'elle sont innombrables et merveilleux. Son petit corps dans son premier body blanc, son nez blotti au creux de mon cou dans les nuits noires et interminables, son corps potelé et tiède de bambin, jambes et bras écartés dans notre lit quand elle venait se glisser en douce pour dormir entre nous ; son déguisement de fantôme le soir d'Halloween, quand nous étions allés chercher des bonbons dans le voisinage et qu'elle courait partout dans la rue ; quand elle venait se lover sur mes genoux et qu'on regardait La Reine des neiges *pour la millionième fois. Aujourd'hui, elle est talentueuse, drôle et fougueuse, elle a ses secrets, ses propres opinions. On entrevoit la femme qu'elle deviendra et j'en suis époustouflé.*

Et Miles, son âme si douce, sa volonté de fer. Ses innombrables peurs enfantines, peur de l'herbe et du sable et des boutons de manteaux et des ballons de baudruche, qui le propulsaient vers nous en quête d'un câlin réconfortant, sa main serrée dans la nôtre. Son amour des puzzles, de la construction. Son regard sur moi quand je maniais une clé à molette ou une scie, qui m'obligeait à parler d'une voix solennelle et à prétendre savoir exactement ce que je faisais. L'adoration qu'il voue à sa grande sœur, ses manières délicates quand il s'approche d'un bébé. Son visage malléable quand il singe nos expressions ou qu'il imite ses amis, ses profs, son rire contagieux quand il se rend compte qu'il nous a fait pouffer. Tant de choses vont me manquer, nos balades dans les parcs boueux à l'automne, nos tours à vélo dans Wandsworth Common qui se terminaient toujours par un chocolat chaud et des genoux écorchés (les miens, généralement).

Nos enfants sont incroyables, tous les deux, et j'espère qu'ils m'empliront de joie encore longtemps, quoi qu'ils fassent, où qu'ils aillent. Je suis si fier d'être leur papa.

Dis à Hattie que je lui ai écrit une lettre, pas très longue, mais c'est mieux que rien. Et dis-lui que je suis désolé. Pour tout ce que j'ai loupé au fil des ans, ces détails, ces indices, ces instants fugaces où j'aurais dû deviner plus tôt et l'inciter à tout nous raconter. Dis-lui qu'elle est la meilleure tante du monde, la meilleure amie du monde, et qu'elle s'en sortira très bien si elle le quitte. C'est une femme si chaleureuse, si généreuse, elle ne devrait pas gâcher sa vie avec un homme qui profite d'elle. Dis-lui que je l'aime. Dis à papa que je suis désolé de l'abandonner à mon tour. Mais je rejoins maman, je sais que l'idée le réconfortera.

Et toi, Emma. Par où commencer ? Je partage ce voyage avec toi. Je t'aime de tout mon cœur. Tu es mon épouse merveilleuse, enjouée, ambitieuse et sublime. Je repense souvent à ce fameux jour dans le métro. À la femme aux lèvres écarlates et au col roulé noir, au rire doux. Au regard que tu m'as adressé, ce demi-sourire entendu, comme si tu savais déjà que nous étions liés. Je voulais tant faire partie de ton univers, et c'est le cas. Je jubile d'être à tes côtés, d'être marié avec toi.

Tu es tout pour moi.

Je repense à notre voyage en Australie, ces semaines rayonnent d'un halo doré – je croyais bien te connaître, mais j'ai tant appris à ton sujet pendant ce périple. En te regardant pendant le vol de retour, assise de l'autre côté de l'allée, tes écouteurs vissés aux oreilles, tes joues baignées de larmes, absorbée dans ton film, je compris que je ne pourrais jamais vivre sans toi. Ton empathie, ta générosité, ta joie étaient contagieuses, j'avais envie de devenir un homme meilleur grâce à toi. Et si je t'ai abandonnée une fois, j'espère avoir tout fait pour réparer cette erreur.

Malgré tout... Il y a une chose que j'ai gardée pour moi.

Je ne t'ai pas tout raconté à propos de ma chute du balcon, cette chute qui a changé le cours de ma vie.

Il est temps que je t'en parle. J'ai eu l'impression, ce fameux soir, de passer un marché. J'aurais dû mourir, Emma. Ils me l'ont tous affirmé. Cette chute du deuxième étage, Hattie qui m'a retrouvé dans la rue en contrebas, à peine conscient, ce vieux matelas qui a miraculeusement amorti ma chute. Le trajet cahoteux en ambulance, Hattie qui me tenait la main et pleurait, stupéfaite et soulagée de mon atterrissage improbable. Tu sais que j'aime les explications rationnelles, mais je me rappelle la supplique que j'ai adressée à la puissance céleste quelconque qui m'écoutait peut-être pendant ma chute.

« Laissez-moi la vie, s'il vous plaît. Accordez-moi plus de temps. Je ne peux pas partir maintenant, pas comme ça. Je ne peux pas abandonner Emma, je ne peux pas abandonner notre enfant. Je veux être avec elles, je veux les aimer de tout mon cœur. Je veux voir Emma retrouver sa joie de vivre, mener l'existence qu'elle mérite. La prochaine fois, je serai à la hauteur. La prochaine fois, je ferai en sorte que chaque moment compte. »

Je suis tombé à 22 h 17. Hattie a appelé les secours à l'instant même, ils ont enregistré l'heure exacte, et quand j'ai lu le rapport, j'ignore pourquoi, mais ce détail est resté gravé en moi. J'aurais dû mourir à 22 h 17.

Et pourtant je suis en vie. J'ai survécu. Je ne saurai jamais si c'était le fruit du hasard, du destin, d'une intervention divine. Mais on m'a offert un temps supplémentaire avec toi. Et je l'ai pris. J'ai eu maintes occasions au fil des ans de m'apercevoir à quel point j'ai de la veine d'être revenu à tes côtés, de m'être vu accorder une deuxième chance, une autre occasion.

J'ai adoré passer ce temps avec toi, j'ai adoré te faire rire tellement fort que tu en recrachais ton café, te faire pousser des cris à Wimbledon Park quand je jouais avec les enfants et que le frisbee te frôlait la tête quand tu faisais semblant de lire, que tu m'adressais ce sourire énigmatique d'un air faussement fâché, j'ai adoré te faire des câlins par surprise dans la cuisine, rire quand les enfants se faufilaient entre nos jambes, j'ai adoré te voir rentrer en trombe à la maison pour m'annoncer la signature d'un nouveau contrat, d'une option audiovisuelle – entendre la passion dans ta voix quand tu parlais avec un éditeur ou un auteur au téléphone. Tous ces moments que j'aurais pu ne pas connaître et qui m'ont été offerts en supplément.

Si tu dis vrai, alors c'est peut-être le destin. J'ai clairement dû passer un marché – on m'a accordé le pouvoir de tout raccommoder, de réparer ce que j'avais brisé, de te rendre de nouveau heureuse. Et si l'univers t'accordait soudain le même privilège ? L'occasion de tout arranger – de ne pas nous oublier, de nous retrouver, de nous aimer. Cette journée a été parfaite, elle nous a rappelé qu'on est au meilleur de nous-mêmes quand on est ensemble. Ta main dans la mienne à la patinoire, tes joues rougies par le froid, ton rire si communicatif lorsqu'on regardait Hattie et les enfants.

Peut-être qu'à notre mort, on a tous l'occasion de dire que le moment n'est pas encore venu, qu'il nous faut un jour supplémentaire, une heure, une minute ? Quelle chance on aura eue, alors, de bénéficier tous les deux de ce temps additionnel !

Quel incroyable cadeau !

Et pour éviter de m'effondrer en larmes, je vais à présent te divulguer quelques conseils pratiques. Tu m'as toujours taquiné pour avoir été le plus organisé de nous deux, et je ne veux surtout pas que le quotidien te stresse.

Les informations concernant mon assurance vie sont dans le tiroir supérieur du bureau, dans une chemise A4 violette, avec nos passeports, nos testaments, notre certificat de mariage et le livret de famille. Tous les documents concernant la maison, l'acte de vente, le dossier de notre emprunt, etc. sont dans le module de classement rouge au grenier. Il y a des vieilles photos dans deux boîtes à chaussures. Tu pourrais en donner quelques-unes à mon père et à Hattie ? Ils vont les adorer.

Le chauffe-eau a été révisé l'an passé, donc il devrait tenir bon jusqu'à l'hiver prochain. Et continue à payer l'assurance, parce que ça nous a déjà permis d'économiser une petite fortune en frais de déplacement de techniciens. Il faut aussi que tu apprennes à dompter les ampoules du plafonnier de la cuisine, ou que tu demandes à mon père de s'en charger, il sera heureux de se rendre utile. Et pour la recette du poulet à l'estragon qui te rend dingue, c'est à la page 57 du livre orange de Gary Rhodes.

Passons maintenant au plus difficile, mais tu dois absolument m'écouter…

Tu n'es pas seule.

Tu as nos enfants, notre famille, nos amis. Tu as mon père, ma sœur. Je sais pertinemment que Matt voudra te prêter main-forte, lui aussi. Beaucoup de mes amis répondront présents. Ils seront là pour toi, laisse-les t'aider, s'il te plaît, laisse-les t'accompagner et te soutenir. Ce sera difficile, mais tu les aideras autant qu'ils t'aideront.

Et plus important encore, Emma : tu m'auras toujours, moi. Je vivrai à jamais dans ta mémoire, à travers nos enfants, à travers ma famille. Tu me garderas en vie dans chacune de tes actions. Je sais que tu leur raconteras des histoires à mon sujet, tu les élèveras dans nos valeurs communes, tu te moqueras de moi, même quand je ne serai plus là pour me défendre ou protester. Tu sauras me garder au plus près de nos enfants.

Si c'est la réalité, si je dois te dire au revoir à présent, si je n'ai pas la chance de passer le restant de mes jours avec toi, promets-moi d'être heureuse. Choisis de vivre pour nous deux. Sache que personne ne pourra t'aimer autant que moi ni être plus fier de toi. Si je meurs cette nuit, alors je meurs avec la certitude que personne n'aurait pu m'apporter plus de bonheur. Je n'aurai jamais plus beau cadeau que notre amour, que notre vie commune.

Tu es ma meilleure amie, ma sublime épouse, la mère de mes enfants, et je m'endormirai ce soir en te serrant contre moi, avec la conviction qu'on se reverra, un jour, quelque part. Qu'est-ce qu'on en sait, d'abord, hein ? Et si je supplie encore une fois, peut-être que ce souhait-là deviendra réalité, lui aussi.

Je t'aime. Pour toujours.

Dan

59

La sonnerie du réveil.

Je suis allongée de mon côté du lit, face à la fenêtre.

Le grincement métallique d'un bus.

Un rire d'enfant dans la rue.

J'ouvre les yeux. Les rideaux entrouverts laissent apparaître des nuages… grisonnants.

Je me retourne.

REMERCIEMENTS

Ce livre me tient tant à cœur, une idée née il y a quelques années alors que j'étais occupée à d'autres projets ; un livre que j'ai écrit pendant la pandémie, dans le désir d'examiner ma vie en détail, et ma façon de la vivre.

J'ai eu la chance incroyable de trouver une équipe passionnée pour le porter à terme. Merci à mon agente Alice Lutyens pour son éternel sens de l'humour, son regard éditorial aiguisé et son enthousiasme sans limites (et pour m'avoir fait si souvent rire). À Kristyn Keene Benton et sa brillante équipe d'ICM.

À Shanika Hyslop et l'équipe tout entière de Curtis Brown pour leur accueil chaleureux. À l'équipe des droits étrangers de Curtis Brown – notamment Sarah Harvey, Liz Dennis et Caoimhe White pour avoir présenté ce livre aux quatre coins du monde. Merci également aux scouts littéraires qui ont lu et soutenu cet ouvrage. À Luke Speed et Anna Wegeulin pour leur travail acharné au département d'adaptation audiovisuelle.

À Julia Stolz et à Felicitas Lovenberg de Piper Verlag pour leur réaction pleine d'émotion et de bienveillance à la lecture du manuscrit – je repense souvent à la lettre que vous m'avez écrite.

À mes éditeurs chez HarperCollins UK et US. À Martha Ashby, qui a interrompu son congé maternité pour lire ce roman et me téléphoner (tellement digne d'Emma !). C'était un réel plaisir de travailler avec toi et j'espère ne pas avoir été « trop Lou ». À Tessa Woodward, qui a aimé instantanément Dan et Emma et leur histoire, qui a pleuré à chacune de ses relectures.

À l'équipe de Harper Fiction – j'ai tellement de chance de compter sur votre soutien à tous. À Kate Elton, Izzy Coburn, Lynne Drew, Phoebe Morgan, Sarah Shea, Alice Gomer, Liz Dawson et Abbie Salter pour avoir écrit de si beaux commentaires sur le livre dès la première lecture. À Chere Tricot et Meg Le Huquet du département éditorial, à Emma Pickard du département marketing, Izzy, Alice, Sarah Munro, Gemma Raynor, Ben Hurd et Fliss Porter au département des ventes. À Emilie Chambeyron au service de presse. Et Ellie Game pour le visuel de couverture. À Fionnuala Barrett et Charlotte Brown au département audio, à Grace Dent, Dean Russell, Melissa Okusanya et Hannah Stamp au département de fabrication. À Sarah Bance et Fran Fabriczki pour leurs corrections. Quelle leçon d'humilité, de voir combien de gens œuvrent ensemble pour donner vie à un livre.

À mes amies auteures qui ont lu les premiers jets de ce manuscrit ou des extraits : tant de femmes et d'écrivaines incroyables et brillantes. Kirsty Greenwood, Isabelle Broom, Cathy Bramley, Sophie Cousens, Rachael Lucas, Jo West et Pernille Hughes.

À Ginny Skinner, scénariste et meilleure complice, pour nos débats sur l'intrigue et nos bavardages

– je suis toujours débordante d'énergie après t'avoir vue. À Iris Skinner pour ses connaissances sur TikTok. Ne me dis pas que je n'ai rien compris, je t'en supplie. À Cat Eastham pour ses informations sur les boîtes informatiques de la Silicon Valley. À Lara Dearman pour son histoire sur les serpents cachés dans l'herbe, que j'ai fini par supprimer dans la version finale. Parce que je suis un vrai serpent caché dans l'herbe. À Tess Henderson et Ben Gardiner pour m'avoir permis d'emprunter l'adorable histoire de leur rencontre ; je ne me lasserai jamais de l'entendre. Les Ben sont vraiment les meilleurs. À tout le gang du Jilly Cooper Book Club pour leurs histoires d'amitiés touchantes – quelles femmes fabuleuses.

Aux nombreux agents et éditeurs que j'ai interviewés et qui ont répondu à mes questions sur l'édition avec générosité et discrétion. Merci à Julia Silk, Sam Copeland, Emily Kitchin, Anna Hogarty, Robert Caskie, Wayne Brookes, Gillian Stern, Diana Beaumont, Miranda Jewess, Louise Buckley, Lucy Irvine, Louise Cullen, Sam Humphreys, Jonathan Eyers, Ed Wood, Alice Sutherland-Hawes, Abi Fellows, George Morley, Gillian Green, Kate Burke, Juliet Mushens, Maddie West, Christina Demosthenous et Isobel Akenhead. Je suis sûre d'avoir oublié quelqu'un, mais cette longue liste illustre combien de personnes dans le monde de l'édition sont prêtes à donner de leur temps pour aider un auteur.

À la vaste communauté du livre – critiques littéraires, blogueurs, libraires, qui passent tellement de temps à répandre autour d'eux leur amour des histoires. Vous avez déjà été si nombreux à m'accorder votre soutien. J'adore faire partie de cet univers.

Pour finir, je souhaite remercier ma famille – mes parents David et Basia Martin, et ma sœur Naomi Billington pour leurs excellentes remarques sur les premières versions du manuscrit. À Amy, Dena, Rosie, la garderie de Pangbourne et tous ceux qui se sont occupés de nos enfants, permettant à Ben et à moi de ne pas (trop) sombrer dans la folie.

Voici donc mon Treizième Livre, sans doute le plus intime – car j'ai l'impression d'être Emma. Je tire mon inspiration de ma propre expérience : une mère avec un emploi, tiraillée et écartelée dans un millier de directions, qui s'efforce – sans y parvenir totalement – de se concentrer sur l'essentiel, qui communique avec son mari (tout à fait adorable) en criant des informations liées aux enfants – « Où est le Bepanthen ? », « Elle a déjà fait caca », « On n'a plus de lait », etc. Balancez une pandémie mondiale au milieu de tout ce chaos, et je m'étonne sincèrement d'avoir pu faire quoi que ce soit pendant cette période, et je m'étonne aussi qu'on s'apprécie encore, tous les deux.

Cet ouvrage ne pouvait être dédié qu'à mon mari, que j'ai également rencontré en 2006. Nous ne fêtons presque jamais notre anniversaire de couple, car nous sommes toujours trop débordés – ce livre nous donnera peut-être l'envie de ralentir un peu ! Je t'aime de tout mon cœur.

Achevé d'imprimer en Italie par Grafica Veneta S.p.A.
à Trebaseleghe (Padova) en janvier 2025

#lisez engagé!
www.lisez.com
Pour plus d'information :
Imprimé sur du papier issu de forêts gérées durablement.

POCKET – 92, avenue de France, 75013 Paris

S34623/01